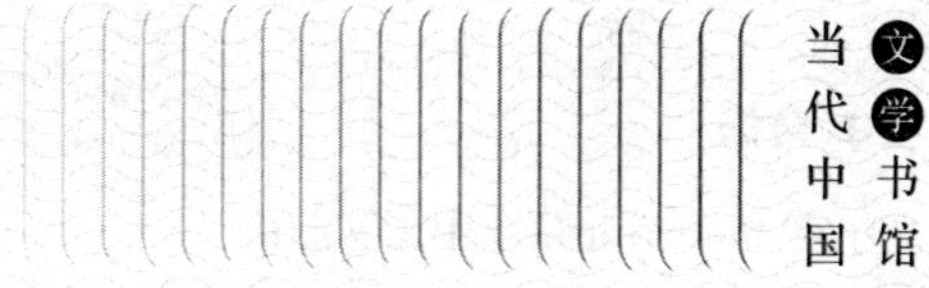

当代中国文学书馆

挪威的小木屋

高小英 著

中国文联出版社

图书在版编目（CIP）数据

挪威的小木屋 / 高小英著．-- 北京：中国文联出版社，2018.6（2023.3 重印）

ISBN 978-7-5190-3788-8

Ⅰ．①挪… Ⅱ．①高… Ⅲ．①长篇小说—中国—当代 Ⅳ．①I247.5

中国版本图书馆 CIP 数据核字（2018）第 149658 号

著　　者　高小英
责任编辑　刘　旭
责任校对　李佳莹
装帧设计　中联华文

出版发行　中国文联出版社有限公司
地　　址　北京市朝阳区农展馆南里 10 号　　邮编　100125
电　　话　010-85923025（发行部）　　85923091（总编室）
经　　销　全国新华书店等
印　　刷　三河市华东印刷有限公司

开　　本　880 毫米×1230 毫米　1/32
印　　张　12.25
字　　数　349 千字
版　　次　2023 年 3 月第 1 版第 2 次印刷
定　　价　79.00 元

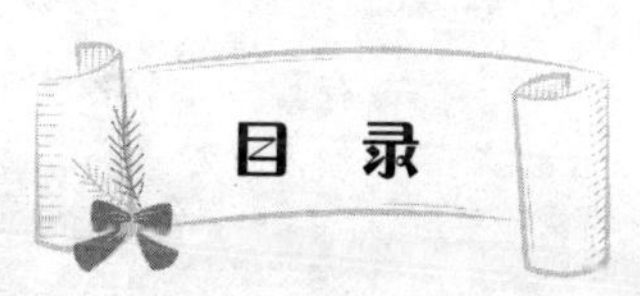
目 录

第1章

我记得自己上了一列摇摇晃晃的火车，没错儿，我可以闻见空气中那股呛人的煤灰味儿。车厢里没有窗户，四周漆黑一片，车轮一下又一下地撞击着铁轨——哐当，哐当，哐当，从我的头顶上方砸下来，轰然闯入耳膜——整个世界都被这单调而沉闷的声音充斥，如同鼓点一般密集。火车越开越快，仿佛随时可以腾空而起，我突然想不起来自己要去哪里，我的身体正不断地被这黑暗吞噬，又被随随便便地抛出来——它仿佛脱离了我意识的轨道，独自在一条不断被海浪冲击着的小船上上下颠簸、左右摇摆，一会儿跌入无尽的深渊，一会儿又像一片羽毛，缓缓飘移，悬在半空，最后完全失控。我手脚并用，拼命扑腾，试图将自己的身体拽回来，可还是无济于事。

我像是一个溺水的人，脑子清醒，嘴里却喊不出声来……

我的灵魂从远处看着自己的身体，看着它一点点地飘走，远去……

“喂，醒醒！”

沉寂的黑暗中，一个男人的声音低低地响起来。

我挣扎着，慢慢浮出梦中的水面，张了张嘴，想说点什么，可是喉咙里像是塞了一团潮湿的水草，发不出声音，双腿软绵绵的。

什么都看不清——天地间一片混沌，无尽的铁轨一直绵延下去，如同一双长长的黑色手臂，伸向不知名的远方。车轮的节奏铿锵有力，在寂静的夜里格外清晰，一股冷飕飕的寒气正从密封不严的车窗里鬼鬼祟祟地钻进来——冰冷、刺骨，如刀般地割着我的脸。我心中一阵狂喜，谢天谢地，至少我有知觉了！我本能地往羽绒服里缩了一下，那里面散出一点可怜的余温，是我自己身体的温度——我松了一口气，我还活着！我不仅活着，还是一个真实的、有重量的存在。

我用手撑着座椅，吃力地在位子上挪动了一下，血液在我的身体中开始缓缓流动。

现在几点了？我这是在哪里？

窗外，微弱的橘黄色灯光一闪而过，给人一丝温暖的感觉。我想象着夜幕下安静呼吸着的田野。风吹过草地时发出沙沙的声音，现在虽然是伸手不见五指的黑夜，但有了灯光，就有了生命的痕迹，有了人的气息。

对了，刚才好像有一个人，一个男人的声音，把我从梦中叫醒，可是，人呢？

太诡异了！

我心里一惊，浑身的汗毛都竖了起来。

整个车厢如同一个被遗弃的废墟，刚上车的时候，身边的同学们还是有说有笑的，这会儿，却都像被同时催眠一般，一个个横七竖八地倒下，睡姿各异，进入了沉沉的梦乡。

刚才的声音是从哪儿来的呢？我四下张望着。

“做噩梦了吧？”终于，那个声音在黑暗中又响了起来，很轻，好像生怕吓着我。

我猛地抬起头，对面靠窗的那个位子上有个人影晃动了一下。

我从小就近视，上大学后又加重了，而且一到晚上视力就更加糟糕。我不喜欢戴眼镜，我已经习惯了在朦胧中看这个世界，偏偏这会儿最需要的时候，眼镜却不知去了哪里。

我模模糊糊记起来，昨天傍晚上车的时候，对面有个男生，穿得有点臃肿，戴一副眼镜，面无表情，一直埋头看他的书。他是一个人——我们十几个来自北京的同学，浩浩荡荡地上了车，忙着调换座位，互相走动，旁若无人地高声说笑——这是我们上大学以来的第一个寒假，离家五个多月后第一次回北京。大家不是一个系的，平时虽然也偶尔聚会，但是临近期末考试这一个多月忙得头晕眼花，感觉已经很久没有见面了，这会儿在火车上碰到，有说不出的亲热。

对面的那个男生对这一切都视而不见，连头都懒得抬一下——以至于后来我干脆忘记了他的存在，只隐隐约约地记得，临窗的座位上，渐渐暗淡下去的暮色中，晃动着一个孤零零的影子。

这会儿，夜深人静时分，这个有点神秘的“影子”却突然奇迹般地“复活”了，而且开口和我说话，而这正是此刻我最需要的——一个可以说话的人。刚才那个噩梦还清晰地留在我的记忆里，我的嗓子隐隐作痛，喉咙里似乎堵着一团棉花，那种垂死挣扎又喊不出来的感觉并没有完全消失。

“告诉你一个秘密，做了噩梦赶快把它说出来，然后就好了，以后就不会做类似的梦，但是要快，否则就不灵了！”

“影子”一本正经地说。

他的嗓音很柔和，有一种特殊的磁性，一种催眠般的魔力——这是一个成熟男人的声音，不是那种声音尖细的小男生。

据说，人的记忆百分之八十都来自眼睛，因为视力不好，我总是先凭着声音去认识一个人，因此有时会忘记一个人的名字和相貌，但会记住他的声音。我对人的声音有一种痴迷，一个人的眼神可以伪装，可以掩饰，但是声音却会一直如影相随，很难改变。

比如眼前这个陌生的“影子”，他的声音，将会和这列火车哐当哐当的节奏一起留在我的记忆中。在这个黑暗的王国，缥缈的天地之间，这声音如同一首优美而又熟悉的曲子，穿过窗外无名的山脉和树林，从遥远的地方，从另一个时空飘来，把我重新带回这个世界。

我蜷缩在自己那件余温尚存的羽绒服里，开始断断续续地讲述那个噩梦，确切地说，是对着一个陌生的影子喃喃自语，但是我却一口气说了下去——说着说着，我喉咙里那种被堵得难受的感觉开始慢慢消失，而且这个所谓可怕的噩梦，在我说出来之后，听上去也就像一个蹩脚的笑话。

“影子”静静地坐在那里，一动不动，耐心地听我讲完。

“让我看，你这个梦已经失真，至少是被你加工过的，那个原版梦已经被你的记忆给删除了。不过，平心而论，你的梦做得不错，也许，今后你可以以做梦为生。”

“影子”挪动了一下身体，发出一阵短促而轻快的笑声。

我一时没有反应过来。

刚才的那个梦里，我好像度过了一段混沌不清的时间，现在虽然安然无恙地回到了尘世，可我还是感到有点力不从心。我在梦里跟恶魔做了一夜的搏斗，现在已经筋疲力尽，大脑似乎停止了转动；而我对面这个“影子”却格外清醒，还有几分幽默。这很不公平，整个晚上，我和此刻身边的同学们都进入梦乡的时候，他却安静地坐在黑暗中。众人皆睡，唯他独醒。

但是我喜欢这个人说话的风格——没头没尾，看似漫不经心，让人难辨真假。

过了好一会儿，我的大脑才开始缓缓转动。

“做梦为生？听上去不错嘛，要是真有这份工作就好了！”

“怎么没有？来，我讲给你听！”

“影子”似乎来了精神，大概他也寂寞吧！天寒地冻，月黑风高，世界上只有我们两个人是醒着的——我们只能相互陪伴，这似乎是唯一的选择。

“从前，有个女孩，在十一个兄弟姐妹中排行第三，从她牙牙学语开始，就习惯了在早餐前讲述自己的梦。7岁的时候，她梦见自己的弟弟被激流冲走。”

我差点儿笑出声，他还挺认真，把当我小孩儿了。自从6岁以后，就没有人再给我讲过故事，不过，反正我睡不着，和这个“影子”闲聊一阵也好。

“后来呢？”我佯装有兴趣地问。

“女孩的妈妈当即禁止她的弟弟在河里游泳，可是这个女孩虽然年纪不大，却对于解梦有了自己的一套体系，她告诉母亲这个梦的含义不是说弟弟会溺水而亡，而是暗示他从此不应该再吃甜食！”

我愣了一会儿，然后大笑起来。

“这扯得上吗？她就是想独吞甜食，哈哈，真聪明啊！”

“别那么急着下结论！女孩的母亲对她的解释深信不疑，可是那个男孩子才5岁，不吃甜食简直活不下去。有一天，他偷吃一颗糖豆时被噎住了，至于结果，你自己也猜到了吧？”

“他死了？”

我倒吸一口凉气，全身顿时一阵冰凉。

我迅速把自己刚才那个梦回忆了一遍，虽然平时我也有分析梦的习惯，可我还没来得及仔细回味，“影子”就给我讲了这个故事。只是，我的梦支离破碎，而他的故事却清晰完整。

怎么这么巧？是不是他临时编的这个故事呢？我刚刚也梦见了溺水，难道我以后就不能吃甜食了？对我来说，不吃甜食，真是生不如死！

转念一想，又感到好笑，这个人在逗我玩儿呢，这么荒唐的一个故事，我居然差点儿相信了！

“你的故事讲完了？”我问。

“没有，现在才说到正题。后来女孩子长大了，去一户富裕人家求职，人家问她会什么，她老老实实地说自己就会做梦。就这样，她被留下来了，她的梦做得很好，一直做了下去。每天早上，她通过解梦为这家人预测当天的运程，后来，这家人的晨昏定省，干脆都由她来决定，她成了这个家真正的权威。主人死的时候，慷慨地赠予了她一部分产业，唯一的要求就是让她继续为这家人做梦。”

这是个什么破故事！真是荒唐透顶，但是，我承认，我还是有几分好奇。

“你这个故事是真的？”我忍不住问。

这个故事有种神秘的暗示，一切扑朔迷离，用逻辑分析不清的事情我都喜欢。

对面那个神秘的镜片调皮地闪动了一下：

“去问加西亚马尔克斯吧！”

原来是小说中的人物，被“影子”信手拈来。

我恍然大悟。

“你这个故事太简单了，没有什么意义！”我不假思索地说。

“我没说它有意义，但它有意思，对吗？我看你听得津津有味的！”

“影子”的反应很快，他的声音带着一丝揶揄。

“没有意义，但有意思，这是什么意思？”话一出口，我自己先笑了起来。

“你说得不错，你看，我们的人生不是和这个故事一样吗？没有意义，但可以有意思，我是说可以，不代表一定会有意思！”

“影子”的语气这次是认真的。

这题目可真大！

“影子”似乎忘了我们此刻是在冷得像冰窖一样的火车上，而且是深更半夜，这个时候谈人生的意义，似乎有点儿离谱。

但是和他说话还是很刺激的，我的头脑必须一刻不停地转动，否则一不小心就被他绕进去了。一定是某种奇怪的命运把我们两个人安排到了这个“孤岛”上。在这样一个夜深人静的时刻，在四周沉寂的车厢里，在神秘的时间隧道之中，我们开始了这场对话。这一刻似乎有些不真实，有点儿像梦境。也许就是因为这种感觉，我拼命想抓住点什么，把这场对话继续下去，最好一直到天亮，那时候我就能彻底把他的脸看清楚了。

他是一个什么样的人呢？

“你也是武大的？我在北京同学会里好像没有见过你！”

我急中生智，问了一个具体的问题，赶快逃离马尔克斯——这个我不熟悉的话题。相比之下，我对眼前这个人的兴趣更大一些。

“你以为武汉所有的大学生都是你们武大的？”

我立刻觉察到“影子”的语气明显有些失望，还有几分冷淡。

我的一句话，就把他从梦里拉回现实。

在真实的世界里，我们都属于某个地方，都有自己的身份，没有什么神秘感——梦与现实之间有时就隔着那么浅浅的一道线，我冒冒失失地就闯过去了。

要是在平时，我是绝对不好意思和一个陌生人这样搭讪的，但是黑夜似乎给了我一份勇气，在我那模模糊糊的近视眼中，这个人身上被蒙上一层神秘的色彩——他那个关于做梦的故事，他时而热情洋溢，时而拒人千里之外的态度，他那捉摸不定的情绪……

“影子”把头转向了窗外，似乎关上了心灵幽秘的暗室，他的身影融进了沉沉的夜色。

窗外的灯光，一盏又一盏地从我眼前飞逝而去，像曾经逝去的往事，等你刚刚捕捉到一点影子，它又无声无息地离去了。夜是如此寒冷、寂静，但我的身体里却开始涌动起一股暖流，我感到有一条无形的、细细的丝线正从我们之间伸展开，虽然横亘其间的是窗外那个无垠的、广漠的世界，但是我们正在一点点地接近那个看不见的界线。

我们都沉默着，但是我并没有觉得不舒服，我仔细回味着他说的每一句话。长到 18 岁，这是我人生中的第一次奇遇，原来黑夜里竟然藏着这么美妙的时刻，这么有意思的对话，如果是在梦中度过，还真是一种浪费呢。

我的心突然莫名其妙地跳起来。

过了好一会儿，“影子”的声音又轻轻响了起来。

“也许有那么一天，你会以为咱们这一场对话也是一场梦，你说呢？比如，十年，二十年之后？”

“影子”又自言自语地说。

他在这样漆黑的夜里独自静坐，就是在想这些问题？

十年？二十年？我没想过，我能活那么久吗？那毕竟是很久以后的事情。再过几个月我就 19 了，我一直觉得我活不过 19 岁，不知道为什么，19 岁好像是一道坎儿，然后，我就老了。

真可怕，我深深地叹口气，再过十年，我就不是自己了，至少不是现在的自己。

我会变成一个什么样的人呢？

“据说，人体细胞差不多每隔七年就会更新一次，现在回过头看十二三岁时的自己，感觉像在看另一个人，而那个人除了顶着我的名字，其他的，我实在看不出来和现在的我有什么相似的地方。”

“影子”又接着说。

这个人到底多大了？现在就开始怀旧了？

我暗自好奇，又不好意思问。

12 岁到 13 岁——是我生命中最快乐的一段时光。

在北京的家里，我有一个小小的、朝南的房间。冬天的夜里，外面北风呼啸，屋里暖气管道在寂静的夜里发出令人安心的咝咝声，整个房间都是暖洋洋的。我会把洗好的袜子晾在上面，然后迅速钻进妈妈铺好的被子里看一会儿书，不知不觉就睡着了；早上醒来，我就穿上那双热乎乎的袜子走进厨房，不用说，爸爸已经提前把早餐给我准备好——他亲手包的热气腾腾的猪肉小葱馅儿包子，一碗清香的白粥，一小碟用香油拌的榨菜，一小盘令人垂涎欲滴的绛红色腊肉，配着碧绿的水煮小油菜。

我的日子过得懒散，温馨，无忧无虑。

悠长的暑假，我坐在阳台上，用小勺吃着香甜的冰糖莲子羹——妈妈头一天熬好放在冰箱里的。我一边背诵唐诗，一边等着妈妈下班。每天不管多累，她回来也要听我背诵当天练的那首诗，那是她留给我的功课。

记忆中，夏天的空气中永远散发着栀子花的香气，凉风习习，知了疲倦的叫声断断续续地传过来，构成读书时完美的背景音乐；马路上的行人渐渐变得稀少，整个城市隐藏在夜幕中，而我的那盏小台灯，往往会亮到很晚。

我的脑子里似乎有一个神秘的过滤网，我不喜欢的东西会自动被冲走，我只关注精致、细腻和美的东西，我活在文学作品中人物的命运里——妈妈从来不给我买儿童图书。12岁的时候，我开始读《红楼梦》。每天吃过晚饭，我和妈妈讨论《红楼梦》里的诗和人物性格，妈妈的话，我似懂非懂，但是她在大学教古代史，肯认真跟我探讨这些，我已经很开心了。

爸爸却很少在家。

爸爸大学一毕业就当上了外交官，两年回国探亲一次。他不在的日子里，照片源源不断地寄回来，永远是他西装革履、神采焕发地出席各种宴会的样子。据说爸爸在外交使团的活动中，永远是众人瞩目的焦点，他会说一口流利的英语、法语，而他真正的专业——阿拉伯语更是令无数阿拉伯人敬佩。

妈妈告诉我，海湾战争的时候，爸爸镇定自若地指挥大家暂时转移到华侨家，自己冒着生命危险，一个人开车几百公里，亲自去机场交涉大家回国机票的问题。凭着他流利的阿拉伯语和令人难以抗拒的说服力，所有问题迎刃而解，没有一个同事出事。

每次使馆有人回来探亲，见到我和妈妈，都会用敬重的口吻谈起爸爸——他受到无数人的尊重，包括国外的一些政要。这样一个经历过枪林弹雨，见过无数大场面的人，回到家里，却心甘情愿地给我和妈妈做“奴隶”，而且一贯地任劳任怨。

照片上的爸爸和现实中完全是两个人。

他一走就是两年。每次回来，我们彼此都要面对一个陌生人。

有时候爸爸回国休假，妈妈正好在外地讲学，暑假期间，我白天和同学出去玩儿，晚上坐在自己房间里的大摇椅上，听巴赫的《G弦上的咏叹调》。巴赫的音乐总能让我平静下来。

我的房门是半掩的，我不知道应该和爸爸说点什么。我长大了，有了自己的生活，自己的小天地，有属于我一个人的秘密——和他那个位于地球另一端的世界完全没有关系。

爸爸休假的时候有点忙乱，每天早早起来，手脚麻利地打扫家里的卫生，他好像没有一刻可以坐下来安安静静地待一会儿——除了凌晨时分，我可以听到从他房间里传来断断续续的电台广播声，句子又快又长，是我一句都听不懂的阿拉伯语。

关于他的外交生涯，爸爸闭口不谈，他宁可把时间用来给我做各种好吃的阿拉伯风格的番茄洋葱烧羊肉、小鸡炖蘑菇、凉拌粉条。他喜欢看着我吃，然后把我剩下的饭菜风卷残云一般吃下去。

“咱们家的米在哪里？”

爸爸站在我的门口轻声地问道，人是不进屋的——我的小屋是我的领土，我要捍卫它的完整性。这是我从爸爸那里学来的外交术语。

“我不知道！”我理直气壮地回答。

“晚上我给你包饺子好不好？”爸爸耐心地接着问。

“我也不知道面在哪里，你打电话问妈好了！”

我捧着一本书，心不在焉地应付着他。

最后爸爸总有办法把饺子做出来，而且动作神速，边做边收拾厨房，热气腾腾的饺子出了锅，厨房也擦得一尘不染，根本看不出做过饭。

暑假还没过完，他又离开了。

我房间的墙上，挂着爸爸带回来的埃及莎草纸仿古画。我迷上了那种纸，古希腊人、古罗马人都曾用它来书写。莎草纸的表面有些枯黄，起皱，但有一种说不出的美，配上精致的画框，艳丽的色彩，半神半人的图案，我会目不转睛地盯着看很久。

爸爸还送给我一个小小的沙漠玫瑰，那是一种经过风化后呈玫瑰形状的石头，一碰就碎。我喜欢轻轻抚摸它粗糙的沙砾，想象它如何在沙漠中，经过风吹雨打，一天天变成今天的形状，然后千里迢迢地来到了我的小屋里。

我小心翼翼地把玫瑰石放在书桌上一个安全的角落里我的房间因为这些小东西，有了一种特别的气氛，在那里，我是一个完整的人，读书的时候全身心投入——用我的灵魂。

不知从什么时候开始，书本已经不能完全满足我了。我人在屋中坐，心却飞向了外面的那个世界——爸爸置身其中的那个世界。

我迫不及待地盼望自己快点长大，我渴望冒险，渴望新鲜的、与众不同的生活，我想走出这个家，走得越远越好。

虽然这么想，可这一天真要到来的时候，我却有种莫名的焦虑——妈妈在电话里告诉我，她很快要去爸爸派驻的那个海湾国家做外交官夫人，对此，她犹豫了很久，但是我可以感觉到，这次，她是下定决心要走了。

妈妈一走，我就要像许许多多外交官的孩子一样，过孤家寡人的生活了。一个人的日子是什么样的？无拘无束，没人管手管脚，可以周游全国！我早就向往爬一次黄山，看看大海，我想去的地方实在太多了！

最要紧的，我梦寐以求的自由，现在伸手可及。

我准备好了吗？

我是那种喜欢在现实与梦想之间编织一层纱帘的人，隔着一层薄纱看出去，那个世界才会有种朦胧的美。现在，当梦想即将变成现实的时候，我反倒犹豫起来。我知道自己将会失去些什么——童年的乐园，栀子花的香味儿，不会再有人和我坐在阳台上讨论那些我心血来潮时提出的各种古怪问题。一个人，总会有孤独的时候吧？这种怪怪的情绪在这个冬天频繁地拜访了我，即使在宿舍里人最多、声音最嘈杂的时候，它也会突然降临，穿过人群找到我。

不知过了多久，一缕淡得几乎看不见的晨曦，正试图透过黑沉沉的夜色穿进窗帘——我对光线格外敏感，虽然车厢里现在还是漆黑一片。

我吓了一跳，我居然絮絮叨叨地和“影子”说了一夜？好像和他认识了一辈子似的。

我甚至连他的脸都没有看清楚，一切就这么自然而然地发生了……

“影子”是个很安静的聆听者，过了好一会儿，他才慢吞吞地说：

“你很幸运，一朵温室里的鲜花！”

我很幸运？

那他自己呢？我这才发现，聊了这么久，我对他几乎一无所知，他对自己的秘密守得很严，我只知道他比我高两届，华工物理系的。

但是，我急什么呢？明天早上，我还有大把的时间。

过了好一会儿，“影子”对我说：

“你喜欢坐火车吗？”

还没等我回答，他就自言自语地说：

“我喜欢坐火车，我喜欢这种处于现实之外的感觉。你瞧，从这个窗口看出去，这个世界好像和我们没有什么关系，可是终点站一到，你就得开始行动了，你得做点什么，为了某个什么目的，奋斗点什么结果出来。”

“影子”又转移话题了，他的话，有时像出自一个饱经风霜的老人之口，不知道这是不是一种回避问题的技巧？

我的眼皮越来越沉，这会儿的火车有点像一个安全而舒适的大摇篮，晃呀晃的。我知道自己不会再做那个噩梦了，我仿佛又回到了自己在北京的家，睡在了那个舒适而温暖的小床上，有一种说不出的安全感，而这个有点神秘的“影子”，就是一个忠实的守夜人。

我捂着嘴，不由自主地打了个哈欠。

“真像小孩儿，困了就睡吧，再过一会儿天就亮了！”

我在睡意蒙眬中听到“影子”带点宠爱的声音，整个晚上，是这个声音在陪伴着我。

我像被催眠了一般听话地闭上眼睛。

每天入睡前，我都会想一些美好的东西，一首好诗，一幅让我过目不忘的油画，或者巴赫的某一段音乐，记忆中的音乐更让人沉醉——我没有听着音乐睡觉的习惯。

“我出生在巴尔扎克笔下，他是我的摇篮、我的森林、我的旅程……”

记不清这是我从哪里读来的一首诗，因为句子格外优美，不知不觉印入脑海，这个时候，它突然从记忆的某个角落里跳了出来。

对我来说，诗也是一种音乐——生命的音符被浓缩成美丽的词藻。

黎明姗姗来迟，天地之间，似乎只有我们两人。窗外，是严冬，是未知，是陌生的世界。

但这一刻，我全身却是暖暖的。

就这样，我在梦中潺潺流水般的音乐中慢慢睡去。

魔鬼的鼓点消失了……

第2章

不知过了多久，我迷迷糊糊地听见旁边有人在低声交谈，是那种刚刚醒来的人特有的、带点沙哑的嗓音，还有人在大声打哈欠，肆意地伸展四肢，我身边好像骤然长出一大片的丛林，把我层层包围在中间。

不知是谁恶作剧地打开了车窗，一股刺骨的寒风呼啸着钻进车厢。

这下我彻底醒了，还没睁眼，我心中就感到隐隐的不快，这是一种奇特的感觉。我是说，每天在刚刚醒来的那一刻，我就大约能预感到这将会是怎样的一天。

白天和夜晚，完全是两个世界。

“谁这么讨厌啊？赶紧关窗户，拉窗帘，麻利儿的！没看我们都快冻死了吗？”

一口字正腔圆的北京话——即使是发号施令，音色也格外清脆、甜美，带着少女特有的娇嗔，令人难以拒绝。

几个男生同时跳了起来，七手八脚地关上了窗户，把那条脏兮兮的墨绿色窗帘勉强拉上。

说话的人是晓玥。

晓玥比我高一届，是我们学校重量级的人物——中文系的“系花”，也是全校北京同学会的“会花”。昨天晚上，因为晓玥坐在我们这里，我们这节车厢就风景独好，好几个男生干脆离开自己的座位，走过来和她聊天。

这会儿车厢里的光线不那么刺眼了，我用手捂着嘴，打了个哈欠，睁开了眼睛。

晓玥正在一下又一下地梳着一头长发，不时对着桌子上的小镜子欣赏自己的倩影；坐在她旁边的是日语系的肖桑，典型的北京大男孩，大大咧咧，跟谁都能聊上半天；我对面是化学系和生物系的两个北京同乡，看样子还没有完全睡醒，眼神有点发呆。

不对，好像少了一个人！

我心中一惊，差点儿从座位上跳起来，对面靠窗的那个位置怎么是空的？昨天晚上和我聊了半夜的那个“影子”哪里去了？

我正在东张西望，突然发现晓玥停止了梳头的动作，向过道的方向看过去，她的脸上出现了一种奇怪的表情，有点诧异，还有一丝羞涩——我对面的那两个男生已经起身，在给一个身材高大的男生让路，那人穿一件合身的黑色高领毛衣，一条普通的蓝色牛仔裤，看上去健美、颀长，身上带着一股清新的肥皂味儿。

他一边礼貌地对那两个男生低声说着“谢谢”，一边小心地走进座席，尽量不碰到旁边的人。然后，他缓缓转过身，稳稳地坐在窗口我对面那个位置，抬起头，对我微笑了一下。

我呆呆地愣在那里，这个人是谁？

这不可能是昨天晚上和我聊了半夜的那个“影子”！他的眼镜去了哪里？还有，他那件臃肿的、灰不溜秋的大衣呢？

一道细细的阳光从窗帘的缝隙中颤颤巍巍地透了进来，在他的脸上、身上投下一层金色的光影，我终于可以把他看清楚了——一张轮廓分明的面孔，嘴唇的线条很柔和，目光中有一种逼人的灵气。

我垂下眼睛，躲避着他的注视，全身一阵战栗。

难到真的是他？他和我想象中的那个人完全不一样。

刚才他那个笑容明显是给我的，见我没有反应，他又轻声问了一句：

“你醒了？”

这回我听出来了，就是他！尽管他摘了眼镜，脱了大衣，整个人如同一个被晨光唤醒的“森林王子”，但这个声音我是熟悉的，它陪伴了我大半个夜晚，一直到我安心地再次入眠。

我脸上热辣辣的，慌乱地冲他点点头，一时不知道说什么。

身旁的晓玥朝我投来惊讶的一瞥，目光中充满疑问。

“喂，请问昨天晚上你是坐这儿的吗？我怎么记得是另一个人呢？”

晓玥抬起眼睛，大胆地凝视着他，她说话的时候，下颏微微扬起，在缓缓变化的光影中，形成一个优美的弧度。我有种感觉，这个姿势，她练过无数遍了，做起来自然而然，毫不费力。

"我一上车就坐在这里，如假包换，要不要我把车票拿出来，你当场来验一下?"

"森林王子"调皮地冲晓玥微笑了一下，半开玩笑地说。

一夜之间，"影子"仿佛变成了另外一个人，他那拒人千里之外的冷漠哪里去了?

昨天晚上和他聊天的时候，我一直偷偷地在脑子里描绘他的形象——平平常常的五官，深度近视，灰不溜秋的大衣里包着一个中等偏瘦的身体。但这些都不重要，他的沉默寡言，他的机智幽默，他那些令人措手不及的问题才是我感兴趣的，而这一切，我认为是由我独享的，难道不是吗?昨夜，也就是几个小时之前，这个人和我，曾经共度过一段属于我们两个人的时光，我记得他讲的故事，那个关于做梦的故事，他是否也记得?是他，把我从一场噩梦中唤醒?

我突然希望时光倒转，让我重新回到那个神秘的夜晚，那个时候，我们的身体、面目虽然被黑夜掩藏起来，但心灵却打开了一扇窗户，就是在那种气氛中，我们有了一场跨越时空的对话。

然而，光天化日之下，一切都消失得无影无踪。

"影子"重新戴上了眼镜，开始看书。一个人在专心致志地做事的时候，身上就会散发出一种特殊的沉静。要是这会儿我手里有本书就好了，那会是一个绝妙的道具，让你可进可退，躲进书里，躲进自己的世界，然后用一只耳朵收集也许会有兴趣的东西。

此刻，我和"影子"离得如此之近，我甚至可以听见他均匀的呼吸声，但是我们之间的距离又无比遥远，一种无形的东西阻拦住了我们——我相信谁也看不出来，眼前这个人和我深谈过大半夜，连我自己都开始怀疑，整件事是我自己幻想出来的。

窗外的景色在不停变换着，从山坡换成小灌木丛，然后出现了一条快要干涸的小河，又冒出一棵已经光秃秃的大树，几片干枯的叶子被呼啸的北风吹得纷纷落下，四处飘零，没有了立足之地。

我无意中瞥见玻璃窗里的自己——头发没梳，脸没洗，牙没刷，无精打采，心事重重，显得既不优雅，也不漂亮。这副样子，有谁会注意我呢？“影子”在我面前一本正经地读书，也许就是为了逃避和我的对话。昨晚，在夜幕的掩饰之下，我相信自己也是有几分魅力的。可这会儿，该死的阳光把我身上的一切缺点都暴露出来——我的脸上不知什么时候长出一组小痘痘，又红又痒，我的皮肤属于那种超级敏感型的，情绪上一点风吹草动，都会迅速显示在脸上——我的脸一向是我心灵的晴雨表。

我悄悄看了一眼“影子”捧着书的手——他的指甲剪得干净、整齐，骨节清晰，但并不显得粗大——那是一双男人的手，坚实、有力。

被这双手握住，会是一种什么样的感觉？

我的心突突地跳起来，无论从哪个角度看，“影子”都是个英俊的男人，可恰恰是他的外表，让我感到不安，甚至痛苦，他就像——我很想得到，又知道自己永远不会得到的一样东西。

我的心就像被什么尖锐的东西狠狠刺了一下，昨夜，在没有看清他面孔的时候，我是那么开心、轻松，我享受着和他在一起的每一分钟，感觉到自己在被一个人深深吸引，和他，已经像是认识了一辈子。

为什么此刻，和他近在咫尺，却仿佛是在面对一个陌生人？

在过去的十八年里，那些曾经让我怦然心动的人，还只限出现在我读过的文学作品中。现实生活中，还没有人令我如此心神不宁，也没有人像眼前这个“森林王子”一样让我觉得自己如此平庸，如此绝望。

窗外，几只黑色的乌鸦，正拍打着翅膀，斜斜地飞向光秃秃的灌木丛，一缕白烟从树林后面缓缓升起，枯藤，老树，昏鸦，一应俱全。我的脖子开始隐隐作痛，无论如何，我得换个姿势，但是只要我回头，就会不可避免地看到“影子”，就会莫名其妙地紧张。

真该死，到底发生了什么？我怎么变得这么缩手缩脚？这么自卑、胆怯？

我不再认识自己。

就在这时，一股淡淡的、甜美的清香从身边飘过来。

我不由自主地闭上眼睛，贪婪地深呼吸一下，回过头。

不知什么时候，晓玥神不知鬼不觉地擦好了香水，正悠然地用一把贝壳色的梳子梳理着一头乌黑光洁的长发，一会儿散开，一会儿编个毛茸茸的粗辫子，然后再打散开，不厌其烦地梳一个马尾辫。她的手指纤长、灵活、白皙，好像这一头浓密的秀发就是琴弦，她的手指轻盈地穿梭其间，似乎她坐在这列火车上的唯一目的就是梳头，别无他念。

我还没有反应过来，一幅“美女梳妆图”就在眼前出现了——晓玥的一头乌发在她白皙的手指中穿过来、穿过去，如同一条游动的、浑身发亮的黑蛇；她的身后是肖桑和两个男生，他们呆呆地注视着她的一举一动；“影子，的面孔变得模糊起来，他似乎离我们很远。这个人有一种超然物外的本事，他稳稳地坐在那里，对身边发生的事情似乎完全没有兴趣，好像把整个魂都放在了手中那本书里。

晓玥似乎并不在意——这个和我差不多大的女孩子，身上似乎有一种与生俱来的自信，而且她熟悉游戏的规则，把自己的魅力运用得恰到好处，如同一幅地图，徐徐展开，这地图由她自己绘制，别人可以研究，可以勘探，但是展开多少，对谁打开，却是由她来决定。昨天，从一上车，我就看着她在一群男生面前谈笑风生，接受众人的膜拜，而那个角色，她似乎已经习以为常。

他们都有道具！我暗想，晓玥有梳子，有一头浓密的秀发，只要她高兴，变出上百个花样也是可能的，在这之前，我不知道头发也可以变成武器，可以用来征服，用来挑逗，相比之下，语言反而成为多余的、可有可无的东西；而“影子”有书，从一上车，他就把自己藏在了书里，也许，在这本书的掩护下，他早已洞悉周围的一切？

一场无声的战争正在我身边悄悄进行，晓玥看“影子”的那种目光让我颤抖了一下，而被争夺的对象，却是一副浑然不觉的样子。

要是我不认识“影子”就好了，坐在这里，静观晓玥表演，也是一种乐趣。

为什么十八年以来，没有人向我传授过这种艺术？

我很少去想自己是不是漂亮，是不是吸引人，我在镜子前花的时间一向少得可怜。

记忆中只有一次，那时候我大概不到16岁。一个周日，楼下的邻居珠珠来找我，说是她那当摄影师的表姐想找几个女孩拍照，不由分说就把我拉到她家。

珠珠的卧室里摆着三脚架和一张扶手椅，窗帘也被拉上了，她的表姐看上去比我们大很多，胸前挂着照相机，一副专业摄影师的派头。

我无动于衷地坐在椅子上，任凭“表姐”摆弄。

“这样吧，你跨在椅子上，手扶椅背，然后慢慢回头，身体不要动，慢慢地转动脖子，然后呢，回眸一笑，懂吗?”“表姐”冲我比比画画，像一个导演。

我乖乖照她说的做了。这样拍照，还是第一次，我觉得很好玩，还有点可笑，可是当我缓缓转动脖子的那一刻，我并没有笑出声，而是冲着镜头微微一笑，房间里很安静，只有“表姐”不断地按动相机快门的声音。生平第一次，我觉得自己的状态一定是美的，至少在那一刻，空气静止，时光驻足、定格，我身体里的另外一个自己悄悄走了出来。

一个神秘的，我从未察觉过的影子，她无疑是美丽的，否则“表姐”不会那么拼命地按快门，但是，她是谁呢?

我甚至没有勇气让“表姐”把底片冲出来后给我看看。

“不错，亲爱的，你的眼睛长得很漂亮，就是嘴唇有点发白，涂点口红会好些!”

“表姐”对我说。

第一次有人当面夸我漂亮，我有点不好意思，一口气跑上楼，回了家，找出妈妈的口红，是那种微微发紫的玫瑰红，我对着镜子涂了上去，我的嘴唇果然显得红润而有光泽，我整个人都显得精神起来。

“你的口红从此归我啦!”妈妈下班回家，我笑眯眯地通知她。

“赶紧拿走，反正我也不用!”妈妈干脆地说，根本不问我为什么突然要她的口红。

拍照结束，我又变回自己，一个青涩的少女，整日躲在松松垮垮的运动衣里，试图藏起正在发育的身体，在宽大、不合体的衣服里，我觉得无比舒服、自如。妈妈在大学教中国古代史，13岁的时候，我和妈妈争论唐朝的文化发展到了鼎盛时期，为什么会走向衰败；唐玄宗整天和杨贵妃卿卿我我，他哪来的时间治国。我每天的问题都很多，妈妈回了家，再累也会认真思考，认真和我讨论，并没有因为我是孩子而忽视我的提问。

就是在那个时候，我学会逻辑性的思维，学会分析事物，并提出自己的观点。

但是，妈妈没有教我一个女孩子应该如何展示自身的魅力。

晓玥终于梳好了她的马尾辫，整个人显得干净、利落，几根碎发随意地垂在耳边，她的脸显得清秀、自然。

“演出”正式开始，我心想。

晓玥迅速瞥了一眼“影子”手上那本书。

“我说，你在看西尔维娅·普拉斯的《钟形罩》吧? 我只读过她的 Ariel 和 WinterTrees,《钟形罩》这样的大部头我还是等中文译本出来吧，读原文还真有难度!”

“影子”终于放下书，摘下眼镜，礼貌地微笑了一下，那个笑容显得有些疲倦、慵懒，但依然魅力无穷。

这个什么普拉斯，就是让“影子”如痴如醉的作家，他不是在装模作样地读书，晓玥刚一提到这个作家的名字，他的眼睛就开始发亮。

“你说的那两本诗集，我记得应该是她自杀以后他丈夫休斯帮她整理出版的，感觉他对原诗做了些改动，风格变了！”

“影子”还是用他那特有的、懒洋洋的口吻说话。

我们几个像傻瓜一样地看着他俩，他们在说什么呢？寥寥数语，但是似乎两个人心有灵犀，马上就可以把我们隔开，我是唯一学英文专业的，可对他们谈的话题完全插不上话。

我记住了一个名字——普拉斯，它如同一个神奇的密码，被晓玥迅速破译。在这之后，一切都变得轻松起来。两个人从普拉斯聊到艾米莉·狄金森，然后到弗吉尼亚·伍尔芙、威廉·福克纳，一个又一个作家的名字、生平、作品。晓玥随意地谈起普拉斯在化学课上完全不听讲，一边欣赏着实验室里彩色的火焰，一边一页又一页地写着牧歌和十四行诗。

晓玥是怎么知道这些细节的？根据他俩刚才说的信息，这个普拉斯在20世纪60年代就自杀了，我恨不得立刻就冲进图书馆，读一读这个神秘女作家的书。

“影子”的身体微微前倾，全神贯注地倾听晓玥说话，他是一个很好的聆听者，一如昨晚。但是他和我之间，就有点儿大人和小孩谈话的感觉。

“影子”看晓玥的目光开始发生变化，他眼睛里有某种东西——兴奋、欣赏，我说不清楚，我只知道在这一刻，他已经完全忘了我，也忘记了周围其他人的存在。

我身上凉一阵、热一阵的，眼睛不知道该往哪里看，只想赶快逃离，逃离这个让我窒息到喘不过气的车厢。

终于，火车快到石家庄站站台了，深绿色的车头喘着粗气，冒着白烟，缓缓放慢了速度。

我摇摇晃晃地挤进下车的人流，车门一打开，我就急不可耐地跳了下去。

下了车，我长长地吸了一口气，在原地跳了几下，我的腿终于恢复了知觉，我的眼睛在近乎“失明”了一夜后，再一次清晰地看到了这个可爱的世界——这是一个晴朗的早晨，天寒地冻，呵气成霜，但不是南方那种半死不活的、阴沉沉的天空。这是北方，我久违的北方，天空碧蓝，炊烟袅袅，空气中有种新鲜的烧草气味，我贪婪地呼吸着，一口又一口。

我在月台上走来走去，试图在一团乱麻中理出点头绪。

一阵风吹过来，刚刚聚拢的云彩在天上缓缓移动，然后又慢慢分开，难道，昨晚发生的一切就这么被一笔勾销了？

我抬起头，忽然看见一双眼睛，我愣了一下才认出是他——那个神秘的“影子”。

听了一夜这个人的声音，但是他的目光，我还是陌生的。

这会儿，我和他的距离不远不近，我可以好好地欣赏他，而又不会被他发现。在清晨的逆光中，整个世界被清洗干净，纤尘不染地呈现在我面前，他就那么安静地坐在那里，显得如此与众不同，有一种只属于他的特殊气质。我几乎不能相信，仅仅几个小时之前，我和这样一个人分享过心灵深处某种深沉而隐秘的东西。

一觉醒来，世界变得面目全非，仿佛什么都没有发生过，难道和我对话的是一缕幽魂？

我的头隐隐作痛，我希望火车在这个站台再多停留一会儿，让我静静地想清楚，然后再投入复杂的生活，投入昨天晚上“影子”说过的“你需要时刻准备行动的那个生活”。

“影子”揉了一下眼睛，然后把头轻轻靠在车窗上，似乎在凝神沉思。我们的目光相遇的那一刹那，我发现他的眼神里有一种惊喜、一种恳求、一种提醒，但那只是短短一瞬，他的脸很快又转了回去。

他真的看见我了吗？还是我的幻觉？

这时，他的脸上突然绽开一个笑容，一个意味深长的笑容，我不由自主地屏住呼吸，可是这一次，他的笑容不是给我的，而是给此刻正心安理得地坐在我座位上的晓玥的。而且，那个笑容已经不再是出于礼貌，而是两个人有了某种心灵的契合之后才会有的笑容。他在笑，晓玥也在笑。我隐约看见她的侧影，她随手撩了一下晨风中飘舞的几根碎发，那个动作完全是无意识的，但是有一种特别的妩媚——我在一本书上读到过这样的句子：有些人就是因为一个小小的动作，永远地爱上了一个人。

而这一切，本来都是属于我的。我的眼睛里慢慢浮上一层泪水，我装作欣赏蓝天的样子，依然仰着头，不能让眼泪流出来，无论如何，不能在这里流泪，我身边都是同学，而且，“影子”就在离我不远的地方。

就在我下车这不到十分钟的时间里，一种崭新的关系就在这两个人之间奇妙地形成了。而且，不得不承认，他俩看上去很般配，好像天生就是一对。就像刚才在火车上，在他俩还没有开始说话之前，我就有一种模模糊糊的感觉，他在看书，晓玥在梳头，毫无关系的两个人，做着完全不同的事情，可是那画面就是让人感到似曾相识。

列车员吹起了哨子，火车吐出一股白烟，蓄势待发，人群从我身边说说笑笑地走过。大家吃饱了，呼吸足了新鲜空气，每个人看上去都是开开心心的，准备踏上新的旅程。

我随着人流机械地往车厢门口走。上了车，我当机立断换了一个座位，一个计算机系的男生欢天喜地地坐到了我的位子上。没有几分钟，情况就发生了变化，火车在一点点向前开动，大家都在开怀大笑，我坐过的地方成了一片欢乐的海洋，好像我的走开是一件大快人心的事，没有了我的存在，大家反而变得轻松起来。

这一切到底是怎么发生的呢？

晓玥手疾眼快，就在我眼皮底下轻而易举地“抢走”了“影子”，而且她做得漂漂亮亮、不动声色，估计谁也没有看出来我们几个人之间到底发生过什么。

车轮的节奏越来越快，我盯着晓玥那张神采飞扬的面孔，阳光时明时暗地打在她的脸上，但是无论光影如何变化，都挡不住她身上那光彩照人的美。看得出，她是那种一直怡然自得地游弋在生活中心的人，而不是边缘。一个与我同龄的女孩子，她为什么就会有如此的自信？

而我，就是这么放弃了自己的阵地。我甚至没有勇气试一下。

这火车上本来有我一个位置，就是我刚刚让出去的那个靠窗的位置。本来我舒舒服服地坐在那里，一路顺风地往北京走，但是现在我被什么东西挡住了，回不去了；我本来像一条欢乐的小溪，清新、自由、灵敏，正勇往直前地流向大海，可是这会儿却不得不在原地打转，被突然冒出的一个浪头狠狠打了回去。

也许，命中注定早晚要发生点什么，就像眼前这样的事情，让我发现自己到底是谁，这一路的经历，让我对自己、对身边的人都困惑起来：为什么“影子”昨天晚上对我似乎还有点兴趣，现在好像已经忘了我的存在？为什么我就不能大大方方地走过去？其实我和他们只有几步之遥，而且那毕竟是我本来的座位，我可以随便抓住那里的谁聊上一阵，装作满不在乎、若无其事的样子聊点什么开心的事，然后再把“影子”的注意力转移到我这儿来。

可问题就在这里，我怎么知道别人，包括这个“影子”对我的真实想法呢？我怎么知道我身上哪些小动作或者习惯，在别人眼里不会放大好几十倍，变得特别招人讨厌呢？

我怎么突然变得这么顾虑重重了？平时，我虽不是那种自我感觉超级良好的人，但也绝不像现在这样优柔寡断，毫无自信。冥冥中，似乎有一种不可抗拒的力量阻止了我，让我像被绑架了一般，坐在这个不起眼的角落里，双腿软绵绵的，一动不能动。我想象着自己的样子，胆怯，羞涩，脸红的时候小痘痘清晰可见。不过，这些不是最重要的。我能谈出来什么让“影子”的眼睛里放出那样兴奋的光芒？

我仿佛被放逐到了一个陌生的孤岛上，在那里，没有一个人认识我，连我自己都不再认识自己。

第3章

初秋时分。

谁也记不清是从什么时候开始的。每天晚上，差不多熄灯前，一场小雨便会翩然而至，是那种细若游丝的雨，不经意间，从宿舍那半开着的玻璃窗上一滴一滴地滑落下来。被雨丝带进来的是令人心醉神迷的桂花香。我们宿舍的窗外就是一排高大的桂花树，灰褐色的树皮，墨绿色的树叶，小小的、淡黄色的花低调地开着。白天我们匆匆赶着上课或者去图书馆，从树下走过，谁也不会多看它们一眼。可是晚上外面下起小雨的时候，一股清幽、浓郁，仿佛来自另一个世界的香气便会在空气中静静地弥漫开来，那个时候，树影摇曳，暗香浮动，整个外语系宿舍楼似乎被这香气催眠了一般，突然宁静下来。如果你闭上眼睛，轻轻吸气，那一缕摄魂的花香就会悄悄潜入你的身体，感觉好像随时可以腾空而起，飘然而去。

咪咪在放一张唱片——《时光之尘》，那是一个叫艾莲娜的希腊作曲家的音乐，几个音符刚跳出来我便被深深吸引，特别是那首《河边的华尔兹》，仿佛令人听见雨在石板屋顶的敲击声、流淌的溪水和夜莺的歌唱。小提琴的幽婉凄清、钢琴的明快亮丽、竖琴的温柔优雅、手风琴的深邃绵长，各自低声细说，然后交织在一起，如泣如诉。这里面一定有一个缠绵凄婉的爱情故事作曲家把自己藏在了音乐的背后，但是这深情凄美的旋律还是出卖了她——相遇，相爱，离别，无尽的思念，每一个音符都是一个画面。

宿舍里开始变得沉静，每个人都埋头自己的功课，彼此没有太多的交流。大一的时候，我们几个刚刚分到这个宿舍，连吃饭、去图书馆都约在一起，四个女孩每个人手里捧着一摞书，踩着脚下沙沙作响的梧桐树叶，说说笑笑地穿过校园。

一年过去了，到底发生了什么？没有人会说什么，包括我自己。只是，每当暮色降临，穿着黑袍的夜晚如同幽灵一般在窗外游动时，我躺在自己的小天地里，被一顶属于自己的蚊帐包围着，记忆就会不知不觉地把我带回那个冬天火车上的夜晚。日子一天天过去，那个夜晚反而完整而清晰地出现在我的眼前。火车上那一幕，已经在这样夜深人静的时候回放过多次，观众当然只有我一人——面对记忆，面对黑暗，面对未知。

“因为没有人会告诉你，事先警示你，为了活下去该怎么对付。这就是孤独，你必须独自面对，孤独就像电荷一样，你能承受一定数量而不致死去。”

我在读福克纳的《野棕榈》，对这些句子烂熟于心，你别说，它们有一定的安抚作用，孤独这玩意儿并非我一个人的感觉，人从一出生，它就静静地等在那里，一直到死。

突然，音乐戛然而止，然后，啪的一下，宿舍里一片漆黑。整个楼道几乎同时发出一声沉重的叹息，由于这叹息声是集体不约而同地发出来的，所以听上去像平地一声闷雷，沉重而惊悚。

每天晚上十一点都是如此，我可以清清楚楚地听见楼下看门的老王正用一条沉重的大铁链哗啦啦地锁门。老王尽职尽责，我甚至可以从那链条的声音里听见一丝隐隐的欢乐，这是最后的通牒，那些在宿舍里和女朋友缠绵的男生，还有在外面约会或者自习回来晚了的女生，最怕的人就是老王。

“每次听到老王锁门，我都怀疑自己是否住在监狱。”咪咪叹一口气，在黑暗里熟练地点燃一支蜡烛，烛光不安分地晃动了几下。

是的，监狱，就是这种感觉。

“各位，拜托，咱们互相听写一会儿数字再睡好吗？我还是没把握，好像明天的考试都是大数字呢！”咪咪对我和朱莉说。

明天？我飞快地在脑子里过了一遍明天的课程。糟糕！明天是听力课考试，我差点儿忘了！老师已经说了：所有的内容都和数字有关。这实在戳中了我的软肋，要知道，英文词汇不像中文那么丰富，很多词甚至没有，比如英文没有“万”，只有10个“千”；有“百万”，但是没有“千万”；没有“亿”，但是有“十亿”。

“糟了，数字考试我也害怕，等等，加我一个！”朱莉从蚊帐里一跃而起，和我们坐到一起。

烛光在黑漆漆的房间里摇摇晃晃地闪动，咪咪在寂静中庄严地读出一个又一个数字。

“五十七亿八千六百二十四万三千九百！四百九十八亿七千四百三十二万五千三百三十！”咪咪越说越快，数字越来越大，我和朱莉紧张地在纸上用阿拉伯数字把它们写下来，明天老师要是像咪咪这么起劲，数字无限扩大，我就彻底完蛋了！

我揉了一把酸痛的眼睛，真倒霉！连听力课也这么难，本以为学了文科，终于躲过了讨厌的数学，结果还是被堵在了这里。也许，这就是所谓的命运吧，终究难以逃脱，要是听力课再考不好，我怀疑自己是否还有勇气继续在这个学校里读下去。

第一学期的期末考试，我的英语精读课成绩是班上倒数第一，分数是我寒假回来才看到的。

这个打击远远超过火车上发生的那一幕。

精读课是我们这个专业第一重要的课程，这门课的成绩直接影响到每个人毕业后的前途，而我的对手，是班上二十二名同学。每天上课我都战战兢兢的，虽然大学不像中学，老师不会让你当众下不了台，如果提问回答不上来，你说一声“Sorry”，老师就会立刻叫别人回答，可是这样的次数多了，你自己都恨不得找个地缝钻进去。

我们班上每一个人都不是省油的灯，光是英语单科成绩排在各省前几名的就有好几个，我们班长的高考总分就在湖北省文科前十名以内，只是因为家里的特殊困难，才把第一志愿填成了武大。而我之所以能取得这张特殊的门票，主要还是因为我生对了地方——北京，武大对于北京考生的分数网开一面——我的高考总分比来自其地区的同学要低很多。

刚刚进入这个大学的时候，我还兴奋过一阵子，我进入了一个不容易进去的世界，扬扬得意地走了进去，和一群优秀的人、一群未来的“精英”在一起。

但是，“优秀”在这里有了不同的含义。如果大家都是“优秀”的，那么这个词就失去了意义。即使在“优秀”的人中间，也存在着千差万别，我只是幸运地走到了这个世界的边缘，远远不是中心。一夜之间，我被两个世界不约而同地拒之门外：一个是和“影子”的那个小世界，在那个寒冷的夜晚，在那样一场只属于我们两人的谈话之后，我还是被他一脚“踢”了出去；另一个是“大世界”，我被班上的二十二名同学打败了。

新学期开始了，我没有任何兴奋感，机械地、按部就班地过着每一天，像一片随波逐流的树叶——上课的铃声、学校的纪律、晚自习、期末考试，这些东西规范了我的生活，让我有了一种完整的感觉：我是这个庞大校园中群体的一部分，可是在这样一个浩浩荡荡的人群里，我到底是谁呢？如果我当场消失，估计这个人群连一点声响都不会发出，甚至不会有人回头看一眼，就毫不犹豫地继续向前走去。

然而，这一切到底有什么意义呢？忽明忽暗的烛光，老鼠频繁出没的宿舍，咪咪念出来的一个又一个冰冷的数字，哗啦啦的锁链声……为什么老王就从不生病？或者某一天忘了锁门？他难道没有家吗？这世界上除了锁大门，他就没有别的乐趣吗？

十年之后，二十年之后，这一切对我又什么意义呢？甚至，我的存在与否，又有什么意义呢？

那个冬夜，在开往北京的火车上，我自以为进入了一个心灵的温暖和隐秘之处，它如同夜空中的一道闪电，一晃而过。

我试着解释曾经发生过的一切，无数次，多种版本——对“影子”来说，我就是一本书，这个世界上有很多书，而我这本小破书，恰好在特定的时刻出现在他手边，伸手可及，毫不费力，而且开头两页似乎也不乏味，他就随手翻了翻，然后，漫不经心地放下。

晓玥，大概就是属于值得“影子”珍藏的那类书。

奇怪的是，从头到尾，我竟然没有哭过，一滴眼泪都没有，能哭总是好的，但是我没有哭，我从爱艾米莉·狄金森的诗中找到安慰：

“痛苦——具有一种空白的性质
它回想不起

它何时开始——是否有过

一段时间——它销声匿迹……”

然而，在痛苦销声匿迹之前我该怎么办？选择似乎不多，比如，我可以跟在这些“优秀”的人后面拼命追赶，拿到一份好成绩。然后呢？每天化一个妆容，花点心思打扮一下，找一个比“影子”帅得多的男生，在某个春暖花开的季节，若无其事地在校园里转一圈儿，最好还能碰上晓玥，她身边正好走着无精打采的“影子”——像那些青春片里的情景。

真累，我想想都累，如果我什么都不做，就此放弃，又能怎么样？放弃，有很多种形式，我渐渐尝到了它带给我的快乐。比如，上课的时候，我戴上耳机，拿出毛姆的《月亮和六便士》，然后把头发放下来，耳机线被遮得严严实实，这样我就可以随心所欲地读书、听音乐了，不理会老师说什么。我在精读课上听帕格尼尼的《女妖之舞》，这个魔鬼般的音乐怪才，可以用四根手指在四条琴弦上拉出四个八度，他的音乐有一种近似宗教的神圣，又充满了狂野的激情、炫耀的自傲和狂妄的放纵。他酗酒、好赌、嗜嫖，曾经一贫如洗，沦落街头——帕格尼尼的音乐让我深深痴迷，他的身世也是一个谜，我四处找关于他的传记来读。

我们的精读课老师是一名真正的绅士，他不再请我回答任何问题，绝不当众让我难堪。也许，每个班上都会有一两个像我这样的学生，老师也习惯了。

看书看累了，我会抬起头。偶尔，一道阳光从教室斑斑驳驳的旧窗户里照进来，我会有一丝淡淡的欢喜。南方的秋天多雨，太阳出来的时候，空气中有股青草的气息，再这样晴上两天，我就可以坐在校园里的草地上读书了！我喜欢在图书馆一次借四本书，然后同时开读，我读兰波的诗，亨利·米勒的《南回归线》，福克纳所有的作品，没有计划，没有目的，喜欢就读下去，不喜欢就换一本。

我的胆子越来越大——我开始逃课。早饭后，别人去上课了，我还在睡觉，宿舍里静悄悄的，窗户不知被谁打开了，南方的深秋，寒意已经开始袭来，但是无论天气怎么样，我们总是需要新鲜空气的。风轻轻吹动着我的蚊帐，恍惚中，我觉得自己仿佛躺在一条摇摇晃晃的白色帆船上，大把的阳光被风顺水推舟地送了进来，一阵细细碎碎的音乐在空气中散开，散漫，随性，恬静，若有若无。我闭着眼睛，侧耳倾听，是那首著名的《少女的祈祷》，在这个时候听起来，有一种特殊的、孤独的美——音乐，从来不是可以和人分享的，我微微一笑，看来，逃课的不只是我一人。

我背着大书包，一个人在校园里游荡。这是一个晴朗的日子，天空是透明的灰蓝色，太阳还没有完全出来，淡淡的雾气弥漫着整个校园，凭栏远望，狮子山，小龟山，半边山都静静地笼罩在这薄纱一样的晨雾中，四周传来阵阵清脆的鸟鸣。这样的天气，为什么大家要关在黑沉沉的教室里上课呢？我站在空无一人的老图书馆外的天台山，静静地面对群山，听一听鸟语，有一种要落泪的喜悦。

有时候，我也会溜到别的系里听听课，什么课都有，反正阶梯教室很大，没有人注意我。我莫名其妙地迷上了一门叫“国际公法”的课——法律的起源，条约，国家主体，国家的承认，国家的管辖权和豁免，国际组织，非政府组织，多国籍，引渡条款。这些枯燥的名词我听得津津有味，严谨的逻辑，清晰的定义，如果世界上一切都这么清楚明了，没有含糊不清的灰色地带就好了。我买了课本，琢磨着下学期选这门课——我们学校的选修课很多，这是让我对它恋恋不舍的原因之一。

我需要一个伴儿，我对自己说，一个人晃悠的时间长了，就想和谁聊聊，可是我们宿舍里每个人都忙得要命，才大二的第一个学期，有的人就开始准备考研，考 GRE 出国，还有的在谈恋爱，每个人似乎都有自己明确的目标——除了我。

校园里的秋意更浓了，树上的叶子先是变成鹅黄，然后是焦黄，再变成颓废的暗红色。几场秋雨下来，校园里就铺满它们血肉模糊的尸体，走在路上，我们深一脚浅一脚地踩到它们，总让人有点不忍心。

在校园里流浪久了，我也有了自己的秘密据点，它在操场外面小树林里的一个不起眼的角落。那里有一个青石板长凳，看上去年头已久，斑斑驳驳的，坐上去永远是冰凉的，天热的时候很舒服。我每次都用抹布把长凳擦得干干净净，再垫上一条长毛巾，盘腿坐在上面，读书，想心事，或者就是发发呆。运气好的话，比如不下雨的时候，还可以躺一躺，用书包当枕头，闭上眼睛，闻一闻夜晚空气里弥漫着的令人晕眩的桂花香，月色中，高大的梧桐树垂着沉甸甸的树枝，这里拦一下路，那里洒一片阴影，处处留情，处处暗香浮动。我很享受这一点属于自己的私人时间和空间。

当然，这个地方我不是每天都去，要看天气、心情和时间。

这段时间我迷上了毛姆，没日没夜地读他的《刀锋》和《人性的枷锁》，在我那个秘密的“据点”里，没有灯光是无法读书的。

一天晚上，图书馆快关门的时候，我合上《刀锋》的最后一页，揉揉眼睛，起身走出大门，我已经读完了毛姆所有的作品——一个自我矛盾的作家，他喜欢成功，享受名利带来的一切，但又对人生的价值和终极意义充满困惑。他的一生，都在这两者之间迷茫着、彷徨着。

真想找谁聊聊毛姆，可是，和谁呢？越是长时间的沉默，就越不知道怎么说话，怎么和人交往。

我身不由己地往我的“据点”走去，走过操场，远远地，我发现黑暗中有个身影轻微地晃动了一下，真该死！我苦心经营了这么久的一个角落，曾经以为它已经完完全全属于我——夜晚、星空、桂花树，仿佛全部为我独有，可还是被人发现了，被人侵占了。

我不甘心，又往前走了几步，踮起脚尖儿看过去，没错儿，那里是有个人，正舒舒服服地躺在我的椅子上，月光洒在他的身上，勾勒出一个男人的剪影。

我犹豫了一下，今天晚上，天空格外明朗，月亮特别清亮，我的赏月计划就这么泡了汤，我有点不甘心。

“嗨，你也是来看月亮的？”

一个愉快的声音传了过来，那个人也发现了我，从石凳上坐了起来。原来是个外国男人，一口标准的伦敦口音，大概是留学生。

我愣了一下，胡乱地点点头，转身想走，心一直沉到谷底。完了！我得另辟蹊径，一个被老外发现的地方，而且是看月亮的好地方，他是不会只来一次的。

“对不起，我应该请你坐下的，你既然来了，就一起坐坐，你不想说话也行！”那人说着，已经站到了我面前。

我警惕地倒退一步，看清了他的脸，这个人可不像是留学生，看这岁数，至少有四十岁了，也许是哪个系的外教吧？可是他的样子又不像，穿得破破烂烂——松松垮垮的衬衣，肥大的裤子，光着脚，一双球鞋甩在草地上，旁边还有一个破旧的双肩包。

但他有一双清澈见底的眼睛，举止彬彬有礼，说话时还有一点羞涩。

在我们这个遍地精英的校园里，这种无所事事、毫不在乎自己形象的人，寥寥无几，而且他还是个外国人——这个岁数了，他不会是学生，也肯定不是老师，那么，他是谁呢？我有点好奇。

"这个地方本来就是我的，用不着你请我坐！"

我突然来了气，径直走到石凳前，拿出自己的大毛巾，铺上，然后坐下来，把我的大书包紧紧抱在胸前，挑战似的看着眼前这个"流浪汉"——没错儿，这就是他给我的印象。

我被自己的举动吓了一跳，好吧，现在他总可以走了，我承认自己很无理，但是我无法控制我所做的一切。天地之间，我就这么一个小小的地方，偌大的校园里，想找一个属于自己的空间是多么的难！不，我不会轻易放弃自己的阵地！

"流浪汉"就站在离我半米的地方，我们两个沉默地对峙了一会儿，突然，他爆发出一阵大笑。

"现在这个情景，如果搬到舞台上，你知道像哪一出剧吗？""流浪汉"兴致勃勃地说。

看来，这个"流浪汉"不是没有读过书的，至少，他对圣埃克苏佩里的《小王子》很熟悉，他指的是《小王子》里狐狸和小王子的那段对话。

"我不想被驯服，我不需要朋友，你最好离我远点儿，如果你此刻消失，我会很开心！"

我冷冷地回敬他了一句。

"流浪汉"索性就地坐在了我对面的草地上，他盘腿的姿势很熟练，身板挺直，但是看上去还是比我矮了一些。

"你失恋了？"

沉默了一会儿，他轻声问道。

刹那间，我的眼泪涌了上来，完全不由控制，我小心地调整着自己的呼吸，幸好是黑夜，相信他什么也看不见。这么长时间以来，我都没有哭的欲望，在北京自己的小房间里，在父母面前，我都可以屏蔽那一段经历。我一个人每天漫无目的地在校园里流浪，也没有太多去想那个冬日的夜晚，在火车上发生的一切，可是此刻，我为什么会在一个素不相识的“流浪汉”面前突然崩溃？而且还是一个让我有点讨厌的陌生人，他打乱了我的平静。

“来，抽一支！”

“流浪汉”走到我面前，若无其事地给我递上一支烟，我闻到他身上有一股青草的气息——很干净的一个人，身上没有怪味。

我接过烟，“流浪汉”手脚利索地点燃一根火柴，用手给我挡着风。

我用力吸了一口，呛得咳嗽起来。

“第一次吧？”

“流浪汉”吐出一团白色的烟雾。

他似乎什么都知道。

我装模作样地吞云吐雾，虽然没有吸进肺里，但我承认，感觉还是好多了。

这样也不错，我有了一个伴儿，尽管对他的身世一无所知，可是这并不重要，清风明月，桂花飘香，旁边有个知趣而不会喋喋不休的人陪着，虽然只是这么一会儿，我心里已经舒服了很多。我大大方方地用手抹去眼泪，他完全可以理解成这是被烟呛出来的。

“你是谁？怎么落到我们这个星球上的？”我清了清嗓子，打破了沉寂。

“我嘛，”“流浪汉”满不在乎地说，“无所事事，专门在月黑风高之时，勾引失恋的女生！”

我“嚯”的一下站起来，迅速把四周能跑的出口扫了一遍，正好碰上他那双含笑的眼睛，他的目光清澈、透明，带点儿大孩子般的调皮，和他的年龄完全不相称。

我又放心地坐了下来，一个人把自己说得这么糟，大抵也坏不到哪里去，该死的“流浪汉”，还挺会捉弄人。

“这营生，你做了多久啦？”我悠闲地晃着腿，装作不在意的样子问。

“这学期一开学我就来了，你知道，在这个校园，我救过多少想自杀的女孩子吗？三更半夜的，躲在树林里哭，我一直想到贵校的某个部门拿个什么奖之类的！”

我“扑哧”一下笑出来，确实，有时晚上走在寂静的小路上，我也听到过隐隐的哭泣声，我们这个学校，谈恋爱的和失恋的人，都有自己的去处。

“流浪汉”这会儿已经躺在草地上。月色中，他的姿态显得很优雅，身形修长，一手枕在脑后，一手夹着一支烟，偶尔吸上一口。

他说话的声音很好听，很轻，好像生怕打扰了谁。

“喂，我说，你可以离我近一点吗？”我冲他招招手。

“你看你，还是在说狐狸的台词，你们最近在学《小王子》吗？”

“流浪汉”灵活地坐起身，往我的方向挪了一下，漫不经心地问道。

奇怪，他的年龄大概比我爸爸小不了几岁，可我丝毫不觉得是在和长辈对话，而像是和我的同龄人在聊天。

我告诉他我不知道，我很少上课，即使上，也是拣有兴趣的听，至于考试嘛，最后总能对付着及格，我的专业课成绩大概是班里最差的一个，但是我不在乎，我过得很开心。

“流浪汉”听得很认真，眉头微微皱着，好像我说的话很重要，活到19岁，他还是第一个认真听我说话的人。

“我在你这个年龄，上了世界上最好的大学之一，学了自己最喜欢的专业，而且成绩一直保持优秀!”

“流浪汉”灭了烟蒂，双手抱膝，专注地看着我，像是要和我好好谈谈心。

看样子，他也不像是在吹牛，他的言谈举止都很斯文，英语就是有这点好处，你只要一张嘴，你的家庭背景、受教育程度，都能暴露出来，听力课是我最喜欢的课之一，我喜欢听漂亮的英语发音，像音乐一样优美。

“结果呢，你现在还不是和我一样，无所事事，溜溜达达，哎，我说，那你怎么混到这儿来了?像您这样的精英，不是应该在伦敦的什么证券交易市场之类的地方做大生意吗?”

我飞快地说着，不给他任何“教育”我的机会。和他说话真刺激，我有一种棋逢对手的兴奋感。

“流浪汉”抬起头，惊讶地看我一眼，沉默下来。

我们之间友好的谈话气氛突然变得有点紧张，沉默并不都是金，我好像戳痛了他，我说话不经过大脑，张嘴就来。我有点后悔，这个人大概是经历过什么苦难，否则不会落到今天这个地步。

夜凉，风起，我身上有点发冷，看看表，该回宿舍了，否则老王就会锁上大门，爬进铁门不是不可能，但是需要点真功夫。

我们这所大学，千奇百怪的人虽然也见过不少，但是像眼前这位，我还是第一次碰上，和他说完话，我开心了很多，但是他好像倒不如一开始那么愉快了。

“你再坐一会儿，好不好?”

“流浪汉”的声音依然很轻柔，带点肯求。

我犹豫了一下，这个人看来是有故事的，也许他也寂寞，想找个人聊聊。

“你说得也对，不管当初我们的生活有多么精彩，到头来，大家归宿都是一样的。但是，中间那个过程，如果省却了，还是有点可惜，至少在那段日子里，我是开心的，非常开心，毕竟，我们只有一个19岁。”

“流浪汉”自言自语地说。

我有点不耐烦起来，说来说去，这个人还是要给我上课，如果是白天也罢，但是此刻我脑子里全是老王锁门的声音，爬进那个铁栅栏门，划破手脚是必然的，我可不想吃那个苦头。

我告诉“流浪汉”，我必须得走了，如果哪天天气好，我们还可以在这里聊天，如果他愿意，可以给我讲讲他的故事。

说完，我头也不回地跑掉了。

走出操场，我回头看看，那个人并没有跟着我，我长长地出了一口气，习惯性地带上耳机，把音量开到最大。耳机里传出帕格尼尼的那首《威尼斯狂欢节》——迅疾复杂的阶式跳动乐句，左右手混杂拨弦和跳奏；从高把位的滑音泛音到大小音程的和谐双音；从多变的颤音到控制自如的击弓和撞弓，无一不在挑战音乐的极限。我驻足静听，音乐的和弦让周围的一切都沉静下来——我突然不想回宿舍了，而是向山下慢慢走去。

不知走了多久，一滴雨水落到我脸上，然后，又是一大滴，雨淅淅沥沥地下起来，风把我的头发吹得飞扬起来。我抹了一把脸上的雨水，似乎产生了某种幻觉。威尼斯那弯弯曲曲的古老水巷，四处晃动着的色彩斑斓的面具，夜色中摇曳着的黑色贡多拉船，载着永恒的青春与爱情的故事，划向永恒的远方。

也许，那个过程，那个时时冒出来的，试图把我整个人吞下去的生活（我把它看成一种与我对立的东西），正虎视眈眈、伺机而动，一不留神，它就会扑过来把我整个吞下去。也许，在狂风恶浪过后，我终究会看到点希望。无论如何，即使在我最痛苦的时候，我也能感觉自己是活着的，不像现在这么麻木——我失去了对生活、对一切的感知力。

我一遍又一遍地想着“流浪汉”刚刚说过的话，我似乎听懂了他说的那个过程，就是那个正在被我小心翼翼躲避的过程。也许，我太早地放弃了我的人生；也许，我最终什么也不会得到。但是，那个过程，我还是应该去享受？去经历？毕竟，我只有一个19岁。

我有点后悔匆匆离开了“流浪汉”，我们还会见面吗？我的脑子里突然涌出无数个问题，关于他的故事，关于人生的意义，关于生命的归宿。

时间一天天过去。

往日悠闲的节奏突然被打破，整整一个学期，我躲着大家，躲在自己内心的小天地，在那里，我不会受到任何伤害。我不喜欢竞争，不喜欢任何形式的比赛，班上的活动我能逃就逃，我游离于现实世界之外，心安理得地做一个失败者。

可是和“流浪汉”的一番谈话之后，我有点坐立不安起来。

一连几天，我晚上都会去那个角落。“流浪汉”没有现身，不知道他是不是又去拯救别的失恋女生去了。我一个人孤零零地坐在石凳上，没有人和我争夺这个地方，一切反而变得无聊起来。我大概是伤害了这个人，我回想起自己说的话，他不会再来了个礼貌、善良、智慧的大叔就这么消失得无影无踪。

一个月过去了。

一个难得的晴天，我独自一人躺在角落的草地上，没有铺毛巾，身边摊着几本我在读的英文原版书。读累了，我把手放在脑后，我想起那个“流浪汉”——不知不觉，我在模仿他的动作。

一朵纤巧的白云在蓝天上轻盈地游弋，阳光透过银杏树扇形的叶子，丝丝缕缕地洒在我的脸上，空气里弥漫着青草和阳光的芳香，草地上暖洋洋的。这些日子以来，我过着日夜颠倒的生活，白天睡觉，晚上通宵读书。南方的冬天，阴冷，潮湿，太阳极少露脸，这些我已经习惯了。可是今天的天气却是格外晴朗，灰色的天空露出湛蓝的一角，校园里的青砖绿瓦被涂上了一层淡金色的亮光。我眯起眼睛，整个脸对着太阳，尽情地享受着每一寸阳光。

距离去年冬天的那个夜晚，已经快一年了。再过一个多月，就要进入期末考试，我生命中又一个一年，眼看就要20岁，我过得与世无争、无风无浪——我的一生，是不是会这样过去呢？如果我愿意，也许是可以的。

然而，我生活中似乎缺了点什么，我没有大喜，也没有大悲，我连痛苦的滋味都快遗忘了，我谁也不惦记，也没有人惦记我。孤独和被伤害，究竟哪个更好一些？我不知道。

我的身边是一排古老的银杏树，柔和的斜阳下，那层层叠叠的树枝好像燃烧一般照亮了整个天空；它们的旁边是高大、挺拔的梧桐树，在暮色中显出清晰的墨绿色轮廓。学校的广播里在放KevinKern的一首钢琴曲《在天使的翅膀上安睡》，轻柔的音乐回荡在校园上空，每一个音符都是那么和谐、优美。

远处的操场上传来哨子的声音，一阵又一阵的欢呼声，大概是一场篮球赛。这些都跟我没关系，为赢一个球跑得大汗淋漓，有什么意思呢？

我闭上眼睛，草地暖融融的，像一条舒服的毛毯，比潮湿、阴暗的宿舍要好很多，我沉沉地睡了过去。

不知过了多久，我突然惊醒过来，阳光一下子变得刺眼起来，明晃晃的，好像到处被镀上了一层闪闪发亮的金色。我揉揉眼睛，伸个懒腰，这一觉似乎睡了很久。我抬起头，突然发现离我不远的草地上，有一个熟悉的身影。他背对着我，双手抱膝，穿一件洗得看不出颜色的衬衫，一条磨得发旧的牛仔裤，一个斑斑驳驳的双肩包放在身边。我一眼就认出他，那种挺拔的坐姿，我只见过一次。

他终于来了。

我屏住呼吸，心中一阵狂喜，我不敢动，也没有说话，生怕惊动了他。他的头顶是南方灰蓝色的天空，远处是我们这所大学那著名的青砖绿瓦的老图书馆，一片片孔雀蓝色的琉璃在秋日的阳光

下闪动着神秘的光泽，日影西斜，落日的余晖透过银杏树洒在他身上——这个画面，我会一直保留在记忆里，我默默地想

“流浪汉”后来告诉我，他曾经有过一段非常“成功”的人生，名校毕业，娶了心爱的女人，有了孩子，在英国金融界拥有高薪职位，每年全家度假两次——总之，一个中产阶级梦想的一切，他都有了。

我问他是否受了什么打击，才放弃了这一切，一个人离家流浪。

“没有发生什么大事，小小的不如意谁都有，但是谈不上什么打击，其实一个人生活中的一切，都是发生在这里。”他指指自己的脑袋。

“你就这么无牵无挂地走了？你不想念你的家人吗？”我好奇地问，老实说，我不太相信这个故事。

“流浪汉”垂下眼睛，他的动作中总有一丝羞怯的痕迹。这种羞怯，我没有在任何人身上见过，那是一种孩子气的，好像不小心暴露了自己秘密的一种羞怯。

“有时候会想，但是，我还是喜欢自己现在这种状态，我喜欢独处，一个人做决定。比如，我小时候一直向往中国，向往长江，这不，我就来了，然后，我还要去青藏高原，看看长江的源头。当然，有时候我也寂寞，需要和谁聊聊，可是一旦走得太近，我会马上离开。我这样说，你明白吗？”

我点点头。眼前这个人，云游四方，他想去哪里就去哪里，他可以选择自己的生活方式——他一定是挣了很多钱，才换来了这份自由。但是，他是有家的人，这么不负责任，我有点纠结，不知道是该谴责还是羡慕他。

“你是不是看《月亮与六便士》走火入魔了？”

我灵光一闪，在这部作品里，毛姆以法国印象派画家保罗·高更的生平为素材，描述了一个原本平凡的伦敦证券经纪人思特里克兰德，突然抛妻弃子，离开了旁人看来优裕美满的生活，奔赴南太平洋的塔希提岛，然后把一生都献给了艺术，直到生命的最后一刻……

“流浪汉”大笑起来。

“你很聪明，可是，我没有任何艺术细胞，而且，我的放弃是彻底的。我什么也不做，直到积蓄快用完了，我才会挣几个钱谋生，仅此而已。”

我大惊，无言以对，什么都不做？

“那，你活着是为了什么呢？”过了一会儿，我问。

“不为什么，你看看这夕阳，这银杏树，它们的存在又是为了什么？我活着，因为我还想再看看这个世界，比如这个时候，我们两个素不相识的人坐在这里，敞开心扉，你不觉得单单这一点，活着就很有意思吗？”

“流浪汉”转头冲我微笑了一下，他的眼神还是那么清亮，没有一丝阴影。

“可是你还年轻，现在放弃为时过早，总有一天，你会坐在世界上某一个地方，看人来人往，而自己不必参与其中。可是在这之前，不要错过你的生活，它的每一瞬间，每一点滴，都值得经历。我没有给你上课的意思，我是说，我什么也没错过，在这个世上，我来过了，看过了，经历了，假如今天就死去，我也没什么遗憾。”

"流浪汉"一字一句地说。

"看来，你还是有牵挂的，比如，这些话你是来专门对我说的？你记得我，是吧？"

我调皮地冲他笑笑。

"流浪汉"的脸红了，看到一个中年人脸红是件很有意思的事情，我竭力忍住笑。

"你知道，乐于助人一向是我少得可怜的好品德之一，再说，我们连名字都懒得互相记住，更不会约定什么。你这一点，让我很欣赏，你让我感到很自由！"

"流浪汉"坦率得惊人。

我知道我要感谢谁，是谁把我变成今天这个样子——"影子"，我曾经爱上的一个幽灵。因为他，有些东西是永远不会再回来了——那种单纯、好奇、透明的内心世界；那种急于分享对于这个世界的种种感受的渴望，包括把自己的心，把自己的生命交到另一个人手中的心愿——已经永远地消失在那个大学一年级寒冷的冬天。也许，这并不是一件坏事。

终于，到了分手的时刻。

"流浪汉"向我愉快地挥挥手，转身走下小山坡，我的目光一直追随着他，像目送一条渐行渐远的帆船，直到那扬起的帆船慢慢沉入地平线。

我再也没有见过这个"流浪汉"，我想，也许是他有意回避我，以使我俩不至于走得太近。这个原则，他一开始就说清了——在这个世界上，他不想和任何人有太多的纠葛。

我回到了课堂。这是我的选择，没有人要求我什么，我是自觉自愿地回去的。

我每天给自己规定的睡眠时间控制在五个小时之内。晚上熄灯后，我会戴着耳机听英文电台的节目、新闻、小说朗读、历史节目，至少听到十二点。然后，早上五点，不需依赖闹钟，我会自动醒来，背诵几遍头一天背诵过的英文诗歌或者散文，效果格外好。我嘴里念念有词，但是不能发出声音，否则会吵醒正在熟睡的同学。

等到吃完早餐，走到台阶上的大阳台，加入晨读的行列，这是我一天之中最喜欢的时间——我的生活有了具体的目标，我不甘心做一个失败者，我每天都感到充实。在校园漫无目的地流浪的那段日子里，我才真正明白，当生活完全失去了挑战，意味着什么。

又是一年过去了。

我们搬到了宿舍楼的第二层，虽然房间变小了，可是它靠着樱花大道，我们既可以俯视樱花盛开时的美景，又不用挤进熙熙攘攘的人流。现在正是校园最美的季节，从我们宿舍的窗口看出去，是一片粉红色的海洋，然后慢慢地，这些粉红色的花瓣变成了娇嫩的粉白色，非常脆弱、单薄的那种白，哪怕只是最轻的一阵微风掠过，急促的樱花雨也会倏然落下，落在行人的头上，身上。这个季节里，每个人都多多少少沾上了些仙气。

我用不着别人来告诉我，这是我生命中最美丽的年华。经过一个学期近乎疯狂的学习，期末考试时，我的精读成绩打败了班上一半的对手，进入前十名。到了大二的第一个学期，我进入了班上的前六名。与此同时，我所有的必修课、选修课成绩都名列前茅，包括国际公法——一门对外语系学生来说比较艰难的课程。

此刻，当我带着几分超脱的心情俯视樱花大道上来来往往的人群——这才是我喜欢的生活，我置身其中，而又飘然其外。

“生活也许是没有意义的，但是可以很有意思。”

而属于我的生活，还远远没有开始呢。

第4章

苍穹之下。

西边的田野犹如一张无边无际的深褐色地毯，灰蓝色的地平线尽头，你可以隐隐约约地看见几株发黑的小灌木丛，一排古旧的、银灰色的白杨树，弯曲的树干默默地伸向天空，在朦胧的暮色中显得精致、素净。冷冷清清的站台上，那只青铜色的巨兽终于发出一声长长的汽笛，然后开始缓缓地挪动身躯，伴着不急不缓的节奏，慢慢离开了这个小站。

暮色降临，车窗外的景色渐渐变得模糊起来，点点灯火从眼前一闪而过，然后又迅速消失。列车驶向没有尽头的黑夜，这是我本来很喜欢的一种感觉，永远处于起点与终点之间，目的地在遥远的未来。就像从前上大学期间，每年假期坐火车回北京，我都会有一种莫名其妙的兴奋，不是因为即将回家，而是因为喜欢那种乘着绿色长龙，一路白烟缥缈，驰骋在天地之间，无拘无束地遐想的感觉。

尤其喜欢坐夜车。周围的旅客沉沉睡去，那个时候，你知道岁月在你身边悄悄流淌，你朦朦胧胧地感觉到自己在一点点成熟，但你的青春还可以肆意挥霍。这样的夜晚，有时我会发现有另外一双没有熟睡的眼睛在黑暗中悄悄地凝视着自己，但是我并不想回头，不想知道那个人是谁——有些经历，一次已经足矣。相比之下，我更愿意独自享受夜的宁静与寂寞，不希望任何人来破坏这一刻的美妙和神圣。

那是一份难得的、甜蜜的孤独。黑暗从四面八方袭来，过去的岁月却渐渐变得清晰起来，你清楚地知道光明在另一头等你，可你根本不用心急。一个学期刚刚结束，有那么多值得回味的日子在此刻需要细细品尝，虽然它们已经过去，但是没关系，还有下一个学期呢。

离开母校三年多了，我在灵魂上却依然固执地依恋着那个校园。也许就是因为那种游离于现实之外的感觉，就像坐在火车里，在催眠的节奏里遥看窗外变化多端的世界。你知道有一天你会走进去，也许那个世界没有看上去那么好，但是你悠然地处在现实和未来之间，尚可以心平气和地看着这一切。

三年以来，我独自坐在“生活”这列火车上，却完全是另一番心境。我的旅程并非逍遥之游，窗外的风景也变得越来越单调、沉闷。这个叫“生活”的怪物似乎一直在和我玩着捉迷藏的游戏，我只希望它放过我，我不是那种有野心的人。我从不自视过高，只希望能有一份踏踏实实的工作，我可以参与其中，可以创造出一些东西，心安理得地拿一份薪水，有足够的钱买书，看看世界。

然而我发现，这个看上去简单的理想并不是那么容易实现。

我的第一份工作是在一个研究所做翻译，直到一年后离开，我都没有完全搞清楚那个地方到底是研究什么的。报到第一天，主任把一摞厚厚的外国期刊放在我的办公桌上，让我把他勾画的文章翻译出来。我随手翻了一下，随即感到天旋地转起来，眼前立刻出现了我今后的生活画面：每天坐在办公室的一个角落里，一篇又一篇地翻译这些文章，天知道主任还有多少这样的杂志！我就是个工具，比翻译软件准确一些的工具，我不需要任何创造力、想象力，只需要准确无误地翻译。

不到一年，我便辞去了这份工作，然后又跳了两次槽——同样是枯燥、无聊的工作，同样没做多久。

而我的同学们似乎都毫无困难地走进了自己精心规划好的生活，有的出了国，有的进了外交部，或者在读研究生，每个人都清楚地知道自己要什么；而我，又回到了大学时候那一段在校园流浪的生活，命运似乎和我开了一个不大不小的玩笑，我始终围着一个圈子原地打转。

旅行是我逃避生活的一种方式。每次辞职后，我都会踏上一段新的旅程，等钱快用光了再回来找工作。

辞了那份展览公司的工作，我一路西行，来到向往已久的敦煌。嘉峪关外，秋风飒飒。鸣沙山上，金黄色的沙粒从我指间一次次流出，我双手捧起，它再流出——如果时间能这样就好了，失去了的光阴能被重新拾回。然而时间在悄悄飞逝，就像我手中的沙粒，它在一点点流出去，最后，我还是两手空空。

但是，不管我愿不愿意，最终还是要回到那个叫“现实”的生活里去。

列车正一往无前地向我最害怕的地方——北京开去，车窗外是一望无际的金黄麦田，以及明净的、灰蓝色的天空。白杨树叶子在清晨的阳光下微微颤动，我无心欣赏，下了火车，现实就在不远处的角落等着我，我那将近一个月的流浪立刻宣告结束。

我有一个原则，再穷也不会向父母开口，除非他们自己送我的礼物，像香水、丝巾、时尚手表什么的，都被我漫不经心地扔进衣柜。在父母的培养下，我对这些华而不实的东西还真没什么兴趣，反正如果我哪天真的惨到没有饭吃，它们也派不上用场。毕业后，我最大的成就是经济上的独立，我丢了工作，不会告诉父母，更不会求他们帮忙，我喜欢独来独往，任何事情自己拍板决定。

我的好朋友依依有点羡慕我，她认为，父母对我采取这种放养式的教育，我应该知足。依依高中一毕业就被她妈妈送到美国的一所大学，主修电影制片。在纽约，她有自己的公寓、汽车、清洁工，每月有充足的零花钱，可唯独没有自由。她对演电影毫无兴趣，但是她妈妈年轻时做过的明星梦要女儿来帮她实现，非逼着她当演员——母女两个见了面就吵。可是依依回国后还是进了影视圈。

从敦煌回到北京，我打起精神，开始了紧张的求职。我把自己的简历铺天盖地地发出去，我的学历和笔试成绩都不错，但是在毕业后的职业经历里，我实在没有做出什么令人骄傲的业绩。

找工作正找得焦头烂额的时候，依依打来电话。

“有一个机会，不知道能做多久，我妈那里的，想不想去试试?”依依问我。

“你知道我的，有口饭吃，没人天天管着就行!”我嬉皮笑脸地回答她。依依找来的活儿，应该不会太离谱。

依依的妈妈是国内小有名气的女作家，她把我带进一个中美合拍片的项目筹备组，剧本是关于中国现代史上的一位伟人的故事，外方是华纳旗下的一个电影制片公司，面试我的人叫汤姆，他是这家公司的一个制片助理。汤姆是在美国长大的华人，一句中国话都不会说，可是他就有本事在洛杉矶越洋替我们大家订了从北京到上海的机票、酒店，还有这辆宾利车，把整个行程安排得妥妥当当。

面试的时候，汤姆对我的英语口语表示满意，但是我的办事能力却让他哭笑不得。他自己是个手脚麻利的人，对我的态度也还算很平等，他和我聊起他参与过的好莱坞的大片制作。天知道他在剧组里是个什么角色，也许就是个跑腿的，不过这样也好，我可以跟着他从头学起。

这真是天上掉下来的机会！华纳公司这次来中国考察，如果这个项目能通过电影局的批准，剧组就可以正式成立，一个片子拍完至少需要两年，对我来说，这就是一个千载难逢的机会。

这一次，我有点兴奋，毕竟，拍电影该是多么有意思的一件事！

“对了，谁是我的老板呢？”我问汤姆。

“现在你的老板是我，也许过两天就不是了。如果巴瑞看上了你，你成了他的中国助理，你就是我的老板之一！”

汤姆对我耸耸肩，他对这些似乎习以为常。

“谁是巴瑞？”这个名字汤姆已经提了多次，我必须得问了。

汤姆惊讶地看了我一眼：“如果你连巴瑞的名字都没听说过，那你就是个地地道道的白痴！他是《雨人》的编剧。《雨人》你知道吗？不知道赶紧回去找片子看去！那是得过奥斯卡奖的，记住了？这次华纳请他担任咱们剧组的编剧。”

汤姆毫不客气地训斥我。

这几天，我已经被他骂惯了，坏脾气的人反而令我心安，至少一切摆在明面上，我过去的老板一个个都高深莫测，我永远不知道他们在想什么。汤姆人并不坏。我刚刚进入一种全新的生活，一切都是陌生而神秘的，我已经开始喜欢这种快速的工作节奏，喜欢每天这些纷至沓来的新信息，比起我两年多以来过的那种半死不活的日子，现在就像是在做梦一样。

出差前，我跑到秀水街买了几件衣服，几乎全部是白色的，或者是淡得几乎看不出来的小碎花底色。我喜欢白色，喜欢那份彻底的清爽和化繁为简的单纯。我还买了两双凉鞋，一双樱草黄，一双咖啡色。幸好现在是夏天，连衣裙、凉鞋都不算贵，我是个地地道道的“月光族”，在我的预算里，买书、看话剧、和朋友出去吃饭才是最重要的，衣服可以将就，可是我现在打的这份工，要求衣着不能太寒酸。

几天后，我和汤姆一起飞到上海。

从车窗里看出去，昏黄的路灯照在外滩前希腊多立克风格的乳白色柱廊上；静安古寺的魅影在暮色中显得宁静而庄严；长长的里弄深处，隐约透出柠檬色的灯光，好像随时会有一个穿旗袍的女子从沉静的光影中袅袅婷婷地走出来。这里的每一条街道都有自己的个性，整个城市弥漫着一种特殊的气氛，让你恍若穿越到了另一个空间、另一个时代。比如，张爱玲笔下20世纪30年代的那个老上海“享受微风中的藤椅，吃盐水花生，欣赏雨夜的霓虹灯，从双层公共汽车上伸出手摘树巅的绿叶”。

一种不断变化着的、青黄色的光线温柔地笼罩了这个城市，这样的色彩似乎天生就适合这里。上海的轮廓就这么被清晰地勾勒出来，忽而绚丽夺目，忽而暗淡轻柔，如同一叶在大海中浮动着的扁舟。

只是，从机场一路开过来，我发现这叶扁舟所承载的一切并不像它看上去那么写意，这个中西合璧的城市也和北京一样，还是离不开大都市特有的那种钢筋水泥味——紧张，繁忙，永远按自己的节拍起舞。

我们住的波特曼酒店，就在这座城市的心脏位置，是上海最豪华的酒店之一。此刻，我们坐的那辆黑色宾利车正缓缓地爬上斜坡，悄无声息地停在波特曼酒店那流光溢彩的旋转门前面。

我正要推开车门，手刚伸到半空，就被汤姆轻轻按住了：

“别动，他们会来开的！”汤姆同情地看了我一眼。

我赶快放下手，吐吐舌头。

果然，一个身穿白色制服、戴着白手套的服务生快步向我们走来，恭恭敬敬地拉开了我这边的车门——整套动作看上去从容得体、训练有素，连他脸上的笑容都是那种标准的、练习过无数次的。不过，我怀疑这笑容到底是对我，还是对着我们坐的那辆闪闪发光的黑色宾利车。

来酒店的路上，汤姆告诉了我这辆车的牌子，他竭力掩饰着自己的惊讶——我连宾利车都认不出来！对我这个车盲来说，宾利和桑塔纳实在没有太大的区别，它都能把你载到你要去的地方，我不明白为什么人们会因为一辆车来决定对待你的态度。

我轻快地跳出车门，6月的晚风迎面吹来，还有些微微的凉意，夹着远处街上车辆和行人的嘈杂声。上海的夜晚有一种潮湿的、咸丝丝的味道，闻上去像一款美味的西式点心——我一直梦想在上海吃到张爱玲文章里写的那种“起士林咖啡馆的面包，一种喷香的浩然之势破空而来，是最软性的闹钟”。

只是不知道那家古老的咖啡店是否还存在。

这是我第一次住进五星级酒店，而且是自己单独一个房间，可这一切对我来说并不陌生，似乎我是天生属于这儿的人。房间的空调开得很适度，琥珀色的灯光刚好洒在描着金漆的写字台上，单人沙发一侧有一面小屏风，上面画着江南的小桥流水，亭台楼阁，身姿绰约的女子倩影隐约可见。

米色的窗帘向窗户两侧打开，透过一层乳白色的薄纱，闪闪发光的东方明珠塔赫然出现在我眼前，而紧闭的法式落地玻璃窗又把整个城市的喧嚣静悄悄地包裹起来。我一面贪恋地眺望着窗外，一面在心里暗自庆幸，在向这个世界敲了两年多的门之后，我终于感到自己在一点点揭开它那神秘帷幕的一角。这一次，我似乎真的交到了好运。

电话铃声突然在沉寂的房间里响起，我立刻神经质地跳了起来。

“明天早上十点，我安排了周导和你在大堂见面，这个人对我们很重要，我看过他的片子，很有意思，你把他的想法弄清楚，然后向我汇报。他后天早上会和巴瑞有一次见面，我不想有任何意外，听明白了？”

汤姆说话像打机关枪一样快，我屏住呼吸，侧耳倾听，生怕漏掉一个字。可是一直到放下电话，我还是一头雾水。

汤姆是我认识的人里最惜字如金的人，他说话的时候喜欢紧紧盯着你的面部表情，那副神态有点像我高中时的数学老师——他是根据你的反应来决定是否需要多说一个字。再这样下去，我怀疑以后和他交流干脆就用眼神得了，也许这就是好莱坞的做事风格，简洁、高效，我必须时刻处于高度紧张和清醒的状态，反应还要灵敏，如果我多问一句，他就干脆自己把事做了——他懒得和我废话。

周导是国内小有名气的电影导演，同时也是一个很不错的电影演员，他导演的一部文艺片曾在戛纳电影节入围（但是我没有看过）。我应该问他什么问题呢？汤姆想让周导做些什么？他自己为什么不参加和周导的谈话呢？我可以给他们当翻译，难道这不更直接吗？

这一次，汤姆给我的工作实在有点抽象。

明天吧，明天又是另外一天——我用斯佳丽在《飘》里的这句话安慰自己。

第二天早上。

我把头发洗得干干净净，还顺手用电吹风吹了发梢，头发现在看上去很蓬松、柔软；我还在耳后和手腕上滴了一点爸爸送给我的香水，那是一个阿拉伯国家的牌子，香水瓶的形状有点怪异，但味道闻上去还算清爽；我小心翼翼地换上了那件带荷叶边的白色雪纺连衣裙，裙子的面料很光滑，我的皮肤顿时感到一阵凉爽；我穿上那双中跟棕色凉鞋，鞋的颜色和我腿的肤色很相近，穿上这双鞋，我瞬间就显得高了不少。

平时，我是永远穿平底鞋的那种人。现在的这身打扮，让我有了一种装模作样的淑女的感觉，多少有点可笑。行了，我终于可以“粉墨登场”了，我自嘲地想。

我吃了一顿精美而丰盛的早餐——法式吐司、班尼迪克水煮蛋、蜜饯夏威夷果、比利时华夫饼、新鲜的草莓、生奶油，然后喝了一杯浓浓的黑咖啡。这样奢华的早餐，爸爸回国的时候曾经带我吃过一次，在北京的王府饭店，那是我过20岁的生日，他教给我全套的西餐用餐礼仪。他自己作为外交官，参加过无数次豪华的宴会，出入过无数阿拉伯国家最奢华的宫殿，可他很少谈起这些风光的场面，物质生活永远不是父亲关心的东西。

离见面的时间还差十分钟，我走到酒店门口，准备迎接周导的大驾。我断定他会迟到，名人似乎都有这样的习惯。我刚等了几分钟，就看见一个40岁出头的中年男子走进酒店。他个子很高，人很清瘦，比在银幕上看起来还要瘦，他的皮肤黝黑，身板笔直，两眼闪闪发亮地往大堂里迅速扫了一圈儿——周导果然不同凡响，不但人长得帅，而且没有架子，一分钟都没有迟到。

周导把我带到了离酒店不远的一家小咖啡馆，天蓝色的门面，几乎透明的玻璃窗，看上去特别干净、清新。店里只有十几张桌子，上面画着毕加索画风的图案，靠墙的架子上摆着一摞时尚杂志，浓浓的咖啡香气弥漫在小小的店里，让人的神经一下放松下来。我明白了周导为什么不喜欢酒店大堂的咖啡厅，比起这里，酒店的气氛就有点不真实，像舞台布景。

所有的目光都不约而同地集中到了周导的身上。也许谁也说不出他的名字，他演过什么角色或者导演过哪部片子，但是他身上就是有一种与众不同的气质，那种孤傲的神情似乎与生俱来。他坐在那里，一句话不说，就能把每个人的目光吸引过来。

我赶紧进入正题。

“周导，您那部在戛纳电影节入围的电影，据说评价特别高，后来怎么了？”

我装出很内行的样子——我前一天晚上做了一点功课，我是有备而来的。我确实看过一些对于这部电影的评论，而且因为周导是依依的偶像，我会特别留心报纸上关于他的一些动态。

周导的脸上露出一丝惊讶的神态，好像刚意识到我并不完全是一个圈外人，他的语气变得有些激动起来，开始滔滔不绝地讲起他那部差点儿获奖的电影。他投入七年的时间、心血和梦想，他说得眉飞色舞，一个小时不知不觉过去了，我根本没有插嘴的机会。

我得见缝插针，不能让他这样没完没了地说下去了，我毕竟是带着任务来的。

“周导，那您这次来上海和巴瑞他们见面，是不是会考虑加入我们这个剧组呢？”

我干脆不再绕弯，直接进入主题。

周导的表情立刻变得严肃起来，他喝了一口已经凉了的咖啡，沉吟片刻。

“还不知道合作模式，现在不好说。不过，我估计他们也是《末代皇帝》的那个路数，你看过这部片子吗？”

“当然啦，贝托鲁奇导演的大片，我看过好多遍，特别喜欢！”
“但是你可能不知道，其实有个中国导演一直从头到尾跟着他，是影片的副导演，帮了老头不少，贝托鲁奇对这个人也很欣赏，因为毕竟这个电影的内容和拍摄地都是中国。可是最后这部片子获奥斯卡奖的时候，外国人只承认贝托鲁奇，你明白吗？”

我的脑子飞快地转动起来，原来是这样！怪不得汤姆派我先来探听他的口气，以免明天出现尴尬场面。

“那，如果是类似的合作，您会同意吗？”我迟疑了一下，还是把问题提了出来。

“你说呢？电影是导演的艺术，导演是一部片子的灵魂，你听说过有两个灵魂的吗？”周导的语气带着讽刺的味道，看了我一眼，好像我问了一个很蠢的问题。

“您觉得如果项目最后批下来，华纳会让您独立执导这部片子吗？”我试探地问，抱着最后一丝希望。

周导转过身，脸上慢慢绽开一丝笑容：“不是没有可能，但是我看够呛，他们如果看过我的电影就应该知道我的风格，我必须控制整个过程，从一部电影故事题材的选择、构思，到片子的最后完成。我不是那种按照别人定的调子跳舞的人，当然，剧本可以找人写，那都是细节。但是像这样的好莱坞大片，他们不会找一个中国导演冒险！”

看来是没戏了，我叹口气。

“除非他们投资我自己构思了很多年的一部片子，正好我们的投资方还没有最后确定！”

周导的眼睛突然一亮。

回酒店的路上，我的脑子被周导的新戏塞得满满的——一个民国初年的大家闺秀，不到18岁就逃离家庭，独自漂洋过海，她一生的爱情和生活的故事。周导真是说戏的高手，滔滔不绝地讲了半小时，我听得如痴如醉，忘了汤姆交给我的任务，也忘了我们现在这个筹备组的项目是华纳已经确认的——我这会儿一心一意想说服汤姆给周导的电影投资。

“我看你就别做梦了，明天千万不能让周导和制片人还有巴瑞说他的新戏，阿历克斯明天会把他们的意思和他本人说，具体是什么我也不知道，但是绝对不可能给他的项目投什么资，你知道中国电影的水平……”

浦东机场，灯火通明的接机大厅，汤姆不安地踱来踱去，气急败坏地对我说。

“中国电影水平怎么啦？再说，周导如果明天自己要谈他的片子，我又不能堵他的嘴，我就是个翻译，人家说什么我就翻译什么！”

我理直气壮地对汤姆说。

现在我已经学会了汤姆说话的风格，直来直去，简单明了。我一点都不怕他，他其实是挺可爱的一个人，就是有点刻板。

为了给大家留下一个好印象，我换上了自己带来的最贵的一身行头，一件黑色无袖真丝衬衫、一条白色蕾丝雪纺长裙、一双樱草黄色中跟凉鞋。汤姆看见我这身打扮，也只是微微点头——这是他给过我的最高赞美了。

远远地，五个显得疲惫不堪的人正从行李提取处走出来。

汤姆轻声对我说："他们出来了！"

说罢，他就疾步向那几个人走过去。

走在最前面的是阿历克斯——汤姆的老板，是这个项目的核心人物，个子不高，一身白色休闲打扮，戴一副黑框玳瑁眼镜，嘴角带一丝揶揄的笑意；跟在他后面的，是一个长发飘逸、身材魁梧的中年男人，很有艺术家的风范，脸上笑意盈盈，我的手握在他的大手里感到很温暖，他叫理查德，是巴瑞的助手，负责历史资料搜集；然后是我已经听依依的妈妈介绍过的方教授——柏克莱大学的中文教授，我一看到她就感到亲切，方教授在美国住了多年，中英文都很厉害，这次是作为巴瑞的翻译过来的，有她坐镇，我一下子就踏实了不少。

不用说，那个慢慢腾腾地走在队伍最后面，有些秃顶，身材微微发福的中年人就是巴瑞了。他和一个美国女孩似乎谈得很投机，根本没往我们这边看，大家站在那里耐心地等着他们。

巴瑞看上去也就是一个普通人。

倒是走在巴瑞旁边的那个女孩子引起了我的注意。她比我高一头，年龄看上去和我相仿，穿得很朴素，短款白T恤衫，隐约露出纤细的腰身，一条宽松的牛仔裤，脚下是一双舒适的运动鞋，她梳着马尾辫，一副清爽的学生相打扮。汤姆给我们做了介绍，她叫Jane，哈佛大学的研究生，也是巴瑞在这个项目的第一助理，负责历史背景和资料分析——汤姆告诉我，她的地位比理查德还要高。

Jane冲我点点头，算是打招呼，脸上什么表情也没有。她的眼睛长得很漂亮，像一对晶莹的蓝色玛瑙，却是冷冷的，没有任何感情和善意。我的全身顿时透过一丝寒气，这种冷冰冰的表情，这种把你当空气一样不在意的样子，让我想起了什么——但是现在我没有时间回味，这个女孩很不一般，这么年轻就有了这样的身份，一定有什么过人的才华。

不管怎么说，我心里还是美滋滋的。这个团队里的每个人都是我的老师，我和一群好莱坞的精英在一起，这样的机会本身不就够让人陶醉了吗?

我兴奋过度，一夜没睡。

早上，快九点了，我们和周导约的早餐会即将开始。

第一个下来的是方教授。她看见我，立刻笑盈盈地走过来，在我旁边的位子上坐下。陆陆续续地，周导、阿历克斯也走过来了，最后下来的是巴瑞和Jane。

三个中国人不约而同地坐到了一起，五个外国人坐在桌子的另一边——中西方阵营马上就分得清清楚楚。周导平静地坐在自己的位子上，悠闲地喝着一杯咖啡；我已经提前吃过早餐，我的桌子上干干净净，只有一杯咖啡、一杯冰水、笔记本和圆珠笔。我全神贯注，准备投入工作。

巴瑞和阿历克斯对周导说话的语气就像是在面试，我翻译的时候尽量把这种语气遮掩起来。也许，这就是一场面试，我们这个团队里，只有我和汤姆见过周导。

几句礼貌的寒暄过去，大家一时默默无语，只有刀叉轻轻碰撞的声音和若有若无的背景音乐。汤姆一声不响地坐在阿历克斯旁边，自从老板来后，他就像变了一个人，一直沉默不语，非常低调。

我有点沉不住气了。

“周导有一部电影，已经筹划好几年了！”

这句话一出口，我就看见汤姆的眼睛里射出无数把小刀子，我掉过头，看着阿历克斯，现在我已经非常清楚他的身份，真正在投资方面称得上有话语权的只有他。

汤姆一会儿肯定会冲我暴跳如雷，我只能自己承担后果。这会儿我可管不了那么多，如果现在不说，以后就不再会有机会，我把刚才的这句话当即翻译给周导，他对我微笑了一下，脸色也变得柔和下来。

“真的吗？很有意思，能给我们介绍一下吗？周先生？”

Jane 第一个表示出兴趣，坐在她身边的巴瑞立刻附和了她一句。这个哈佛的女孩真厉害，她根本不看任何人脸上的表情，直接代表大家和周导对话。

我向 Jane 微笑着点头致谢，谢天谢地，她救了我一命。可是她根本没有看我，好像我就是个翻译机器，她只需要用耳朵听就够了，用不着用眼神交流。她那双深不见底的蓝眼睛只管一眨不眨地盯着周导。

Jane 今天换上一件短款黑色 T 恤，一条咖啡色的卡其裤，露出纤细的小蛮腰——这个女孩并不算漂亮，但她知道自己的优势，而且决心要把这个优势发挥到极致。她蓬松的金发看来是刚洗过，随意地披在肩上，每次低头和巴瑞说话时，她的头发就会散落下来，有意无意地碰到巴瑞的脸。

周导把他筹拍的剧情详细地介绍了一遍。一谈起作品，他就像变了一个人，激情洋溢，滔滔不绝，眼睛闪闪发亮。我使出浑身解数，尽量把周导的情绪也翻译出来，而且力图表达准确。周导的肢体语言特别丰富，我永远也不可能呈现得像他本人那么生动。

所有的人都停下手里的刀叉，听得入了迷，Jane是最捧场的，还问了周导几个历史背景方面的问题，理查德也兴致勃勃地参与了讨论，连巴瑞都听得津津有味，不时低声和Jane讨论着什么。

汤姆耸耸肩，无可奈何地对这场谈话表示了认可。

Jane和巴瑞好像对周导的项目很有兴趣，两个人交头接耳，谈得很热烈。她到底是谁呢？从看见她的第一眼，我就注意到这个女孩身上有种特殊的东西，巴瑞好像很喜欢和她交谈。一个和我年龄差不多的女孩子，能参与这样一个中国题材的项目，而且她的身份是第一研究助理，这本身就是实力的证明。

只有阿历克斯，一句话也没说，他仔细地听着，直到大家都沉默下来，才悠闲地问了一句：

“那么，周先生，请问，我们华纳为什么要投资你这部片子呢？”

这是什么意思？阿历克斯说得不痛不痒的，可是我从他的语气里听出了火药味。

“那您当初为什么要拍《刺杀肯尼迪》呢？”我立刻把话接了过来。

我的话一出口，先把自己吓了一跳，阿历克斯是这部电影的制片人之一，他还参与过好几部好莱坞大片的制作，绝非无名之辈，而且他是汤姆的老板。

周导也不高兴了，脸沉下来，“他刚才问我什么？你只管翻译就是了！”

还没等我回答，阿历克斯又不紧不慢地开口了：

“因为那部片子可以赚钱，就是这么简单！”

汤姆大概是受了他老板的影响——阿历克斯比他还要惜字如金，但他还是回答了我的问题。

《刺杀肯尼迪》是1991年华纳出品的电影，片子的导演是奥利弗·斯通，主演是当时的大明星凯文·科斯特纳，影片获得1992年奥斯卡奖六项提名，最后斩获两项大奖。它虽然没有《雨人》那么有名，但据说当时也出尽了风头。

我这个无名小辈居然敢叫板阿历克斯——这部电影的制片人之一，我看见汤姆的脸上露出一丝不屑的神情，倒是阿历克斯自己，反而被我逗笑了。

方教授冲我使了个眼色，然后她温柔而婉转地对周导重新解释阿历克斯的意思，不知怎么回事，话从她嘴里说出来就突然变得好听多了。

“我先声明：虽然我本人参与了一些描写美国重大历史人物和事件的拍摄，但这并不代表华纳只拍这类片子。我们对什么题材都感兴趣，只要它有票房号召力，包括文艺片。我们不认为文艺片就一定会赔钱，但是您这部片子的题材我觉得有点边缘化，这个所谓‘奇女子’，我个人感觉很平常！”

周导筹备的那部片子有点像林徽因的身世，我们崇拜的那些历史人物，徐志摩、张爱玲、梁思成，在他们的眼里只是一些平常的人物。一个上午过去，我发现，中国现代史上的人物，阿历克斯和巴瑞他们根本不关心，他们只对我们现在要拍的这个题材有所了解，他们甚至对孙中山和宋氏家族的历史都知道得不多。

大家都沉默下来

阿历克斯的态度简单粗暴，可是作为制片人，他首先考虑的是票房，这听上去似乎也没错，可是翻译起来就有点痛苦。幸好这个苦活儿被方教授及时接过去了，我感激地看了她一眼。

“那这么说，咱们现在这部片子一定会有票房号召力了吗？”

我又追问了一句，现在既然阿历克斯默认了我可以提问，我就不再有什么顾虑。

“那当然，否则我们来干什么？怎么会请到这么昂贵的编剧？你以为我们是来玩儿的？”

阿历克斯微笑着和巴瑞对视了一下。

方教授又自觉地给周导演当了翻译，把我的问题也翻了过去。

看来是没戏了，没有谈下去的基础——周导不肯放弃自己的艺术追求，做人家片子的副导演，而阿历克斯又对他的项目不感兴趣。

是不是我没有把工作做好？首战失利。和周导告别的时候，我心里空荡荡的，昨天的这个时候，我还在那个小咖啡馆听他兴致盎然地讲这部作品，一夜之间，一切都变为幻影。

真难，看来没有什么事情是容易的，我的心凉了一截。

“周先生是个很有意思的人！”我听见Jane对巴瑞说。

什么叫“有意思”？我真想问问Jane。

但是话到嘴边，我又停了下来。从昨天到现在，她都没有正眼看过我，即使在我给大家翻译的时候，所有人的目光都集中在我身上，唯有她，不是看着周导就是若有所思地盯着天花板，但她确实在听，只是不看我而已。

整个上午Jane都没有闲着，项目组工作的第一天，她就在光天化日之下和巴瑞调情——一个比自己大20多岁的有妇之夫。难道就是因为他头上那个奥斯卡奖的光环？她已经是哈佛的研究生，而且，年纪轻轻就已经是巴瑞的第一助理了，但她似乎有自己的一套——不但有头脑、有身材，而且她看上去是那种不择手段的人。

“你觉得今天这个见面怎么样?”阿历克斯侧过身，眼睛盯着巴瑞，他自己的脸上露出满意的神情。他刚刚扼杀了一个优秀导演的梦，自己反倒像没事人似的。

巴瑞沉吟片刻：“非常有意思，出乎我的想象。周先生很有才气，还有，两位翻译也非常出色!”巴瑞微笑着看我一眼。

我心里有点感动。这个巴瑞还挺有礼貌，有了他这句话，我此刻的饭碗似乎是没问题了，汤姆恐怕也不会再对我挑三拣四。

Jane掉过头，眼睛漠然地看着窗外，一副不屑一顾的样子。

我心中一震，这一幕情景是如此熟悉，好像在哪里见过——我想起来了，多年以前的那个冬天的早上，在那个冰冷的站台上，我哆哆嗦嗦地站在车窗外，满怀期待，仰头看着“影子”的侧影，他似乎看见了我，但很快又转过头——那个动作，和现在Jane这个样子很相似，好像我根本不存在。

一个人对另一个人最大的蔑视，应该就是这样了吧——冷漠，无视你的存在，而且毫无缘由。

问题是连阿历克斯和巴瑞都没用这种目光看过我，包括汤姆，无论他对我多么不耐烦，多么生气，也从来没有这样对待过我。现在看来，一个人绝对可以用目光杀人。

一阵尖锐的刺痛穿过我的心脏，多年前的那个伤疤再次被揭开。我曾经以为那个伤口早已痊愈，刀枪不入。毕竟，那个伤口早已停止了流血，变成了一道粉红色的伤疤，而且表面看来似乎也还平整，可只要记忆的手指偶尔碰触，还是会感到一种锥心的疼痛。

在上海的最后一天，吃过晚饭，我、方教授和理查德在街上散步。

这些天下来，我们三个自然而然地走到了一起。

方教授年过半百，至今独身，但一举一动还是充满女性的韵味。她十年前去美国的时候，一句英语也不会说，如今已经是柏克莱大学的中文教授。但她毫无架子，对我非常耐心，经常迁就我的小脾气。

理查德是业余剧作家，已经40出头，但他的作品至今还没有被华纳采用过，现在成了巴瑞的资料收集助理。可是我注意到巴瑞很少和他说话，注意力都集中在Jane身上，但理查德似乎并不在意。从某种意义上来说，我们所有的人，除了阿历克斯，都是巴瑞的助手。

我们在泰安路老上海法租界的一家咖啡馆里坐下，那里也卖古玩。据说主人年轻时走遍世界各地，淘来有趣的好物件，把它们错落有致地摆放在咖啡馆的各个角落里，见证时间的流逝和青春的足迹。咖啡馆在一条安静的小马路上，黄昏时分，里弄深处传来孩子们的嬉笑声，我坐在老式皮沙发上，喝一口冰凉的柠檬苏打水，羡慕地看着那个叫“海明威”的小狗趴在窗前的地毯上呼呼大睡。

主人一定在巴黎生活过，我心想，他们一定去过巴黎的“花神咖啡”和“圆顶咖啡”，那是海明威、萨特和西蒙·波伏娃常去的地方，我心中向往的圣地。

坐在我身边的理查德正兴奋地左顾右盼，这里的一切都让他感到新奇。理查德长得不算帅，有点儿秃顶，脸色绯红，手很粗大，像干过重活的人。可他那双碧蓝的眼睛总是生气勃勃，整个团队就他问题多，而且他很勤奋，每天把参观和座谈的记录当晚就整理出来，发给 Jane 和巴瑞以后才休息。

“理查德，Jane 和巴瑞来中国以前就认识吗?”我终于忍不住问。

理查德转过身，意味深长地看了我一眼：“他们以前不认识，我很确认，他俩不住在一个城市。我们大家在肯尼迪机场集合的时候，他们是第一次见面。我记得当时巴瑞还对她说：‘我和你父亲一样大，你让我感觉自己好老啊!’没错，他就是这么说的!”

我有点失望，看来 Jane 不是走后门来的，是靠她的实力。

“告诉我，理查德，说心里话，你真觉得 Jane 有什么水平吗?”

每天工作结束，巴瑞和阿历克斯他们都要开内部会议，我和方教授是不被邀请的，所以我从来没有机会听 Jane 发言。

“她很有头脑，观点很新颖，巴瑞被她吸引，我倒也不觉得奇怪。她是个聪明的女孩，她知道自己要什么，然后不遗余力地去争取!”

理查德不像是在开玩笑。

“可是你也很聪明啊! 没有你，还有方教授，我们今天根本不会有这么多收获，这才是第一站，我就被中国彻底迷住了!”

理查德赶快补充。

“看来，我不够聪明，不会‘不遗余力’地去争取什么!”

我冲理查德做个鬼脸。

我很聪明？这要看和谁比了。我和Jane是同龄人，可我却在给她当翻译，她从事的工作更高级，更有挑战性，也更需要智慧——她和华纳的精英们平起平坐地工作，而我只是为他们服务的。

我们向酒店的方向走去。华灯初上的街头，所有的叶子都闪烁着神秘的光芒，颜色忽深忽浅。我觉得自己就像一只迷路的小鸟，躲在树林深处的某个角落，躲在某个不为人知的空间；但我渴望外面的世界，渴望飞出这个狭小的天地，只是，我还没有找到方向。

那天晚上，我在自己房间里的小沙发上坐了很久。窗外，灯光变得越来越幽暗，路上的行人渐渐消失，整个城市都在我眼前晃动起来，好像我是在一艘巨大的古老的帆船上，航行在大海深处，没有航标灯，没有人带路。我一会儿感觉自己优哉游哉地漫游在天上，一会儿又身不由已地沉向万丈深渊。

几天之前，我还为这个华丽的房间，为这份从天而降的工作欢呼雀跃，为能和这么多精英在一起而激动不已。可是，我学到了什么呢？应该说不少，和周导的一番谈话，每天和巴瑞他们出去参观、座谈，我在学习他们观察人和事物的方式，我研究Jane的一举一动，可是看不出什么端倪，他们那个核心圈子我是进不去的。

在这个世界上混，你头上至少需要一个，最好是几个闪闪发亮的光环。比如，别人介绍你的时候，如果你所有的只是你的名字就有点尴尬，你多少得是个什么——艺术家、教授、哈佛大学毕业生、奥斯卡奖获得者……人们将根据这些光环的大小和多少来决定怎么对待你。

也许就是因为这个，Jane才手眼疾手快地抓住了巴瑞，她要在最短的时间里拿到自己想要的一切——我发现每次巴瑞和我说话后，她就急急忙忙把他拉到自己身边。从上海到西安的飞机上，巴瑞主动把座位和我换到了一起。他手上有一个小册子，是前一天参观纪念馆时拿到的，他想让我大概翻译一下。飞机还没到西安我就翻译完了，我俩一路上都聊得很开心。

坐在飞机另一头的Jane，脸上乌云密布。

巴瑞和Jane的关系已经暧昧到了众所周知的地步，他俩也根本不在乎大家的看法。奇怪的是，刚来的那几天，巴瑞天天念叨他太太，为没有赶上和她一起过生日而难过；可是现在，他和Jane似乎沉浸在他们自己的世界里，两个人天天黏在一起，互相凝视的目光让别人看着都脸红。

一个小小的团队被分成好几块，我们三个，Jane和巴瑞，阿历克斯和汤姆，只有必要时大家才在一起行动，这种气氛让大家都不舒服。

“剧组临时搭的野班子特别多，戏一拍完就散！”

依依曾经这样对我说，这就是为什么她从来不和圈内人来往的原因。

可我们是华纳旗下的电影筹备小组，巴瑞是获得过奥斯卡奖的剧作家，而Jane是哈佛的高才生——这一切都让我困惑不已。

我一直希望进入一个有创造力、有激情的世界，和比自己聪明很多的人在一起工作，而不仅仅是为他们服务；但同时，我又渴望自由——阅读、听音乐、旅行、写作。我希望有朝一日能离开父母的家，有一个自己的天地，完全按照我的思路设计：四面墙摆满书和唱片，大盆的绿色植物，一个小小的露台，假期的时候可以走得远远地，领略这个世界变化无穷的色彩。

不幸的是，这样一个充满诗意的世界，需要用毫无诗意的工作去争取，有时甚至需要不择手段。我在一个自相矛盾的怪圈中打转，越是翱翔于幻想，就越会为这个幻想付出代价，越感到无名的焦灼和窒息。

“我在构思一个剧本，是关于上海的故事，发生在20世纪30年代，你想听吗?”

理查德在我耳边轻声说。不知从什么时候开始，只要我们长途旅行，他总是坐在我身边。

因为一夜没睡，他的眼睛里布满了血丝——这人真是不可思议，现在是早晨四点多。从西安到延安的路上，司机一不小心把车开进了池塘，水淹了半截车厢，我们坐在里面，虽然暂时安然无恙，但是水太深，车一时开不出来。司机急得团团转，我们就像是回到了远古的诺亚的方舟上，四面是水，前途渺茫。

偏偏这个时候，理查德要和我谈剧本，他是这个团队里唯一把我当自己人对待的。他这么执着，也许有一天，真的会成为艺术家。

“你怎么知道这个剧本会有票房号召力呢?”我打了个哈欠。

理查德的脸顿时沉了下来。

一个艺术家，不管是成功的，还是尚未成名的，都希望别人严肃地对待他们的作品。这些天，我心情烦躁，语气变得玩世不恭。

阿历克斯正聚精会神地看一份文件。汤姆安静地坐在他身边，一脸绝望地看着窗外。巴瑞和Jane坐在最后面，Jane横躺在他身上，睡得正香，巴瑞把一个毛毯轻轻盖在她身上，小心地把她散开的长发收在毛毯里，然后又脱下自己的羊毛衫裹着她的脖子，仔细地掖好，生怕她着凉。他低着头，深情款款地看着她，好像在看着这个世界上最珍奇的瑰宝，全然忘记了我们就在他们身边，忘记了此时此刻，我们的车半截被埋在一个山沟里的池塘中间。如果现在下一场大雨，车继续下沉，我们的小命恐怕都保不住。

我估计巴瑞的脑子里已经没有多少他被雇来写的那个剧本了——遥远的中国大西北，前不着村，后不着店，白雾茫茫。他发现了自己生命中的真爱，此刻她就安静地在他怀中酣睡。

不过，不管眼前这一幕有多么可笑，我还是看到了巴瑞真情流露的一面。他甚至低下头，情不自禁地吻了一下Jane的眼睛，这可不像是逢场作戏。我有种预感，我们这个剧组恐怕永远也不会成立起来，但是，他俩的关系倒有可能会成功——老男人谈恋爱，就像是老房子着了火，没得救。

灰蒙蒙的天空，污浊不堪的池塘，遥远的地平线上没有一丝光亮，四周沉寂得令人疯狂。苍茫的天地之间，我显得如此渺小、无助。日子一天天过去，我依然不知道自己真正要的是什么。生活给了我一些暗示、一些幻象，但那只是残缺不全的梦的碎片，四处散落。假如生活是一盘牌局，那么我抓到的，应该算是一手好牌，可我偏偏还没有学会这场游戏的规则。

“也许有一天，你会以做梦为生！”

多年前，“影子”无心对我说的一句话似乎已经应验，在这个剧组，我和造梦的人在一起工作。好莱坞就是世界上最大的造梦工厂，我是不是应该知足？应该忍着Jane对我毫不掩饰的鄙视？在这个剧组里，她就是老板娘。

我深深吸了口气。

我做了自己最想做的事情。

“师傅，救援车反正一时半会儿也到不了，麻烦您放一首陕北民歌吧，让我们这些外国专家找找感觉！”

我走到前面对司机说。

司机是个老实巴交的陕西人，立刻就开了音响。不一会儿，一阵尖利、悠扬，又有些凄苦的《兰花花》在车厢里响了起来。

“青线线（那个）蓝线线，
蓝格莹莹（的）彩，生下一个兰花花，实实的爱死人。
五谷里（那个）田苗子，数上高粱高，一十三省的女儿（哟），就数（那个）兰花花好。”

“真好听，师傅，声音再大点，开到最大！”我大声对司机说。

凄美婉转的信天游铺天盖地地响彻整个车厢。在这个四面是水、远处是黄土坡的山沟里，在这个豪华的、被水淹了一半的别克轿车中，这个声音显得有点不伦不类。

我心里舒服多了。

我紧紧盯着阿历克斯的表情，他放下文件，揉了揉眼睛，然后，很有默契地向我做了个鬼脸。

我心花怒放，看来阿历克斯也受够了巴瑞——我算是替大家出了一口恶气。

巴瑞大步走到我的身后，拍拍我的肩膀：

“你能让司机把音乐开小点儿吗？”

我转头看看Jane，她真的被吵醒了，不耐烦地翻了个身，嘴里嘟囔了句什么。

巴瑞的脸上有一丝尴尬、一丝哀求，眼神里还带着歉意，我让司机把音乐的声音放小了一些。

方教授在我耳边说：

“巴瑞在好莱坞可是名人，没人敢惹，你这丫头胆子也太大了！”

“因为我得罪了老板娘？”

我回过头，冲她莞尔一笑。当然，我知道这件事的后果。

我们的车继续向延安方向驶去，宝塔山的魅影在晨雾中若隐若现，看上去是那么安静、古朴、亲切。

一个清澈、透明、干净的世界像水墨画一般出现在我的眼前。

第5章

金沙滩——不知道是谁，给这个地方起了一个这么美丽的名字。

傍晚，海水变成了白色，乳白色的泡沫缓缓向着沙滩伸展开来，刚刚碰到岸边，又慢慢地缩了回去；无数种蓝色——鲜亮的、柔和的，给海面铺上一层神秘的轻纱。我沿着海岸线，边走边四处张望，海上飘过的渔船，礁石上青色的苔藓，几只被海水冲上来的贝壳，一切都那么地让我着迷。

心中是满满的、快要溢出来的快乐。

旺季已过，旅店里冷冷清清，价格便宜得离谱，我对它一见钟情。小店再过一个月就关门了，因为一到秋末，就不会再有客人。店主是一对年轻的夫妇，话不多，有点腼腆。两个人雇不起服务员，事事亲力亲为，每天把房间打扫得干干净净，还特意给了我一间可以眺望大海的房间。早餐是白粥、榨菜、馒头和一个煮鸡蛋。

几个星期前，我还在上海的波特曼咖啡厅吃着豪华的早餐，可是这个海边简陋小旅店里的粗茶淡饭，我一样吃得香甜。宁静的小城，没有大商店炫目的橱窗，没有色彩斑斓的街道，没有灯光迷离的酒吧，可是大城市里也没有这里的梦，没有心灵的宁静，只有一个接一个的行动。

我换下夏天买的那几件所谓“得体”的裙子，脱下闪亮的高跟鞋，穿上舒舒服服的牛仔短裤、宽松的衬衫。早上，我大口呼吸着新鲜的海风，手里拎着凉鞋，赤足走在沙滩上。

太阳缓缓升起，给海滩涂上一层轻柔的粉色，然后，由它自己一点点变成淡金色。金沙滩的名字大概就是这么来的。这里听不到人声，看不见人影，我的思绪飘得很远，甚至感觉不到自己的存在。海水轻柔地拍打我的双脚，暖暖的感觉。我不介意这样过一辈子。

我甚至在暗自思忖怎么动员店主把这个小酒店开下去，虽然过了旺季，但是为什么不可以简单装修一下，弄得有情调一点儿，吸引一些大城市来的需要宁静的人——这样的客人应该不少呢，这里的价格不贵，而且面朝大海，景色又是这么美。

日子一天天过去。

天凉了，海上掀起黑色的风浪，天空乌云密布，我带的衣服不多，只好躲在小房间里看书、听音乐。

我带了一个小小的随身听，是爸爸上次回国送给我的。

巴赫的《G弦上的咏叹调》在陌生而简陋的小屋里响起，熟悉的音乐带给我一种安全感。

我坐在一个破旧的沙发上，在灰白色的晨光中读普鲁斯特的《追忆似水年华》。

“就像空间有几何学一样，时间有心理学。”

普鲁斯特在书中说。

简简单单几个字，蕴含了太多我不懂的东西。我读得很慢，房间里静悄悄的，只有巴赫的音乐和我翻书的声音。这分分秒秒，过去了，就不会再回来——比如，明年这个时候，我再回到这个小屋，还是放巴赫的这首曲子，还是翻开这本书的同一页，可我将永远不能重新体验这一刻的感觉，因为这一刻，不是位于空间中，而是处在时间里。

明年的那个我，将不会是今天的我，我所拥有的，只会是对这一刻的记忆，而记忆多半是不靠谱的，我们总是不由自主地编辑记忆，而最初的那些东西，会随着岁月悄悄消逝。

我合上书，真想和谁聊聊普鲁斯特。

和谁呢？老板和老板娘才没这个兴趣。打电话给北京的朋友吗？人家不会以为我疯了？我的朋友们都在这个忙碌的世界上奔走、打拼、挣扎，有些人已经很成功，才不会有时间听我讲普鲁斯特。

走廊里传来重重的脚步声，有人在高声说话，稀里哗啦地开门，我烦躁地放下书，这么久的宁静终于被打破——小旅店里来了新的客人。

时间长了，我觉得这个小旅店是由我独享的。

我喜欢这个小店的原因之一就是它的客人很少，而且都是特别安静的那类人，和店主人一样，见面相视一笑，然后擦身而过，永远不多问一个问题。

我走进厨房。

老板和老板娘正挥汗如雨地和面、拌馅儿，猪肉大葱的香气扑鼻而来，我立刻就饿了。

爸爸也是最爱用这个馅儿包饺子。

“今天来客人了吧？我来给你们帮忙！”我卷起袖子，跃跃欲试。

“哎哟，快别了，怎么能让你上手？我俩行了，你快回屋歇着去！”

老板娘赶紧走过来，在围裙上擦擦手，轻轻推了我一把。

“嘿，我还就爱干这个，你们先别忙下结论，看看我的手艺再说！”

等老板把饺子皮擀出来，我一口气包了十几个饺子，而且手上干干净净，饺子漂漂亮亮，没有一个是歪的。

我得意扬扬地看了老板娘一眼。

“咋样？”我学她的山东口音。

“不赖，今天这顿饭不收你的钱，你放开肚皮吃吧！”

老板笑嘻嘻地说。

我心里美滋滋的，埋头苦干，不一会儿，面前的大簸箕里就摆满了白花花的饺子。

包饺子这一手，是爸爸教我的，我平时笨手笨脚，但是一旦学会了一样手艺，我就是最好的。

我低着头，手里忙着，眼眶突然一热，我想家了——童年时的家，星期天的上午，我们一家人也总有说有笑地包饺子。

可是那一刻却永远不会再回来，我只能在记忆中寻找失去的乐园。

第一锅热气腾腾的饺子煮好时，老板被一个电话叫了出去，老板娘顿时手忙脚乱起来。

我帮她把饺子端给餐厅里那几个吵吵嚷嚷的客人。

“服务员，醋呢？酱油呢？”

“大蒜怎么都没有？这是吃饺子吗？你们家今天头天开业吧？”

我突然意识到他们是在冲我嚷。

我不敢怠慢，跑进厨房，把他们要的东西一一奉上。

几个人这才风卷残云一般地吃起来，嘴里发出很大的动静。

“味儿不错，就是饺子个头儿太秀气了，老板真会过日子！”

一个小个子男人跟他的同伴说。

我的火顿时蹿了上来。

“这是我包的，怎么啦？馅儿如果放太多，饺子煮熟了就会破，你嫌馅儿少，多吃几个不就完了吗？”

我没好气地说。

说罢，我自己也端了一盘饺子，一小碟醋，在旁边的桌上慢慢吃起来。

“哎，服务员，我们还没吃完呢，你怎么自己就吃起来了?”

一个面孔黑黑的大个子嬉皮笑脸地冲我说。

“我愿意!”我瞪他一眼。

看来服务员也不是容易当的，包了半天饺子，累得我腰酸背痛，还得受客人的气，我有点灰心，鼓动老板继续开店的主意顿时烟消云散。

老板娘从厨房跑了出来，后面跟着告状的客人。

“哎呀，她不是服务员，她是客人，看我们两口子忙不开，人家是帮个忙!”

老板娘搓着手，连忙地给他们解释。

几个人面面相觑。

过了一会儿，大个子走过来，有点不好意思地挠了下头:“大妹子，对不住!我们不知道你是客人，你别生气啦，吃饭生气可不好!”

我绷着脸，本来不想理他，可还是忍不住笑出来。

我们聊了起来。

他们是从济南过来的，到烟台出差。

“你呢?你一个人出来干啥?”

他们对我感到好奇。

我这才想起来，我本来是要去养马岛的，结果这些日子过下来，我把此行真正的目的反而给忘了。

几个人兴奋起来。他们今天也是要开车去养马岛，晚上就回来，如果我愿意，可以和他们一起去。

“晚上回来咱们去烟台市里，找个吃海鲜的地方请你，算我们有眼不识泰山，给你赔个不是！”

大个子豪爽地说。

老板娘冲我使了个眼色，意思是让我拒绝他们，这几个人看上去有些粗野。

但是养马岛对我的诱惑太大了，他们又有车，机会难得。

云散雨霁，晨雾弥漫，马道两旁的草地湿漉漉的，令人神清气爽。

一匹高大、俊美的马被一个穿红衬衫的小伙子牵了过来，静静地站在我的身边。

我有点紧张，我还是第一次离马如此之近。它有一身漂亮的鬃毛，在阳光下闪闪发亮，看上去性格也格外温顺，很配合地低下头，乖乖钻进主人给它的皮圈。它的脖子上挂着红色的铃铛，在风中叮当作响。

小伙子把毛毯和马鞍放在马背上，然后做了一个让我上马的手势。

我犹豫了一下，我穿着裙子，旁边都是大男人，怎么上去呢？

突然，我整个人腾空而起，被几个人七手八脚地驾到了半空中，然后，我就做梦一般地骑在了马背上。

小伙子牵着马缓步向前走着。

说来也怪，我一上马就忘了害怕。迎着海风，头发被吹得飘起来，整个人觉得轻飘飘的，好像整个宇宙都由我掌控，天地之间突然开阔起来，我摇身变成希腊神话中的半人半神。

我握着缰绳，一圈又一圈地走着，我的胆子渐渐大了起来，我让牵马的小伙子走开，想自己试试。我神气活现地骑在马背上，阳光洒在我身上，全身都是暖洋洋的，我向下面那几个东北人愉快地招手，心情像此刻的天空一般晴朗。

“人家可是按跑马的圈数付费啊，姑娘，你自己算算跑了多少圈！”其中一个人在向我喊。

糟糕，我一高兴，把钱这件事忘得一干二净，我连价格都没问就上了马。

我只好垂头丧气地下了马，我本来就囊中羞涩，在酒店住了这么久，现在更是拮据。

小伙子告诉我，那几个东北人已经替我把钱付了。

“我说，你这玩心也太大了吧！姑娘，你是不是和家里闹意见了？一个人跑出来？我看你还是收拾收拾回家吧，不能老这么飘着，被坏人骗了怎么办？”

大个子在酒桌上好心地劝我。

晚上从养马岛回来，我们几个在烟台一家海鲜酒楼吃饭，桌上摆满了螃蟹、大虾、海鱼，我最爱吃的却是不值钱的韭菜炒海肠。

“我才是坏人，你们都被我骗了！”

我笑得前仰后合，我的头有点晕眩，脸上发烫，全身飘飘然，笑得停不下来。

我跟他们四个人挨着干杯，为了表示诚意，每杯我都是一饮而尽。

我们萍水相逢，人家又花时间又花钱的，明天大家就要告别了，我没有钱，只有借花献佛，用他们的酒感谢他们的一番好意。

我突然注意到，邻桌有一个男人，一直在看着我，他的眼睛黑幽幽的，深不可测。

他穿一件发旧的白衬衫，袖子卷起来，露出小麦色的、结实的胳膊。

他转过头，避开我的目光。这一刹那，我有种似曾相识的感觉。

我又看了他一眼，他在安静地吃饭，一盘青菜、一碗米饭、一杯水——好清淡的晚餐。

“我怕是醉了，你们送我回去！”我用手撑着沉甸甸的头，对那几个东北人说。

“不行，不行，哪能说不喝就不喝了？”他们几个在起哄。

邻桌那个男人的目光又朝我们转过来。

“别呀，你酒量没问题。大妹子，这样，我们猜拳吧，你输了才喝，这样公平不？”

其中一个东北人对我说。

一天混下来，他们都告诉了我名字，可是我一个也没记住。

一听说猜拳，我又来了精神。

“好吧，怎么玩儿？”

“嘿，大妹子真爽快！咱们就玩简单的，你肯定输不了。每个人拿着筷子，轮流喊数，记住了，逢‘7’或者‘7’的倍数不能喊，要用筷子敲一下桌子，旁边的人接着来，谁错了就罚酒一杯！”

桌上闹哄哄的，不知道谁的头脑还这么清醒，游戏的规则讲得很清楚，我听明白了。

我们这张桌上顿时热闹起来，大家都喝多了，又喊又敲的，服务员又送上了白酒和下酒的菜。

我在心中默诵乘法口诀，该死，还是错了，我居然喊出了27，有“7”就得罚酒。

我的眼睛变得模糊起来，如果我没有看错，邻桌的那个男人正向我走来：“算了，我说各位兄弟，别让她喝了，你们没看见她醉了吗？”

他的个子不高，稳稳地站在那里，有种不可动摇的定力，说话带着浓浓的广东口音。

“我没醉，我喊错了，是应该罚酒的。”说着，我端起酒杯。

可我的手被一只粗大而有力的手牢牢地攥住，动弹不得。

这人真讨厌，我用力挣脱出来。

我想说点什么，还没开口，一阵恶心就像巨大的浪涛向我涌来。我晃晃悠悠地站起来，广东人似乎知道我要什么，他找来一个女服务员，我跟在她后面，极力稳住自己的脚步，往洗手间走去。

我不能吐——不能吐在这里，我甚至不敢深呼吸。

总算熬到了卫生间，我扑到洗手池上，把五脏六腑都要吐出来了，浑身发抖，像一片风中的叶子。我的两腿发软，寸步难移，身体伏在洗手池上——这是世界上最安全的地方，没人看见我这副狼狈相。

不知过了多久，我被人扶着坐在了一张椅子上，周围吵吵嚷嚷的，我断断续续地听到有人在抱怨——

"现在怎么整?"

"真倒霉!"

"怎么搞的?"

"出了事谁负责?"

"我们得叫车去医院，她这样子不正常，别是酒精中毒了!"

我软绵绵地靠在椅子上，有气无力地闭着眼睛，我想站起来，告诉这伙人我自己可以叫车回旅店。吐了这么多次，我胃里稍微舒服了一点。

一阵恶心又向我袭来，我连忙捂住嘴，我虚弱得站不起来，只听见一个温和的声音轻声对我说：

“来，吐在塑料袋里，就在这儿，看到吗？吐出来就好了！”

是那个广东口音的男人。

他的手在我背上轻轻拍着，一下又一下。

我一把抓过那个救命的塑料袋，把整个脸都埋里面，吐得天昏地暗。

吐完，我全身轻飘飘的，轻得像一片羽毛，眼前的一切都在旋转，然后，我就失去了知觉。

就像在电影里看到的那样，醒来的时候，我在一间陌生的屋子里。

四周漆黑一片，我听见淅淅沥沥的雨声，也许是我的幻觉。

我的嗓子发干，伸出舌头舔了一下嘴唇，干硬的。

“你醒了？来，喝口水。”

我闭着眼睛，张开嘴，喝了一口甘露般的水，甜甜的。

喂水的人很耐心，我喝得很慢，每吞咽一口，喉咙里就是一阵剧痛，甚至疼得无法开口说话。

我这是在哪里？

我努力睁开眼睛。

我看到一个男人的面孔，眼睛里满是关切。

我还是说不出话，只是发出几声像蚊子般的声音。

我这是怎么了？我急得要坐起来。

“你得卧床休息，医生给你洗了胃，插过胃管，所以你现在喉咙疼，不要急，会好的！”

陌生人按住我的肩膀，这双手是我熟悉的，粗大，有力，小麦色的皮肤。

我慢慢回忆起来，昨天晚上，我醉得一塌糊涂，吐了，然后失去了知觉。

是这个广东口音的陌生人把我送到医院的？我们根本素不相识。

那一群东北人呢？他们也住院了吗？

陌生人似乎能读懂我的心思，他告诉我，那几个东北人也醉了，但是没有我严重，他们已经回了旅店，把我交给了他。

真恐怖，我什么都不知道，好像死过去一样。

一切都像是前世发生的事情。

我闭上眼睛，迷迷糊糊的，浑身无力，只想睡觉。我对陌生人说了谢谢，声音小得几乎连自己都听不见，他把我的手放进被子里，关上灯，一动不动地坐在我床边的椅子上。

他叫阿强，这个名字好记，我甚至没有问他姓什么。

阿强有一对勾魂的眼睛，漆黑、明亮、男人味儿十足——他的眼睛会放电，不经意间的轻轻一瞥，就会把人的魂牵走——至少是我的。

对于我，阿强有一种责任感，倒不是因为对我有兴趣，而是出于一种习惯，凡事经他的手，都要做得完美——他就是那种人，连自己的大货车都是干净而整齐的，擦得一尘不染。此刻，他的双手稳稳地握住方向盘，全神贯注地开着车，我懒洋洋地坐在副驾驶座位上，裹着毛毯，睡意沉沉。我喜欢吉普车、大货车，这样的车座位都很高，坐在上面像骑马，很神气。

下雨了，雨丝斜飞，顺着挡风窗流下来，雨刷器一下一下地擦着雨水，像时钟的钟摆，不紧不慢，给人一种岁月静好的感觉。

俯看雨中的世界，水晶一般澄明，淡蓝色的海岸线在身边长长地伸展开，我们在去青岛的高速路上，阿强坚持把我送到火车站。

和阿强认识不到四十八小时，他却目睹了我人生中最令人尴尬的一幕。奇怪的是，我却没有觉得不好意思，和他在一起，有种自然而然的熟悉。

从来没有人对我这样耐心、体贴，虽然对于阿强来说，也许只是天性使然。

他对我一无所知，也不问我任何问题。

在车上，阿强打开音响，终止了这一谈话。谈起他的女朋友，我的语气带着一丝讽刺，被他听出来了。

见阿强不高兴，我赶紧乖乖闭嘴。

他放了一首粤语歌曲，我听不懂，曲子有点熟悉，唱歌的男人嗓音柔和，温情脉脉，但是对于我来说，多少有点肉麻。

我跟着曲子唱起来，模仿着粤语发音，听上去怪里怪气，我边唱边笑。

阿强告诉我，这首歌叫《偏偏喜欢你》，他似乎很喜欢，一遍又一遍地放。

老掉牙的歌了，听久了，却有种沧海桑田的感觉。

阿强不时纠正我的发音，我虚心请教，讨他的欢心。

时间不知不觉地过去，眼看要到青岛了。

我已经把《偏偏喜欢你》这首肉麻的情歌唱得有模有样。

“你学得真快，唱得很好听。”阿强终于表扬了我一句。

我得意起来，我喜欢唱歌，不管什么歌，只要我喜欢，听几遍就会唱。

主要还是因为脸皮厚。

“那我和你去杭州，好不好？一路给你唱歌，给你做伴儿！”

幽微的晨光，从天空中落下灰白，发亮的雨点，

太阳出来了，风把一片金色的树叶托进房间，

完全是无意识的。

晴朗的夜晚，繁星密布，

如同一支下凡的管弦乐队，演奏着属于它们自己的音乐，

时间，变得无法计量，

我们经过的每一个小村庄，

走过的每一条公路，

讲过的每一个笑话，

——我收藏和阿强在一起的每一个瞬间。

我们约好了最后在杭州分手。

知道在一起的日子并不多，所以反而格外珍惜。

阿强如同空气，无声无息，让你呼吸，但并不在乎自己的存在。

有时候，他也会有细小的动作，想起来，禁不住让人莞尔一笑。两个人走在一起，有几次他忍不住搂住我的腰，动作很轻，很温柔，情不自禁地，又有点不好意思，然后自我挣扎了一下，还是把手抽回来。

但是眼睛却暴露了他的心思，轻轻一瞥，我还是有那种微微触电的感觉。

在绍兴的一家小书摊上，我发现了海明威那本中英文对照版的《流动的盛宴》，北京的家里是有一本的，但我还是像看见久别重逢的老友一般，忍不住买了下来——我双手捧书，无视前方的道路，阿强一声不响地在背后轻轻推着我，像推一艘无法发动的

小船。我目不斜视，一路走，一路读书，不知不觉，一本书读完，魂是飞到了海明威笔下——20世纪20年代的巴黎，身体却不知道走到了哪里。

阿强并没有觉得这有什么不妥。

每天晚上，上演同样的剧情——不良少女试图勾引中年暖男。

“阿强，就开一个房间好了，我和你住。”我说。

一阵沉默，最后各回各的房间。

他的答案每天都一样：总有一天，你是要嫁人的。

这人的脑子完全停留在上个世纪。

慢慢地，阿强也开始观察我。

“你总是在哼的，那是什么曲子？”阿强问。

我却完全没有意识到自己有这个习惯，他只好笨拙地学给我听。

那是巴赫的《G弦上的咏叹调》——阿强的乐感很好。

可是等我把这首曲子放给他听，他却立刻叫停。

“不好，听不懂，还是听你唱比较好！”

在阿强的世界里，一切清晰明了，他喜欢深情款款的粤语情歌，每一句他都懂，而巴赫的音乐朴素平白得如同一幅水墨画，他不喜欢。

就像普鲁斯特的《追忆似水年华》，这个名字阿强是喜欢的，听上去像一首歌，可是他让我讲这本书的内容，我却怎么讲也讲不明白。

我不知道怎么和他解释这一本长达几百万字的内心独白——全是微不足道的小事，一个厨娘、一股霉味、一间外省的旅店房间、一丛山楂树。普鲁斯特似乎在说：世界的全部秘密都藏在这些简单的形式下面。

这么美的东西，我可以体会到，但说不清楚，只觉得遗憾。

如果能永远这样下去就好了，做一个货车司机的妻子，开开心心，四处流浪，有什么不好呢？

我看得出来，有时候，阿强也在犹豫，我们两个人的关系日趋微妙。

直到有一天，我和阿强在他的房间。

电视里在放新闻联播，无意中，我看见了我们大学时期的班长——奥利弗。那是一段国家领导人在欧洲出访的新闻，奥利弗担任高级翻译，他的镜头非常清晰，他站在领导人身边，西装革履、风度翩翩。几年不见，他变得成熟了，更有魅力了，像我爸爸一样，成了一名名副其实的外交官。

我在电视机前站了很久。

同窗四年，奥利弗在班上一直都是最出色的，从他一进学校就是，这是大家公认的；可是想当年，我也是奋起直追，后来也是优秀生之一。

可是现在怎么样？我和一个大货车司机在南方的一个小酒店里

看新闻联播。

那个叫“现实”的灰色影子，其实一直就在我身边徘徊，只不过，我暂时视而不见。

直到我弹尽粮绝的那天。

分别的时候，有点不浪漫，阿强塞给我一叠大钞，我觉得受了侮辱，坚决不收。

阿强不由分说，把钱塞进我的书包：“没有钱，你吃什么？”

在他那个世界里，没有太高深的道理，普鲁斯特、巴赫，都不能让人吃饱饭。

在中文和英语的词汇中，对“钱”这个字，不约而同地有一个很美的代名词——“流水”(liquidity)，水不流动，生命就会停止。从这个层面讲，我的流水等于负数，如果没有阿强的钱，我在回北京的火车上连盒饭都吃不上。

我曾经天真地以为：在经过大学艰苦的学习之后，我应该能轻松地驾驭生活，可是到头来，我什么也不能驾驭，甚至不能驾驭自己。此刻我的状态，正和多年前大一的那个寒假一样，坐在四周一片漆黑的火车上，没头没脑地驶向不知名的远方，身无分文，茫然失措，孑然一身。

我向往一种轻盈洒脱的生活，像德加画的芭蕾舞女，优美的姿态，纤细的四肢，轻扬的发丝，空气随着她们的舞步流动，仿佛随时可以随风而逝。我向往那种对生活的态度。小时候，我曾经学过一阵芭蕾舞，直到大学毕业后，还不死心地跑到芭蕾舞业余班上课，重拾旧梦——就是为了那个姿态，那个气氛。进了芭蕾舞教室，大镜子前面的每个人都飘飘欲仙，步履轻盈地随着钢琴的伴奏翩翩起舞，无论跳得好与不好。

我把这种姿态引入生活，我不想活得太吃力、太费劲。

可是这种生活，到底是否存在呢?

第6章

一次出发。

一场生命的迁徙。

略带寒意的春风，扑面而来。

我穿着一条皱皱巴巴的牛仔裤，推着自己那个饱经风霜、破旧不堪的旅行箱，慌慌张张地走出阿姆斯特丹的Schiphol机场。

来接我的司机手里举着写我名字的牌子，正在出口四下张望，我赶快跑上前去。我迟到了，因为贪玩，我下了飞机，取了行李后就在机场那些光怪陆离的小店里转了一圈儿，完全忘了有人接我这件事。

司机上了年纪，动作有点缓慢，他的头上夸张地戴着一个黑色的大盖帽，笔挺的黑色制服，像是某个从上个世纪走出来的角色。我有点儿想笑。

司机熟练地接过我的行李推车，把我带到一辆黑色的奔驰车跟前。经过汤姆的教育，我对车有了点初步的知识——这个情景有点熟悉，时隔将近一年，我又上了一辆高级轿车，只不过这一次，这是我一个人的专车。

总部居然用专车接我，而我只是个实习生而已。

我贪婪地看着窗外的风景。绵延不断的草地，懒洋洋的奶牛正躺在上面晒太阳，奶牛的背后是潺潺流水，古老的水车在乳白色的晨光中慢慢地转动。一幅又一幅完美的风景画从我眼前掠过，我无法把这个世外桃源一般的景致和我要去的公司联系起来。就像是一场梦，一觉醒来，会不会海市蜃楼一般地消失？

鲍德温——总部派到北京招人的人事部经理，在众多的面试者中选择了我。

有些人，你一见面就会有好感，似曾相识，像鲍德温，他的那条酒红色羊绒围巾立刻引起我的注意，我在面试开始的几分钟一直在琢磨这条围巾的含义，有点走神。它让我感到放松、亲切。这条围巾给整个冬天带来一丝暖意，暴露了他严肃外表下真实的那个自己——有点浪漫，喜欢意外的故事，欣赏与众不同的人，而不是标准零件造就的工作机器。

来荷兰之前，鲍德温把公司的情况给我做了介绍：这是一家在阿姆斯特丹上市的光通讯公司，成立了差不多有二十年，年销售额接近五十亿欧元。公司希望进入中国市场，前期工作刚刚开始，我实习结束后，就要负责整个中国市场的调研和光缆销售。

我在深夜的祈祷似乎得到了上苍的回应，他慷慨地发给我一块特大的、看上去香喷喷的蛋糕。但是这一次，我必须小心翼翼。

在我的生活中，所有的开头都是美好的。

不知过了多久，我被奶牛悠长而嘹亮的叫声吵醒。

淡蓝色的光线从窗口流泻进来，我慢慢睁开眼睛，透过乳白色的窗帘，隐隐约约看见窗外松树的轮廓，这个小城——或许叫小村庄更为恰当，显出一种与世无争的恬淡气氛，远处是高耸的褐色屋顶，教堂上面黑色的塔尖，错落有致，纯朴典雅。我有一种时光倒流、回到中世纪的感觉。我的床边是一个有点发旧的、老式乡村风格的衣柜，旁边是个小巧玲珑的白色写字台，房间舒适、简朴、温暖。

九点整，酒店门口出现了一个白头发、红脸庞的老先生，眉头紧皱，看上去有60岁了。这大概就是我的培训老师了，我诚惶诚恐地赶紧迎上去和老师握手。

老师的眼睛总是雪亮的，可那一脸不高兴的样子对我来说似乎不是什么好兆头。

一排青灰色的平层厂房，从外面看很不起眼，过道里整洁、干净。办公区是浅灰色调，我想象中的工厂应该是充满噪音的，可是这里却安静得有点儿不合情理。偌大的会议室里摆着投影仪、讲义，虽然只有我和老师两个人。

我舒舒服服地坐在公司二层宽大的会议室舒适的扶手椅里。

窗外是一个漂亮的大花园，早春二月，虽然到处还是枯枝败叶，但我可以想象出夏天百花齐放时的浪漫景致；会议室里很暖和，咖啡冒着热气，巧克力饼干也似乎很香甜，一切都是那么新奇。它和我想象中的严肃、刻板、壁垒森严的外国公司实在不一样，我仿佛又回到了大学时代的课堂上——我一时忘了我是在接受一个跨国公司的培训。

就这样开始了？在这样一个偏远的异国小镇。我还没有完全从旅途的劳累中恢复过来，还有这一连串异国风光的视觉刺激，我的头晕晕乎乎的，是那种有点舒服的晕眩，酒喝到正好的时候的感觉。

老师开始了技术理论培训。他准备了厚厚的讲义，课上了没有几分钟，他就发现，我没有任何光通信方面的知识，他纯粹是在对牛弹琴。

“鲍德温怎么把你给送来了？你的专业背景是什么？”老师摘下眼镜，一边擦着，一边气鼓鼓地问我。

“英国文学，还学过两年国际公法。”我一本正经地向老师报告。

我的心情不错，人也变得活泼起来，是的，我什么也听不懂，但是我并不紧张。我的本能告诉我，这些并不是我今后工作的重点。

现在是中国时间凌晨三点，时差效应开始发作，我昏昏欲睡，但还是努力睁大眼睛，假装有兴趣地听着。

“你说什么？英国文学？”

老师呆呆地看了一下那本厚厚的讲义，又看看我：“他们说以后你会负责中国市场的销售，但是你没有技术方面的基础，怎么和客户交流？这可不是几天就可以掌握的，姑娘！”

这位老先生脾气还挺急，说话也真不客气，他对我怎么一点儿耐心都没有？毕竟我是刚刚进入这个行业，难道他还指望我突然变成理科生不成？我高中的时候最痛恨的就是这些——数据啦，图表啦，参数什么的。

无论如何，我不能让老师对我失去信心，好不容易才争取来的机会，可不能让它轻易地从我手中溜掉。我没忘记自己还在实习期，而且这家公司给我一种宾至如归的感觉，我可不想冒什么风险。

“老师，您看是不是可以这样，您把咱们公司产品的优势给我列出来。您要是有别的事情就先忙着，我准备好了您可以考我。”

我把上学的时候那套油嘴滑舌的本事拿了出来，这是我考试前的惯用伎俩——套重点。哪门课都有重点，老师当然不会轻易告诉你，他希望你面面俱到，什么都掌握。

老师愣了一下，然后无可奈何地点点头，从厚厚的讲义里抽出四张纸，推到我跟前，然后站起来告诉我两小时后回来找我。

这就对了，他怎么不早给我这个？我掩饰住自己的兴奋，哈，全部的精华看来就在这几张纸上，不管多么复杂的知识，其实都可以简单明了地说清楚的。

老师一走，我就跳起来把会议室的门反锁上，然后把那四页纸研究了一会儿，额头上开始冒汗。该死，我把问题想得简单了，我毕竟不是理科生，这上面说的是什么我完全看不懂！

我在会议室里绕了几圈，不停地给自己打着气——毕竟我是从中国来的，平时训练有素，小时候背唐诗，中学背整本的历史、地理、政治，大学还得背英国诗歌和散文，还有我学的国际法，大不了就是背嘛，这几张纸算什么！

我一口气把咖啡喝干，饼干也吃了，然后在椅子上坐定，对着那四页纸摇头晃脑地背起来，一个小时后已经烂熟于心。等老师回来的时候，我便将四页纸的内容讲给他听。

老师专注地听着，什么也没说，但是我可以看见一丝笑容慢慢浮现在他的脸上。

接下来的一周，我的日子就没有那么好过了。我的培训课被排得密不透风，各种新名词铺天盖地向我扑来：中心管式光缆、层绞式光缆、骨架式光缆，金属加强结构件、非金属加强结构件，拉力特性、压力特性、弯曲特性，单模光纤、多模光纤，衰减，波长范围，零色散斜率，偏震模色散系数，有效折射率……

老师好像是一心一意在折磨我，他非常清楚我的专业是英国文学。而且我是那种连微波炉都用不好的纯文科生，对理科的东西一窍不通，中学的物理课是我的恨——一切都被压缩为毫无感情色彩的数字和公式。但是老师对我的要求一点不因为这些而降低，他给我的是一种轰炸式的培训。每天下课回了酒店，吃过晚饭，我就在外面的草地上一边散步，一边对着那几只看上去过得舒适而安逸的奶牛念念有词。

这是一个安静的荷兰乡村小镇，酒店里的人很少，一到晚上就冷冷清清，连个说话的人都没有，连那几只奶牛都似乎早早入睡了。这里的人和奶牛一样，日出而起，日落而息，生活节奏慢慢腾腾；可是我的老师对我丝毫不放松，他和我似乎在进行一场无形的比赛，我掌握的速度越快，培训的节奏就越快，要背的东西就越多。

我第一次出国，就来到了这个小乡村，这里没有灯红酒绿，我连个酒吧的影子都没看见，回去连吹牛的素材都没有！这里只让我想起依依在山沟里拍戏的外景地——人烟稀少，与世隔绝，尽管我的小房间非常舒适。可是依依身边毕竟总是有一大群人啊，热热闹闹的，我这会儿的感觉怎么像被流放了似的？

城市消失了，人群消失了，喧闹的车水马龙也不见了踪影，这里连交通灯都没有，也根本不需要。我开始怀念北京，我家就在市中心最热闹的地段。街心花园孩子们的笑声，汽车开过去的声音，一浪又一浪地传来；电梯不停地上上下下，开门，关门的声音——这些都是我生命的背景音乐，让人有种莫名的安全感，一个人住也不会感到寂寞。

可是这里，和我想象中的欧洲太不同了。

在这里，时间过得似乎特别慢，我无聊的时候给酒店的奶牛编了号，一号牛，二号牛，笨蛋牛，懒虫牛——都有自己的名字。我还是有点羡慕它们，不用像我一样每天背天书，它们到点就睡，一大早又用悠长响亮的声音把我叫起来，逼着我和它们的作息时间同步。

到现在为止，公司里就这么一个老头对付我。我心里管他叫师傅，他从来不和我聊天，对我这个人没有任何兴趣，只是按部就班地给我一点点地加压，从销售部的下单流程，到研发部的订单详细设计，然后是生产、物流、成本核算，每一个步骤我都得熟悉。

他们到底要我干什么呢？

几天过去，我已经是熟门熟路，我在这个青灰色的厂房里自如地穿梭。早上，吃过早餐，我自己摸着黑一路走到工厂的办公室，来接我的部门负责人一定会在门口准时迎接我。厂区静悄悄的，没有人高声说话，动作都是轻手轻脚的；办公室的人并不多，看见我进来，大家走过来，和我握手，微笑，然后迅速回到自己的办公桌前工作。

相比之下，我喜欢来公司，不喜欢一个人在酒店。这里多少有点人气，明亮整洁的办公室，热气腾腾的咖啡，一张张亲切的笑脸，后来不知道谁说了我喜欢吃饼干，每个部门的会议室里都会有一小盘饼干专门给我吃。我一次又一次地被感动。

别看他们很少聊天，可是他们自有表达友谊的方式，低调，亲切，恰到好处。

傍晚时分，我从办公室的大窗户看出去，大朵的雪花漫天飞舞，是那种湿润而温和的雪，轻盈地坠落在花园里光秃秃的树梢上。我一时兴起，起身悄悄走出办公室，走向每天都要路过的那片小树林。那是一排排茂密的冷杉树，在暮色中显得神秘、庄严、肃静。地面上覆盖着一层厚厚的棕色树叶，四周静悄悄的，我可以清晰地听见远处一条小河淙淙流淌的声音，泥土和松树的芳香弥漫在空气中。

我每天工作的厂房静静地伫立在冬日的残雪中，车间和办公室里透出隐隐的灯光。培训已经接近尾声，从老师的那带着笑意越来越深的眼睛里，我可以感觉到他开始对我刮目相看，他安排我在车间参加了光缆生产。偌大的车间，全部是自动流水线生产，车间里非常干净，空气中有股塑料和橡胶的味道，那是光缆的护套材料聚乙烯。

日子一天天过去，远离尘世，远离喧嚣，我耐心地等待着。这情景有点像一场演出前，大幕即将拉开，灯光也暗淡下来，可是主角迟迟不出场。

我的老板还神秘地躲在幕后，并没有现身。

有太阳的日子里，天地之间都会响起万物开始解冻时那种细细碎碎的声音。洁白的冰霜哗哗地掉落在地上，在阳光下如同耀眼的水晶，熠熠发光。这个时候，闻着落叶和土地潮湿的味道，欣赏暴风雪后宁静的、蓝得深邃的天空，我心中有一种异样的宁静。

总会发生点什么吧？一切都太顺利了，我反而觉得不舒服。

培训结束那天，老师告诉我，亚历山大总裁在我走前想见我一下。

亚历山大是整个集团公司的CEO，我们的大老板，这些天在公司里我也听说了一些他的故事。我们这家公司的创始人是他的父亲，据说亚历山大很小的时候就在工厂实习，后来去美国上了大学，回来后从公司最底层干起，直到前两年才正式成为CEO。

车间里的小伙子们说：亚历山大总裁喜欢赛车，而且水平接近职业赛车手，他的夫人是一位远近闻名的美女——这么传奇的一个人物，和这儿的气氛是如此不相称。

可是现在，我突然要被他召见了，这实在让我感到意外。午餐后，我穿着有点肥大的工作服，被他的助理瑞纳特引到总裁办公室。

亚历山大的办公室并不大，但是布置得简洁明快。巨大的落地窗，本色木地板，几幅鲜艳的抽象派画挂在墙上，另外还有几幅镶嵌得很精致的光缆照片，经过特殊处理，整个照片显得色彩神秘，非常别致。办公室最显眼的地方摆着一个漂亮的玻璃柜，里面陈列着用电线做成的纤细优美的工艺品。

我喜欢这个办公室的风格，一切都是这么精致。屋子里没有任何带个人色彩的陈设，你看不出在这里办公的人会是什么样的性格，一件私人物品都没有，千奇百怪的照片和工艺品虽然不少，但是主题只有一个——光缆。

我正看得入神，身后传来脚步的声音，赶快转过身。

这就是传说中的亚历山大总裁吗？真没想到，他这么年轻帅气，看上去也就30多岁。他身材高大，气质优雅，如果不是已经知道他的身份，我会以为他是一个电影明星。

秘书送来热气腾腾的咖啡，然后安静地退出。我坐在集团公司最高领导的办公室里，神经绷得紧紧的。

亚历山大坐在我对面，他显得谦虚、温和，说话的声音很低，他先自我介绍了一下。我有点想笑，在这家公司，谁不知道他是谁呢？但这是他的一种礼貌，对陌生人彬彬有礼地自我介绍，是对人的一种尊重。

亚历山大似乎非常了解我的情况，连我实习的一些细节都了如指掌。

这个人像是在哪里见过的，我暗想。他和我认识的任何一个人都不同，他有一种天生的领袖气质，让你不知不觉服从、追随，但同时，他身上又有某种拒人千里的东西，让你只能仰视，而不能接近。

如果在其他场合见到亚历山大，我会本能地闪开——过于理智的人从来无法吸引我，但是现在，我没有选择的余地。

我一直在躲避着生活中理性的那些成分，它们意味着沉闷、无趣和冷漠。

“我看了一下你的简历，你是武汉大学毕业的？”亚历山大轻轻咳嗽了一下，似乎要谈正题了。

我又吃了一惊，他怎么连这个都知道？这样一个大老板，竟对我这么个刚来的小喽啰的情况了如指掌！

“我注意到你毕业的学校是因为你们学校那个位置。东湖，是中国的光谷所在地，你对这个了解吗？”亚历山大问。

什么是光谷？我听都没有听说过，真该死，大老板的第一个问题就把我难住了，我来之前光顾着办各种琐事了，连这些基本的市场信息都没有了解。

我只好尴尬地摇摇头。

“武汉的这个光谷是中国最大的光通信研发基地，也是目前中国最大的光缆和光器件生产基地，我们在荷兰最大的竞争对手已经去那里建了一个合资公司！”

亚历山大耐心地说。

合资公司这个名词中国人都知道，但是我从来没有想到它和我会有什么关系。什么叫合资公司？就是两家公司把资金放在一起用，这是我对这个名词的理解。

我的脑子突然灵光一闪。

“咱们公司也有在中国建厂的打算，是吗?”

亚历山大不置可否地笑笑，笑容有几分神秘。

这是我第一次和一个真正的商人讨论严肃的生意，我俩的水平悬殊，但是亚历山大并没有因此而忽视这场谈话。我观察着他的一举一动，他把自己的想法藏得很深，看似平淡的语气里却在酝酿一场战争和他的竞争对手。他脸上的表情耐人寻味，他想要的，就一定会得到，他并不是一个简简单单的商人。

只是，这样一个人，他怎么会看上我？和我探讨这么大的项目？而且是有备而来。我有点得意扬扬，又有点奇怪，我身上有做生意的细胞吗？如果告诉我父母，他们会笑死。

亚历山大要求我回国后做一个市场调查，了解中国目前光纤的市场价格、市场需求和今后几年市场的发展前景。

就这些吗？他说的东西，我完全摸不着头脑，可是这功课恐怕我得另外找人辅导，但是感觉并不难。

“我拿到了这些信息以后，向谁汇报呢?”我假装从容地问。

亚历山大迅速站起来，从他的办公桌上拿来一张名片。

“你直接和我联系就可以!”他干脆地说。

我拉着行李箱，大步走向机场的旋转门，人潮从我身边匆匆走过。巨大的玻璃窗外，一架又一架飞机在被灯光照得雪亮的道上缓缓滑行，发动机正发出巨大的轰鸣声，飞机的速度越来越快，然后腾空而起，消失在紫色的夜空中。走进候机大厅的时候，我回过头，透过巨大的玻璃窗，最后向阿姆斯特丹，这个我刚刚熟悉，却又即将分别的城市看了一眼。

光谷。

我在心中默念这个新学来的词汇。它让我想到月光下的山峦，紫色的天空，神奇的蓝色火焰——这些天在车间，小伙子们焊接光缆的时候，我会出神地看着那四处飞散的火花，有时是深蓝色，有时是橘黄色，在偌大的灰色车间里发出“刺刺”的响声，有种神秘的美。

我脑子里全是一些不切实际的东西。

不管怎么说，一切似乎还是太顺利了，我被照顾得很周全，和所有的同事友好相处，连师傅对我都是笑意盈盈。我的实习工资也令我满意，三个月后转正还会更高。

我的运气怎么会这么好？

亚历山大，他的安静中藏着严厉的一面，但并没有任何让人不舒服的地方。我刚来公司，就在他的手下工作，也许，这样一个人在我生命中出现，是一种宿命？

我推着行李车，脚步轻盈地随着人流，推开一扇又一扇的玻璃门，走向登机口。这一刹那，我有一种莫名的兴奋和激动——我喜欢机场，喜欢那种匆忙而和谐的节奏，喜欢这里明亮的颜色，干净的落地窗，喜欢那种面包、咖啡和刚刚出炉的披萨混在一起的味道。在这里，我恢复了一种完整的感觉，我成了这行进中的人流的一部分，我前面有清晰的目标，背后有人支撑。

世界正在向我敞开大门。

只是，我有种模模糊糊的感觉，属于我的那个浪漫时代，终于落下帷幕。

第7章

潮湿的台阶，樱花的颜色，失落的时光。

世界由三种色彩构成：青黑，蓝灰，淡粉。

我独自踏上老宅舍长长的阶梯，

一切还是那么的熟悉，一切似乎都没有改变。

时光仿佛不曾流动。

雨后的清晨，

老图书馆静静地伫立在那里，庄重，和谐，宁静。

樱花大道上已经有人在跑步，红色的运动衣，属于青春的呼吸和汗水，从我身边一晃而过。只有在这个时候，我才真正地感觉到时间的流逝。我记得自己曾经无数次地站在窗口，俯视着樱花大道上匆匆走过的人流，俯视着千姿百态的生活。我喜欢从远处眺望生活，我喜欢想象自己模糊而遥远的未来。

我一直希望与当下的自己保持一定的距离。

距离产生美。

一旦生活变成了可触摸的、具体的存在，变成了每天需要苦苦挣扎的日子，我就想逃开。

比如，此刻。

我到底是谁呢？好不容易有了工作，而且是一个看上去无比重要的工作，整个中国都在我的版图范围内，可是我连个办公室都没有。说起来我们也是在荷兰阿姆斯特丹的上市公司，可是我却形单影只，连个可以商量工作的人都找不着。

真不知道亚历山大总裁是怎么想的！

为什么我们就不能像别的外企公司那样，有个中国团队，哪怕就几个人也好，办公室也可以先租个便宜的，至少有个上班的样子。现在，我除了一个新手机、一台笔记本电脑，还有一个银行账号——那是公司给我发工资用的，其他什么都没有。

一个跨国公司，如果真正想进入中国市场，至少要有个架势才对。我一个人坐在家里打电话，时间长了，连我自己都觉得自己像个黑户，我深深地叹口气。

估计电话另一头的客户也感觉到了，所以对我才那么百般刁难。转眼间，从荷兰回来一个多星期了，我还是什么信息也没有调查到。我倒是很快找到了这个“光谷”里最大的光缆厂家，我打电话过去，一听到我的问题，对方就冷冷地回答：“不知道，就是知道我们也不能透露！”还没等我再说什么，电话就被挂断了。

我不屈不挠，第二天再接着打，换了一个人，一听见我是调研光纤价格，对方就笑起来：“哈哈，小姐，有你这么做市场调研的吗？你也太挑战我们智商了吧？”然后也挂断了。

真没想到，一个小小的光纤市场调研也这么难，我以后还能做什么销售呢？我硬着头皮，每天还是打那个电话。我刚刚回国时的热情在慢慢冷却，也许，公司不正式成立办事处，就是让我来试试水，万一中国市场打不开，撤退起来也方便。

管它呢，反正就一年，这是我给自己的承诺。

终于有一天，电话刚刚接通，就传来了一阵笑声。这简直是奇迹，我平时受惯了冷言冷语，今天太阳怎么从西边出来了？

我赶快趁机再次说明自己的意思，对方马上就打断了我：“我说小姐，你那一套台词我都会背了，每天早上九点你都给我们打电话，比闹钟还准，我们也真是服了。这样吧，你这些问题，还是找我们领导吧，看看领导怎么说。你别挂，我现在就给你把电话转过去！”

“哎，等等，领导？什么领导？”我的心跳顿时加速，终于有了一丝曙光，我反而不知道该怎么办了！

“领导就是负责我们公司生产业务的诸总，你跟他聊吧。他要是没兴趣，你以后也真别再费心天天打电话了！”

对方说着，不耐烦地转了电话。

电话铃响了三声，我紧张地捧着电话，手有点微微发抖：我应该跟这个领导说什么来着？我的脑子里突然一片空白。

这时，电话里传来一个非常缓慢、温和的声音，带着浓浓的武汉腔，我稍微放松了一些，毕竟我在武汉待了四年，对这个口音是相当熟悉的。

我赶快又自报家门，这个我已经非常流利，公司名称，做什么业务，在哪个国家。我说得非常快，生怕又被这个诸总挂了电话。

“慢慢说，别着急，你说话怎么跟打机关枪似的?”诸总在电话一头慢吞吞地说，语气还是很温和，而且还有点幽默感。

“你们这家公司我听说过，你找我们有什么事情吗?”诸总不慌不忙地问。

太好了，他知道我们公司。

我欣喜若狂，这就好了，说明我不是黑户！我觉得有点好笑，整天胡思乱想，自己都开始怀疑自己的公司了。

我飞快地转动着脑筋，这回我得学聪明一点，不能再说市场调研了。

“嗯，我们，想和您探讨一下合作的事情!”

我脱口而出，随即被自己的话吓了一跳：合作？合作什么？我怎么可以如此信口开河?

诸总笑了起来，我已经出了一身冷汗，糟了，我笨拙的谎言被他识破了?

“探讨就探讨吧，你直截了当不就完了？你整天打电话说什么市场调研，弄得我们几个同事一头雾水，我说姑娘，电话里谈合作有这么谈的吗?”

诸总慢悠悠地调侃道。

我该准备些什么呢？坐在老图书馆的台阶上，我冥思苦想。

这又不是考试，不管我怎么准备，到时候都不一定用得上。这个诸总既然同意见我，就是一个机会，我只好临场发挥了。

临场发挥一向是我的专长。

出乎我的意料，这个号称光谷里最大的光缆生产公司厂房很破旧，楼道昏暗、狭窄，和我们荷兰总部工厂相比，气势悬殊。我找了半天才找到了诸总的办公室，一个戴着眼镜、穿着工作服的中年人正坐在里面打电话，看见我，招了招手，示意我进去。

诸总目光犀利，说话干脆，不拖泥带水，一看就是一个精明干练的人。

诸总打完电话，从办公桌后走出来和我握手，又忙着给我倒茶，毫无架子。我受宠若惊地坐在那里，浑身不自在，不知道应该怎么开口。

“怎么？来谈合作，就你一个人吗？”诸总终于坐定，问了我一句。

“嗯，这次，是的，老板先让我来看看！”我故作镇静地回答，从某种程度来说，这也不是撒谎。

诸总笑了，他笑的时候眼睛眯起来，有点调皮的样子。我发现，他其实还很年轻。

“你们老板沉不住气了？因为他在欧洲最大的竞争对手先来了光谷，是吗？”

诸总轻描淡写地换了话题。

这个诸总好敏锐！我怎么就没想到呢？亚历山大原来是沉不住

气了，因为他的竞争对手不但来了中国，而且已经建了合资公司，也许这就是他让我来了解市场的原因。

诸总一见面就给了我一个清楚的分析。

这段时间，对亚历山大的思路，我只能凭自己的猜测，既不能问他本人，而我又没有任何同事可以一起研究，诸总的点拨一下子让我的头脑清醒了很多。我必须知道亚历山大的思路，否则这个调研报告根本没有重点。

但是我得小心，不能说露了嘴，不能显得我对公司的策略一无所知。现在既然说到了进入中国市场，我也就索性顺着这个思路说下去好了。

“我们老板对您这家公司非常欣赏，他让我来拜访一下，看看我们有没有合作的前景！”

我说了一番自认为很得体的话，心中暗暗得意，谁能挑出这句话的毛病？

“你们老板也太不把我们放在眼睛里了吧？就派你这么个小姑娘来和我谈吗？架子不小啊！现在国外的大公司都很重视中国市场，老实跟你说，来找我谈的可不是一两家，人家都是一个团队开过来。像贵公司这样的，我还是头回碰见呢！”

诸总还是不紧不慢地说着，但是语气变得有点刻薄了。

我赶快解释：

“诸总，我们老板绝对不是架子大，事实上他特别重视中国，现在只是刚刚开始，我们是有计划，打算在中国建光缆厂……”

我突然停下来，糟了，我是来探这边的情况的，怎么反而让这个诸总把我们公司的战略给问出来了？

“嗯，你们来建光缆厂，如果是独资建，那么打开市场是比较难的。现在的光缆厂中国并不缺，市场竞争很激烈的！”诸总似笑非笑地说，手里一面玩着一支铅笔。

终于说到市场了，我有点兴奋，绕来绕去，我要调查的问题总算快有答案了！

“那我们可以跟您公司合资啊，我们不就不用发愁中国市场了吗？”我笑眯眯地说。跟诸总聊了这么一会儿，我也开始按照他的那种方式思考了。

“嘿，你脑子还转挺快的，我们当然有市场，但是我自己的蛋糕吃得挺好的，为什么平白无故分你一块呢？而且我们现在要扩产了，自己的产能还用不完呢，为什么要和你们合资呢？”

诸总笑起来，好像我说了个天大的笑话。

有意无意地，诸总透露了一个重要信息，我立刻敏感地感觉到了，他们在扩产，说明市场不错！只是这个诸总说话口气好大，根本不把我们放在眼里。我有点来气，我们公司的优势可以马上给他说得清清楚楚，培训了这么些天，这一点我是胸有成竹的。

诸总还没等我说完就打断了我。

“你们这些优势我都认可，但是你别忘了那是在荷兰，现在咱们说的是中国市场。资金嘛，你们有，我们也不缺，我们的新厂房正在建，光缆设备，我们和你们一样，用的也是诺基亚的，而且我们还拷贝了一套，比你们的还便宜。管理嘛，我的成本和质量你可以到这个行业去问问，我们的水平怎么样！”

“是吗？那真厉害，那您公司现在一年用多少光纤呢？”趁着诸总自我感觉如此良好，我得赶紧问个清楚。

“我可以实话告诉你，今年上半年，我会用到30万芯公里！”诸总痛快地说，一点儿没有隐瞒的意思。

谢天谢地，他这么痛快就告诉我了！我暗自舒了一口气，我要问的问题他已经不知不觉地回答了一个。

“那您用的光纤是哪家的呢？”我又接着问。

“当然是美国康宁的，中国用的光纤基本上是他们的。你们呢？自己生产光纤吗？”诸总似乎对这个话题很有兴趣，马上停止了玩铅笔，认真地看着我。

“我们公司用的好像也是康宁的！难道全世界只有康宁一家生产光纤吗？”我好奇地问。

诸总吃惊地睁大眼睛：“我说，你是新来的吧？怎么连这个都不知道？日本的光纤现在规模还没有上去，朗讯的质量比康宁的要差一些，量也跟不上，所以，康宁就算是垄断吧。对了，你们公司买康宁的光纤，价格多少你知道吗？”

这个光纤的话题好像一下让诸总来了情绪。

我摇摇头，我是真的不知道。真有意思，亚历山大让我来了解中国光纤的价格，诸总又想了解欧洲的光纤价格，这两个人都想知道彼此的光纤价格，这里面到底有什么秘密呢？

“我听说，康宁给欧洲的光纤价格远远低于中国的。这样吧，你问问你们老板，他们拿的光纤什么价格，如果价格合适，我可以从你们那里进一些，你们中间可以加点利润，就算是做笔贸易好了，怎么样？”

诸总还是不慌不忙的，但是语气这会儿不那么牛了。原来貌似无所不能的诸总也有自己的烦恼。

我有点发蒙，他在说什么？做贸易？我怎么会做贸易？再说，这种做法好像也没听说过。不过，我本能地感觉我得抓住这个诸总，话题一定不能僵在这里。

“这个，老板不会告诉我吧？要不您先告诉我您现在的光纤价格，我报给老板，这样看看我们公司的价格是不是比您的低，然后再说，您看呢？”

我竭力按捺住自己的兴奋，这下诸总必须告诉我他们公司光纤的价格了，还有比这更自然而然的问题吗？

诸总站起身，走到我面前，神秘兮兮地说：

“我可以肯定你们的价格比我们的低，而且低了不少。告诉你们老板，让他中间加几个美元卖给我好了，我的用量你不是知道了吗？你下午就打电话给他，怎么样？”

这个诸总还挺着急，而且那么自信，他一口咬定我们的价格比他的低，而且相信我们会愿意做这笔生意。

真有意思，他还挺着急，我俩的位置无形中悄悄调换了一下。这会儿，诸总似乎比我还着急。

“您怎么知道我们的光纤价格比你们低呢？再说，康宁公司这样做，全球价格不统一，不是也很不讲理吗？”我好奇地问。

“你跟谁说理去？康宁的光纤是全球垄断！我们中国被人欺负

得还少吗？咱们买什么，什么贵；卖什么，什么便宜！现在我们国家这个产业刚刚起步，用量不如欧洲，康宁当然要趁机捞一把了！但是我的信息渠道告诉我，你们欧洲的康宁光纤比我们拿的美国康宁光纤价格便宜不少，而且盘长也是大规格的多！”

诸总愤愤不平地在办公室走来走去。

原来如此！这才是诸总答应见我的真实原因，他要买我们的光纤！怪不得他花了这么多时间和我这个小人物啰唆。

“那您还是得告诉我您现在的光纤价格，要不我跟老板怎么说呢？对吧？”我心里踏实了不少，现在我问他的价格问得理所当然。

“你这个人怎么搞的？我不是说让你先打电话问问你们老板吗？这样吧，你现在去哪儿？我找人送你，下午你打完电话回来再说！”

诸总看看表，有点儿不耐烦的样子。

我赶快知趣地站起来：“不用了，我自己走，诸总！我从这里去学校那边吃点东西，下午打完电话再回您这来好了！”

我精神放松不少，也敢开玩笑了。

“学校？什么学校？你是说武大吗？”诸总刚刚拉开办公室的门，这会儿又停下脚步，疑惑地看着我。

“是啊，好容易回来一趟，就是想在学校旁边那几家小吃店吃点儿武汉小吃！”

我有点儿不好意思地说，在他面前暴露了我的吃货本性。

“什么？你是武大毕业的？”诸总好像有点儿不敢相信似的看

着我。

“是啊，怎么了？不像吗？您觉得我特没文化是吗？”

我的胆子大起来，嬉皮笑脸地说。人和人之间是有化学反应的，我对这个诸总从第一次打电话就有亲切感。

诸总愣了一下，然后哈哈大笑起来：“哎呀，我说呢，我也是武大毕业的呀，这可真是太巧了！”

什么？原来诸总也是武大毕业的？他居然是我的校友！

“你这个人啊，也不早说，绕了一大圈儿，原来是小师妹！”

诸总指着我大笑起来，他突然像完全变了一个人。我们彼此交换了信息后，我才知道他是化学系的，比我高好几届，他毕业的那年我才进学校。

“行了，中午我请你吃饭，想吃什么你说话！”诸总豪爽地拍了一下我的肩膀，然后迅速拨通了电话：

“小宇吗？在不在武汉？嗯，我这有个咱们学校的小师妹，你们计算机系宿舍不就挨着她们外语系吗？没准以前还见过，她这边可以给我们供欧洲康宁光纤。你俩赶快认识一下，你做好进口手续的准备！”

说着，诸总把电话递给我：“这是小宇，也是咱们武大出来的，他这会儿不在武汉，以后进口方面的具体事情你找他！”

这一连串的动作把我看得眼花缭乱，我一时有点儿反应不过来。我刚刚认了一个师哥，现在又来一个“二师哥”，诸总还一口咬定我可以帮他进口欧洲光纤，这八字根本还没有一撇呢，再说，和这位“二师哥”我应该说什么呢？连见也没有见过。

我莫名其妙地接过电话，那边的“二师哥”倒是一点不拘束，开开心心地自报姓名，连珠炮似的给我介绍他们公司，然后说：

“师妹，这次我不在武汉，不能陪你了，以后反正见面机会多着呢。大师哥有没有欺负你啊？他这人就是对陌生人架子大，哈哈！”

我被他说得心里一阵温暖，好像又回到了无拘无束的大学时代。我们共同的母校，把我们这几个本来素不相识的陌生人连在了一起，大家连过程都没有，一下子就亲近起来。

“没错儿，他就是欺负我，特别坏，一直跟我兜圈子，还端个破架子，把我吓得半死。我还是刚刚进这个行业呢，现在都怕了！”

我边“控诉”边看一眼诸总，他一副乐呵呵的样子，好像变了一个人，脾气好得不得了。

“他这人就这样儿，欺生！你打他，要不下次来我替你打他！”

“二师哥”在电话里嘻嘻哈哈地和我开着玩笑。

中午，诸总在东湖旁边的一家酒楼请我好好吃了一顿。

等饭吃得差不多了，诸总终于沉不住气了。

“我说师妹，现在两点了，你们荷兰那边该上班了。你现在给你们老板打个电话，好吧？你还等什么呢？”

我赶快走出餐厅的大门，在大堂找了个僻静的位置坐下。

这是我第一次给亚历山大打电话，我有点紧张。他让我调研市场，我却好像在倒卖我们公司不生产的光纤，可是诸总逼得这么紧，我只好硬着头皮，拨通了亚历山大的秘书特莉莎的电话。

不一会儿，亚历山大那沉着而富有磁性的声音就传了过来，和记忆中的一样。

“总算有你的消息了，你怎么样？一切都好吗？”

亚历山大的语气非常热情，甚至有些开心。

“非常好，你的工作很出色，这个信息对我们很重要，没想到康宁在中国市场的光纤价格这么高，把客户弄得要从欧洲进口。这是一个好消息，是我们的一个机会！”

亚历山大显得格外兴奋。

“这个生意我看可以操作，只是我们自己目前不生产光纤，也需要从欧洲康宁进口。我们在报价前，你还是摸清楚现在他的光纤价格！”

“那您把咱们公司的底价告诉我吧，我报给他，看看他怎么说！”

我握紧了电话，手上开始冒汗。

“光纤价格是我们原材料里最大的一块，公司是保密的。你还是把对方的情况搞清楚，包括他的第一次订单是多少量，技术参数，盘长要求，全年会订多少。看你的本领了，你的客户不是你的校友吗？”

亚历山大心情似乎不错，居然开起了玩笑。

这就是做生意吗？我的额头开始冒汗，一个有意买，一个有意卖，可是既没有人开价，也没有人报价，我在中间被弄得一头雾水，左右为难。

亚历山大也不提市场调研的事情了，他似乎对着这笔生意特别感兴趣。他要亲自指挥，没有马上把我打发给销售部，按说这样的业务销售部就可以处理，集团公司的销售经理雷欧我也认识，一个特别招人喜欢的大个子，我在实习期间和他已经混熟。

“你们老板怎么说？”我一进门，诸总就迫不及待地问我。

“嗯，他说这个事情可以做，但是他还是想知道您这边现在的价格，然后他再报价。”

我无可奈何地说，这样猜谜语是多么浪费时间，为什么这两边都不肯痛痛快快地说个价格呢？

诸总的脸顿时沉了下来：“你们老板也够贪心的，我让他加几美金他还这样！手指头动一下几十万美元就到手了，怎么还这么费劲？看来天下乌鸦一般黑，我才不会把我的价格告诉他呢，还是让他自己看这笔生意要不要做吧！”

说着，诸总招呼服务生结账：“师妹，我得回公司上班了，你既然来了，就在武汉玩几天，有事随时找我！”

晚上，我在酒店的房间里如同热锅上的蚂蚁，坐立不安。

我的手里有一份资料，那是我这段时间搜集的全国主要光缆厂的简介和联系方式，也许我可以打电话问问他们现在用的光纤价格。可是，和师哥的情况一样，人家为什么要告诉我呢？

是的，如果让人家告诉我价格，那么我就不能这么老实了，我得想个办法，让别人自然而然地告诉我，而且是心甘情愿的。

我在屋子里走来走去，自言自语，想了无数个方案，又否定了这些方案，我面对的是像诸总那样的在行业里做了多年的客户，一句话说不好，就会暴露自己的动机。

就是最难的数学题也是有已知数的，我现在的问题就是没有已知数，全是未知数，所以我根本不可能有答案。突然，我的眼前一亮，对了，既然亚历山大不告诉我光纤的进价，那么公司光缆的价格我总可以打听到吧。光纤的成本一般占光缆总成本的60%，这样一推算不就出来了？

我赶紧给总部销售部的雷欧打了个电话，这个大个子永远是嘻嘻哈哈的，听见我问光缆的价格，他还是有点警惕。我告诉他我在做市场调研，想比较一下欧洲中国的光缆价格，我只需要他给我一个四芯的一公里的中心束式光缆的报价参考一下。

雷欧松了口气，把价格告诉了我。我放下电话立刻计算起来，按照这个价格，我很快推算出我们公司的光纤进价为一公里41—43美元。

我大声欢呼了一声，在小小的房间里跳了起来。这个亚历山大，他为什么不干脆告诉我呢？也许他是怕我冒冒失失地把价格说出去？这倒也是有道理的，毕竟我们对中国市场的价格没有一点儿了解。现在，我眼前的障碍已经少了许多，下一步我就可以开始出击了。

第二天一大早，明晃晃的太阳出来了！在这个阴冷潮湿的南方的春天，阳光是最宝贵的东西。在大学的这个时候，大家会迫不及待地抱着自己的被子到大阳台上去晒，远远看过去，色彩斑斓，万紫千红。晚上睡觉的时候，阳光的温暖和干爽的气息拥抱着我们冻得哆哆嗦嗦的身体，那种暖意能让人迅速入眠，这就是我们这些穷学生最大的享受了。

我坐在楼下的一个大排档外面吃早餐。

武汉的早餐实在是丰富多彩，这是北京根本无法相比的。我的身边是一个热气腾腾的大油锅，金黄色的面窝在里面翻滚着，发出让人难以抵挡的香味儿。面窝这个东西一定要现炸现吃，武汉人的美食创意实在让人佩服。据说早年间，一个卖烧饼的人发现烧饼的生意不好做，就请一个铁匠打了一把圆窝形的中间凸起的铁勺，里面浇上用大米和绿豆混合磨成的米浆，撒上黑芝麻，然后放到油锅里炸出一个个中空边厚的米饼，这就是面窝。吃起来口感特别好，厚处松软筋道，薄处酥脆爽口，我不知不觉就吃下去了三个。

吃了一顿丰盛的早餐，我的心情舒畅许多，脑子也开始飞快地转动。回到酒店我的小房间，看着手上的那张各地光缆厂的联系方式，我的脑子里突然跳出一个念头，经过了师哥这边的考验，我现在对打电话已经没有恐惧感了。

我打通了山东一家光缆厂采购部的电话，告诉他们我们是河北的一家工厂，我们的光纤不够用了，想从同行这里买一点，想问问价格。

对方似乎并没感到惊讶，也许这在行业里不是什么奇怪的事情。他只是问我为什么不找康宁公司在中国的代理买。

“嗯，他们控制我们的用量，多余的部分他们要求提价！”我不假思索地说，真奇怪，我怎么会把谎话说得那么利索？也许是这两天听了太多关于康宁公司的故事，我现在干脆自己编起来了。

“是吗？他们给你们的是什么价格？”对方也不是那么容易上当的，不依不饶地问。

关键时刻到了，我的手心又开始出汗，我们欧洲公司的价格是41美金左右，那么既然师哥一口咬定中国拿的光纤贵，索性我就开个高价。

“他们要60美金一公里！”我咬咬牙。

没想到，对方在电话里失声叫起来：“真的吗？那还贵？是2.2和4.4盘长的吗？你们找的北京康宁哪家代理？”

我吓了一跳，怪不得师哥说康宁黑呢，原来欧洲和中国的价格差了这么远？我按捺住满心的喜悦，赶快趁机问采购部他们拿的价格是多少。

对方告诉我，现在的价格是70美金一公里，这个价格也只能是各种盘长的混合。

谢天谢地，我要的价格终于来了，尽管是用了这样一种方式得到的！可是，我有什么办法呢，我夹在亚历山大和师哥中间，不这样，恐怕猜谜语要猜个好几天。

我和那个急三火四的采购部的人又聊了一会儿，好不容易放下电话。现在，万事俱备，只欠东风了。我开心得飘飘欲飞，原来做生意是这么有趣！你要动脑子，要分析，必要的时候，得用点小手段。怪不得亚历山大不报价，如果只是在现在的价格上加几个美金，那么他马上会冲击中国的光纤市场，而且利润也会大大降低；而师哥迟迟不开价，也是怕立刻暴露自己的价格。

这两个人捉了这么久的迷藏，原来就是因为这个！

现在欧洲时间仍是凌晨，当然不可以打扰亚历山大。但是，我可以和师哥聊聊，今天的我已经和昨天不同了，我手里拿着底牌，别人看不见，只有自己知道，这种感觉真好！

“师哥，今天中午我请客怎么样啊？”我在电话里喜气洋洋地说。

诸总听到我的声音似乎很开心："你以为我不用上班吗？每天中午在外面和女孩子吃吃喝喝？同事们会怎么说？"

"你带着他们嘛，昨天的原班人马我一起请还不行吗？"我嬉皮笑脸地央求他。

"你这么开心，是不是你们老板那里有什么消息了？"师哥是个敏感的人。

"就算是吧！"我支支吾吾地说。

师哥沉思片刻。

"这样，我们马上来你的酒店，咱们大厅里喝杯茶，只谈工作，饭今天不吃了。等到哪天咱们真的谈成了，还是我请你，哪有让女生请客的，你说是不是？"

师哥是真正的绅士，我感叹着自己的运气，刚刚开始进入一个新行业，第一个碰上的就是他这样一个知情达理的人。

师哥的工厂离我住的酒店不远，半小时不到，他带着几个人就到了大堂，这次又多了采购部的人，看来他们是认真了。

一见到我，师哥就对旁边的人说："你们看看，这位同学刚入行几天，就有本事把我们几个给弄这里来，给她送生意不说，还得亲自登门！"

大家都笑起来，其中一个人告诉我，师哥在行业里的"架子"是出了名的大，好几次康宁公司的副总经理带着一个团队浩浩荡荡从美国开过来，几个回合价格讲不通，师哥拔腿就走，把对方晾在会议室等几小时更是常事。

“所以，你这个师妹要给师哥面子。你们老板也真是，把你派来，好像知道我的软肋嘛！”

师哥笑眯眯地说。这个人也真够“狡猾”的，把我高高地架起来。

“师哥，我们老板对中国市场也有自己的信息渠道。据我们的消息，现在的康宁卖给各个公司的光纤价格，差不多在70美元一公里左右。”

我小心地看着诸总的脸色，我没有敢说是我自己调查的，虽然这没有任何不妥，但是师哥是个非常爱面子的人，我必须尊重他这一点。

“嗯，他给我们的价格呢？”师哥面不改色地问。

“老板让我问问您看67美元怎么样？”我鼓足勇气，开了一个价，我已经烦透了拐弯抹角的捉迷藏游戏。

诸总愣了一下，突然仰头大笑起来。

“我说师妹，你做几年生意了？”诸总笑着问我。

“我？没做过啊，这是第一次，就连这次也是碰上的，所以师哥你得帮我，是吧？”

我小心地陪着笑脸，乖巧地说。还好，至少他没有马上生我的气。

“你第一次做生意，胃口就这么大，你以后还得了吗？这个行业你也是刚刚进来，你去问问，我们是康宁最大的光纤用户，他们给别的公司价格是70美元，可我们的不是！你们老板也真是，明明是送上门的生意，他怎么可以这样狮子大开口呢？”

师哥这会儿有点生气了。

我心里一阵狂喜，太好了，至少市场价格70美元这个数字目前他是认可的。

“好了，我也没工夫跟你在这里啰唆了，59美元一公里，看你们老板干不干，不干我也没办法，这里大家都看着，公司拿到的价格都很清楚。”诸总不耐烦地挥了一下手。

我吓了一跳，师哥可真够狠的，一口气要比市场价格低11美元一公里！

“即使这样，你们也赚得盆满钵满。师妹，做人不要太贪心！”诸总看我一眼。

“可是，师哥，就算是我们赚，那是我们公司的本事啊。这就相当于师哥你明天发了大财，你有100个亿，我找你要10万块钱，对你来说这点钱根本不算什么，可是你会给我吗？”

我一急，连想都没想，便冲口而出。我说完才发现我的语气也太不客气了，我偷偷看一眼师哥，还好，他脸上的表情还算平静。

大家愣了一下，然后都笑起来：“真不愧是武大出来的，你脑子转得也太快了，可这根本不是一回事呀！”其中的一个人说。

如果从逻辑的角度来说就是一回事！我心想，表面上看师哥说让我们加几美元卖给他是对我们的一种施舍，可是实际上加多少，应该看对方可以接受的程度。这个问题我已经翻来覆去地想了一夜，不是师哥说让我们加多少就加多少的。

问题是师哥够霸道，他不仅要做他们公司的主，现在还要替我们公司做主。

“好啦，你们都别争了！师妹，我们的需求量是20万公里，59美元一公里，1180万美元的销售额，半年内完成订单。第一单先试一下，1万公里。你们同意的话，下午我就让小宇把第一笔的合同准备出来！”

诸总心平气和地说，但是口气还是不容商量的。他的口气很温和。

1000多万美元？这样的数字我是做梦都不敢想的！我飞快地心算出来我们公司的利润，那还是在大学时，我们半夜三更听写英文数字练出来的本事，现在看来那时的苦读真的没有白费。

“不是30万公里吗？怎么又成20万了呢？”我小心翼翼地问，我对数字是敏感的，谢天谢地，现在终于用上了！

“我不能一点儿不买美国康宁的贵光纤哪，他们马上就会起疑心，你以为我不冒险吗？以后他断了我的后路怎么办？再说，你问问你们老板，他未必能保证有这个量呢！”诸总瞪我一眼。

“我们走了，你下午打完电话联系我吧！”诸总看看手表，站了起来。

下午，时间仿佛过得格外慢，我一分钟一分钟地熬到荷兰的早上八点，迫不及待地拨通了亚历山大秘书的电话。

听到我说的59美元一公里的数字，亚历山大虽然语气还是很平和，可是我一下子就可以感觉到他的惊喜。

“你的工作非常出色！”亚历山大由衷地说。

“可是诸总也太独断了，他非要我们接受59美元，我想还是再和他谈谈！”我说。

“现在的问题是我不是特别在乎眼前的这点利润，这是一个意外的收获，它更多的是告诉了我们中国市场的巨大潜力。还有，问题是我们一下子也拿不出来这么多货，第一笔的1万公里就按这个价格也可以。你已经做得很好了，我马上通知雷欧和你联系，邮件还是需要都抄送我！”

亚历山大声音里有掩饰不住的兴奋。

“要是有一天我们自己能做光纤就好了，康宁就不能垄断市场了。这些天调研市场，我发现其实中国的光缆厂不少，但是没有光纤厂，大家其实都在给康宁打工。做光缆的人越多，康宁的光纤卖得越好，就像我们都是养鸡场，可是饲料只有一家能供！”

我脱口而出。

亚历山大在电话里哈哈大笑：“养鸡场？我还是第一次听到这个比喻！你说得对，不管做什么，一定要掌握核心技术。现在光纤就是核心技术。不过，这个你不用着急！”

刚刚结束和亚历山大的电话，“二师哥”小宇的电话就到了。

“听说可以签合同啦？59美元一公里，A级光纤，大盘长，对吧？你赶紧发技术参数给我，然后我就做合同啦。师哥说我们公司以后做你这边进口的国内清关代理！”

他还是那副嘻嘻哈哈、满不在乎的态度，但是关键的东西说得清清楚楚。看来师哥真的是等不及了。

“哎，慢着，这个价格是师哥说的，我们怎么就非得接受呢？二师哥，不行，让他给涨一点，这样也太不给我们老板面子了，不能他一口价吧？”尽管这个价格亚历山大已经认可，可是我还是想争取一下，这也是个原则问题，我不想轻易放弃。

哪怕就是涨一美元也好，这样至少我感觉命运是掌握在自己手里的。谢天谢地，“二师哥”充当了我们的“中间人”。按照小宇的说法，师哥已经气得不想和我谈了，他觉得我们公司太固执。

最后，我们终于以 59.5 美元一公里成交了试验订单，1 万公里。师哥按照他的承诺，我回北京前，请我好好吃了一顿。师哥的脸上终于露出了笑容，一个双赢的合同就这样签订了，师哥的光缆将比同行有了很大的竞争力，而我们也意外地做了一笔贸易。

做生意就这么容易吗？

我就像一个摩拳擦掌的运动员，在比赛场上正厮杀得如火如荼，可是突然裁判哨子一响，宣布比赛到此结束，还真有点儿让人扫兴。一直到回北京的飞机上，我都不敢相信自己的运气。我回忆着和诸总谈判的每一个细节，是不是因为我们是校友，诸总才特别帮我？很快我就否定了这个答案，不，绝对不是，诸总把这两点分得清清楚楚。为朋友，他可以自己掏钱请你吃饭，但是谈起生意他寸步不让。我们之间，表面上是亲亲热热的校友，但是原则问题上我们都不愿意让步。

意外的成功来得太容易，太快了！我没有想到自己居然还能做生意，而且是这么大的生意！我是个上街买东西都不会砍价的人，每次和朋友出去，碰到砍价的局面我就感到尴尬，我总是反过来帮助卖东西的说话，结果被朋友一通数落。我缺乏生意头脑在朋友圈里是出了名的。

我莫名其妙地上了一条船，至少目前是一帆风顺的——我不想过多地分析这一切，就这么顺水推舟，似乎也没有什么不好。

第8章

“起来，给我起来！还睡呢你!?”

我这是在梦里吗？迷迷糊糊的，我听见手机在响，刚一接通，“二师哥”气急败坏的声音立刻传了过来。

“怎么了？半夜三更的折腾我？”

我一时想不起自己身在何处。黑暗中，我摸索着开了灯，昏暗的灯光照亮了一个小小的客房，这些日子我日夜兼程地出差，过的颠三倒四的生活。我看看表，已经是凌晨一点了。

“你说怎么了？你们的货已经通知到货日期了，就是明天，确切地说是今天下午！我的大小姐！你怎么到现在什么文件都没给我？”“二师哥”没好气地说。

“什么文件？”我还是听不明白。

“啊？连这个你都不知道吗？像你这么晕还做生意呢？真是傻人有傻福气啊！三单啊，小姐！运单，就是AWB，箱单，还有形式发票，赶快，我需要正本，先来扫描件，现在就要，要不，明天货到不清关海关罚款你得赔啊，快点！”

“二师哥”一改以前那副吊儿郎当的态度，说话又急又快。

我揉揉眼睛，赶快爬起来，把他说的东西记下来，然后给远在荷兰的销售经理雷欧打电话。该死，他也够粗心的，我哪知道这些报关的事情呢！

转眼间，从我第一次见到师哥，已经将近三个月了，师哥给我的订单已经做到了将近六百万美元。我和小宇配合默契，我们之间甚至连合同也不签，说好订单数，把技术参数发给他，小宇就把款电汇到荷兰，雷欧开始组织发货，一切安排得井井有条。

只是每一单和师哥谈价格的时候都要经过一番艰苦的讨价还价。我已经有点厌烦，这实在不是我的长项，师哥在步步紧逼，每公里光纤的价格每次都下降一点，但是亚历山大似乎并不介意，尽管如此，我们的利润空间还是有不少。

师哥是地地道道的生意人。

我真不明白，一个学化学的理科生为什么可以如此从容不迫、不动声色、温文尔雅地和人谈判，他把自己的底牌藏得神秘莫测，却对你的底牌了如指掌，这是一场智慧和心理承受力的较量。从客观上来说，我们是平等的，师哥是我唯一的客户，我是他唯一的“欧洲地下光纤”供应商，我们谁也离不开谁。但是师哥喜欢讨价还价，并且乐在其中，他的头脑始终是清醒的，绝不会因为我们是校友而多给我一美元的利润空间。

我发现，师哥和小宇，他们不仅是生意人，而且完全进入角色，把做生意当成自己的生活，甚至生命，生意已经进入他们的血液；可是对我来说，生意有点像一场游戏，我不明白为什么要为几万美元斤斤计较，如果对方想多挣一点就挣吧，反正我们的利润也不错。当然，我也可以认真地玩儿这场生意，因为恰巧我的工作是"游戏"，但是我无法像师哥他们那样全身心地沉迷其中，我更喜欢人与人之间的一种温暖而友爱的关系。假如这种关系能带来生意当然最好，但生意不是最终目的。

"二师哥"小宇来了一个神秘兮兮的电话：

"我跟你商量一个事儿，你们这个光纤，卖给我一点儿怎么样啊？"他问。

我愣了一下，我知道"二师哥"其实和师哥不是一个公司，他只是师哥的货运代理，但是因为师哥已经把所有与订单有关的事情交给了他，我有时也无形中把他们混到了一起。

"你？你又没有工厂，你要这个干什么？"我奇怪地问。

"这个嘛，我可以卖啊，卖给其他光缆工厂！"

"啊？师哥不是说让我们不要和别的工厂联系，怕惊动康宁吗？"我吓了一跳。

小宇说的这些光缆厂我自己就认识不少，但是师哥曾经千叮咛万嘱咐，让我不要贪心，一旦开始对这些工厂销售，事情就会败露。我老老实实地听师哥的话，从来没有动过这些工厂的脑筋。

"嗯，你放心吧，这个我有办法，我来和师哥沟通，你别管了，你还是负责发货，我还是给你付款、清关，和以前一样！"小宇语气轻松地说。

"那我和师哥说一声吧！他以前是不同意卖给别人的！"我还是有点儿不放心。

“不用，这个我负责，你对我还有什么不放心吗？”他一口回绝。

小宇一向说话算数，虽然我们只见过一面。这份“烫山芋”还是让他去吃吧。再说我已经怕了师哥，他永远是未雨绸缪，心思缜密，如果我来和他提这件事，恐怕他又会疑神疑鬼。我们之间的合作有点儿像猫捉老鼠，但是说不好到底谁是猫。虽然我们的订单源源不断，但是我总有点担心，这种舒服日子能过多久呢？

如果小宇也卖光纤，至少我们可以多一些客户，也许他可以说服师哥。

我在马不停蹄地出差，来去匆匆，完全没有了旅行时的那种兴奋和好奇。我的生活变得如同一支轻快的小步舞曲，紧张，忙碌，我的身上在发生某种变化，上瘾一般地工作。置身这瞬息万变的生活，有时还是感到有点陌生，但是慢慢地，我开始喜欢这个节奏，它没有了往日的悠闲和宁静，却让我感到兴奋、刺激、新鲜。

我被人重视，被人需要，我参与公司的重大项目，我开始进入一个我从没幻想过的角色——单枪匹马，创造一个新的世界。

亚历山大亲自写信鼓励我，不但把我的转正工资提高，而且因为我的光纤销售业绩，一次性奖励了我三万美元。仅仅四个月，我得到的钱足以让我旅行一年，我的计划提前实现，反而有点不知所措。

有生以来第一次，我把钱存进银行。也许，再过一段时间，再多挣些钱，我再去实现自己的计划，我安慰自己。

我的工作本身让我感到快乐，也给我机会四处旅行，我还能奢求什么呢？

早上六点，我准时从床上跳起来，开始梳妆打扮。从前的那些“游牧民族”的衣服全部被我束之高阁，取而代之的是一个职业经理人的全套装备。但是，只要有机会，我的“小波西米亚”情调还是会露出来，比如，在这个阳光明媚的6月的初夏早晨，我穿着一条樱花粉色的针织长裙，小黑西装，坐在汉威大厦一楼的咖啡厅里吃早餐的时候，还戴着很久以前买的一个吉普赛风格的大手镯。

我的心情就像这夏日的早晨一般明朗——我们的北京办事处终于正式成立了。

我和总部的人事部经理鲍德温同时看中了CBD中心这个汉威大厦，它紧邻国贸饭店，宽敞、明亮，灰、白、黑三色的装修风格，实在是赏心悦目，就是租金奇贵。总部寄来了我要的那套抽象风格的光缆图片，我用来装饰办公室——全新的灰色写字台，白色转椅，淡蓝色的地毯，门口摆着绿色的植物，刷得雪白的墙上挂着那些色彩艳丽的光缆照片。我喜欢这种风格——专业、时尚、明快。

办公室装修期间，我和鲍德温一起紧锣密鼓地进行了近一个月的招聘工作后，终于，我们有了一支年轻、充满朝气的团队。丹尼尔是清华大学毕业的高才生；琳达，来自美国著名的摩根斯坦利中国公司；杰西卡曾经在一个著名的网络公司工作；还有一个前台兼财务的小刘。每个人都有英文名字，这让我特别开心，好像又回到了单纯的大学时代，我们年轻气盛，斗志昂扬。

这个团队里除了小刘，所有的人都比我工作经验丰富。作为总部驻中国首席代表，我却担任着他们的“领导”，对我这样一个人来说，这份职务实在是有点别扭——我不敢告诉任何人，半年多之前，我还是一个地地道道的吉普赛女郎。

我得到了我想要的一切，不，应该说，远远超过了我想要的——北京最核心位置的办公室，一群可爱的同事，亚历山大总裁的信任——但是，内心深处，我还是有点隐隐的不安，这一切确实有点像意外之财，它来得太容易了，没有经过我想象中的那份艰辛。

我的好运气，能持续多久呢？

离上班还有十分钟，电话突然响了起来，是师哥，自从他把光纤采购的事情交给“二师哥”小宇以后，我们已经好久没有联系了。

“我说师妹，闷声发大财呢，是吗？听说你当上了首席代表，是不是瞧不起我们这些人了？”

师哥还是老样子，一开口就是挖苦人——我已经习惯了他的风格。

“我发什么财？你的订单那么少，我现在得养活一帮人呢，不比以前了，一个人吃饱全家不饿，正要找你算账呢！”我半真半假地和师哥开着玩笑。

“我说师妹，不管你要养活多少人，也不能这样啊，现在的问题可不是订单减少的问题了，事情大了！”

师哥的语气有点不像是开玩笑了。

“怎么了？”我一下子紧张起来，手里的咖啡差点儿泼出来。

“你和小宇两个人搞的什么鬼？他从你那儿买的光纤都调动直升飞机卖了，你们以为人家康宁公司的代理都是白吃饭的吗？动静弄那么大，不是找死吗？”

师哥终于发火了，这是我认识他以来的第一次。我的脑子嗡嗡作响，他在说什么？我是不是听错了？什么直升飞机？

“师哥，别着急，小宇卖光纤的事情你不知道吗？”

原来是小宇这家伙。我稍微放松了一点儿，小宇的鬼点子最多，但是我们毕竟都是校友，大不了我们一起去武汉给师哥负荆请罪，好久不见师哥了，还真有点想他。

“我知道什么？都是你们两个做的好事！现在好了，人家康宁公司的亚太地区总监来找过我了，痛痛快快地把给我们的价格降得和你们的一样，咱们的贸易这下完了！要是你们当初听我的，别那么贪，现在至于这么快就没饭吃了吗？”

师哥气鼓鼓地发着牢骚。

我全身的血液似乎凝固了。

我的好运气说来就来，说走就走。尽管在开始发这笔“意外之财”的时候，我知道这一天迟早会来，但是我们已经习惯了每月源源不断的订单，我一直在祈祷康宁这么大个公司不会注意我们这点贸易。也许，是我和小宇把动静弄得太大了。

可是，似乎一夜之间，一切真的就这么完了吗？

“让我怎么说你呢，师妹！你才进这个行业几个月，已经把全球最大的光纤公司给惊动了，打乱了人家的战略部署，这不是在太岁爷头上动土吗？”

师哥还在那里絮絮叨叨，我机械地拿着电话，眼前一片漆黑。

我在咖啡厅里坐了很久，上班的时间已经到了，可是我不敢上电梯，不敢进那个每天充满欢声笑语的办公室，我是那种不会掩饰自己感情的人，大家很快就会发现我的情绪不对。

我又想逃了，可是这一次，恐怕没有那么容易了。

就在不久之前，我还扬扬得意地告诉自己，做生意太容易了！

就像一场游戏一样，又刺激，又好玩儿，比游戏更有意思的是：我有了毕业以后第一次品尝到的成就感——这是一种容易让人上瘾的感觉。

每天的生活都是那么新鲜，生机勃勃，我开始用另外一种眼光去看自己，我喜欢上了这个崭新的自己。这个还有些陌生的朋友，她思路敏捷，行动迅速，充满活力和自信。

可是一夜之间，一切都结束了，我高兴得太早了。

我的轻敌和大意让我失去了一个回报如此丰厚的生意，要是当初我稍微留心一下，在小宇开始对外卖光纤的时候和师哥沟通一下就好了。我和小宇两个人都想把生意做大，我们不满足只被师哥这一家客户控制，可是最终还是证明师哥是对的，从一开始他就警告过我——不要贪心。

而最可怕的是这恰恰发生在我们北京办事处刚刚成立一个多月的时候，需要这些光纤订单来支付每月的大笔开支，除了房租、工资，还有市场营销的费用、出差的费用……因为我们即将开始的进口光缆的销售将是一场恶战，如果没有光纤订单的支撑，那只能让总部划拨费用了。

而这，恰恰是我最害怕的。

下午，我硬着头皮，战战兢兢地拨通了总部的电话，每次都是由亚历山大的秘书瑞娜特来转，我有时候会和她开开玩笑，在荷兰的几天里我们已经混熟了。可是这会儿，连她都感觉到了我声音里的沉重和胆怯，我像是个犯了错误的孩子，胆战心惊地等着挨大人的骂。

亚历山大的声音还是和以往一样冷静，他告诉我康宁的欧洲公司高层已经找到他了，在电话里已经不客气地告诉他我们公司做的光纤贸易他们知道了，要求我们立刻停止。事实上，现在不停也得停了，康宁公司光纤的价格已经被我们折腾得全球统一了。

我紧紧捏着手里电话，心一直沉下去。

“那咱们公司总部这边的光纤供应不会有问题吧？”如果这件事情影响了总部的光纤供应，那么后果不堪设想。

“我想不会，毕竟在欧洲我们是康宁的大客户，但是我们的价格和量还是会被他们控制。所以下一步，我们这边在光纤技术的投资速度要加快，要在困境中看到机遇！”

我的眼睛一亮，对呀，问题就是出在了这里！全世界的光纤核心技术被康宁和其他两家公司掌握着，供远远小于求，完全是卖方市场占优势，这个我已经在调研期间发现了。可是亚历山大去哪里找这个光纤技术呢？这三家公司是不会卖技术的，不过听他的口气，既然他要加快光纤的投资进度，那么说明这个技术已经有着落了。

但是既然他不说，我也不能多问。亚历山大对我没有一句责备，但这并不能减少我的压力，对我来说，眼下最迫切的，是怎么养活我们的北京办事处。

汉威大厦大堂，大气，通透，阳光透过干净的落地玻璃窗大把地洒进来。观光电梯缓缓上升，一群穿着讲究、心事重重的白领拥挤在这个狭小的空间，一个个面无表情。这里是北京的CBD，我们是在中国心脏里的中心位置，这个钢筋水泥筑成的城市就这么静静地匍匐在我们脚下，从电梯上看下去，这个城市显得如此渺小，但是却如同一个巨大的野兽，等待我们去征服它。

去年夏天，我还是一个得意扬扬的小波西米亚，没有钱，也没有任何烦恼，那个时候我最喜欢的是在这样的一个阳光明媚的午后，骑着车，一手扶把，一手拉住随风飘舞的印花长裙，一个人在南锣鼓巷的小胡同里漫无目的地游荡。累了就转进一家炸酱面小店，那里的肉丁炸酱面是我的最爱，面条是手擀的，筋道而爽滑，上面有黄瓜丝、水萝卜丝、芹菜丁，当然还有令人垂涎欲滴的五花肉丁。吃饱了，再去一家叫“田园书房”的书店，那里窗明几净，绿叶环绕，坐在窗边看书，阳光刚好打在身上，一杯卡普奇诺咖啡正在冒着热气若有若无的音乐在空气中回荡，他们总是在放PaulCardall的音乐，每个音符都是那么的安静而优雅。一个下午的时光就这么从从容容地过去。

这恐怕是我再也回不去的时光了。

早上九点，北京办事处的会议室里明亮、光洁；书报架上整齐地摆着崭新的产品宣传资料；空气中弥漫着浓浓的咖啡香味；女孩子们身上散发着各种香水的清香，大家微笑着互相道早安。这样的生活我们已经开始习惯了，因为一直没有特别大的压力，每个人既开心又努力地做着初期的市场宣传和调研。

可是，因为光纤订单一夜之间全部消失，我们这个“初期”工作现在却不得不结束了。

走进办公室的时候，我的脚步有些沉重，心情也没有了以往的轻松。我还不习惯自己的新角色——我是大家的领导，虽然我自己没把这个位置太当回事，可是我的一言一行都被他们看在眼里，如果我沉不住气了，那么这个团队就会慌。

这些天，我感觉到自己脸上的肌肉都是僵硬的，连微笑一下都困难。我做的如鱼得水的生意“游戏”戛然而止，而且事先没有一点征兆。此刻，康宁光纤总公司对我们虎视眈眈，荷兰总部正是危机四伏的时候，我们北京办事处得为公司分忧，而不是伸手要钱。

可是，没有了光纤贸易，挣钱又谈何容易？

现在，我们唯一可以卖的就是从总部那里进口的光缆，可是，在中国本土的光缆厂，加上已经进入中国市场的国外光缆公司这些竞争对手面前，我们能有什么优势呢？唯一值得安慰的是我不用担心康宁公司了，因为至少我们卖的是自己公司的产品，只是我们的工厂远在荷兰的某个景色优美的小镇上，客户根本看不见，而让客户了解我们又需要时间！

时间，是我们最大的敌人。

一份中国地图摊在会议桌上，我们像电影里正在部署作战计划的几个将军，神情严肃地围在一起分析局势，划分工作片区。

“来，大家报名吧，中国如此之大，都别客气，我们每个人都得做一个大区的经理。你们先挑，挑剩下的是我的！”

我努力做出 -个微笑，尽量显得轻松愉快。

丹尼尔首先打破沉默，他说，根据这段时间对客户做的拜访，我们的进口光缆客户接受起来非常困难，首先是可信度问题，无法进行厂验，还得开信用证。虽然我们的宣传资料上把公司的产品亮点介绍得非常精彩，可是我们在中国没有任何业绩，客户凭什么相信我们呢？

现在有一家南方的电力公司提出来让我们免费送他们一个小项目的 ADSS 光缆，作为我们公司在中国第一个项目的业绩，这样，局面一旦打开，以后我们就可以请新的客户去他们那里看我们的产品质量，我们在中国就有了信任度。

目前来说，似乎这是唯一的办法了，丹尼尔在暗示我。

“不行，坚决不送！开什么玩笑？这是一百多万人民币呢，凭什么让我们白送？这不是明摆着欺负人吗？”

我的声音像要哭出来一样，这叫个什么客户？也太过分了！丹尼尔怎么搞的？如果去给人家白送光缆，要他来做什么？

6月初，空调还没有来，室内的温度却已经很高，弄得人人头痛欲裂。我可以感觉到每个人都在暗暗着急，大家低着头，一杯杯地喝着浓浓的黑咖啡。我气急败坏地瞪了一眼丹尼尔，他的鼻尖上冒出一层细细的汗珠，脸上红一阵白一阵的。

大家面面相觑，没有一个人再敢吭气。

在这个团队里，每个人的工作经历其实都比我丰富，我是怎么混到这个位置上来的？大概是我的运气。我第一次做生意就出师告捷，赢得了总部的信任。从某种程度上来说，我被我的客户——师哥和小宇宠坏了，半年多以来，我一直在轻轻松松地签合同，我根本没有料到一旦进入光缆市场，竞争会如此残酷！

但愿亚历山大早点把光纤的技术弄到手，在中国成立工厂，我们就可以名正言顺地卖自己的光纤了。

可是眼下怎么办？最难的还是眼下。

我走出会议室，进了自己的小办公室，关上门，深深地吸了一口气。我已经没有资格再任性下去了，这个团队的每一个人都是我亲自挑选的，现在到了危机的时刻，我不能让这个团队丧失士气，虽然四面楚歌，但是我们还有彼此。

我稍作镇定，现在可以装作若无其事的样子走回去了。

“难道我们什么优势也没有吗？我们来分析一下公司的SWOT吧！”

我上周刚刚结束在中欧管理学院EMBA班的“非财务人员的财

务课程”和“人力资源”的一部分课程，刚好现学现用，我的语气已经平静下来。

我自己都说不上来我们有什么优势，目前什么都没有，在国内没有工厂，没有业绩，没有名气，可这是弱势，这个根本不用讨论，每个人心里都清清楚楚。

“我来说一个优势！”琳达轻声说。

琳达长着一张讨人喜欢的娃娃脸，皮肤姣好，看上去特别稚嫩。来之前，她曾经是摩根斯坦利中国公司的市场部的运营助理。这个表面上弱不禁风的女孩子，只有在她开口说话的时候，你才能感觉到她内心的力量。

“我这次在荷兰总部实习的时候，和研发部的工程师交流了很长时间，我发现咱们公司的ADSS光缆软件是这个行业唯一的专业设计软件，别的公司都没有，乡镇企业更别提了。这就是我们的一个技术优势，我们可以和客户好好沟通这一点。”

琳达果然是个有心人，这一点我自己在实习的时候就没注意到。我的眼前顿时一亮：这当然是优势！

“这个说明什么呢？难道别的公司的ADSS光缆设计有问题吗？”我问。

“至少他们在设计上不如我们公司的精密，ADSS是用在电力系统上的特种光缆，事实上每一个项目都需要特殊设计和定制，还需要一切配套设备，计算必须十分精确，一点问题都不能出！”

丹尼尔也兴奋起来，马上给大家解释。他是我们几个人里的“技术权威”，毕竟是清华大学毕业的，一下子便看清了问题的本质。

我悄悄松口气，这就是人多的好处了，有什么事情大家坐在一起商量。

杰西卡双手托着下巴，一直在沉默着，看上去心事重重。她是我们这个团队里最年轻的，刚毕业没有多久，为了显得成熟一些，她烫了一个大波浪卷发。杰西卡本来长得就漂亮，这么一来倒更像洋娃娃了。

“怎么了？杰西卡，说出来我们大家给你出出主意！”我拍了一下她的肩膀。

“唉，我的那个客户王总，心情不好，他家的小狗死了，本来昨天约好了谈项目的事情，现在他又说没时间了！”杰西卡叹口气。

“那我们可以送他一只小狗，礼物虽然轻，可是毕竟是咱们的心意，你们看呢？”

我爽快地说。

下午，杰西卡和丹尼尔还真把狗买来了，是一只玲珑可爱的小京叭，浑身雪白，非常漂亮，只是看上去有点发蔫。杰西卡正在给她的客户打电话，声音甜美无比，脸上慢慢露出笑容，看来，客户已经同意见她了！果然，杰西卡告诉我王总一听到她买了狗，态度马上就变了，一直在电话里絮絮叨叨地念着原来他那条狗是怎么跳河死的。

不一会儿，杰西卡抱着小狗一阵风似的出了门，冲我挥了下手，有点儿像奔赴战场的英雄。丹尼尔和琳达也在做出差的准备，小刘正在给大家复印资料。这个小小的办事处已经热火朝天地忙碌起来了。

一周过去了，一个月过去了，不知不觉，整个夏天在我身边悄悄溜走，可是我们的合同还是没有着落。ADSS光缆，当然是我们的优势，我们花了最大力度做宣传，可是真正让客户信任又不是那么容易。毕竟，客户如何才能只凭我们的一些资料就轻易把那么重要的电缆工程给我们呢？合同额也许不大，但如果一旦质量出了问题，后果不堪设想。

我每天需要琢磨人的心理——客户、合作伙伴、同事。但是我对自己却越来越感到陌生，我变得喜欢独处，但又渴望倾诉，可是，向谁来倾诉呢？如果我告诉琳达或者杰西卡我有一天出了门，上了车才无意中发现自己居然穿了两只不同颜色的鞋，她们会怎么想？碰见这样一个六神无主的领导！

在一次次地被客户拒绝之后，我才发现自己曾经是多么的幸运！我们“倒卖”的康宁光纤是全球著名的光纤品牌，市场宣传不费我们一枪一弹，又有师哥这样的大客户做我们的后盾，我们在中间轻松挣一笔差价。如果我和小宇老老实实地听师哥的话，那么我们这点生意完全可以养活北京办事处，甚至可以按照丹尼尔的建议，投资和某个ADSS的客户做一个项目，作为我们的样板工程。

我成了一个真正的“空中飞人”。

我用第一次工资买的那个“新秀丽”小旅行箱永远是打开的，上面贴满了各个城市名字的标签，武汉、无锡、沈阳、上海……除了销售工作，我每周还要飞到上海的中欧管理学院上课，我还接受了亚历山大亲自指挥的“秘密任务”，寻找光纤投资合作伙伴。

这两个月以来，我马不停蹄地奔走在不同的城市之间，不同的会议之间，我的嗓子因为说话过多已经嘶哑。找一个合资公司伙伴的难度，远远超过任何产品的销售，合资时间一般是50年，这意味着两家公司不仅要“门当户对”，在各方面的实力势均力敌，而且要有相同的理念和企业文化——这是一个“跨国婚姻”。

我累！

我浑身上下的每一个细胞都累得要炸开。我像是一台机器，零件齐全，可就是发动缓慢；我想丢下一切，远走高飞——我怀念烟台海边的那个小酒店。这个夏天，不知道老板娘是不是又开张了？我的那间能看海的小房间被谁占了？每天早上迎着海风，双脚踩在沙滩上的感觉还清晰地留在记忆里，可现在的我，却被一个无形的枷锁牢牢套住。

我曾经以为，有了钱，就可以找到自由。现在，钱倒是有了，自由却被我心甘情愿地送给了别人——我感到呼吸困难。

我只能远远地看着那个在海边漫无目的游荡的女孩，那个骑在马上长发飞扬的女孩，那个坐在阿强身边，怪声怪气地唱着《偏偏喜欢你》的女孩，她在一天天离我远去，直到连我自己都忘记她曾经存在过——她，曾经就是我。

可是日子，还得过下去。

在中国找合资公司的合作伙伴——我第一个想到了师哥。

我第一次见他时，告诉他我是来和他谈合作的，结果合作工厂的事情到现在没有再提，而无心插柳聊起来的“倒卖”康宁光纤，却让我们一起走到了今天。

我在脑子里迅速分析了一下，师哥的光缆公司虽然规模大，又占着“光谷”的优势，可是和我们一样，饱受康宁光纤的垄断之苦，在光缆这个残酷的市场上苦苦挣扎，一旦他们停供，我们就断了后路。

对，就是师哥了！我拨通了他的电话，兴冲冲地把我的想法一口气说完。

师哥却一直在沉默。

“什么意思啊！你？别这么玩儿深沉，有话快说！”

我半开玩笑地说。

“我说师妹，我还真不能小看你，你来了这个行业第一个月就把康宁的中国战略搅得一团糟。现在呢，你知道我们公司是光纤的大用户，如果和我们合资生产光纤，既能分担你们的投资风险，又不愁将来的光纤出来有我们的光缆工厂来消化，这么一举两得的好事儿，是你自己想出来的吗？”

师哥似笑非笑，慢悠悠地说。

我愣了一下，师哥真是火眼金睛，我的那点小算盘都被他一眼看穿了。

“是我想出来的，难道这不是大家共赢吗？以后你们也不用看康宁的脸色了，是不是？”我理直气壮地说。

师哥又哈哈大笑起来，好像是听了什么好笑的话。我又气又急，这个人真是，他到底什么意思呢？老是不紧不慢地耍太极。

“好吧，那我谢谢你了！可是，这个英国的SGC光纤技术公司，你以为他们是什么高技术公司吗？他们公司一共才几个人。研发公司几年前就来找过我们卖他们的技术，也找了中国其他几个光缆厂，被我们一口回绝了，现在你们老大还以为捡了个大便宜？这个圈子很小，真有这么好的事儿，难道我们不早就下手了吗？”

我倒吸一口冷气，有一点我听明白了，亚历山大买的这个技术，根本不被中国的市场认可。

“这家英国公司怎么了?”我好奇地问。

师哥叹口气:“看来我真得找你要学费了,什么都不知道,我问你,SGC这个技术算是成熟的吗?”

“不知道,什么叫成熟的技术呢?”我厚着脸皮问。

师哥哭笑不得:“我就纳闷儿你是怎么混到今天的?成熟的技术就是已经投入规模化生产了,至少进入中试,SGC这个技术还在实验室阶段,你让我们怎么买?买了技术烧钱吗?”

真奇怪,亚历山大用了这么长的时间,还专门聘请了一位英国的专家托尼,走遍全世界寻找光纤技术,难道被这家公司骗了?以亚历山大的智慧和胆识,应该是不会犯这种错误的。

“可是,师哥,如果真的是成熟的技术,像康宁这样的,还有日本那家,人家也不会卖技术啊,对吧?我们只能买他们的产品,价格由他们说了算,难道我们永远就这样在价格上厮杀,永远给他们打工吗?”

师哥没有马上说话,看来我说到了他的痛处。

但是他没有进一步谈下去的意思。

我该怎么办?是不是应该告诉亚历山大这件事呢——他买了一家名声不好的公司的技术?不,当然不能,我的工作是不折不扣地执行他的指令,在中国找到愿意和我们合资的公司。

可是,茫茫人海,我到哪里去找呢?

第9章

西蒙站在我的背后，穿着他标志性的黑衬衫、黑牛仔裤，手里轻轻握着一把我的头发，我们的目光在大镜子里相遇。

“想好了？没有回头路的，长到这么长还不知道要多久呢！”西蒙说。

对着大镜子说话让我有点不自在，有种自言自语的感觉——镜子里的人是我，又不是我，在每一面不同的镜子里，我看到的自己都不一样，有时神采焕发，有时萎靡不振，镜子里的那个人始终是神秘的、陌生的。

我冲他微微一笑，点点头。

“剪到齐肩好不好？这样你有个过渡？”西蒙似乎不甘心，晃动了一下手中的剪刀，试探地问。

西蒙是王府饭店的英国美发师，他的客户很多，无疑，价格也最贵，有的客人从旧金山飞来，就是为了找他剪个头，然后再立刻飞回去。

看西蒙工作是一种享受——忙的时候，他可以同时给四个人开剪，从店的一头跳到另一头，嘴里哼着小曲，手里挥着剪刀，轻松地和每个客人聊着天。他在自己的舞台上如鱼得水。

他是那种看似漫不经心，实则掌控全局的人。

“我不用过渡，剪得越短越好！”我干脆地说。

一团青丝散落在黑白相间的大理石地板上。只是短短的一刹那，我感觉自己好像失去了什么，我身体的一部分，我的过去，就这样简单地告别了。

差不多一年之前，我偶然来王府饭店和金医生吃饭，路过大堂下面这个美发店，无意中停下来，往里面瞟了一眼，一下子就被那黑白分明的色彩吸引。整个店除了镜子镶有金色边框，只有黑白两色，连客人喝咖啡的杯子也是黑色的，盘子是白的——一种简洁、细致的美，每个细节都经过了严密的思考。

可我当时口袋里只有200块钱，全部存款也差不多是这个数，为了再看看这个别致的美发店，第二个周末，我又去王府饭店喝了一次咖啡。

店里传来如泣如诉的音乐，我立刻听出来，是那首《乔治亚在我心》，失明黑人歌手雷·查尔斯最著名的一首爵士歌曲。

“甜美清澈如透过松树的月光，

还是在宁静的梦里，

我看见那条路，

回到你身边的路。”

这是北京最贵的美发店，我却有种莫名其妙的预感：有一天，我会走进去，认识它的主人。

一年之后，我和这个店的老板西蒙坐在这里，像老熟人一样地聊天。一切看似偶然，我喜欢这种感觉——巧合的力量，陌生的快乐，自然而然的相识。

西蒙人高马大，怎么看都不像是美发师，他的爱好是骑摩托，他有两辆哈利戴维森，按他的说法——一个是妻子，一个是情人。西蒙给我描述他骑摩托的感觉，那种飞一样的、飘飘欲仙的感觉。这么无拘无束的一个人，却偏偏选择做一名美发师。

他的职业和他的性格似乎是矛盾的。

难道我不是一样？

我在西蒙身上看见自己的影子，飞来飞去，脑子转个不停，应付着各路人马——那种人在江湖、身不由己的感觉。

西蒙是英国小有名气的美发师，可对他来说，美发只是维持生计，虽然他在伦敦、香港、北京都有自己的分店——他的坐骑哈利戴维森才是他的真爱。

我和西蒙成了好朋友，偶尔见面，我们可以无所顾忌地聊天，然后各走各的路，没有思念，没有留恋。

周末，我从外地出差返回北京。航班晚点了，夜里十一点，我拖着自己的行李箱，精疲力竭地走出机场。

司机直接把我拉到工体北门那家英式酒吧，那里是另一个世界，马赛克地板墙砖，深色的皮椅，整个酒吧像一节火车车厢，压低的空间里是火车特有的弧线，灯光幽暗，一种特殊的气氛，仿佛穿越了几个世纪。

推门而入，JackJohnson 的音乐便扑面而来——清新自然，如同夏威夷的阳光、沙滩。

西蒙在那里等我。

他递给我一杯粉红色的“大都会”。纤细的高脚杯，握在手里是冰冷的。我立刻兴奋起来，这是我最喜欢的一款鸡尾酒，有点甜，有点苦，还有点酸，我大口喝下去，微微麻醉的感觉，我马上又点了一杯。

我的酒量最近是越来越大了。

我不要变成酒鬼才好，我对西蒙说。

“也许你有那个潜质，有待挖掘。”西蒙冲我挤挤眼睛。

我喜欢西蒙和他的朋友们，他们可以把我从那个过于清醒和理智的世界里拖出来一会儿。

我在这个酒吧认识了阳阳——一个在国际美甲大赛获过奖的美甲师，沉默寡言，面目清秀。阳阳开着北京最时髦的美甲店，表面上根本看不出来，他像一个安静的大男孩。

阳阳在店里养了一堆千奇百怪的宠物——小鳄鱼、刺猬、斑点猫。还有一只小香猪，刚刚来的时候，它的脖子上系着一条红丝带，圆头圆脑，可爱得不像话，店里的客人都忍不住上前抚摸。

小香猪平时住在美甲店，有自己的小房间，每天享受阳阳给他做的法式早餐。一天天过去，它的个头却越来越大。当初买它的时候，对方一口咬定小香猪根本不会再长，可是现在它的体重却逼近一百公斤，不得不迁出美甲店。它的饭量也大得惊人，阳阳挣的钱一大半给它买吃的——最后家里也不能养了，阳阳倒是淡定，对它不离不弃，给它在外面单独租了房，雇人照看。

我入迷地听西蒙讲着阳阳的故事，大男孩有点腼腆地笑了，仿佛一切都很自然。

午夜时分，大屏幕上出现迈克尔·杰克逊神秘的魅影，看MJ的音乐会好像是上一辈子的事了。他们在放我最爱的那首BillieJean，我坐不住了，跳下高脚凳，把西蒙拉下舞池。

迈克尔·杰克逊的舞蹈出神入化，他控制着一切——他的身体，每一个舞步，音乐的节奏，观众的情绪，整个舞台的效果——他随便一个小小的动作，就会让观众如痴如醉。

为什么有些人会有这种掌控一切的魔力？

大到迈克尔·杰克逊，小到我身边的西蒙。

大家玩得尽兴，一瓶又一瓶地喝着红酒——趁人不备，我偷偷把账结了。

几个人一晚上喝了好几千块的红酒、鸡尾酒，我有能力给大家结账，开心得不得了。

没有人问我到底是做什么的。对他们来说，工作不是最重要的，重要的是我们在一起让彼此开心。

阳阳答应我，下次一起去看望他的小香猪，一只住在公寓里的猪——他的主人谈起它，一脸的骄傲。

一个风和日丽的下午，我去阳阳的店里美甲。

店里装修得像一个热带花园。粉色的纱帘，大盆的绿色植物，背景音乐是轻盈惬意的法国香颂，各色热带鱼在鱼缸中缓缓游动。穿过走廊，我看见好几个似曾相识的面孔，有电影演员、电视主持人、半红不红的小歌星。

阳阳在安安静静地给我修指甲。他实在不像是这家店的主人，周围发生的一切似乎和他毫无关系，他皱着眉，琢磨着给我用个什么风格的指甲颜色——我真想告诉他，这完全不重要，我根本不在乎。

阳阳终于决定了。他用白色的指甲油，在我的指甲前端清晰而准确地画出犹如微笑般的弧线他的手指柔若无骨，动作轻快利落，我的指甲在阳阳的手中一点点变得赏心悦目起来。

一个男人怎么可以把这么女性化的一种手艺做成了艺术？

这叫“基础法式”，阳阳告诉我。

百分之百是我的风格——奇怪，他是怎么发现的？

“我从荷兰回来给你带黑色郁金香种子好不好？”我对阳阳说。

阳阳的眼睛亮了一下：“真的有黑色郁金香吗？我见过那种深紫色的，红得发紫的那种。”

我笑起来。

“也许没有，你知道，黑色并不是自然的颜色，大自然里并没有黑色。”

我记得在梵高的书里看过他对黑色的解释。

我是如此享受这一切——暖暖的音乐，与现实无关的话题，纯白色的指甲水，淡粉色的底油，阳光透过粉色的纱帘透进来，照在大床上坐着的几个正在闲聊的女孩子——阳阳不知从哪里淘来的这种中式鸦片床，随意地摆在店里的一个角落。

时间的芬芳就这样慢慢弥漫、沉淀。

简单地说，西蒙和阳阳是手艺人，凭着这个，他们可以云游四方，手艺是没有国界的；而我，到底靠什么本事在这个世界上生存，到现在还是一个谜。

我的手艺无法示人。

北京到阿姆斯特丹的飞机上，我意外地看到了依依演的一部电影，那还是她刚进影视圈的第一部作品——怪诞的情节，干巴巴的对白，唯一的亮点是依依本人——巧笑倩兮，灵气逼人。

依依结婚了，我们已经很久没见面，也许，世界上并没有地久天长的友谊，那只是人们的一种美好的愿望而已。我没有特别感伤，过去的那些时光却依然在那里，岁月的流逝并不会对它们有任何改变，每一段，都是一块拼图。

而我们的生命，就这样被拼接起来。

我闭上眼睛——下了飞机，我就要做另一个自己，像依依一样，扮演一个并不适合自己的角色，幸运的是，我的观众还没有发现这一点。

黎明时分，我被一声声慵懒而绵长的奶牛叫声唤醒。

大脑几秒钟的短路。我一时想不起来自己身在何处——哪个国家，哪个城市，哪家酒店。整个世界寂静无声，我可以感觉到夏末的微风，正带着早晨凉爽的气息，轻轻吹动着窗帘，带进来一股淡淡的牛粪味道。

不用说，这是荷兰，总部工厂后面的那家小酒店。牛粪的味道在我实习的时候就已经熟悉，那时每天早上，我都被奶牛的叫声唤醒，不用起身，我就可以在脑子里勾勒出一幅田园画面：芳草青青，几只黑白相间的奶牛正懒洋洋地卧在那里享用它们的早餐，再过一会儿，它们吃饱了开始发出满足的叫声的时候，就是我该起床的时间了。

我轻手轻脚地下了楼，餐厅里静悄悄的，传来一阵咖啡的清香，我习惯性地坐在靠窗的位子上。夜里下了一场小雨，雨后，青草更青，光线柔和而富有层次，带着一种意味深长的神秘感。窗外，秋天已经在悄悄地弹着献给大自然的奏鸣曲。遥远的地平线尽头，小教堂黑色的尖顶若隐若现，金棕色的落叶一夜之间铺满小路。深蓝和银灰色的云朵间，优雅挺直的冷杉树干上，散发着只属于秋天的那种淡淡的忧郁。

我轻啜一口滚烫的黑咖啡，深深地呼吸了一口这未经污染的、甜美的空气，心中有种感动。这是一个晴朗美好的早上，我迫不及待地享受着这一天的开始。

在和无数家公司接触后，我们和北京这家 ST 公司进入了合资公司实质性谈判。ST 公司是一家全国闻名的电子产品公司，我和李总是在一个光通信会议上认识的，当我谈起我们公司即将投入的光纤公司时，李总当即就表示有兴趣。总部对他们做了资信调查，非常满意，而且 ST 公司在阿姆斯特丹有自己的办事处，那里的荷兰工作人员迅速和我们总部取得了联系，公司高层来访的事情很快就定了下来。

又是一个貌似不错的开头，但我不敢高兴得太早。

几天过去，和 ST 公司的谈判中，我第一次给亚历山大做翻译，也是第一次和他一起并肩工作，虽然工作节奏极快，但是我却没有任何紧张的感觉。亚历山大，敏锐，灵活，专注，原则问题上寸步不让，但是同时又很替对方着想，谈判进行得异常顺利。

回国的前一天，一直到晚上九点多，外面还是夕阳西下的样子。这是夏末最美的一天，远处传来教堂虔诚的钟声，森林中高大的云杉树随风摇曳，与教堂传来的深沉的钟声合成了一支美妙的交响曲。生活在这一刻变得恬静而富有诗意，美得令人屏息静气。

紧张的谈判告一段落，我们坐在小镇里唯一一家餐厅院子里吃饭。白色、黄色和红色的郁金香在我们周围肆意地开放，真有一种恍如隔世的感觉。

临走前，双方签订了正式合作意向书，剩下的事情就是做合同，然后双方共同选择项目投资地点建厂。上飞机的时候，我长长地舒了口气，找到这家 ST 公司，至少在心里，我有一种立功赎罪的感觉。

机场里人声鼎沸，全世界的人似乎都到了阿姆斯特丹，大屏幕上显示飞北京的航班开始登机了，我在阿姆斯特丹机场的候机室等飞机。这些天我专注谈判，和北京办事处没有太多的联系——我突然感到一阵莫名其妙的焦虑，好几天没有琳达的消息了，这个女孩子太要强——某些地方我俩很相像，都是那种很少抱怨的人，但她越是这样，我就越担心。

琳达的声音听上去有点异样，支支吾吾地，欲言又止，好像旁边有人，不方便说话。可是这么晚了，她孤身一人在佳木斯的一个饭店里，会不会有意外？在我的坚持下，琳达走出了房间，她的声音似乎是从空空荡荡的楼道里传来。

“你怎么搞的？我以为你被绑架了！”

我又急又气，劈头盖脸地责问。

琳达苦笑着告诉我，她的处境和“被绑架”还真差不多，她在沈阳投标的时候认识了一个神秘的女人——红姐，这个人似乎和当地的客户已经有一些合作关系，自称可以搞定整个东北电力系统的业务。这些天琳达跟着她见了几个客户，发现她确实和他们很熟，连门都不用敲，直接就可以进办公室。

“问题是她不让我说话，不让我给客户递名片，匆匆介绍几句就撤退！”琳达烦躁地说。

“是不是她想当咱们的东北地区代理？怕你和客户熟了就把她甩了？”

我自己的经验也少得可怜，这个时候，只能靠想象力了。

“是的，这个人疑心特大。比如我们现在，她非要和我一个房间，每天唠唠叨叨，特别不讲个人卫生，还找了两个人，非要打麻将，当然我还得输给她，哄她高兴。刚才就是在打麻将，所以我没怎么说话！”

琳达有点窘迫地说。

我有无数个问题要问，我被她说得一头雾水，打麻将？输钱？这不是我们这样的公司做出来的事，而且听上去这个“红姐”既霸道又无理，她怎么可以和这样的人混在一起？

可是琳达急着回房间，她怕“红姐”生气，匆匆挂了电话。

早上七点，飞机在北京降落。

我匆匆回家洗了个澡，换了身衣服就往办事处跑。离开几天，北京炎炎盛夏依旧，上电梯的时候我感到头有些晕——倒时差的滋味真不好受，口干舌燥，浑身上下每一寸骨头都在隐隐作痛，肩膀硬得如同一块砖头。

走进办事处的大门，里面悄无声息。只有前台的小刘在接电话，看见我，她脸上绽开一个大大的笑容，我把在阿姆斯特丹机场买的一个小巧玲珑的荷兰小木鞋递给她。我给每个人都买了礼物。杰西卡也在打电话，我把礼物轻轻放在她的桌上。

"王总，那只京叭死了？怎么死的？"

杰西卡在专心致志地打电话，没有注意到我走进来。

我的心立刻沉了下去，她说的是我走前买的那只全身雪白的小狗。它来的时候就有点没精打采的，杰西卡当时还以为小狗是晕车了，没想到，才这么几天，就阵亡了。

小刘一脸焦急地跑了过来。她告诉我们，丹尼尔刚刚打来电话，他人在承德的一个项目招标会上，客户的老妈妈心脏不好，现在客户的弟弟带着老人正在来北京的火车上，我们得赶紧找医院，找车，还有下面的一系列照顾病人的安排。

"啊，是吗？太好了，客户都把妈妈送来了，说明对我们很信任呢！"我开心地说。

这个消息让我有点振奋，显而易见，客户非常信任丹尼尔——只是我们这个办事处有点奇怪，又是送小狗，又是迎接"妈"，如果外人听上去，真的不知道我们这是做生意呢，还是不务正业。

"咱妈的事情我来办吧，医院的关系我这儿有！"

杰西卡立刻跳了起来，我们的"小狗代表"意外牺牲，杰西卡还来不及哀悼便已经进入新的战场。听她把客户的“老妈妈”自然而然说成“咱妈”，我有点想笑，又赶快忍住了。

小刘总算把琳达的电话接通了。

我关上小办公室的门，正想发火，电话里传来琳达有气无力的声音。原来她发着高烧，已经和“红姐”飞到了沈阳，这里有一个目前全国最大跨距的ADSS光缆项目的招标，她总算费劲千辛万苦，见到了客户，但是客户要见我们的负责技术的人。还有，“红姐”要求见我，说是只有见到“领导”，她才能相信琳达和她签的代理合同是真的。

“琳达，这些都没有问题！你先在房间里好好休息，我和丹尼尔马上飞沈阳，我们把退烧药给你带来。大跨距的ADSS，这个技术上的细节丹尼尔可以和客户交流清楚，至于那个什么‘红姐’，我来看看怎么对付！”

大敌当前，我突然变得冷静、果断，不容商量。

放下电话，我的头好像要炸开一样地疼，昨天上午，也就是中国的半夜，我还在荷兰总部陪着亚历山大和ST公司签合作意向书。24小时之后，回到北京，我一下子就好像突然陷入了一个莫名其妙的闹剧。我们的“小狗代表”死了，后果是什么还不知道；“咱妈”坐着火车正在来北京的路上；琳达在发高烧。“红姐”到底是个什么人？我们会不会被这老油条给骗了？还有，得赶紧订机票去沈阳，对了，我得先找到丹尼尔，此时此刻，他还在承德！

我正要给丹尼尔打电话，这时，小刘轻轻地推开我的门，告诉我，有个女人自称是丹尼尔的太太希望见我，她已经在门外等了一会儿了。

丹尼尔的太太？我一时没有反应过来，为什么她要见我？我正犹豫着，一个面色苍白，身穿一件花衬衫的瘦小女人已经像个鬼影一般自己进来了。我简直不相信自己的眼睛，这就是丹尼尔的太太吗？丹尼尔是个非常帅气的男生，永远是西装笔挺、时尚年轻，可眼前这个女人显得又土又老，我实在不能把这两个人联系起来。

小刘给这个女人端了一杯水就出去了，瘦瘦小小的女人坐在我对面的转椅上，眼睛直勾勾地盯着我。这么热的天气，我却感到后背发凉：怎么这个人给人一种杀气腾腾的感觉呢？

“我来是请求你开除丹尼尔的！”她终于开口。

“什么？”我吓了一跳，随即愤怒起来，这个人以为她自己是谁？居然坐在这里告诉我要开除我的员工？

“自从他来你们这里上班以后，整天出差，夜不归宿，回来了也像死人一样一言不发，躺在那里发呆，我们3岁的儿子就快不认识他爸爸是谁了！”

女人一边絮絮叨叨地说着，一边抹着眼泪。

丹尼尔都有孩子了？我又吃了一惊。他的年龄和我们差不多大，我从来没有问过这些，我一直以为我们都是一群无牵无挂的单身。

我尽量用心平气和的语气告诉这个女人，丹尼尔是我们公司的骨干，我们的技术权威，工作表现优秀，我没有任何理由开除他。

“那你就不要让他再出差了，我怀疑他在外面有外遇，他对我很冷淡，或者，跟你们这里的哪个女孩儿好上了！”这个女人不肯罢休，话题一转，又开始威胁我。

全身的血液刹那间都涌了上来，我必须得控制自己才没有当场发作——这么无礼的一个女人，凭什么在这里对我指手画脚，而且是一副命令的口吻？我真想把她一把推出去，可是这个不起眼的瘦小女人，是丹尼尔的太太，他孩子的母亲。

我想起琳达，她也在和一个不讲理的女人混在一起，而且发着烧，这和琳达以前每天出入五星级饭店，和一些投资精英一起工作的经历是多么不同！可是琳达没有抱怨过一句。

我深深吸了一口气，尽量用温和的语气劝着这个女人，我知道自己言不由衷，因为我根本不知道一个有丈夫、有孩子的女人坐在这里是抱着一种怎样的心理。这个女人有明显的危机感——她是一个小学老师，两个人在家乡的时候是中学同学，也算是青梅竹马了。

漫长的一小时过去了，小刘轻轻敲了敲我的门，说是有客户在外面等着见。她暗暗冲我使了个眼色，我马上知道这是一个送客的借口。

小刘真聪明！我长长地舒了一口气，谢天谢地，这个女人没有再纠缠下去，总算给我一个喘气的机会。

还没过五分钟，丹尼尔的电话打了过来，他的声音有些沙哑，不像平时那样充满活力。我立刻感觉到他已经知道了他太太来公司的事情。

现在我该怎么办？按照情理，我本来是应该让丹尼尔赶快回家看一下的，可是，他承德的投标工作还没结束，我还得把他拉到沈阳谈另一个项目，然后再直接杀回承德。事实上，连我自己都说不清他到底什么时候才能回家。

我想起远在沈阳的孤孤单单发着烧的琳达，正在奔向火车站准备迎接“咱妈”的杰西卡，给我订机票的小刘，丹尼尔的太太那双绝望的眼睛——整个世界变得天旋地转起来。

大战前夕，空气中有一种浓浓的硝烟味儿，那是靠我的第六感闻出来的。

离沈阳ADSS项目开标的时间还有四十八小时，我、琳达、丹尼尔终于在沈阳会师——每个人都是一副风尘仆仆的样子——琳达已经和“红姐”周旋了一个多星期；丹尼尔从承德连夜赶回北京，然后上了早上第一班飞沈阳的飞机；我已经不知道有多少个小时没有好好睡觉，这段时间一直在飞，北京到阿姆斯特丹，再回北京，再飞沈阳——日夜颠倒，时差混乱。

我们的出现立刻引起全场的注意。

丹尼尔穿着深蓝色的西装，系着银灰色领带，手里拎着一个苹果电脑包；琳达一身淡粉色小套裙，咖啡色高跟鞋，她化了淡妆，显得年轻、妩媚，完全看不出她刚刚发过烧；我穿的是一身黑色的职业正装，里面一件香槟色真丝衬衣。

我们三个人彼此看了一眼，露出会心的微笑，这点雕虫小技，当然不在话下，这是我们公司在光缆行业第一次公开露面，和14家竞争对手投一个标。我们是唯一一家在国内还没有建工厂的公司，只有凭我们的介绍和在荷兰的业绩来证明自己；而在座的，有西门子、阿尔卡特、日本藤仓，每一家都来势汹汹。

我深深地吸一口气，看着台上正在做技术介绍的丹尼尔，他显得从容、镇定、专业。到底是清华大学的高才生，我暗自庆幸，当初在来面试的几十人中挑选到了这几个优秀、敬业的同事。

这个大跨距的招标项目对我们来说实在太重要了。一个公司如果可以做成这样的项目，那么就意味着其技术实力不容置疑，这对我们在整个行业中的影响和位置有着特别大的意义，它将是我们公司正式进入中国电力光缆市场的敲门砖。如果成功，我们就会在这个市场上长驱直入；一旦失败，我们的漫漫长路就还不知道要走多久。

我的第六感告诉我，操控这场“战役”的人并没有露面。

我们到达的前一天，琳达发现，一个姓白的男人突然来找“红姐”，两个人在一起神态暧昧，看起来好像是情人。他是谁呢？怎么会在这个时候突然出现？

此刻，在我脑子不停转着的都是些什么呢？咱妈——小狗——红姐——白哥。

没有一样和我们的光缆技术本身有关——是我疯了，还是我置身的这个世界，它的游戏规则理应如此？

我们约在万豪大酒店的咖啡厅和“红姐”见面。

我和丹尼尔在等着去接“红姐”的琳达，丹尼尔也似乎没有睡好，显得有几分疲倦。就这么几分钟的时间，他夫人的电话一个接着一个，丹尼尔走到一边，低声和她交谈，轻言细语地安慰她。

等丹尼尔终于返回座位，音乐也已经结束。

“为什么人不能永远生活在这样一个纯洁的世界？没有欺骗，没有黑幕，没有钩心斗角。”

我忍不住说。

丹尼尔苦笑一下：“因为，那个世界并不存在！”

丹尼尔就是这样，永远理智、清醒，但是即使如此，他个人的事情还是理不断，剪还乱。

我应该和他谈谈吗？是不是应该关心一下这个精疲力竭的丹尼尔？可是，别人的生活是多么难以介入——丹尼尔似乎看出我的心思，主动告诉我他太太说如果再不辞职，就和他离婚，而离婚的代价就是失去儿子。

我的嗓子里似乎堵上了一大块棉花，一时无言以对。在此之前，我从来没有把自己的命运和谁真正联系在一起。也许，在我的潜意识中，这一切只是暂时的，只是我在这个世界上维持生存的一份工作，而我的感情飘忽不定，寄托在其他什么地方。直到这一刻，我才意识到，我们必须成功，这样总部就不会撤销这个开支越来越大的北京办事处，我就不会失去他们中间的任何一个人。

琳达正和一个中年妇女朝我们走来，后面跟着一个神情猥琐的中年男人，我们马上站起来，丹尼尔的脸上迅速露出职业性的笑容。

我的目光和“红姐”相遇。

我的第一个反应——琳达找对了人，这个女人精明、粗野、胆大，必要时可以变得凶狠，没有受过高等教育。但是我的直觉是这个人可以把事情做成，我暗暗佩服琳达的眼力，如果是我，估计根本不会跟这种人主动认识。

我和丹尼尔迅速交换了一个眼神，两个人默契的分工就已经清楚——丹尼尔立刻一脸热情地和“白哥”攀谈起来，我来对付“红姐”。

我很快就察觉到，这是“红姐”对我的一场“面试”，她要看看我是不是一个说话算数的人，会不会按照合同支付她代理费。“白哥”明显是来给她出主意的。

“红姐”在那里絮絮叨叨地吹嘘她神通广大的关系，我做出一副聚精会神倾听的姿态。这样一个女人，面色苍白，邋邋遢遢，难道我们的命运就由她来决定？

晚上，我们请“红姐”“白哥”吃饭。

我点了五粮液，整晚抢着给他俩敬酒。为了让琳达和丹尼尔少喝一点，每次我都一饮而尽——酒品如人品，他们一直在静静地观察我，我了解东北人的性格。

几天没有睡好，酒喝得又猛，我感到一阵天旋地转。

琳达扶我去洗手间。

我的身体被一次又一次地掏空吐的时候我突然流下眼泪，这情景是如此熟悉！上一次我醉得不省人事的时候，扶我的那个人是阿强，我以为他已经被我从记忆里抹去——他那小麦色的手臂，会放电的眼睛，他在车上一直放的那首《偏偏喜欢你》……

一切，都像是上辈子的事了。我不是一个喜欢纠缠不清的人，生命是一连串的碎片，我不能勉强把它们拼凑到一起。

我的另一个灵魂正用怜悯的眼神从远处看着自己：

我在做什么？

我希望那个今晚登场的，

只是我的替身而已。

早上八点。

我从一场噩梦的深处慢慢游了回来，头痛欲裂，嘴唇干裂，我慢慢爬起来，走进浴室，用冷水洗了一把脸，理理头发，镜子里的这个人，我一时无法辨认——疲倦、虚弱、毫无斗志。

今天是我们的大日子，招标结果会在下午公布，可我的大脑一片空白，第六感消失得无影无踪，这不是什么好兆头。

早餐的时候，我大口地喝着黑咖啡，埋头看手机里的邮件，脸上毫无表情。

琳达体贴地递给我一杯蜂蜜水，告诉我这个可以解酒，丹尼尔沉默地坐在一边。空气似乎凝滞。

没有消息就是好消息，我们几个这副样子怎么像世界末日来临一般？

琳达的手机突然响起来，她本能地跳了起来，脸上露出小心的笑容，那种表情让我难受。

看她的脸色就知道是“红姐”。

果然，“红姐”要求我们立刻修改代理合同——在原有的基础上增加5个点。

琳达一口回绝，可是“红姐”非常坚持，要琳达和我沟通。

“开什么玩笑？我们的报价已经交了，现在她怎么可以提高代理价格？这个女人也太贪婪了！”

丹尼尔对琳达吼道。

我静静地听着。

“二位，慢着，我怎么感觉咱们中标了？”我突然说。

我的第六感终于从沉睡中醒来。

我心中掠过一丝狂喜——谜底就是这样，“红姐”现在其实已经知道了这个结果，趁着还没公布前再捞一把我们其实已经中标了。

“是吗？您怎么知道的？”

琳达吃惊地瞪大眼睛，差点儿从椅子上摔下来，她两手捂着胸口，好像要晕过去的样子。

“我的直觉，没有人告诉我，告诉‘红姐’，一分也不能涨，我们是签了合同的，不能说变就变！”

我冲琳达挥挥手。

三杯浓浓的黑咖啡没有白喝，此刻已经完全进入我的血液，我的脑子开始转动，心跳加快，手心也开始发热。我终于活了过来。

没过一会儿，丹尼尔的手机也响了，他叫了声“白哥”，我和琳达互相交换了一个眼神，这两个人是配合在一起来威胁我们。我对丹尼尔做了个“不要理他”的手势——他会意地冲我点点头。

整个上午那有些郁闷寂静的气氛终于被打破，一场闹剧正式开幕，我静静地坐在那里观战，心情，却是意外的平静。

琳达脸色苍白地结束了和“红姐”的对话，“红姐”在电话里威胁我们——如果我们不涨代理费，她就有办法毁掉我们的一切，包括今后在东北电力系统的所有机会。

“随便她好了！”我淡淡地说。

我突然冷静下来，胃却在隐隐作痛，关键时刻，“红姐”的面目终于露了出来——赤裸裸的贪婪。

丹尼尔似乎被“白哥”折腾了好一会儿才结束电话。这两个人，一个唱红脸，一个唱白脸，“白哥”的态度比较缓和，但是内容是一样的——要求涨代理费。

“您觉得这样做我们会不会有风险？要不，我和她再谈谈，让她象征性地涨一点，这样大家都安全，您看怎么样？”

琳达说着，眼睛里似乎蒙上了一层泪水，随时都可以流下来。

我转过头，不敢看她，为了这个项目，她所付出的代价难以想象。

丹尼尔立刻赞同地冲她点了一下头，两个人用期待的目光看着我。

我缓缓地摇摇头：“不行，琳达，这个是原则问题。做人，要有底线，不是钱的问题！这样，你就说我回北京了，现在人已经在飞机上，找不到了，你可以对她态度好一些，但是，涨价可没门儿！”

我们都非常清楚，哪怕我们只象征性地涨一个点，“红姐”和“白哥”恐怕也会答应，但是似乎冥冥中有一种神秘的力量阻止我这样做。也许，我会为此付出昂贵的代价，但是，我宁可失去这个项目，也不愿意这样被人威胁。

事情到了这个地步，我反而镇定下来。

丹尼尔读出了我的心思，苦笑了一下：“看来，我们要赌一把了？”

我沉默了一下，站起来，快步走出酒店大堂。

这是一个阴雨绵绵的上午，这个工业城市连雨水似乎都是黑的。我想起刚刚丹尼尔的话，赌一把，我真的输得起吗？假如这个标丢了，下一个秦皇岛的项目万一也不成功，那么我怀疑亚历山大是否还会继续供养我们。

可是，“红姐”这么疯狂地要求我们涨代理费，难道不是因为她已经知道我们中标了吗？如果在这个时候她再去破坏，恐怕已经不可能了，把我们弄死了，那么意味着她一分钱也挣不到，两败俱伤，她何必要这样呢？

这时，我的手机突然响起来，是北京办事处的小刘，她告诉我ST公司的李总的助理刚刚来电话，提醒我明天早上9点在他们那里开会，可是我到现在还没有回北京，小刘问是不是日程有了什么变化。

我的心脏几乎停止了跳动，我怎么居然把这事儿给忘了呢？合资公司的备忘录还需要最后确认，我一回来就陷入一团忙乱，把这事儿忘得一干二净。

“琳达，我马上退房，回北京，小刘现在就给我订票，你俩有什么消息发短信给我！”我匆匆对琳达说。

时间在一分钟一分钟地过去，我庆幸自己离开了酒店，如果再继续看着“红姐”和“白哥”折磨琳达和丹尼尔，我不知道自己此刻是否还会如此淡定。一直到起飞，我都没有收到任何短信，奇怪，已经是下午一点十分了，空中小姐过来提醒我关闭手机。

为什么什么消息都没有呢？

我关上手机，闭上眼睛，飞机在跑道上缓缓移动，速度越来越快。引擎发出巨大的轰鸣声，我深深吸了一口气，默默地为琳达和丹尼尔祈祷着，但愿冥冥中真的有神灵来保佑我们这个项目！

从沈阳到北京的这短短一个多小时真是度日如年，飞机降落的时候我的心已经快跳出了胸膛。走出机舱，我拿出手机，一时不敢开机，我的腿有些发软，现在一定会有结果了，下午一点开会公布中标结果，现在已经快三点了。

打开手机的时候我的手在微微发抖，一连串的短信跳了出来，其中一个就是琳达发来的，让我下飞机后给她打电话。完了，我的心一直沉下去，如果真的中了标，她怎么不在短信上说呢？

我走到机场走廊里的玻璃窗旁边，接通了琳达的手机，她似乎在一个非常吵闹的地方，听到我的声音，她立刻开心地叫起来：

“刚刚公布完结果，我们中标了！”

我反应了好一会儿，才听清楚，这个声音好像是从很远的地方传过来，我是不是在做梦呢？是不是产生了某种幻觉？琳达见我没有反应，又重复了一遍，然后告诉我她和丹尼尔正在和客户讨论合同细节。

丹尼尔抢过电话，嗓音是沙哑的：“我们赢了！您说得对，后来‘红姐’把我俩的手机都快打没电了。她越打，我们越踏实，您的直觉是对的，我们不能被人欺负！”

我的大脑又是一片空白，一时无言以对。

“现场快炸窝了，吵成一片，我和琳达已经出来了，您没看见那个场面，好几家工厂的销售代表都哭了。”丹尼尔兴奋地说个不停。

他们恐怕永远不会知道我们这家新闯入这个行业的黑马是怎么得到这个项目的，我们的功夫用在别人想不到的地方——“红姐”这个秘密武器，是永远不会现身的。

“我有一个建议，真抱歉，您在飞机上的时候，我等不及了，就先操作了一把，我觉得您不会反对！”丹尼尔虽然在道歉，但是语气却是扬扬自得。

“你说吧！”我有种隐隐的感觉，丹尼尔的锋芒开始展露。

“我建议签完合同，我们就地开个新闻发布会，这对我们下一步的市场拓展会很有帮助。我和杰西卡、琳达她们商量了，大家都有媒体的朋友，我们在当地也找到了一些媒体、硬广告，可不可以？”

丹尼尔的反应真快，而且行动神速，他有如此敏锐的商业意识，一个成功的案例胜过无数硬广告。

我还天真地以为，他会要求马上回家看他的太太和孩子。

“当然，丹尼尔，你做得很好，继续落实新闻发布会，发稿前给我发来看看，我要总部审核一下。我就不来了，我这边合资公司谈判马上开始了！”

“啊？您不来了？要不我们挪到北京开新闻发布会吧？”丹尼尔敏感地觉察到了什么。

“那怎么可以？还有这么多客户呢，要请他们参加。说实话，我害怕那种场合，你来吧，反正是代表咱们公司，谁都一样！”我安慰着他。

我推着行李慢慢走出机场，北京的天空似乎从来没有这么蓝过，就像记忆中童年那样的夏天，阳光灿烂，清风拂面。

可是为什么，我没有特别的感觉，没有特别的开心？为什么当我听到我们真的中标了，我反而会有一种莫名其妙的空虚？

难道是因为我在上午就猜到了谜底？

我想起丹尼尔描述的那个场面——现场吵成一片，好几个其他公司的小姑娘在哭。

这就是所谓的“商场的厮杀”吧！

不是你死，就是我活。

这--次是我们赢，下一次呢？

第10章

傍晚时分，大朵雪花纷纷扬扬地飘落下来，

白色的精灵，

在窗外探头探脑。

第一个发现下雪的是托尼——他，亚历山大和我正在酒店的咖啡厅准备第二天和ST公司的合资合同谈判资料。托尼是英国人，集团公司光纤项目经理，开朗，热情，一有空就埋头读一本厚厚的“中国指南”——他是第一次来中国，住在北京西郊这个中国庭院式的酒店里，一切都让他感到新奇。

我跳起来，跑到窗户旁边向外张望，天空灰蒙蒙的，下着很轻薄的雪花，落地即化。

我想起大学时代。那时，下雪是我们不言而喻的节日，整个校园银装素裹，道路两旁那些高大的梧桐树、樱花树、银杏树，本来已经在严冬里枝叶枯败，垂死挣扎，但有了白雪的点缀，看上去像某个抽象派的信手涂鸦；老图书馆外面的阳台上，很多同学会在那里打雪仗，校园里到处可以听到欢笑声，偶尔还会被漫天飞舞的银色雪团砸到。

我打开窗户，踮起脚尖，把头伸出去，大口呼吸着清凉的空气。

我突然有一种抑制不住的冲动，想把亚历山大和托尼拉到外面疯跑一圈儿再回来大笑几声，打场雪仗，疯狂一下。但是我不敢，怕被这两个不苟言笑的人当成神经病。

晚上，我回到自己的房间。

洗过澡，关上灯，窗外的雪越下越大。大概是因为年末，酒店的客人很少，四周静悄悄的。而我需要的，恰恰就是这份宁静。万籁无声，雪花轻盈得如同孩子的脚步，不知不觉，窗台上就堆起了一层厚厚的棉絮一般松软的白雪，在夜晚的灯光下闪动着晶莹的光泽，窗户上蒙上了一层透明的雾气。

整个世界似乎都在沉睡。

我缩在温暖的被子里，手里捧着一杯加了奶的红茶，慢慢地喝着。这是一个难得的、不受打扰的夜晚，我要慢慢地享受每一分钟。对于这即将过去的一年，我好像找不到任何抱怨的理由。

我有什么可抱怨的呢?

我们在东北的大跨距ADSS项目中标后，北京办事处的销售一路高歌猛进，又迅速得到了秦皇岛和浙江的两个国家重大工程合同。然后，我们势如破竹地攻下了内蒙和山东的两个大项目。我们是一个配合默契的团队，每个人都如同打了鸡血一般兴奋，越战越勇。

仅仅一年的时间，我们拿下了ADSS市场将近一半的份额。

这会儿，合资公司的谈判即将进行，一切安排妥当，亚历山大对我的工作非常满意，我的工资一年涨了两次。有生以来第一次，我不用为自己的物质生活发愁。

我在行业里有了个外号——“光缆女孩”。

这是我的标签，别人想到我，就会想到光缆——如果我把这个告诉西蒙，他会笑到抽筋，会用他那特有的英式冷幽默把我损得无地自容。

我已经很久没有读书了。上一次在总部参加谈判的时候，我在休息时读了一会儿亨利·米勒的《南回归线》，被亚历山大看到，他瞥了一眼书的封面，虽然没有评论什么，但是我注意到，他有点惊讶。如果我读的是“营销策略”之类的书，他就不会是这副表情。

亚历山大绝对不会笑话别人给我贴的标签——“光缆女孩”，在他看来，这是一种荣誉。

没有人知道我的过去，它变成一片空白。我脱胎换骨，摇身一变，成了一个“成功”的职业经理人。我那“荒唐”的过去，被埋得越深越好——我在中欧管理学院的同学辛西娅这样告诫我。

现在的这个我——衣着得体，举止文雅，冷静而理性——有时候我觉得自己像一个滑稽的，装成大人的孩子。

几天前，在北京办事处的小会议室里，亚历山大和我认真地谈了一次话。合资公司这个项目的总投资接近一亿欧元，总部这边的筹备小组有三个人，亚历山大本人、英国分公司的托尼，然后就是我。

我？我怎么会知道如何筹建一个工厂？是的，有我们自己的光纤工厂是我梦寐以求的，我以为找到了ST公司，我就万事大吉了，其他的事情亚历山大自有安排，我还是在北京办事处做我最擅长，也是最喜欢的销售就可以了。参与合资公司的建设，这可不是闹着玩儿的，这是上亿欧元的投资。总部这些年一直在海外投资新工厂，但是中国的一些特殊情况荷兰公司不太了解，总部特意从香港请了法律顾问，顾问本身的英文就很好，亚历山大要我们加入进来做什么呢？

亚历山大和我认真地谈了两个多小时，从他荷兰的家族公司的发展历史到中国市场策略和新公司的前景。我是第一次感受到他那种天生的领袖风范，他说话极富感染力，让人很快就跃跃欲试起来。

“可是，如果我参加合资工厂的筹建，北京办事处的销售工作怎么办？”我小心翼翼地征求亚历山大的意见。

“北京办事处的业务已经走上正轨了，对吗？这两个工作并不矛盾，事实证明，你的潜力很大，九个月之前，你才知道世界上有个产品叫光纤，现在你再看看你自己取得的成绩！”

亚历山大微笑着说。

“再说，ST 公司不是你发现的吗？”亚历山大提醒我。

是的，也许这就是亚历山大让我进筹备小组的原因。ST 公司是我发现的，他们高层去荷兰总部考察也是我陪着的，这个理由足够了。整个谈判异常顺利，作为翻译和桥梁，也许我起了一定的作用。我们两个公司有点像两个门当户对的情侣，彼此都清楚各自的情况。他们有中国的市场，不缺资金；我们有光纤技术，也有充足的资金。而且，ST 公司从没有怀疑过我们的光纤技术来自英国的 SGC 公司会有什么问题，师哥的那些顾虑在他们那里并不存在。作为一家从未涉足过光通信行业的公司，ST 公司的勇气是令人钦佩的，他们看到了中国通信市场巨大的潜力。

明天，ST 公司的合资合同谈判即将开始，为什么我有些莫名其妙的忐忑不安？也许是因为一切都太顺利了，ST 公司这次特意说要带我们在国内考察未来的工厂厂址，可是到现在他们也没有告诉我们这个神秘的厂址在哪里，连是不是在北京我们都搞不清。

幸好亚历山大和托尼还没有沉不住气，他们在尽可能地理解中国文化，适应中国文化，可是我身为中国人，却对这些毫无所知，我只是凭着自己的灵感去思考，可我不能把灵感作为依据来和我的老板沟通。

果然，第二天的谈判实在是一场奇特的体验。

整个过程都是一个年轻的助理在和我们谈，李总只是心不在焉地坐在那里，没完没了地打着电话。他不像在荷兰的时候那么热情洋溢了，我甚至觉得他像根本不认识我们一样，脸上没有什么表情。他打电话的本领真是一流，声音小如蚊子，确保没有人听见他的电话内容。他只是用眼睛关注整个谈判过程，不时扫一眼眼前的文件和会议室的白板，偶尔和助理低声交谈几句，目光和我们相遇时还会露出礼貌的微笑。

我偷偷看一眼亚历山大和托尼，托尼已经明显地不高兴了，ST公司的那个助理真是什么也不懂，和他谈判实在是吃力。亚历山大表面上显得很平静，但我看得出他在极力克制自己，像他这样的身份来谈判，对方却一直打电话，实在是很无礼。

我又急又气，李总是不是有什么难处？他的领导这次没有来，在荷兰的时候，亚历山大和我们的财务总监可是从头到尾陪着他们几位，这也太奇怪了！

终于熬到会议休息的时候，我在楼道里把李总叫住，我也顾不上礼貌了。

“你怎么搞的，李总？你这电话就不能放会儿？”

“别急嘛，你等下午我给你们老板看一个人，他就好了！”李总笑嘻嘻地说，然后又忙着打他的电话去了。

我只好无可奈何地回到自己的位子上。

我们午餐后回来，会议室里还是没有李总的影子，把我们几个晾在那里。我心烦意乱，瞥一眼亚历山大，他的脸上维持着一贯的镇定，看不出他在想什么。

“亚历山大，我有个问题，为什么当初您一定要我找个合资公司伙伴呢？真麻烦啊！”我终于问了一个我很久以来就想问的问题。

“这个嘛，非常简单！”托尼立刻接过来。

“到一个人生地不熟的国家，有个合资伙伴可以分担投资风险，而且可以迅速适应当地的文化，集团公司的海外投资策略一直是这样！”托尼耐心地给我解释。

“可是如果语言不通，沟通很麻烦，我说的是他们高层，没有一个人说英文，这就像你和一个你无法直接交流的人结婚了，还得天天有个翻译在旁边一直跟着，这日子过得不是很累吗！”我叹口气。

“翻译不是有你吗？”托尼笑着拍了我一下。

我没吱声，我？难道公司雇我是为了做翻译吗？我懒得和托尼解释，我心乱如麻，都怪我，事先没有和李总好好沟通一下。亚历山大千里迢迢来谈判，李总他们这样的态度不是意味着肯定没戏了吗？

亚历山大若有所思地看着我和托尼，他一直在沉默。

时间一分一秒地过去，开会时间已经过了一个多小时，李总的影子都不见，只有ST公司荷兰办事处的两个人沉默地坐在那里，会议室安静得令人尴尬。托尼沉着脸，亚历山大在聚精会神地看电脑，虽然他们没有责怪我，可我已经急得坐立不安了。

如果是我们自己人等客户，等多久都可以，可是这是一场正规的谈判，怎么李总连个招呼都不打就没影儿了呢？

我急得出了一头汗，不知过了多久，会议室的门被轻轻推开，一个身材不高的中年男人从容不迫地走进来——完全没有特点的一个人，一身灰不溜秋的打扮，戴着眼镜。但是他一进来，气氛就开始变了，李总一面忙不迭地道歉，一面把这个神秘的陌生人介绍给亚历山大和托尼。他姓颜，南京人，一直在光通信行业，而且自己的公司已经做得很大。

莫名其妙，为什么李总把这个人带来了？亚历山大并没有多问，站起来和颜先生握手。颜先生显得沉着、冷静、有条不紊，把市场和投资环境分析得头头是道，一看就是久经沙场的生意人。原来如此，ST公司希望我们到南京去建厂，这个颜先生就是ST公司推荐的未来合资公司的总经理！我松了一口气。

从颜先生出现的那一刻起，李总的魂就似乎回到了原来的轨道，重新变得有说有笑起来，谈判的进度也迅速加快了。两天后，颜先生请我们飞到南京考察开发区。

看了颜先生自己公司位于南京市中心的通讯大厦后，亚历山大和托尼已经不敢相信自己的眼睛，这个ST公司推荐的总经理实在是太理想了，实力强大，长袖善舞，而且为人非常谦和。除了不会说英语，可以说是堪称完美。怪不得李总一直有点心不在焉，真正的男主角现在才上场。合资公司一成立，李总的工作就算完成了。

亚历山大心花怒放，自从颜先生介入合资谈判后，一切都进展得非常顺利。几天后，合资合同正式签订，亚历山大为合资公司董事长，颜先生代表中方，出任合资公司总经理，双方也一致同意把厂址选在颜总推荐的那个开发区。

除了刚开始那一点点不愉快的小插曲，一切都似乎顺利得不能再顺利。

飞机终于起飞，南京在我们眼前慢慢消失成一个小小的黑点。我对这个城市没有什么太多的印象，这些天的每一分钟都像是在打仗，但是这种战役不是我喜欢的那种，我必须彬彬有礼地应付周围所有的人，谁都不能忽略。光是替这些人翻译就已经让人精疲力竭，更何况还要把两种不同文化沟通到大家可以互相理解的程度，这实在不是我喜欢做的事情。谢天谢地，目前暂时告一段落，颜总就要把合资公司的班子搭起来，我的工作只是配合托尼完成一些技术方面的工作。

事实再次证明，我是幸运的，连亚历山大都这么说。我在一个光通信会议上碰见李总，恰巧他们公司有驻阿姆斯特丹的办事处，办事处还有荷兰籍雇员，双方迅速了解了彼此的信息后几乎是一拍即合。ST公司是我接触的第一家潜在的合资伙伴，没有几个月就这么一见钟情地“闪婚”了。实在是太巧了，或者说我实在是太幸运了？

回北京的一路上，我的脑子里一直有个小小的声音：为什么颜总愿意当合资公司的总经理呢？而且他的工资也完全是象征性的。我们谁都知道他这样的大企业家根本不会在乎这点钱的，可是，为什么他要坐这个位置呢？自己的公司做得好好的，为什么出来给别人打工？

亚历山大和托尼正聊得兴致勃勃，两个人都显得开心，我只好把这些问题又吞了回去。说来说去，我也只是个刚刚进入职场的新人，亚历山大阅人无数，经验丰富，他一眼看上的人难道会有问题吗？而且，连我自己也很欣赏颜总，他为人低调，说话轻言细语，从容不迫，30多岁就把企业做得这么有声有色。

这样的人，怎么可能会有问题呢？我大概是过于敏感了。不管怎么说，我日夜盼望的光纤厂现在终于万事俱备了，我们很快就可以卖自己的光纤了！

一想到这个，我就兴奋起来。

两个月的时间飞一样地过去，这段时间托尼来去匆匆，几次独自从英国飞到南京。奇怪的是，他似乎迅速适应了这里，我什么抱怨也没有听到。合资公司事情大概是一切顺利，我的担心看来是多余了。

早春二月，北京已经下了两场小雪，雪后的空气透明而清新，我脚步轻快地走进办事处的大门，一股热气腾腾的咖啡的清香迎面扑来。小小的办事处，温暖，舒适，这是我们心灵和身体的驿站，无论我们在外面多么辛苦，只要回到这里，就会全身放松。大家平日出差，难得见面，回到这里就像回家一般亲切。我们在这里交换信息，制定策略，稍作休息，就又准备出发，去进行一轮新的拼搏。

我这次回来是见新来的集团公司的财务总监助理的，他是总部派来专门帮助北京办事处建立财务制度的。财务一向是我的弱项，如果这个助理真能把制度建立起来，倒也是件好事。

一进门，前台的小刘就一脸紧张地冲我使了个眼色，然后指了指会议室。这可是从来没有过的事，这个聪明伶俐的女孩子很少这么神经兮兮的。她告诉我，集团公司的财务总监助理早上八点多就来了，在会议室拉开阵势，上来就让小刘把办事处所有的发票摊给他看。

“发票？不过这倒也正常，他是来检查咱们工作的，你配合一下不就完了？”我有点奇怪地看了小刘一眼。

“我配合了，可是他让我坐旁边把所有的发票一字一字地翻译。这要翻译到什么时候去了呢？急死我了，我这儿还有一堆工作呢！”小刘擦了一把额角的汗珠。

“等我看看，是何方的神圣！”我笑着拍了下小刘的肩膀，她怎么吓成这样？

会议室里坐着一个年轻的外国人，我在荷兰从来没有见过他，他穿得很讲究，眉头紧皱，对着桌上的一大堆发票发愣。我走进去，和他友好地握了手，他自我介绍，叫格拉德。

格拉德的手是冰凉的，飞快地碰了一下我的手就缩了回去。他的笑容也很勉强，两道粗黑的眉目几乎密得连在了一起，看人的时候，目光里有一种明显的不信任。这种带着警惕性的目光，我从来没有在亚历山大、托尼、鲍德温那里见到过，去了荷兰几次，大家对我也是和颜悦色的，而这个人，好像一来我就可以从他身上闻到一股浓浓的火药味。

“我们今天需要把这些发票核对清楚，刚才我已经看了一些，发现了不少问题，你坐吧！”格拉德以主人般的口气说。

整个上午，我的宝贵时间就给了这个格拉德，他不但核对数字，还问来由，比如这个客户的礼物价格为什么高于另一个？为什么我们出差有时候住三星酒店，有时候是四星？员工为什么补助伙食费，荷兰总部就没有？千奇百怪的问题一个接一个，怪不得小刘被弄得满头大汗。办事处刚刚筹建，我们一直在马不停蹄地工作，总部又一直没有明确的花费规定，一切都是正在进行状态，这是众所周知的。

可是这个格拉德怎么是一副审贼的样子呢？

我有点儿不耐烦，这个人以为自己是谁？凭什么在这里指手画脚的？

“你们办事处装修得很漂亮呀，这个大厦比总部的楼还高级，怎么当初选在这里了？我看了一下租金，非常贵！”

格拉德抬起头，用怀疑的目光看着我。

“因为我认为我们公司的形象是属于这个地方的，非常简单。再说整个的费用装修公司有发票，你可以自己看，请问现在您是什么身份？我需要和你解释这些吗？”

我终于忍不住，爆发了。

“对不起，我还有无数事情要处理，我们可不是在这个昂贵的办公室来玩儿的，我们非常清楚要有效益。我想现在可以提醒你一下，我本人在办事处成立之前的三个月里，给公司创造的利润至少可以够我们现在用五年！即使那些都不算，从光缆销售开始算，我们拿到的合同，如果给我们按5%的销售费用计算，也够活一年的了。我希望这些数字对你有帮助，但是似乎没有人告诉我，你现在是我汇报的上级，这个问题最好麻烦你和亚历山大澄清一下。我现在还有事，一会儿见！”

我连珠炮一样地说完，转身走出了会议室。

我径直走回自己的办公室，把门关上。

我居然发火了！这在我的职业生涯中是第一次。我可以瞥见大家脸上的惊异，我们的会议室没有隔音，大家已经闻到了战火硝烟味。我的太阳穴突突地跳着，这个该死的格拉德，浪费了我整整三小时，就是因为几张发票。可是，他说话为什么这么硬气呢？难道是亚历山大派他来查我们的吗？

一丝阴影从我心头掠过，我们的合同多了，当然费用也会有所增加，建立财务制度是必然的。我其实一直盼着能和这个新来的财务总监助理一起按照总部的要求把办事处的财务制度建立起来，但是这个人却死死地揪住过去的一些小事情不放，好像他是专程为了找茬儿来的。

如果说世界上有一见钟情，那么他和我之间就是一见生恨。可这是为什么呢？我和他无冤无仇的。

下午，格拉德悻悻地回了酒店，没有一会儿，亚历山大的秘书打电话找我，说是亚历山大要和我讲话。

“我听说你把格拉德给轰走了？”亚历山大劈头就问，声音里有明显的怒气，这还是我认识他以来的第一次。

这个无耻的格拉德，居然恶人先告状！我怎么轰他了？真是莫名其妙！我忍住气，赶快把事情的经过解释了一下。

“这是沟通问题，每个人都有自己的脾气，你要学会和各种人打交道！”亚历山大的声音缓和了一些，但是我还是可以听出来，他好像有什么心事，毕竟我已经和他打交道这么久了。

“好的，老板，我以后会注意。但是我还是认为格拉德有点不正常，他神经有问题，为什么以前我没有见过他？他是新来的吗？”我好奇地问。

亚历山大告诉我格拉德确实是刚刚加入公司，以前在荷兰的一家精神病医院当财务总监。

我愣了一下，精神病医院？我回想了一下格拉德那张阴郁冷漠的脸，突然觉得整件事情都无比荒唐，然后我就大笑起来，笑得流出了眼泪，几乎岔了气，差点儿把电话摔到地下。过了一会儿我才忽然想起来亚历山大还没有挂电话，我吓得出了一身冷汗，赶紧又拿起电话。

也许我也快疯了，我怎么可以对着亚历山大这么肆无忌惮地大笑？

“你笑够了？”亚历山大不动声色地问。

“嗯，对不起，亚历山大。我实在觉得这个人有点奇怪……”我使劲屏住呼吸，生怕自己又笑出来。

“我要求你配合格拉德，把该做的事情做好，然后马上来汉诺威，我们在这里参加展会，我有事和你商量！”亚历山大简短地说完，然后挂了电话。

挂了电话，我发现连手心里都是汗。我已经很久没有像刚才那样大笑过了，我对格拉德一肚子的火气，变成了一个喜剧性的结尾。想起刚才和亚历山大的对话，我又偷偷笑了一会儿，长期以来，我无拘无束的天性快被这份紧张而严肃的工作淹没得无影无踪了，可是一有机会还是会露出马脚。

亚历山大的语气确实有点怪怪的。认识他这么久，这还是第一次我听出来他声音中的焦虑，他亲自给我打电话，看来不仅仅是格拉德的事情。

我的心又悬了起来。

德国汉诺威，一个宁静而优美的城市。

天空中荡漾着一种深不可测的蓝色，大朵银白色的云团缓缓浮动，汉诺威的市政厅大楼如同一座白色的古堡，湖绿色的塔顶和红色的屋顶倒影在波光粼粼的湖水中，海恩豪斯花园的草坪一望无际，绿得让人心醉神迷。

然而这一切美景我只能匆匆掠过。吃过早饭，我飞车前往每年一度的汉诺威电子通信展会。汉诺威有全世界最大的会展中心，49万平方米的展区，27个展馆，如同一个巨大的迷宫，宽敞的展厅，柔和的灯光，布置精美的展台，川流不息的人群，走进去，仿佛进入一个高科技的海洋，让人目不暇接，尤其是对我这样第一次来这里的人来说。

我是前一天晚上到达汉诺威的，这会儿整个人还有些晕眩，脚下轻飘飘的。我穿过熙熙攘攘的人流，一边东张西望地寻找我们公司的展位，一边接着无数个从国内打来的电话。坐了十几个小时的飞机，到了汉诺威又赶上了国内的早上，电话从欧洲的半夜两点就开始响，我几乎一夜未眠。全身每个骨节都在隐隐作痛，嗓子嘶哑。

但是这又算什么？我还年轻，一杯黑咖啡下去就活过来了，亚历山大一个电话把我调来，一定有什么重大任务，我一路上都在暗暗猜测。

突然，肩膀上被人轻轻拍了一下，转头一看，是托尼！

他怎么也来了？两个多月前，我们在北京机场告别后就没有再见面。这中间托尼已经去了两次南京，他打电话告诉我南京合资公司有个叫梅丽的总经理助理，英语非常好，简直就是我的翻版，得心应手，让我不必操心。

“托尼，好久没你消息了，是不是和南京的梅丽姑娘相处得太好了，把我给忘了？”我和托尼拥抱了一下，嘻嘻哈哈地和他开着玩笑。

事实上，我对这个未曾谋面的梅丽助理也有点好奇，托尼养尊处优惯了，并不是很容易相处。

托尼抓了一下头发，有点不好意思地说："你是说梅丽？她真的很棒，你俩的性格和风格简直一模一样，聪明伶俐，容易沟通，她还有很强的组织能力，没有她我真死定了，南京公司现在全靠她撑着呢！"

"靠她撑着？这么厉害？她来管理南京公司？她多大啦？"我的好奇心更强了，同时也有点诧异：颜总自己难道不管公司吗？

"20 多岁吧？你呢，亲爱的？我一直没好意思问你，中国女孩的年龄太难判断，看样子你俩都像 18 岁！"

"托尼，女士的年龄怎么可以随便问？你的英国绅士风度去哪儿了？"

我笑眯眯地应付着托尼，英国人就是这样，没用的话先说上一堆，迟迟不进入正题，不过，这样聊聊也挺好，我绷得紧紧的神经稍微放松了一些。我想起那个讨厌的格拉德，公司里的人没有一个像他那样的。在这里，我被一种像家人一般的气氛包围着，感觉舒适亲切。

托尼把我带到集团公司的展台。

我的眼前顿时一亮，我们的展台布置得大气、专业，各种电缆样品摆在干净的小玻璃柜里，配上小小的射灯，显得现代感十足，这是亚历山大一贯的风格。远远地，我看见了满面红光、心宽体胖的销售经理雷欧，他正和几个欧洲客户围着一个小桌子谈话，忙里偷闲地冲我扮了个鬼脸。感觉上，我们已经是老熟人了，我在卖光纤期间每天都要和他通电话。

我笑着冲他挥挥手，时间过得真快，快得不可思议，转眼间，一年半的时间已经过去了。

我跟着托尼走进展台后面一个小小的会议室。

亚历山大正在那里和一个老人谈话。老人一头雪白的头发，目光炯炯，浓重的眉毛微微上扬，看上去很有威严的样子。

亚历山大看见我，立刻笑着站起来，紧紧拥抱了我一下，然后在我面颊上亲了三下。我有点窘迫，这个新的见面方式是从上次南京告别时开始的。在荷兰，一般大家比较熟悉了以后就会用这种拥抱和亲吻面颊的方式打招呼，但是我还是有点不习惯，特别是旁边还有一位陌生的老人家。老人用他犀利的目光看了我一眼，然后和我礼貌地握了一下手，他的手是冷冰冰的。

“这是集团公司监理委员会董事长哈斯罗夫先生，这位年轻的女士就是我们在中国的秘密武器！”

亚历山大给我们互相介绍，还随口开了个玩笑。

我吓了一跳，这个老人的名字如雷贯耳，我在公司的年报上看过，他是前荷兰银行行长，现在是亚历山大的老板。到底发生了什么？他都亲自出动了？

董事长很快就告辞了，亚历山大送他出去，回来的时候对我说：“董事长说真不敢相信你这么年轻！”

“还年轻呢，这一年多我觉得自己都快一百岁了！”

我吐吐舌头，董事长走了，我放松了一些。

亚历山大的脸色变得严肃起来：“好了，现在进入正题，我们三个是南京项目组的成员，ST公司虽然是你发现的，但是资信是经过我们的律师严格调查过的。现在合资公司成立快三个月了，我们发现了一些相当严重的问题。托尼，你先把问题说一下！”

我的心怦怦跳了起来，南京真的出事了？离开南京的时候我有过一种隐隐的担心，一切似乎太顺利了，顺利得让人有点怀疑它是否真实。没想到，这么快问题就来了。

托尼告诉我，和英国SGC公司签订的光纤设备和技术协议早就得到了ST公司的认可，但是颜总迟迟不同意付款。厂址选定后，工程招标也是乱成一团糟，托尼根本插不上嘴，总部来的工程监理也是一筹莫展，整个项目基本处于停滞状态。

“可是托尼，你不是说上次在南京的时候和梅丽配合很默契吗？我怎么糊涂了，现在这么多问题？”我喝了一大口咖啡，头开始隐隐作痛。

“问题就在这里，你看一下，这是我们刚刚收到的梅丽的邮件！”亚历山大拿出一份打印件交给我。

我吓了一跳，这个叫梅丽的南京姑娘已经直接和亚历山大沟通了？

我匆匆看了一下邮件，邮件的署名是梅丽，说话的那种口气完全和亚历山大对等，代表颜总质问亚历山大关于SGC这家公司的背景和技术资质，认为目前应该对SGC公司进行调查，付款的事情需要延后。

我目瞪口呆。这是怎么回事？颜总公然不执行董事会的决议？

“我们上亿欧元的投资项目，现在就在一个南京姑娘手上半死不活地控制着！现在时间一天天地过去，再拖延，就会错失商机，目前我们是第一家在中国投资的光纤厂，争分夺秒还来不及呢！”

亚历山大脸色凝重地说

“似乎问题出在颜总不相信SGC的光纤技术，所以不同意现在付款！”我又看了一遍梅丽的邮件，慢慢理出了一点头绪。

“和SGC签合同是合资公司董事会的决议，根本不属于颜总的管理范围。他是总经理，只需要执行董事会的指令，也就是：给SGC公司付款和配合我们做工厂的建设！前期的技术调研工作我们已经做了快一年了，难道现在他还要从头来过吗？再说我已经和SGC公司把合同签了，现在不付款，我们就面临违约责任问题！”

托尼面孔发红，语气也变得激烈起来。

我们都沉默下来，我突然明白了为什么亚历山大要我来汉诺威了，这么复杂的情况，托尼一个外国人的确不好办，难道是让我去解决吗？我的脑子这会儿已经乱成一团糟，线索太多，短短的两个多月，竟然发生了这么多情况！

不知什么时候，我发现托尼已经悄悄出去了。

“很累，是吗？”亚历山大关切地看了我一眼。

“我最近一直在想你当初问我的一个问题：为什么我们一定要有合资公司？如果大家在沟通上现在就这么累，恐怕以后公司长期经营下去更难以想象。时间和效益是一个公司的命脉。我必须得承认，事情到了今天这一步，我自己得负主要责任，当时颜先生在南京的整个安排太让人惊讶了，他的实力强大，我们都感到很幸运：有这么一个人来做合资公司的总经理。现在看来我们对他的了解还远远不够！”

亚历山大若有所思地说。

我仔细地听着，现在看来我在从南京回北京的飞机上的担心是有点道理的。

"亚历山大，我去找托尼再了解一下情况，然后马上回国，明天就走，直接飞南京。我去看看怎么回事，随后向您汇报，也许颜总只是有些问题和托尼沟通不清楚，毕竟我是中国人，也许会方便一些！"

坐在这里什么也解决不了，还是得尽快见到ST公司的人和颜总，当然这件事只有我出马。

亚历山大脸上闪过一丝欣慰的笑容，

"我很抱歉，你的工作够重了，我本来不想让你介入这么复杂的局面，可是到了这个紧要时刻，我只好用你这个秘密武器了。本来北京办事处的工作是把前期市场做好，这样合资公司一建立就有订单，现在的这个局面我们大家都没想到。不过，你不用急着走，这次让你来也是想让你休息一下，你已经辛苦一年多了！"

我差点儿笑出声来，亚历山大倒是真会体贴下级，可是这份幽默感实在让人哭笑不得。合资公司出了这么大的事，还说让我休息？我恨不得现在就飞回国，一分钟也不想多待。

整整一天，我"享受"着亚历山大给我安排的"休息"节目，和托尼谈话，把两个多月南京发生的所有情况问清楚；接受雷欧的新产品培训；然后把整个展厅浏览一遍，了解最新的电讯信技术。到了下午，我已经是筋疲力尽。

"现在我可以回酒店了吗？明天我就回国了，我得好好睡一觉！"我终于回到公司展台后的会议室，无精打采地对亚历山大说。

"现在吗？晚上有个大party，你等一会儿，大家都去，你会喜欢的！"

亚历山大抬头冲我笑笑。真奇怪，在我看来已经大难临头了，我们的资金、项目全部困在南京动弹不得，他却依然显得很轻松。

天一黑下来，白天紧张而繁忙的汉诺威展览中心，转眼之间变成了一个火树银花不夜天的大舞台，万盏灯火点亮了巨大的花园。宴会厅里，一排排长桌上铺着白色的桌布，桌上摆着初春时节的白色风信子花和碧绿的水仙花，红色的蜡烛插在古铜色的烛台里欢快地吐着火苗，每个餐桌上都摆着几个用龙柳条编的花篮，篮子里放着令人垂涎欲滴的新鲜全麦面包，旁边的几个盘子里放着切得整整齐齐的大块黄油和德国猪肝酱。

这个宴会厅真是大得惊人，足足可以坐上万人，来这里的都是白天参展的世界各地的商人，每个公司都有自己的桌位，穿着蓝白相间德国民间服装的德国女服务生为我们源源不断地送上大杯的德国扎啤。我坐在那里，左顾右盼，看得眼花缭乱。光是整个餐厅的物流就令人佩服得五体投地，同时给一万人上餐，而且要做到准确无误，毕竟每个人点的餐和啤酒都不一样，这是怎么做到的呢？实在是不可思议。还有这些德国姑娘的体格也真是惊人，每个人都轻松地一手举着四个大扎啤杯穿过长长的过道，穿过拥挤的人流，然后笑眯眯地把啤酒放在客人眼前。一切都是有条不紊地进行着。

舞台上，一个庞大的乐队正在演奏欢快的波尔卡舞曲，台下大家的笑声不断。乐队的指挥似乎兴致格外好，每一首曲子都让人想随着音乐翩翩起舞。服务生给我们每个人端上了大盘的德国著名的土豆薄饼和烤得香喷喷的猪手和肉肠。这是一种巴伐利亚的传统香肠，据雷欧说是用剁碎的小牛肉和腌猪肉做的，还放了香芹、柠檬和洋葱，怪不得味道那么诱人！

我已经喝了很多啤酒，这一辈子的啤酒似乎都在今天喝了，有白啤、黑啤、慕尼黑原味啤酒。德国的啤酒是如此的冰凉可口，我喝了一杯又一杯，吓得雷欧和托尼目瞪口呆。光是看着眼前的这一切，我所有的疲倦就一扫而光！音乐美妙动人，肉肠入口即化，猪手香脆美味，我已经不知有多久没有享受过这样的夜晚了。

而明天又是另外的一天，南京那里不知道还有多少难题在等着我。可是，管它呢，趁着有酒有肉，今天先开心一晚上！

“怎么样？我说让你休息一天，这会儿你相信了吧？”亚历山大在我耳边大声问。

“这下我相信了，真是太刺激、太过瘾了！奇怪呀，我现在怎么一点儿都不累了？”我兴高采烈地回答着亚历山大。

整个晚上，亚历山大似乎像变了一个人，滔滔不绝，妙语横生，和每个人开着玩笑，不断地给大家劝酒，又大声地给乐队喝彩。我是第一次看见他的性格中有如此活泼的一面，大家开怀大笑，每个人都喝得晕晕乎乎的。

“这就对了，这才是刚刚开始呢，一会儿你得上桌子上给我们跳舞！”

亚历山大笑着喊道。

“什么？”我几乎不敢相信这是亚历山大说的。他没有一点醉意，兴致勃勃，根本看不出白天他还是那么焦急万分。

他的自我控制力实在令人钦佩。

果然，我们吃完饭，服务生把餐盘和桌布都撤了下去，这时欢快的舞曲已经是震耳欲聋。这些德国民间音乐显然是脍炙人口，大家都随着音乐放声唱起来。然后，旁边的公司有人爬上了桌子，手舞足蹈起来。

我看见亚历山大偷偷给雷欧使了个眼色，我还没有回过神，就已经身不由己地被几个小伙子架到了桌上，我拼命地挣扎着，但是大家拦着不让我下来。这会儿，雷欧和托尼也笨手笨脚地爬了上来，托尼拉着我的手在桌上左右移动着跳起了德国民间舞。

大家拍着手笑成了一片，整个宴会厅变成了一个欢乐的海洋。音乐、舞蹈、啤酒，我笑得眼泪都流出来了，好像一辈子都没有这样放松过。我们最后把亚历山大也拉了上了长桌，大家拉着手，这里没有老板，没有平时一本正经的上下级关系，每个人都在尽情地狂欢，享受着汉诺威的这个奇妙的夜晚。

回到酒店，已经是凌晨三点，奇怪的是我竟然睡意全无，浑身上下都感到无比轻松。不知有多久没有像这样疯狂地过上一个晚上了。洗完澡，我穿着舒适的白色浴袍，坐在房间的窗前俯瞰整个灯火通明的汉诺威，这真是一个美丽而温柔的夜晚，汉诺威之行虽然短暂，却给我留下难忘的印象。

第11章

上海，6月的初夏时分，中欧国际工商学院。

中国水墨画一般韵味的长廊外面，是一片清幽幽的绿茵，阳光洒在校园里巨大的水池上，水面泛起淡金色的浅浅波纹，水面上倒映出一棵姿态优美的柳树的倩影，如同一个垂着长发的妙龄少女；校园里的教学楼用的是灰白色的幕墙，配着简洁的黑色条纹，走廊里也是大面积的白色，隐隐约约有淡淡的米黄色的痕迹，大约建筑师自己也觉得这个风格过于理性和单调，特意加进去了这一抹柔和的色彩。

若有若无的音乐在空气中回荡，长桌上工工整整地铺着熨烫平整的白桌布，NESPRESSO的咖啡机里磨出一杯杯香甜诱人的咖啡。这里有最正宗的英式下午茶，秀气玲珑的“三层架”底层放着小小的青瓜三文鱼三明治、奶酪三明治，第二层是甜得发腻的英国传统点心司康饼，最上层是各种小蛋糕和水果塔。

似乎这种烦琐的仪式让人瞬间变得矜持起来。这个学校是中国政府和欧盟共同创办的世界顶级商学院，全球排名第17位，中国排名第一位，它的EMBA课程是最有名的。我的同学们大都是来自各大企业的精英，有自主创业的老板，也有野心勃勃的职业经理人。每个人都在利用每天这两次茶歇的时间，迅速建立自己的人脉，探讨着各种“合作”的可能性。衣香鬓影之间，你在观察别人，也有人在悄悄注意着你的一举一动。

我是怎么混到这里来的？这是一群理智、清醒、自我感觉良好的成功人士，从每个人的表情中就可以看得出来。我从来没有想过自己有一天也会置身其中。从我进入公司以来，我就像是一个从来没有演过戏的人被莫名其妙地推上了灯光闪亮的舞台，硬着头皮演了下去，结果不但没被观众轰下台，反而得到了不曾期盼的掌声。

但是这个角色现在越来越重了，观众的要求越来越高，我到底还能不能胜任呢？

我独自站在窗前的一角，这些天来我只和我的同桌说过话。她叫辛西娅，是一家知名国际货运公司的副总经理，她个子不高，身材纤细，动作麻利，思维敏捷。我俩一见如故，大家都不是目的性很强的那种人，又喜欢探讨技术，自然而然说到了一起。

我手里拿着两份梅丽发来的南京公司新的组织机构图草案，如果不仔细看，两份图几乎一模一样。实线，虚线，箭头，方框，一眼看去没有什么区别。

但是辛西娅告诉我，这里的学问大了，她只瞟了一眼就说：“里面有阴谋！”

我不敢告诉她：我根本没有看懂。当然，我们EMBA的课程里，组织机构是很重要的一节，可是我上那节课严重走神，没有什么兴趣。为什么搞得这么复杂？直线组织结构，事业部组织结构，模拟分散化组织结构，矩阵式组织结构。我光听这些名词头就大了！

“你自己好好看看这个图，这条线，你是总经理，可是所有部门经理汇报都必须先通过你的助理，不能直接汇报。这简直是开玩笑呢！亲爱的，你要是这样就被架空了！”

辛西娅指着其中的一张图。

“那另一张图呢？”我问。

“那一张，总经理办公室成了一个独立的部门，和其他部门平行，稍微好一点，可是也不正常。嘿，你这个助理是个什么人啊？野心不小嘛！”辛西娅好奇地问。

“更让我好奇的是：你怎么成了总经理的呢？你连组织机构图都看不懂？”

辛西娅老实不客气地说。

总经理？一夜之间，我的身份变成了南京公司的总经理，但是我的下意识还没有反应过来，连我自己都不敢相信这是真的。

三个月前，南京公司正式独资，颜总当即辞职，公司的几十名员工一下子变得群龙无首。一切都发生得太快了，弄得我们措手不及，而找到一个合格的总经理出乎意料的困难。鲍德温和我，动用了两个北京最大的国际猎头公司，开始了漫长的寻找和面试过程。

按照亚历山大的要求，这个总经理首先要精通英语，要有在光通信行业里担任过总经理的工作经验，要有良好的业绩。可是我们密集轰炸似的找了将近半个月，只有一个姓顾的先生勉强合乎要求，他的英语还是不够流利，性格也有点“温吞水”，可是南京那边不能再等下去了，亚历山大和鲍德温只好决定暂时试一试这个顾先生。

没有多久，顾总引咎辞职，原因是：他实在不能适应我们公司的节奏。

顾总是个温文尔雅的儒商，可是我们这个公司却需要拳打脚踢、八面玲珑的“狼性”带头人。两个月还没到，顾总的高血压病严重发作，眼睛红得如同小兔子，似乎是毛细血管破裂，吓得他夫人急急忙忙替他写了辞职信，然后把他“押”回了家。

“梅丽让我跟您说，她可以做临时总经理，直到咱们找到真正的总经理为止！”

我在电话里告诉亚历山大。

“你开什么玩笑？她？什么经验都没有，来公司前是中学英文老师，你以为我们是家什么公司？”

亚历山大那么冷静的一个人却在电话里冲我发火了。

我吓得赶快住了嘴，我和鲍德温找总经理已经找到香港去了，可是还是没有找到一个真正满足公司需要的人。

“一个个都像是小山羊，腼腆胆小，没有一点儿狼性！”

在面试了几个总经理候选人之后，鲍德温失望地对我说。

我甚至找到了师哥，希望他能“出山”，也被他一口回绝了。师哥和颜总一样，不看好SGC的光纤技术，一口咬定我们的投资会失败。

“要不然，你来试试怎么样？”亚历山大冷不防说了一句。

我吓了一跳，亚历山大一定是在开玩笑。

“我？我怎么能当总经理？我真的没有这个资本，而且我也不想去南京，我想老老实实在北京做销售，我也就这点本事！”

“至少你还诚实，还有自知之明，连梅丽都觉得自己有资格自告奋勇，你还怕什么呢？就这样吧，你先顶上去，直到我们找到总经理为止，北京办事处的工作你还得兼着！”

亚历山大斩钉截铁地说。

“可是我根本不比梅丽好到哪里去，来公司前也就当过翻译，也就是比她多一些市场经验而已！”

我急急忙忙地争辩着，脑袋嗡嗡作响：总经理？这可不是闹着玩儿的，前面的两个总经理，颜总和顾总，都是久经沙场的企业家，无论如何，这个位置也轮不到我。

“可是你已经在学了一年的MBA了，你以为我们在你身上花这么大代价是做什么？一个总经理应该懂得的理论知识你已经学过了。再说，这是一个临时的位置，鲍德温也会在前期和你配合！”

亚历山大已经有点儿不耐烦，也难怪，南京公司现在是个烫手的山芋，他兼任董事长，现在的这种状况让他每天心急如焚。

我只好识相地闭上嘴。

鲍德温的电话随后就到：“谢天谢地，有你在那里顶着，我也不用那么急了！”

“为什么是我？不是说要找个有‘狼性’的总经理吗？难道我身上有‘狼性’吗？”我对鲍德温哀号道。事已至此，看来我不得不硬着头皮上任了。“狼性”这个词被亚历山大用到我身上，真让我大惑不解。

“不幸的是，你有，但是，不要担心，你是一只美丽的狼！”

鲍德温笑嘻嘻地说，他的声音听上去如同卸下千斤重担。

我哭笑不得。我们都心知肚明，此刻的南京公司是一个地地道道的烂摊子，连续走了两任总经理，我在这个时候被匆忙推上阵，不做也得做。好在是临时的，但愿鲍德温早点找到新的总经理，也许也就一两个月的时间，我安慰自己。

集团公司宣布对我的任命的时候，我正在中欧管理学院上课。“非财务人员的财务课程”，这是我的弱项，但是我们有一个优秀的教授。这门课上起来还是很有意思，只是课程特别紧张，从早到晚，根本没有时间去南京公司看一看。

就这样，我用遥控的方式接管了南京公司。

“遥控”对我来说并不新鲜，我出差的时候，北京办事处就是遥控管理，大家都很习惯，平时我们用电话和邮件沟通。但是，这个方法在南京公司立刻遇到了阻力，部门经理没有一个人给我写工作汇报，而我还和大家不熟，只是想了解一下情况。

在我的再三追问下，梅丽终于承认：作为两任总经理助理，她以前都是和下面的人沟通后再向总经理汇报，我要的这些工作汇报其实全在她手里，她要先审核。

“什么？这个梅丽真是胆大包天！我说，你赶紧地，马上开掉她，一分钟都别等！”辛西娅听了我的故事，当场下了结论。

“那怎么行？人家也算是公司的元老了，我俩以前配合得不错，我怎么可以无缘无故把她开掉？”我困惑地说。

“以前是以前，现在是现在！以前你对她没有威胁，我说你别天真了，她的野心，我隔着这么老远，光听你讲就闻见了，你用这个人绝对后患无穷。不信，你就等着瞧！每个公司都至少有这么一位‘心机婊’，可是你的这个助理不是一般的‘心机婊’，她是超级的！”

辛西娅眉头紧皱，几天相处下来，她对我的事情比我还急。

“像你这样优柔寡断，连个小丫头都对付不了，您还当总经理？你们公司缺人都缺到这份儿上了？你说你，连个组织结构图都看不懂，你们老板怎么看中你了呢？你们老板也有问题，这么大的投资都投了，连个总经理都找不到，真是不可思议！”辛西娅无限感慨地摇摇头。

辛西娅真是心直口快，我听得哈哈大笑起来。

能有人骂也是幸运的。

我马上一个人要孤身前往南京，在那里，我不会有机会再碰见辛西娅这样的人了，就是碰见了，我也不能这么信口开河。

晚上我独自在酒店里辗转反侧，整夜不断地被噩梦惊醒，以后我的日子该怎么过呢？我马上要接管一家投资上亿欧元的生产企业，我全部的知识都是来自这个学校半年不到的断断续续的课程，可是没有人保证从这里出去你就可以管理一个企业，像这样现学现用的恐怕只有我一个。

我人在教室，心却已经飞到了南京，不时看一眼手机。台上的老师讲得头头是道，可是我却心急如焚。谁也救不了我，无论教我们的是多么著名的教授，最终我还得独自面对我的问题，先不说别的，单是这个梅丽就不简单，这意味着我在南京没有任何人可以信任。

果然，梅丽的短信说到就到，让我立刻给她回电话。

“出事了，咱们工地上有个工人刚刚从脚手架上掉下来了，现在正在送往医院！”梅丽的声音很镇定。

我的心一下子提到嗓子眼：“有生命安全吗？伤势很严重吗？”

“不好说，现在听说人昏迷不醒。我刚才打电话给咱们项目建筑公司，他们说不能承担医药费，因为这个人是临时工，所以没有上保险！”梅丽说。

“梅丽，请你现在就通知财务，马上给医院开张支票押着，让他们立即抢救病人！”我不假思索地说。

“这个，我也考虑过，可是费用会很大，如果他一直昏迷不醒，怎么办？”梅丽不紧不慢地问。

在这样的生死关头，她想的是以后长期的费用问题，如此冷静，如此清醒！怪不得辛西娅对她的印象会是那样。

“梅丽，请你马上按我说的办，立刻执行！如果最后总部不同意出这个钱，那么我会通知财务从我工资里扣！至于建筑公司那里，我回来再去找他们，以后不容许发生类似不给工人上保险的事情！还有，现在马上派车来上海接我，我直接去那家医院！”

我的声音听上去还是有点恶狠狠的，我从来没有用这样的口气和北京办事处的人说过话。

“好的，我马上去办！”梅丽简短地说。她的声音里有隐隐的失望，还有一丝淡漠。

挂了电话，我匆匆跑回教室，急急收拾了一下书本，然后嘱咐辛西娅代我向老师道歉，我得马上回酒店收拾行李，等司机来接我。我隐隐觉得，南京公司已经处在水深火热之中。

看了梅丽转来的工作汇报，我本来就已经如坐针毡，现在又出了这样的事情，我在中欧的课看来也得暂停。

晚上九点多钟，我的车终于从上海开到了南京那家医院门口。我打开车门，一股湿热的气息迎面扑来，空气里还有一股消毒水的味道。我一眼看见梅丽，她立刻迎着我走了过来，后面跟着十几个人。

“怎么样？人醒了吗？”我们匆匆走进医院的长廊，奇怪的是那十几个人紧紧跟在我们后面。

“还没有醒，医生说不排除病人有成为植物人的可能，但是他们会尽力抢救！”梅丽的脸色有些苍白。

我的心一直沉下去，不由自主地停下脚步，呆呆地看着梅丽：植物人？这个词我听说过无数次，但是我不敢相信这样的事情会发生在我眼前。

梅丽轻轻拉了一下我的手。

就这一个小小的动作，我对她所有的怀疑、猜测，顷刻间通通烟消云散。这么晚她还在医院等我，已经让我很感动了。也许我们只是性格的不同才会在一开始让我感觉她是个冷血动物。

我们停下来的时候，后面的那些人也停下了脚步。

真奇怪！“他们是什么人？为什么一直跟着咱们？”我低声问梅丽。

“他们是建筑公司和一些分包商，一直想见见您，他们不知怎么知道咱们今天会来医院，已经守了半天了。我本来说请他们明天来公司谈，可是没想到他们在这儿堵着咱们了！”梅丽无可奈何地

看了后面的人一眼

“是谈医疗费的问题吗？没有问题，请他们等等，我们看完病人就谈！”说着，我回过头，和跟着我们的那些人打了个招呼。

梅丽摇摇头：“他们才不关心这些呢，是工程上的事情，我本来想明早和您汇报整个情况，可是这些人真是！”

我们推开了病房的门。一股污浊的味道扑面而来，房间里似乎住了十几个人，有的在打吊针，有的在痛苦地呻吟，还有的在众目睽睽之下小便。病房里的窗户关得严严实实，那股恶臭让我几乎吐了出来。

一个头上扎着绷带、眼睛紧闭、身体里插着无数根管子的男孩子出现在我的眼前，他看上去连20岁都不到，面孔显得年轻而稚嫩。他似乎进入了深深的梦乡，完全不理会周围发生了什么。

这时，我的眼前突然出现了另外一幅画面：中欧国际工商学院的那个精致无比的下午茶，洁白的餐桌布，蓝灰色的地毯，温柔的音乐，精致的小点心，啜饮着咖啡和伯爵红茶的精英们正沐浴着洒进窗户的阳光，侃侃而谈……

几小时之前，我就是那个画面里的其中一员。

而眼前这个男孩子，他和我熟悉的那个世界相隔如此遥远，我试着轻轻握了一下他没有插管子的左手，什么反应也没有。

坐在他身边的一个约摸16岁的女孩子正在默默流泪，梅丽轻声告诉我：这是病人的妹妹，刚刚从乡下赶过来。

“我已经给医生交代了，让他们用最好的药，不要省，一切都是按您的要求做的！”梅丽又说。

我感激地看了她一眼，点了点头。我能做什么呢？我想了想，把钱包拿出来，里面还有几千元现金，我把钱交给那个正在流泪的小女孩。我不知道应该说什么，在这个地方，这个时刻，所有的语言都显得苍白而虚伪。

那十几个建筑公司的人黑压压地在旁边站了一地，默默地看着我们。这些人真是莫名其妙，为什么他们寸步不离地跟着我们？我感到一阵呼吸困难，仿佛被人绑架了一般。

从病房里出来，已是午夜时分，医院门口已经冷冷清清。梅丽终于忍不住了："大家看见了，我们老板大老远从上海赶过来的，现在得回酒店休息，明天来公司谈不行吗？"

人群中，我注意到了一个中年女士，这么多人里只有她穿得比较得体，身体稍微有一点发福，但是眉清目秀，一直沉默不语地跟在最后面。

我们走出医院的大门，我让梅丽为我一一做了介绍。这些人原来全是给我们项目做工程的分包商，那个端庄的中年女士，是我们总包商的代表王总，奇怪的是分包商和总包商共同来找我们。

"你们的总经理四个月换了三个人，我们的问题到底什么时候解决？"其中一个分包商说。

这时，王总终于开了口，她对那些人说："大家今天就算了，人家新的总经理刚刚上任，情况还不了解，我们等一天有什么不可以的？大家先回去吧！"

她的声音不高，带着浓重的南方口音，但是可以看出来她在这些人里是有威信的。

王总说完，一边迅速把我和梅丽推上了等着的车上，一边对我说："你们赶快走吧，我来应付他们。明天我让他们下午来，我会早一点儿过来公司跟您汇报一下以前的工作！"

说罢，她关上车门，对我们挥了挥手。

我还没有反应过来，我们的车已经风驰电掣般地开了出去。

从我下车到现在，眼前所发生的一切都如同一场噩梦，比我想象的还要可怕！被摔成植物人的民工；坐在他身边流泪的小姑娘；一大群莫名其妙的人紧随我身后：那些怨恨的眼神让我不寒而栗，他们到底要干什么？还有，王总到底是谁？她的身份很奇怪，似乎对这些分包商有控制力，但是又似乎有许多无奈。

真复杂啊！我的头隐隐作痛，我怎么会接了这么一个倒霉的角色呢？我暗暗叫苦，最恐怖的是我没有人可以商量，我只有我自己，每当生活逼近悬崖，我发现自己总是孤零零的一个人。

再次走进颜总的通讯大厦，我有一种恍如隔世的感觉。

仅仅半年之前，我们一行人浩浩荡荡地坐着颜总安排的奔驰车从这里呼啸而过，那时我还只是隔窗看了一眼这座大厦。它坐落在南京最繁华的地段，气派，庄严，引人注目，可是它和我并没有什么太多关系，我当时只是暗自庆幸 ST 公司的李总给我找了一个实力超强的总经理。第二次走进它，是和颜总那场短暂的谈判，然后就是合资公司的解散。眼前的一切，物是人非，变化之快，真是令人恍如隔世。

今天，颜总已经不再是合资公司的总经理，他成了我们的房东。我们在搬入开发区的新工厂之前，还是要在这里的三层楼办公，我还会与他不期而遇，但是我们只是这栋楼的租户之一，我们所能谈的内容将会非常有限，刚刚来到南京时那种前呼后拥的风光已经消失得无影无踪了。

此刻，我是完完全全地孤身奋战了。

我深深地吸了一口气，南方的夏天那股特有的潮湿味道进入我的鼻孔。在这一刹那，我怀念北京办事处的同事，每天早上走进办公室，总是可以闻到扑面而来的咖啡的香气，前台的小刘冲我绽开一个大大的笑容，那样的日子，在南京看来是不用指望了。

我已经习惯了荷兰总部的环境，简单、朴素、优雅。我们在北京的汉威大厦，现代、时尚、尊贵，我第一次走进去的时候就觉得通体舒畅。而此刻，走进我们在颜总这里租的三层楼，我马上就感到一种压抑的气氛，有一股下水道的臭味。我的办公室和员工的一样，墙上光秃秃的，地毯也显得很陈旧，上面的颜色斑斑驳驳……

梅丽在电梯口等我。

她今天似乎是特意打扮了一下，穿了一身淡紫色的套裙，黑色中跟鞋，脖子上少了许多零零碎碎的配饰，整个人显得精神了许多。她静静地坐在我面前，手里拿着一个黑色的笔记本，我知道，她是要汇报工作了。这是一个极为敏感的时刻，我看出她脸上有一丝不安和警惕，尽管她用笑容掩饰得非常好。

可是一夜之间，这些人都成了我的部下，包括梅丽本人。而在我之前，她是一人之下，万人之上。我是她经历的第三任总经理，无论是对颜总还是顾总，她都应对自如，他们比她年长很多，经验丰富，又是男性，可是我俩的年龄差不多。尽管梅丽的英语丝毫不比我逊色，但她的这个优势在我这里毫无用处。我俩实在是一对奇怪的组合，我莫名其妙地继承了这么一位“助理”。

“汇报工作”，已经清楚地划分了我和她之间此时的关系——领导与被领导。她对南京公司情况比我熟得太多，一不留神就会被她难住，昨天晚上在医院遭到的那个下马威，我已经隐约感到了等待我的局面恐怕比预料的还要坏。

果然，梅丽的问题一个又一个地抛出来，没有一个是好对付的。

光纤和光缆工厂的土建工程完全没有时间表，我们公司的项目组与英国 SGC 的项目组天天在冷战，总公司派来的外方项目总监艾瑞克表面上大权在握，实际被一个姓陈的翻译完完全全地控制了，不管什么事情，只要这个陈翻译不同意，什么也别想做。颜总辞职后，艾瑞克和陈翻译把王总的建筑公司总包工程单方解除合同，然后分包给二十多家小公司，每家公司都直接对艾瑞克和陈翻译。无形之中，我们公司自己成了总包，每天的项目协调会上，二十几家公司嘘声不断，吵吵嚷嚷，什么问题也解决不了；每家分包商都在找我们要钱，整个项目的追加投资越来越高。

没有人知道到底这个无底洞会有多深，也没有人知道什么时候项目才建完。就像亚历山大告诉我的，整个项目完全处于停滞状态。

梅丽还没有说完，我全身的血液似乎已经停止流动。这么多千头万绪、乱七八糟的问题，就像是劈头盖脸地扔给我一张打着无数死结的网，非要让我在短短的时间内理清楚，而且这个网还得马上用！

我竭力控制着自己的情绪，无论如何，我不能在梅丽面前流露出我的恐惧心理。

亚历山大，还有鲍德温，他们难道疯了？怎么可以把我一个人扔在这么一个危机四伏、不可救药的地方？而且要求整个土建工程必须在三个月内达到设备进场的程度，然后再用六周的时间完成设备安装和调试！这不是做梦吗？怎么可能呢？到现在整个项目根本连八字都没有一撇！

我的太阳穴突突地跳起来，我还没来得及去工地看一眼，就被这些现实问题淹没了，工地上不知还有多少问题在等着，最可怕的是我根本不知道从哪里下手！

我看了一下手表，现在是荷兰时间凌晨两点半。我突然有一种不可抑制的冲动，想冲出去给亚历山大打个电话，告诉他另请高明，这个工作我干不了，他如果不同意，大不了我辞职走人。这样的一个烂摊子，全部甩给我一个毫无经验的人，总部甚至没有人来督察一下，这也太过分了！我心乱如麻，怒火中烧。

“这里有一份合同等着您签字，艾瑞克催得很急，这个新办公楼的装修项目！”

梅丽说着，递给我一份资料，我快速地扫了一眼，合同的乙方是一个香港的装修公司，850万人民币！一个普通的三层办公楼，还不包括空调和任何家具。我就是白痴，也知道这个数字含了多少水分。而且，为什么装修要用香港公司？国内有实力的装修公司太多了，为什么不用？这里面似乎有鬼。

又是艾瑞克，他到底是何方神圣？这个总部派来的工程总监艾瑞克似乎是个人人都怕的天神。他只是个工程项目经理，怎么可以命令总经理签字？

我把合同还给梅丽，冷冷地说：“告诉艾瑞克，我拒绝签字，现在最着急的是工厂的土建，办公楼装修项目重新招标，具体时间我们再商量！”

梅丽愣了一下，然后迟疑地说：“这样做恐怕不好吧？以前顾总从来都不会驳回艾瑞克的要求的！”

“为什么？”我好奇地问，我不敢相信自己的耳朵，这样打劫一般的无理要求，为什么如果是顾总就不会拒绝？我可以想象，已经有多少冤枉钱就这样白白地花出去了！

梅丽咬了一下嘴唇：“因为艾瑞克是总部派来的，顾总说我们必须按照总部的意思办事！”

"梅丽，我可以告诉你，就算是亚历山大本人给我这个合同我也不会签字。不管是谁，首先要诚实做事，这个报价里面有什么名堂，恐怕就不用我说了吧？"我眼睛一眨不眨地看着梅丽。

梅丽正要开口，她的手机突然响了起来，她低头看了一眼，马上紧张起来："是艾瑞克，他一定是来问那个装修合同您是否签字了，怎么办？"

我示意她接电话："照我刚才说的告诉他！"

梅丽犹豫了一下，接通了电话，与此同时，她的面部表情突然变得甜蜜、温柔，声音也是毕恭毕敬的。

"嗨，艾瑞克！嗯，是的，我正好现在新的总经理办公室，我们正在谈这个合同的问题！"

我目瞪口呆地看着这一幕，我刚才的表述清楚、直白，可是梅丽似乎根本没有听懂，按照她的口气，似乎这个问题还是有商量的。

一股怒气涌了上来，我伸出手，示意梅丽把电话给我。

"艾瑞克吗？对，我就是新的总经理，我想还是亲自和你把问题说清楚，这个装修合同我是不会签的，而且，我还有问题要问你，这个合同的价格有点太离谱了，难道他们是用金子给我们装修吗？"

在这一刻，我完全忘了亚历山大对我的教诲，冷静，理智，克制，通通被我忘到一边去了。

梅丽的脸色由红转白，像看一个怪物似的看着我，紧紧咬住嘴唇，似乎在极力克制着自己。奇怪，似乎在她看来，有问题的是我，而不是这个叫艾瑞克的荷兰人。

电话里的艾瑞克也被我说得一头雾水，我说完了很久，他才慢吞吞地说："我想和你当面谈一谈！"

"非常好，看来咱们俩想一起去了，我现在就来工地，你和你的翻译等着我！"我痛痛快快地回答了他，然后把电话还给梅丽。

"梅丽，请你现在通知王总，就是昨天那位女士，让她直接在工地等我。我马上就下楼，咱们俩一起去！"

我看了她一眼，梅丽的脸上此刻连一个勉强的笑容都装不出来，她明显地不高兴了，默默地冲我点点头，然后站起来走出办公室。

梅丽是明显地不高兴了，因为我没有按照她的思路，或者说是前任总经理的路数回避矛盾，迂回而行，无条件地迁就老外，或者用拖延的办法让老外知难而退。这不是我的风格，我喜欢开诚布公，干脆利落，大家都是一个公司的同事，没有必要吞吞吐吐。

要做的事情太多了！我得找个机会和颜总谈谈，我本来准备今天和员工见面的会也只能拖到明天。我忘了自己的种种不满，忘了给亚历山大打电话发牢骚，我此刻最大的困惑是这个胆大包天、神秘莫测的艾瑞克，难道因为他是总部派来的，就可以胡作非为？也许，这就是颜总、顾总离开我们的真正原因？他们不敢拿这个艾瑞克怎么样，在没有证据的情况下无法和荷兰总部沟通，只好这样一天天地拖下去。

艾瑞克傲慢的态度一下激怒了我，我倒要领教一下这个人人害怕的工程总监是个什么人物！

我的脑子突然清醒了，对，就从这儿下手！刚才梅丽说了那么多问题，但是有两个人是和所有的事情都有关的——那就是艾瑞克和那个姓陈的翻译。

其他的，还有待我来发现。

我们的车风驰电掣般地往开发区的方向开，梅丽坐在司机旁边，一路假寐。我也闭上了眼睛，想着马上要见到的人，王总，艾瑞克，翻译，还有英国 SGC 公司的一个叫麦克的外方监理，他在做设备安装前的准备工作。

我有点紧张，大家很快就会发现我其实什么也不懂，我不会看工程图，不懂光纤制造技术，也从来没有管理过企业。而且我对自己的年龄无比恐惧，如果我年纪再大一些就好了，这样至少会显得有威严一些。

这些黑幕，大家很快就会发现。

我唯一的优点就是逻辑思维比较好，我会比较快地从一团乱麻中找出线索，最后杀出一条血路。也许，这就是鲍德温说的我的“狼性”？

我有一个已知数，那就是工期，这是死的，一切都要服从这个目标，还有就是预算，我们的工程预算我得去找来看一看。另外，我有一个已经达到六十多人的团队，虽然我还谁也不认识，但是总不会没有一个内行。这是前两任总经理留给我的“财富”，我得好好挑挑，看看是不是有金子埋在里面。

“对了，梅丽，我有个问题一直想问你呢！”

我的思绪理出了一点眉目，心情也轻松愉快了一些，拍拍前面梅丽的肩膀。

梅丽似乎吓了一跳，连忙回过头：“您请说，什么问题？”

“你不是一直觉得你可以当临时总经理吗？如果你是我，你现在会做些什么？"

我直起身，专心致志地看着她。

梅丽的脸上一红，有点儿尴尬地笑了笑："那个是我随便说说的，我哪有您的水平！"

"行了吧，我也是临时干干，早完工早走人，在我这里你不用有什么顾忌。不过，我可记得你当时跟我说的时候是认真的，那就算我现在问你好了！"我笑着说。

梅丽想了想，然后流利地说："我想我会先开始整风，现在的这个团队太乱，有些人得整一整！"

我吓了一跳，什么叫"整风"？

"还有呢？"我装作若无其事地问。

"还有，我会耐心地和外方沟通，尽量说服他们，如果我们的意见不一致！"梅丽说完，脸又红了一下。

"我是比较缺少耐心的那种人，当然，也要看这个人值不值得我用我的耐心！"我对她笑一笑。

真有意思，对荷兰人要耐心，对自己的同胞则要"整风"。

这个和我几乎同龄的女孩子的想法让我无法理解。

第12章

车窗外是望不到头的空旷的荒野。

离工厂越近，我的心情就越紧张，我摇下车窗，四下张望。怎么搞的？这么冷冷清清的？这完全不是我想象中的那种热火朝天的景象，这里显得死气沉沉，毫无生气。我好不容易才看见我们孤零零的办公楼，外装修还没有开始，光秃秃的。办公楼的左面就是光缆车间，地上乱七八糟地堆着砖头和水泥袋，厂房依然没有封顶；后面的光纤车间也是空无一人，在正午刺眼的阳光下，整个工地俨然一个正在沉睡的庞然大物。

这和我记忆中的工地是如此不同：几个月前，我像看热闹一样地在这里参加那个所谓的“奠基仪式”（实际上颜总当时已经开始了土建工程）。记得那一天，梅丽风风光光地主持着一切。彩旗飘飘，大喇叭里放着雄壮的音乐，她一身鲜红色的套装，拿着一个夸张的对讲机。

当时我还在心里暗自好笑，南京离北京只有几千公里，为什么这里的一切却像是另一个年代？真俗啊！那时我带着一种挑剔的、局外人的眼光看着这里的一切，我庆幸自己不用深陷其中。工厂、车间、生产、管理、应酬，这些和我有什么关系？可是生活偏偏就是这样捉弄人，此刻我莫名其妙地继承了这一切！我的眼前阵阵发黑，这一片废墟一般的工地，什么时候才能变为图纸上那个气势磅礴的现代化工厂？我想象不出来，前两任总经理都放弃了，亚历山大凭什么认为我就可以创造奇迹呢？对于这个工厂，他付出了那么多的心血，谁能想到最大的问题居然是没有一个合适的总经理！

远远地，我看见王总正站在工地外墙的路边等我们。她顶着烈日，手里拿着两个安全帽，手搭凉棚，不断地向我们来的方向张望着。昨天晚上短短的一次见面，我就对她有了一个非常好的印象，现在看见她，就像在沙漠里突然发现了一个清水荡漾的绿洲。

人与人之间的化学反应就是这么的奇妙！我有一种本能的感觉，这个王总是一个可以信任的人。

我戴上了沉甸甸的安全帽，走进脏乱不堪的光纤车间。梅丽把我介绍给了艾瑞克、他的翻译，还有SGC公司的项目经理麦克。车间里灯光昏暗，尘土飞扬，我的高跟鞋深一脚浅一脚地踩在凹凸不平的地上，好不容易才找了一个略微平整的地方站稳，汗水从我的安全帽下不住地流出来。我在打量艾瑞克，他也惊异地看着我，好像我们都被彼此吓了一跳。

艾瑞克有60多岁了，晒得发黑的胳膊青筋暴起，脸上有很深的皱纹，眼睛里有一层阴影。看见我，他显得有些不自在，上下打量了我一下，然后有些轻蔑地笑了：

“你就是新来的临时总经理？”

他特意强调了“临时”这个词。

“是我，不过你尽管放心，我肯定在这里比你待的时间会长！”我也立即回敬了他一个蔑视的眼神。

如果亚历山大听见这个，会不会暴跳如雷？我的嘴这么不饶人，但是我无法克制自己。

我和艾瑞克的目光碰到一起。我的眼睛一眨不眨地看着他，我们似乎是在进行一场无形的较量。终于，他把头转了过去。他的眼光让我想起一个人，就在不久之前，我还见过这样的目光。对了，是格拉德，我不会忘记他眼睛里那种蔑视的神情，和这个艾瑞克一样。

王总看看我，脸上露出不可置信的惊讶表情，那样子显得特别可爱。我冲她微笑着眨眨眼，我是在安慰她不要害怕。我相信在这之前，没有谁敢用这种口吻和艾瑞克针锋相对，这其中的原因除了中国人本身的含蓄和礼貌，最重要的是对荷兰总部派来的工程总监，大家还是不敢轻易得罪的。我的这种不按理出牌的方式，估计让大家吓了一跳。

艾瑞克比格拉德还过分，格拉德只是啰啰唆唆，百般挑剔，但是这个艾瑞克来势汹汹，完全不把总经理放在眼里，而且可以明显地感觉出他认为我是一个软柿子。

这时，一个瘦瘦高高、30多岁的中国人从艾瑞克身后闪了出来，自我介绍他姓陈。

这就是那个大名鼎鼎的陈翻译了。他看上去毫不起眼，戴着一副眼镜，脸上带着习惯性的笑容，表情比他的主子谦卑很多。他和我握了一下手。他的手则是黏糊糊、软塌塌的，和他握过手，我几乎立刻就想找个地方把手好好洗洗。

而SGC公司的麦克，一看就是一个老老实实的英国工程师，又黑又结实。他走过来和我握握手，那是一只温暖、有力的大手。再也没有比握手更能传达一个人的真实面目了，刚才和艾瑞克的握手短暂、冷漠。

我的目光仍然没有离开艾瑞克，我必须乘胜追击，杀一杀他的气势。

“艾瑞克，你作为整个工程的甲方代表，请你告诉我，按照现在这个进度，能否按照总部的要求在9月中旬前全部完工?”

艾瑞克和陈翻译对看了一眼，陈翻译有些尴尬地笑了一下：“这个，要看咱们的建筑公司是否配合，王总不是也在这里吗?”

王总听完翻译，立刻涨红了脸：“艾瑞克，我们的总包合同被你给拆成二十几个分包合同，现在你们才是总包商，这个问题怎么会让我回答?”

我用英语对陈翻译说：“你的工作是翻译，请把我的话翻译给王总，保证大家都沟通顺畅。现在，艾瑞克，请你回答我的问题!”

“为什么要拆总包合同?”我转向艾瑞克。

艾瑞克摘下安全帽，擦一把汗：“因为我们发现王总这边有些和分包商的问题协调得不够，这不是三言两语说得清楚的。现在已经这样了，我们应该坐下来讨论一下怎么办，而不是对过去发生过的事情指手画脚!”

看来艾瑞克完全不承认自己的问题。我突然明白了昨天晚上那些跟在我后面的分包商们欲言又止的样子。以前王总的公司是总包商，可是艾瑞克和翻译却把他们的总包合同解除了，现在的情况是我们自己既是甲方又是乙方，当然寸步难行。在这种情况下，艾瑞克还居然振振有词，变本加厉。

他怎么可以这么大胆？一个外国人连中文都不会说，难道真的是这个翻译和他沆瀣一气?

我冷冷地看了一眼艾瑞克："关于单方面解除和总包合同的问题，这样的做法不符合我们公司的文化。如果我发现问题确实出在我们这里，那么我们需要和王总的公司重新签订合同，该付款的付款，该补偿的补偿。我们公司会马上成立个小组，包括财务，尽快把问题调查清楚，给大家一个反馈意见。如果王总和先的分包商同意，我们马上就行动！"

说着，我把头转向王总，又用中文重复了一遍。

王总又惊又喜，眼睛发亮，脸上是一副如释重负的表情，开心地拍了一下手。

"太好了！我们早就盼着有这么一天的，如果这样，大家的积极性马上就调动起来了！我马上和他们沟通什么时候可以完工！"

"我们其实有一个项目的核心团队！"梅丽在一旁说。

"那么你们这个团队是一致同意单方面解除合同了？"我看了梅丽一眼。

她没吭气，低下了头。

艾瑞克皱起眉头："好吧，既然你根本不尊重我的意见，那么你自己干这个甲方代表好了，以前的两任总经理都不是你这样的工作作风！"

我愣了一下，他说什么？我自己当？艾瑞克要撂挑子？我抬起头，看见王总投来的焦虑的目光，她冲我使了个眼色。我明白她的好意，她怕我得罪艾瑞克，怕把事情闹大。

"艾瑞克，我想这次你说对了，我和前两任总经理风格不一样，这就是为什么他们离开了，却换成了我！你如果想辞职，请和总部人事部联系，至于谁来接替你，我会通知大家！”

我一字一句说完，然后冲艾瑞克微笑了一下。真痛快！我心里一下舒服了好多，我可以吃苦，可以受累，但是我不打算受气。对客户，我可以有无穷无尽的耐心，因为他们是我们的衣食父母，可是对像艾瑞克这种人，我连半点忍耐的愿望都没有。

然后转向站在旁边目瞪口呆的麦克，拍拍他厚实的肩膀：“麦克，麻烦你和我出来一下，我单独和你谈谈！”

SGC公司的项目经理麦克愣了一下，然后冲我点点头，走出了光纤厂房。

一个下午的时间就这么飞也似的过去。第一天在南京公司上班，我就已经给了所有的人一个出其不意，但是最惊奇的人还是我自己，短短的几个小时之后，我已经开始喜欢这份工作，尽管困难重重，充满刀光剑影，但是它又是那么富有挑战性，而且这种挑战瞬息万变，甚至不允许你有过多的思考时间。奇怪的是我突然感到全身充满活力，我找到了问题的突破口，就先从艾瑞克这里开刀。我的直觉告诉我这是对的，从王总的反应就看得出来。

我甚至有点暗自感谢亚历山大把我放在这个位置上。

梅丽的脸上阴云密布。我不得不佩服辛西娅的高瞻远瞩，这个女孩心思确实很多她似乎是在警惕着我一步步踏进她的地盘。我本能地感觉到：前两任总经理因为语言沟通的问题，确实被梅丽控制了，整个公司的情况梅丽最清楚，她和艾瑞克之间是有一种默契的。整整一个下午，我已经发现了很多问题，我开始熟悉这个刚刚成立不到半年的新公司的秘密和秘而不宣的做事风格。

怪不得亚历山大这么着急，再这样下去，后果不堪设想。

“梅丽，咱们公司工程部有个中国人，英文名字叫盖瑞的，现在负责配合SGC公司做安装设备前的准备工作，是吗？”下午我们坐车回公司的时候，我对梅丽说。

“怎么了？是不是麦克说他什么了？”梅丽的脸色顿时紧张起来。

“我听说盖瑞是你哥哥的好朋友？你把他介绍到咱们公司工作，这个没有任何问题，总公司这边甚至鼓励一家人都在公司工作。问题是SGC在这里安装，可是盖瑞作为咱们公司工程部的人，不给他们提供必要的安装条件，连必要的照明用电都不能保证，让人家怎么工作？”

我直截了当地说。

“这是麦克的一面之词，您和盖瑞谈谈再下结论恐怕好一些！”

梅丽的脸涨得通红。我惊奇地看了她一眼，似乎这个盖瑞又是一个敏感话题，不过，她说得也有道理。

“行，请你通知盖瑞在公司等我，我今天就和他谈！”我说。

和盖瑞的谈话出人意料的愉快，他拿着专业的项目进度鱼骨图，耐心地给我讲解，每一家的分工都清清楚楚，我们公司，SGC，土建公司。盖瑞长得也很帅气，说话彬彬有礼，英语也很流利，虽然没有出过国。看得出他对工程建设非常内行。

到底问题出在了哪里？

SGC的麦克也不是一个难以相处的人。但是如果把这一切情况都搞清楚，恐怕我没有时间了。我的任务是抓工程进度。在工地的时候，王总已经给我做过保证，只要我解决好总包合同和付款进度问题，她会全力以赴，他们会加班加点把光缆车间土建工作提前完成。问题出在了技术最为复杂的光纤车间，两个高度为25米的拉丝塔要建，如果三方不配合，根本完不成。

“盖瑞，这个鱼骨图上的时间表是一个工程计划，做得非常专业，可是建筑公司、SGC和诺基亚的光缆设备公司他们是否确认过呢？而且这应该是一个动态的，你有没有做个‘计划vs实际情况表’？”

谢天谢地！现在我要感谢我在中欧学的“项目管理”课程了，基本的理论知识我还是有的。如果这个表再确切一些，那么一切就一目了然了。

盖瑞的脸红了一下，神情有点紧张起来：“嗯，做了一段时间实时的就做不下去了。供应商不太配合，而且我们公司老换总经理，很多事情根本不知道找谁说！”

我点点头，我能理解他。一个刚刚成立的公司，一下子就做这么大的工程，总经理还这么频繁地换，难怪大家这么困惑。

三天的时间像飞一样地过去。这三天，我每天只睡四五个小时。我、王总、梅丽和二十几家分包商谈完了话，和王总的公司重新签订了总包协议；我们欠的工程款已经还清。到了第四天，王总打来电话，告诉我现在如果再来工地看看，我会看见一个热火朝天的场景。

办公楼的招标也已经完成，新的中标公司价格比艾瑞克选的那家香港公司低了好几百万，而且设计风格更符合我们公司的文化，连亚历山大看了都十分满意。

奇怪的是香港公司如此离谱的报价，艾瑞克、梅丽和翻译都没有任何反应，艾瑞克反而整天督促我们尽快和他们签合同，这难道仅仅是他对中国的行情不了解？即便如此，那么与王总单方面解除总包合同就说不过去了。作为一家荷兰上市公司的雇员，这么大的合同，其中的法律意义他不会不懂。

我该怎么办呢？艾瑞克的情绪很坏，在工地上拖拖拉拉，这样下去，工程又会遥遥无期。我又没有理由开除他，不知道他和总部之间签的是什么合同。

现在是6月底，9月份完成全部工程，包括设备的安装调试。这个日子在一天天地向我逼近。这是一个艰苦而明确的奋斗目标，我在一步一步地向它靠近，每天都可以看见一丝曙光，我知道自己是在创造一个奇迹。但是我是孤身一人，没有一个默契的团队配合我，不但不配合，可怕的是给我最大阻挠的人，恐怕就是此刻离我最近的人：艾瑞克、翻译、梅丽。

我把自己关在办公室里冥思苦想。

眼前的路只有一条：必须摆脱艾瑞克对整个工程的控制权，而控制艾瑞克的人，却是一个貌不惊人的小翻译。这个翻译的重要位置，梅丽第一天就郑重其事地提醒了我。真是莫名其妙，这么重要的一个工程，几个亿的投资项目，竟然被这样的一个人在暗地里控制着，而且没有人敢把他怎么样，这里面到底藏着什么玄机呢？

我最大的敌人当然是时间，我没有时间去琢磨这些玄机了。

我告诉梅丽：我决定开除陈翻译，而且马上执行，请她通知人事部。

梅丽似乎没有睡好，眼圈有些发黑，她惊讶地看着我，好像没有听懂我在说什么。

“开除陈翻译？艾瑞克同意吗？”她终于反应过来。

我笑一笑:“为什么要艾瑞克同意?我已经调查了,这个陈翻译敲诈供应商,不按进度签字付款,而且不知道收了多少回扣!仅仅我们已经掌握的就不是小数字,我认为开除他,我已经很客气了!”

“可是,艾瑞克和他关系特别好,他肯定不干。再说,那他没有翻译了,怎么正常工作?”梅丽困惑地看着我。

“梅丽,这就是我想跟你说的,现在起,你来给艾瑞克当翻译,你看怎么样?”

我心平气和地看着梅丽。

梅丽转过身,脸一下子涨得通红,好像不相信她听见的话。

“我?”

“是的,怎么了?你不仅仅是翻译,你还要协调盖瑞和SGC的关系。他是你哥哥的朋友,你们彼此很熟悉,现在他和麦克还是不合,已经影响了光纤厂的工程进度,你去了会好得多,而且你和王总他们都熟悉。没有比你更合适的人了,梅丽!”

“可是我是总经理助理,这里有很多工作要做!”梅丽面红耳赤地争辩着。

“比如?”我好奇地问,真有意思,她有很多工作?是谁给她布置的?

“比如,开发区领导、银行、各个有关部门都在等着见您,我得安排,还得先看他们是什么意思,不能让您去了措手不及,这些工作以前都是我一手经办的!”

梅丽的声音已经有些激动起来。

我有点不耐烦，看来梅丽真的已经进入角色了，她不但和我平起平坐，什么事情都要和她商量，而且要来告诉一个总经理应该想什么，做什么，这实在是可笑。

“可我没有让你安排这些活动，让他们都等着，我现在没有想好需要见谁，这些现在都不重要。现在工程是头等大事，我派你去给艾瑞克当翻译，自有我的考虑。如果你不愿意，我可以换人。”

我的语气变得严厉起来。

梅丽垂下眼睛，低头想了一会儿，然后抬起头：“我想问问您，那么以后是不是就没有总经理助理这个位置了？”

我愣了一下，突然想起辛西娅的话，梅丽的心机实在是太多了，而她所关心的一切，中心只有一个——她自己的位置和权力。

“对，我是这样想的，我们总部的机构里也没有这样一个位置！”我干脆地说。

梅丽浑身似乎一震，眼睛里有一种惊恐和失望的表情，虽然只是一闪而过，但还是被我发现了。

真费劲！我连自己的助理都指挥不动！

我本来就严重缺少睡眠，再加上巨大工作的压力，我的神经已经绷得很紧，在这样的时候我没有心情给任何人做思想工作，我只希望他们执行我的命令。可是对梅丽，我会多用一些心思，毕竟她是南京公司的元老。

我压住自己的烦躁情绪，尽量用平静的语气对梅丽说：

“你还没回答我呢？梅丽，你是不是同意做艾瑞克的翻译？有什么要求你尽管说！我会和人事部一起讨论你以后在哪个部门比较合适，现在公司的机构在建设阶段，我们大家一起先齐心合力把工厂建好，你看这样好不好？我希望你相信我今天给你的承诺！”

梅丽终于勉强地点点头，然后转身离开。

我的头隐隐作痛。在北京办事处，我从来没有这样的经历，每个人都是自告奋勇，生怕自己没有事情做。和梅丽这样的对话我实在不擅长，她似乎还沉浸在以前那个一人之下、万人之上的角色里。

我才来南京，就得罪了两个人，梅丽和艾瑞克。也许我的态度过于生硬了？这样说话并不是我平时的风格，在南京的这短短几天，我发现自己已经有了很多明显的变化，我变得直接、果断、强势，每一天，我都在和过去的自己渐行渐远。也许亚历山大真的发现了我身上某种“狼性”的东西？我发现自己在巨大的压力之下，思考的速度却更快，而且义无反顾地去执行，我已经不再是单纯的一个人，而是复杂的好几个人。

再过一会儿，我和艾瑞克又会有一场新的较量，但是我没有别的选择，一个作恶多端、敲诈所有分包商的人被开除是天经地义的事情。可是，梅丽今天提醒我的艾瑞克在公司的资历，让我不由得警惕起来，艾瑞克难道真的不知道这个翻译在做什么吗？即使他不会说中文，但是整个工程进展缓慢，开会时分包商起哄，装修报那个 850 万的天价，这些事情他是真的不懂还是故意视而不见？因为他也参与了这些肮脏的勾当？

当然，我手里没有任何证据，我不可能把这些分包商都叫来和他们当场对质，如果艾瑞克到总部那里告状，那么就有了第二个荷兰人恨我，格拉德是第一个。梅丽每天陪着笑脸，小心翼翼不得罪艾瑞克恐怕就是为了给荷兰人一个好印象，因为他们是这个公司真正的老板。

但如果这样的人不处理，公司以后只能越来越走下坡路。

下午，第一次员工大会。

尽管我非常清楚：公司现在的员工已经接近六十人，可是当我走进会议室，看见屋子里黑压压的一群人，还是不由自主地紧张起来。这一张张陌生的面孔，一双双期待的、好奇的、不以为然的、冷漠的、热情的眼睛都在盯着我，很多人都比我年长，还有一个已经60多岁的老人——我们公司质量管理体系认证的负责人黄先生，是顾总在的时候聘来的，我们已经在走廊里简短地交谈过几句。他对我一直绷着脸，此刻，还是一脸严肃，用一种审视的目光看着我，好像是一个严厉的班主任在看一个刚刚入学的小学生一样。

我也看见了梅丽的眼睛。我们刚刚结束和艾瑞克以及他的翻译的谈话，艾瑞克暴跳如雷，威胁要到总部的工会去告我。我告诉他南京公司将会有自己的工会，如果陈翻译有任何不满，他可以走正常的法律途径。梅丽从头到尾没有说一句话，她眼睛里的阴影越来越浓重，我可以读出那里面的怨恨、不满、嫉妒，还有一丝轻蔑。

可是眼下最重要的不是这些。我如果去分析每个人的情绪，那么就什么也别想干了。

这是我第一次在这么多人面前做正式的发言，我的手心开始冒汗，呼吸也有些困难起来，这实在是太恐怖了。我闭了一下眼睛，我暂时不能想这些，可是我应该对大家说什么呢？我的脑子突然一片空白，豪言壮语的话我又一向不擅长。

但是，眼前这个情景我似乎有些熟悉，那是在多年前，我第一次在全年级的同学面前做的那次演讲。老罗当时是怎么说的？演讲的时候不要东张西望，要专注地看着一个人。

我扫视了一圈坐在会议室的人群，终于看见了一张笑脸，那是刚刚和我一起开会的人事部经理威妮，一个温和、理智、坚强的女孩子，刚刚工作一年，可是刚才在和艾瑞克、陈翻译谈话的时候，她表现得不卑不亢、镇定自若，和我配合得十分默契。而在这之前，我们还没有机会单独说过话。

威妮给了我一个热情洋溢的微笑，我也笑着冲她点了点头，我的心情一下平静了很多，终于知道自己要说什么了。

“大家好！我想，这大概是你们进入公司短短的几个月以来，第三次听新上任的总经理做就职演说了？”我说。

台下传来一阵笑声。

我顿时感觉轻松了许多：“也许你们在心里想，嗯，又来一个新人，看上去年龄不大，也不像有什么经验的样子，她行吗？她会让我们这个公司成功吗？我想说的是：人生的很多机遇都是从偶然开始的……”

我详细地给大家讲了我进公司的过程和这一年多以来的工作，我的一些思考和困惑，包括今天开除陈翻译的背景情况。

“我在中欧管理学院上学的时候，很多同学都是公司的总经理，他们告诉我：对一个刚刚上任的一把手来说，最有效的镇住员工的办法就是一不做二不休地开除三个人！”说着，我飞快地扫视了一眼台下，有些人的脸色已经有些发白。

“我想说的是：这不是我开除这个翻译的初衷，一个公司，如果能允许这样的人待下去，而且在这么一个重要的位置上，甚至一度控制了我们整个项目的进展，那么这个公司的领导人已经不是软弱无能的问题了，我认为那是完完全全的不负责、不称职！

“我们这个新公司，虽然成立时间不长，但是却已经饱经风霜，走了很多弯路，而这一切我本人是从第一天就开始经历了。假如当初不是因为我偶然认识了一个叫ST的公司，那个公司把我们带到了南京，认识了咱们现在的房东颜总，我们今天不会坐在这里。但是今天，他们，这些把我们带到这里的人，因为各种原因，已经全部离开了我们，可是怎么样呢？我们还不是活下来了？因为我们没有放弃！以后我相信我们这个新公司还会越来越强大，从我们北京办事处一年多以来的销售业绩就可以证实这一点。我们在ADSS光缆市场的占有率现在已经达到25%，这不是我一个人创造的奇迹，而是因为我们有一个不可战胜的团队！那么这个团队，现在又壮大了！一年半以前，这个公司在中国还只有我一个人，可是看看现在，我们已经有了七十多人，我相信我们会在一起共同创造出一个又一个新的奇迹！”

奇怪的是，慢慢地，我居然不再紧张了，我看见威妮的脸上泛起的笑容，其他人的眼睛里也开始有了生气，连不苟言笑的黄老先生的神色也开始缓和下来，但是梅丽还是一脸阴沉，一直若有所思地看着窗外。她和工程部的盖瑞坐在一起，两个人时而交头接耳，低声说着什么。

我宣布梅丽的工作变动时，她的脸上红一阵、白一阵的，看上去非常不自在，可是我注意到不少人的脸上都露出欣慰的表情。

晚上，我给亚历山大写报告，我写得很长、很细，有点像纪实小说，有情景，有对话，有心理描写。从格拉德那次教训后，我学会了和我的上级及时沟通，特别现在我又得罪了艾瑞克。

邮件发出没有多久，鲍德温的电话就来了，他告诉我，我的邮件亚历山大已经转发给他，要求他立刻和我联系，问我需要总部什么帮助。

“我需要你赶紧找正式的总经理把我换回去呀！”我在电话里笑嘻嘻地说。

“这个暂时比较难，而且，总部已经意识到频繁换总经理带来的问题，我看你还是先安心干着比较好，但是我会马上来南京帮你把组织机构搭建好！”

鲍德温轻声说，好像怕吓着我。

我的呼吸一下急促起来：“这是什么意思？鲍德温？我怎么突然有一种被人贩子骗来的感觉？当初不是说好了你这边找人，我这里抓紧完工，亚历山大的意思难道是让我一直在这里做下去吗，我不能回北京了？”

“别急，你也替亚历山大想想，他的压力有多大！我们确实低估了在中国找到一个合适的总经理的难度。我建议你应该亲自和亚历山大谈谈你的想法，而且，你现在的这个位置已经不属于我管了。亲爱的，严格地说你的职务已经高于我了，亚历山大正在让我做一个给你的整体薪酬计划，包括奖金和期权。我来南京也只是协助你搞好基本的搭建公司构架！”

鲍德温小心翼翼地说。

三天以后，我和威妮终于等来了鲍德温。

这是一次重大的组织机构调整。我们需要对每一个员工进行一次重新审核和筛选，这是一个艰苦的过程，意味着我们不得不淘汰一批不合格的人员，建立一支正派、精干、高素质的团队。我们每天和20多个员工谈话，最后只筛选出不到一半的人。

这意味着我们需要和30多个员工解除合同，在这些人眼里，我们就是刽子手。

“怎么办，鲍德温？我以前连一个员工都没有开除过，现在要开除30多个，而且有些不是人有问题，而是专业不合适。不知道以前颜总和顾总他们是怎么选的，现在我觉得自己好残酷，可是没有办法，公司不能养任何不能做出贡献的人，但是真的下手开人，还是于心不忍！”我沉重地叹了一口气。

“这就是作为管理人员有时候很难避免的痛苦。感情是感情，现实是我们再也折腾不起了，我们需要甩掉包袱，轻装上阵，这回的刽子手还是我来做吧。我在这里，员工会认为是我的建议，虽然这些都是咱们三个人的一致观点！”鲍德温拍拍我的肩膀。

从第一次见到他，鲍德温就是如此善良、敬业、周密，永远替别人考虑。

我和鲍德温一起在工地上巡视着，不到十天的时间，工地已经发生了很大变化。艾瑞克闹了一阵之后，还是留了下来。王总的公司已经恢复了总包身份；办公楼也已经开始装修，工程的进展一下子变得飞快起来。

这段时间以来，我每天都要见人，研究分析各种人，思考把他们安排在什么位置上，如何协调他们的关系。人是一种多么复杂的动物啊！我得克制住自己过于敏感的观察，毕竟这是工作，我不必去喜欢每一个同事，只要他们把工作做好。

我和鲍德温慢慢走出工地，我们的身后，大型起重机正缓缓吊起青黑的玻璃幕墙，带着黄色安全帽的工人们在紧张而忙碌地施工；光纤厂乳白色的外墙已经在夕阳的余晖中显出了气势，现场的工作被指挥得井井有条。而十几天以前，这里还是死气沉沉的，如同一片旷野。

鲍德温愣了一下，然后沉思地点点头，回头看了一眼身后的工地：“这真是一个奇迹！”

“你是说工程进度吗？现在我每天早上起来的第一件事就是看

盖瑞做的工程进度计划和实际状态对照表，哪怕有一点延误都不行，最近他们都开始夜间施工了！”我的声音里有一种抑制不住的快乐。

“不，我是说你！”鲍德温微笑着看我一眼。

“我？”我指着自己。

“你还记得我们第一次见面吗？在北京的那家饭店里的咖啡厅，你那么紧张，还有点羞涩，谁会想到今天我们会在这样的一个地方商量工作？你在创造一个奇迹，你自己大概都没有意识到吧？”

鲍德温说着，友爱地搂了一下我的肩膀。

仅仅一年半的时间，我身边发生了这么多改变！有时候午夜梦回，连我自己都怀疑这一切是否只是一场梦。生活似乎每天都在向我抛撒无数闪闪发光的珍珠，而我只要伸手接住其中一个，就会进入一个五光十色的奇妙世界。

但我不会忘记，通往这个世界的钥匙，是鲍德温给我的，尽管在这之后，我必须一个人去面对这个世界真正的面目，五光十色只是它的表面。在这之前，我一直在生活的边缘，远远地看着这个世界；而现在，我被推到了生活的中心，一个人在聚光灯下演着独角戏，而我既没有脚本，也没有老师，没有前车之鉴，也没有回头路可以走，除了勇往直前，根本别无选择。

“如果当初没有你，没有亚历山大，什么奇迹也不会发生。”我转过头，笑着对鲍德温说。

这是一个美丽的傍晚，天空慢慢呈现出玫瑰色的斑斓，似乎随时可以燃烧起来，四周显得寂静而庄严。我回过身，再次凝视着正在建设中的工厂，此时此刻，我突然有一种奇妙的、神圣的感觉。神圣，这在我的生命中还是第一次出现，但是它来得却是如此强烈和震撼，已经远远地超过了个人的得失和计较，还有那些琐琐碎碎的纠葛。在这一刻，你知道自己在创造一个奇迹，而不是仅仅在做一份人家给你的工作。你知道你做的事情是有意义的，是被人欣赏的，这就足够了。而你自己能得到什么，却不是那么重要了。

第13章

这个秋天，应该是属于我的。

站在总部工厂旁边的小山坡上，秋天，正在我的眼前轰轰烈烈地铺开一幅色彩斑斓的画面。这会儿正是夕阳西下时分，大朵凝重的、灰蓝色的云团正在天上缓缓浮动，而夕阳正使出浑身的力量，奋力冲破云层，给整个天空染上一层浓烈的金色，远远看去，好像天上被开凿出了一条金光闪闪的大道。夕阳下，是一排排高大的墨绿色的山毛榉树和深棕色的栗子树。栗子树的树叶已经纷纷坠落，落叶轻轻铺在褐色的土地上，仿佛是大自然给大地盖上的一层松软的毛毯。阳光透过云层，透过树上尚存的枝叶洒落下来，整个树林都沐浴在一层柠檬色的光晕之中。偶尔，会有一群乌鸦斜斜地飞过，在栗子树的枝头徘徊一圈，然后又呼啸一声飞走。

离开总部的这一年多，我每天处于大城市的喧嚣、商场上的激战、车间里的机器轰鸣中，没有片刻的安宁，更谈不上像现在这样静静地欣赏风景了。我久久地凝视着大自然信手拈来的浓墨淡彩，尽情地呼吸着这久违的清新的空气，身上的每一根神经开始放松下来。每次回到总部，我都有一种从前线回到后方的感觉。这个毫不起眼的荷兰小镇，宁静得近于寂寞，古朴得有些单调。可是对我来说，它的魅力也正在于此，此刻我最需要的，就是这份远离尘世的宁静。

时间，究竟是怎么过去的？

转眼之间，从我第一次来到这个小镇开始我的实习生涯，已经过了三年！三年里，每天都像是一场战争，每一天我都怀疑第二天的太阳是否会照样升起。你一直在和一个看不见的敌人作战，它如神龙不见首尾，你永远只能气喘吁吁地跟在它后面追赶，有时候它慢如蜗牛，有的时候又像一阵风一样飞逝而过。此时的南京分公司，已经发展成为一个拥有一百多名员工的企业，而且，我们有一份令人难以置信的成绩单：公司成立的第一年，光缆工厂开始投产，第二年正式投产光纤，整个公司从运转的第十个月开始盈利。

一个月前，亚历山大和总部的CFO来南京开第四季度会议，这是我第一次接受总部正规的考核。

我目不转睛地盯着亚历山大读报表的神情，两页损益表，一页资产负债表，加上一份薄薄的明年的预算，就是我全部的功课，我喜欢用最简单的形式来表达最复杂的过程。那一个个不眠之夜和苦苦的挣扎——急如星火的订单，原材料库存突然告急时的焦灼不安，为了争取一个百分点的销售价格而冥思苦想，全都安静地藏在这几页纸里面，只有像亚历山大这样身经百战的老板，才能读出其中的甘苦。

亚历山大是那种喜怒从不形于色的人，可我注意到当他看完那份年终报表时，一个满意的微笑在他嘴角足足挂了三秒钟，然后对我说了两个字：

“不错！”

“但是今年的集团公司年会我不会同意你缺席，会议下月在比利时的安特卫普举行，不管什么事情你都先给我放下，你得在大家面前亮个相！”

亚历山大收起笑容，又换上他一贯严肃的表情。

在国内的光纤行业，我是最年轻的CEO，而且没有任何理工科背景。据说在亚历山大正式任命我的时候，总公司监理委员会的老大——哈斯罗夫，一个70多岁的老头（前荷兰银行行长），对亚历山大的这个决定非常不解。我和老头在德国汉诺威的展会上见过短短的一面，后来他来中国视察，看我的时候也是当时那种狐疑的目光。

“那个女孩行吗？我们可是一家在阿姆斯特丹的上市公司啊！”老头忧心忡忡地对亚历山大说。很久之后，亚历山大才告诉我老头当时对我的怀疑。

我松了口气，但愿我的成绩单可以替我说明一切。

临上飞机之前我还在和团队彻夜开会，然后利用从南京到上海浦东机场的时间在车里睡觉。这也是这几年我练出来的本事，上车睡觉，下了车就可以精神抖擞地工作。

上了飞机，我就开始看那份PPT，那是我精心准备了将近一个月的讲稿——“关于南京分公司两年的业绩汇报以及未来五年的中国光纤通信市场分析及预测”。明天上午十点，我将在集团公司高层培训会上，给近百名的分公司CEO做这个演讲。

一想到明天，我的心就怦怦跳了起来。公开演讲，对我来说已经不是第一次，但是在这样规模的场合我还没有经历过。以往集团公司的年会，我因为国内的事情太多走不开，根本就没有参加过。

即使是在公司有了这样的成绩之后，我还是经常会有种莫名其妙的忐忑不安。就像此刻，我们的飞机开始在阿姆斯特丹的SCHIPHOL机场下降，这意味着离明天演讲的时间越来越近了。那份讲稿，我已经不知改了多少遍，而且仔细核对了每个数据，每个图表，每个标点符号，每一页之间的逻辑关系也调整过了，可是我还是紧张、头晕。

下午六点整，亚历山大准时在酒店大堂出现，见到我，他按照荷兰的风俗，在我脸颊上亲吻了三下。算起来，我认识他已经快三年了，这个人没有什么变化，还是那么潇洒、迷人、风度翩翩。

亚历山大总裁请我吃晚饭，这在国内是很正常的，因为有时只有我们两个一起出差。但是在荷兰这还是第一次，特别是在明天要开会的前夕，本来我是计划再把讲稿好好准备一下，然后早点上床睡觉，这下计划落空了。

我还是第一次坐他的那辆奔驰车。我早听说亚历山大是个优秀的赛车手，这回算是领教了，他把车子开得飞快，箭一般地冲出了停车场，好像随时可以腾空而起。

“我们去哪里?”我好奇地问，看样子这顿饭不是在镇上吃。

“不远，德国!”亚历山大笑着说。

德国?我吓一跳，怎么这么隆重?亚历山大难道还会有不好意思张口的事情?非要大老远跑到德国去说?

这顿饭看来还真不是那么好吃的，亚历山大一路都没谈工作的事情，甚至没有说明天的会议。我更加不安了，亚历山大是那种分秒必争的人，连一起坐飞机他都在谈工作，这样随意的聊天还真是第一次。

车子穿过密密的丛林，今晚的月亮格外明亮，月光透过茂密的树叶洒在前方的小路上，我们又过一个桥，我有点急了:

“我们真的去德国吗?”

“是的，但是这里离德国并不远，马上就到！”亚历山大说着，灵活地转了个弯。

果然，没有一会儿功夫，我们就在一家有着椭圆形落地玻璃窗的餐厅前面停下来。餐厅里灯光很暗，到处都是星星点点的烛光闪动，我们坐在靠窗的座位，可以看见外面的湖水在夜色中的波光。餐厅里坐满了人，但是非常安静，人们都在低声交谈，刀叉偶尔轻轻碰撞。

我绷得紧紧的神经稍微放松了一下，我已经记不清多久没有在这么安静的地方用餐了。

我们在这家优雅的餐厅坐了快一小时，亚历山大还是没有谈工作，好像就是存心请我吃饭。直到甜品上来的时候，他才开始谈起工作。

“南京公司不是已经走上正轨吗？我上次去看的时候很满意，你现在最大的困难是什么？”

亚历山大关切地看着我。

一言难尽，我叹一口气。有些东西是我的感觉，目前虽然还不是问题，公司里面开始出现派系，而且越来越明显，作为总经理，我一直没有时间在公司的文化建设上花太多的时间。光缆厂的生产任务越来越重，又一直没有一个负责人，现在的成本、物流管理都是问题。

“亚历山大，我希望你能从总部派一位来南京常驻的生产负责人。南京公司的很多生产管理还是需要总部的指导，今年眼看产能就要达到满负荷，我怕管理跟不上，希望总部可以派来一个这样的生产总监，把总部一些好的管理经验和文化带给我们这个新公司！”

我期待地看着他。

亚历山大沉思了一会儿：

“这个问题我们也考虑过，这边合适的而且愿意去中国工作的人不多，特别是已经有了家的。这样吧，这次安特卫普的培训结束后，你回总部，我会让鲍德温物色几个人选你来面试一下，好不好？”

“太好了！”

我兴奋起来，一下轻松下来，我在生产管理上最近花的时间太多，这下子我会轻松不少。

“那么，我们现在可以谈正题了！”

亚历山大清了一下嗓子：

“我们想让你同时负责总公司在剑桥的光棒实验项目的工作，你觉得怎么样？”这才是他真正的风格，单刀直入，速战速决。

这一刹那，仿佛时光倒流，我又回到两年前他在北京办事处和我的那次谈话。那时，他也是这样一副表情，自信、敏锐、魅力十足，也是现在这样的语气，用的虽然是疑问句，实际上可以商量的余地几乎没有，然后就是把我从南京的临时总经理变成了正式总经理，同时我还兼顾北京办事处的首席代表，责任越来越重。

亚历山大知道，如果他想要什么，就一定可以做到，所以他一点不急，慢慢享用晚餐。

剑桥的光棒实验这个项目我当然有所耳闻，那是总部投入的一个新的研发项目。石英光棒是光纤的主要原材料，也是最核心的技术，长期以来，这个技术被美国的康宁公司和日本的新内基公司垄断，光棒的市场价格就控制在他们两家的手里。这样做，实际上也就等于控制了全球的光缆市场。

光棒最大的问题是技术。我们的合作伙伴，剑桥的SCG公司是一家光棒技术的研发公司，但是他们的技术成果还没有经过正式的大规模成功生产的验证，所以我们和他们合作也是相当冒险的。如果不成功，就等于白白烧钱。

剑桥的实验人员有十几个南京公司派去的博士生，虽然平时的工作他们直接受英国公司领导，但是作为“娘家人”，我们对那边的情况也多少知道一些。这个项目的小试进行了将近半年都没有任何成功的迹象，良品率很低，这样烧钱烧下去，恐怕不是长久之计。

但是公司人才济济，我在南京已经忙得不可开交，不要说我没有分身术，就是有，这样的一个重大项目，亚历山大怎么会让我一个完全不懂技术的人负责呢？

见我沉默不语，亚历山大开始讲起这个项目的战略意义，他的声音很轻，这个人真沉得住气！我不得不佩服他的冷静、镇定，这也是这些年我和他在一起学得最多的地方——他一贯的沉着和遇事不惊。

这些年来，无数个暗礁险滩，最后都被他化险为夷。

“可是，南京的公司刚刚有些起色，我如果去了剑桥，南京这边怎么办？还有，光棒是咱们公司一个重要的战略性项目，我怎么有资格负责呢？我根本不懂技术啊！”

“你以前也不懂光缆啊？实际上我一直怀疑你当初是怎么混进我们公司的，你不是学英国文学的吗？现在好了，你可以去剑桥看看你的老朋友拜伦啦！”

亚历山大开心地笑着，他今天的兴致似乎特别好。

英国文学？他居然还记得这些！连我自己都忘了我是学文学的，这些年来，我连做梦都是光缆，订单，色散波长，衰减，还有预算。

“是这样，剑桥的项目负责人是我们从印度聘请过去的，这半年以来，我们发现他和南京的中国同事关系很紧张，和SCG公司合作得也不太愉快。现在团队已经很涣散了，我们准备请他走人，现在实验室的主要骨干全是中国人，我来让你负责这个项目是不是合情合理？”

亚历山大不紧不慢地说，脸上还是一副轻松的表情，好像派我去剑桥完全是个美差，根本没有什么值得大惊小怪的。

我喝了一口红酒，镇定了一下。

这样一个项目，无论是技术上和文化上都是一个巨大的挑战，更不用说远在英国剑桥，一个我只在徐志摩的诗里读到过的地方。

“这两年来你和你的团队创造了全集团公司的奇迹，这是全公司有目共睹的事实。你也不要太谦虚，我知道你的能力！剑桥这个项目，我们不能失败，只能成功。目前除了你，我不知道还有谁更合适！”

亚历山大的语气变得有点激动，这倒是我以前没有见过的。

“南京公司的成功可不是我一个人的功劳，再加上目前中国市场不错，天时地利。可是剑桥那里，我人生地不熟的，真的没有把握。亚历山大，你派别人吧，我不行，真的！”

我恳求地看着他。

亚历山大沉默了一会儿。

“有时候，人是需要挑战自己的。就拿我自己来说，八年前，我和你现在差不多大，在美国读完了MBA回到荷兰，在我父亲创立的这家公司做市场。父亲也是希望我能一步步地在公司做，给我安排了很详细的职业规划，那时候公司还不大，也没有上市。可是，我回国没多久，父亲突然去世了，整个一个公司就交给我，你想想，我那时的压力有多大？我本来是想跟在父亲后面边学边做的。生活就是这样，千变万化，永远不会按你计划的走。可是你看看我们公司的今天，我们不但上市了，而且提前了三年，现在又在研发我们同行没有的产品。压力不一定是坏事，有时候反而会让一个人做出连他自己都想不到的奇迹！”

亚历山大一口气说下去，他显得有些激动。认识他这么久，他还是第一次和我谈起他的私人生活。关于他过去的经历，我只是有一些耳闻，真没想到，他曾经承受过这样的打击，他在巨大的压力下不仅挺过来了，而且把公司发展到今天这样的规模。

和他相比，我是不是太不自信了？这些年我取得了一些成绩，但是每一天都是如履薄冰，总觉得自己的运气不错，总是怕出个什么意外。亚历山大这番谈话，对我是太重要了！

我对自己的信心有时候还是会动摇。

长期的单打独斗，让我变得神经有些紧张，我需要和这样一个人谈谈。一个帮助我走到了今天的人，亚历山大对我的了解甚至超过了我自己。

“这样吧，你看上去有点累了，你好好想想，我会再把具体的情况和你沟通的，这两天在安特卫普培训后再决定，今天不早了，我先送你回去！”

亚历山大温和地拍拍我的手，他的口气又缓和下来，这个人实在是厉害，他知道什么是适可而止。

第二天一早，我的老朋友，英国分公司的托尼就来接我去安特卫普开会。

托尼是我们在南京筹建工厂的小组成员之一，我们曾经共事了将近一年。他是个特别开心的人，每次和他在一起都有说不完的笑话，可是今天一路上我却有点心不在焉，托尼以为我在准备马上开始的演讲，也就没有打扰我。

我闭上眼睛，和托尼在一起我一向是轻松的。昨天晚上和亚历山大的那顿饭吃了很久，回到酒店我彻夜难眠。现在，坐在托尼那辆舒适的路虎车上，电台里传来巴赫的《G大调第一大提琴组曲》，巴赫的音乐有种安抚灵魂的魔力，我朦朦胧胧地有了睡意。

不知过了多久，我被托尼叫醒。

我居然在车上睡着了，一觉醒来，我们已经开到了比利时的安特卫普。我揉揉眼睛，安特卫普果然名不虚传，是个古色古香的欧洲小城，到处是深灰色的欧洲中世纪建筑，巴洛克式的布拉博喷泉从大市场的石堆中喷涌而出，沿路都是做手工巧克力的小摊。我摇下车窗，一股浓浓的巧克力香气扑面而来，我深深地呼吸一下，整个人顿时心醉神迷。

我连忙让托尼停车，然后我跳下去，飞奔到一个巧克力小摊前，买了一盒刚刚出炉的、热乎乎的巧克力。太有意思了，我还是第一次吃到如此新鲜美味的巧克力呢！

上了车，我给托尼嘴里也塞了一块巧克力，自己一面大快朵颐，一面口齿不清地赞个不停。

托尼笑着看我一眼：

“看看你，毛手毛脚的，还是像个小孩子，几块巧克力就高兴成这样！”

我闭上眼睛，尽情地享受着巧克力慢慢在嘴里融化的美味。在车上睡了这么一觉，我感觉精神了很多。难得有这样放纵的机会，平时在南京，我必须时刻绷着神经，注意自己的一举一动，绝对不能露出任何有失身份的迹象，否则就无法维持一个CEO的尊严。

到了我们入住的酒店，我刚要下车，托尼瞟了我一眼，然后一把拉住我：

“慢着，先好好看看你自己的这副尊容！”

我赶紧拿出小镜子。天呐，我的嘴角上竟然全是巧克力粉末，幸好托尼及时提醒我，要不我这个样子进了会场岂不太丢脸了？

等我匆匆上了楼，发现离开会只有二十分钟，走廊的长桌上摆满了咖啡、茶和各种小点心，周围全是身材高大的欧洲男士，个个西装革履，谈笑风生。

我又有些紧张了，全场只有我一个女士，而且是唯一的亚洲人。本来我的身材属于中等，可是和这些欧洲男士站在一起，却显得格外娇小。而且我是第一次参加集体公司的高层年会，除了亚历山大、托尼和人事部经理，我一个人也不认识。

可这会儿我找不到他们当中的任何一个人。

我硬着头皮自己倒了杯咖啡，走到一个不起眼的角落里。一会儿就轮到我在这些人高马大的欧洲职业经理人面前演讲了，此刻我真想找个地缝钻进去。我如果说错了怎么办？这里的每个人都是一副精英派头，说错一个字，还不得把人家笑死？

“嗨，你好！中国来的？”不知什么时候，我身边来了两个衣冠楚楚的欧洲男士。

两个人分别伸出手和我握了一下，自我介绍他们是德国分公司的。

“原来你是南京公司的？怎么就你一个人？你们CEO没来？”其中一个德国人问我。

我愣了一下，随即明白过来。我冲他们微笑了一下，既然他们不把我当回事，我也可以开个玩笑。

“嗯，她好像还没下来吧，我也在找她呢！”我一本正经地四下张望着。

“听说南京公司很厉害啊，全集团排名第一呢，才成立三年，在这样的CEO手下干不容易吧？”其中一个德国人有点同情地看着我。

我极力忍住笑：“真的不容易，连睡觉的时间都不够！”

我们边聊边走进会议室。

我一眼就看见亚历山大正在前面和几个人说着什么，我冲他点点头，就赶快坐到了最后一排。真没想到来了这么多人，偌大的会议室坐得满满登登，大屏幕上滚动播放着公司的宣传片，大家互相打着招呼，一派喜气洋洋的气氛。

我拿出会议日程又看了一遍，我的演讲排在第二，紧接着亚历山大。我真后悔没有早点要求往后面排排，还可以争取点准备的时间。

终于，灯光变暗，会场上安静下来，亚历山大走上讲台。

这是我第一次看见他在大会上讲话，他显得轻松自如，甚至还很幽默，大家不时爆发出一阵开心的大笑。

我的心跳得更快了，双腿也开始发软。天呐，就快轮到我了，我的脑子却突然一阵空白。

我突然听见亚历山大在叫我的名字，第一次我没有反应过来，他又喊了一次："来，现在我向各位介绍一下南京公司的CEO，她在哪里？站起来让大家看看！"

亚历山大调皮地做了一个夸张的手势，大家边笑边四处张望着。

我的脸涨得通红，局促不安地站了起来，像一个被老师叫起来回答问题的小学生。

我从眼角里瞥见前排坐着的那两个德国人，他俩转身看见我，同时张大嘴巴，好像不相信自己的眼睛。

"好了，就是这位年轻的女士，请你先稍坐片刻，我先来给大家做个简单的介绍！"亚历山大冲我挥挥手。

全场又是一阵哄笑，我松口气，赶紧坐下。今天亚历山大像是一个电视节目主持人，把大家的情绪调动得愉快而热烈，我也慢慢镇定下来。

等笑声平息了一些，亚历山大开始介绍我，从我刚进公司的那些可笑的小事情，一直到南京公司建设过程中的种种经历。他似乎讲了很久，我低着头，眼泪几次涌上来，又被自己使劲压回去。他居然记得一切，而且根本没有讲稿，他竟把这么多的功劳都归到我和我们南京管理团队头上，一字不提他自己。

最后，在全场热烈的掌声中，我走上讲台，亚历山大亲手替我在衣领上别好一个小巧的话筒。我转过身，只见大屏幕上开始缓缓出现南京工厂的全景：占地两万平米的现代化车间；四条诺基亚光缆自动生产流水线；二十五米高的光纤拉丝塔傲然耸立，那是一次规模浩大、震惊南京的工厂开业仪式，那是一次300多人的典礼，那一天，高高的拉丝塔上被我们盖上了一块巨大的红丝绸，四个穿着明黄色古装的京剧团的小伙子站在拉丝塔下面，等参观的人们快要走近，突然，巨大的红丝绸徐徐滑落，惊天动地的京剧锣鼓声四起，大家抬起头，拉丝塔上随着红丝绸的徐徐滑落，一点点显出我们公司的标志……

无论是规模、现代化的程度，还是外观，南京公司都远远超过了总公司的工厂。

随即出现的是南京公司这两年的损益表，屏幕上每出现一个数字，都引起全场的一片赞叹声。这时，我的眼泪终于忍不住流了出来，这些年，不管碰见了多大的困难，我好像从来就没有哭过，但是此刻，看见南京工厂里我熟悉的每个角落，每一个刻骨铭心的数字，我却忍不住热泪盈眶。

没想到亚历山大用了这么别致的方式让我看到了自己的成绩。这些早已成为我生活中最熟悉的东西，当我坐在台下，用一个第三者的眼光去审视它的时候，才真正地体会到它的意义和其中的酸甜苦辣，那些苦苦的挣扎、那一个个的不眠之夜所换来的这一切。

这些，是我做出来的吗？我怎么可以对自己没有自信？这一刹那，我做出了一个决定，我要去剑桥，去接受那个挑战，哪怕仅仅是为了对得起亚历山大的信任。

终于，大屏幕上打出了我做的第一张幻灯片，那是鲜红的八个字：机遇/挑战/战略/行动。

我深深地吸了口气，这一瞬间，激情、勇气和理智都如同神助一般回到我身上，我面向大家，开始了演讲。

第14章

周末的黄昏，我独自在剑桥的校园里漫无目的地走着。

从前，光是剑桥这个名字就足以让我荡气回肠。作为一个英国文学系毕业的人，谁不向往剑桥这样的圣地？那古老的叹息桥，潺潺流过的剑河；那些夹着书本、穿着黑袍的优雅的剑桥学子；国王学院礼拜堂那高耸峭拔的尖塔，唐宁学院古希腊风格的建筑；还有举世闻名的纽纳姆女子学院，雪白的框格窗，波浪形的山墙，红色的陡坡屋顶，隐约传来的巴赫的管风琴余韵悠悠，那是我最喜爱的英国女作家弗吉尼亚·伍尔芙的母校……

可是三个月前，等我真的到了这里，整个人却是麻木的，我的脑子里装满了光棒项目的工作细节，我甚至没有时间在校园里好好走上一圈，就直奔我们的实验基地而去。

回国不久，我就开始了在上海—阿姆斯特丹—伦敦希思罗机场之间的穿梭。

我正式接受剑桥的光棒项目，每个月在剑桥待两周，剩下的时间还得继续南京公司的工作。

转眼间，来剑桥已经三个月了，光棒项目进展还是非常缓慢，一直在烧钱，良品率上不去，技术参数远远不达标。这样子下去，项目将注定失败。它的核心问题是技术，而不是市场。市场需求一直很大，只要我们的光棒生产出来，哪怕比日本和美国的竞争对手技术参数差一些，也有大把客户在等着。

我心急如焚，从光棒实验项目开始到现在，已经烧了近2000万欧元，相当于南京公司一年的纯利润。可是在邮件里，亚历山大还是那么从容不迫，告诉我公司这样做，自然有自己非常明确的战略目标。

这时正是初夏时分，天空永远是一种深邃的蓝色，那种近于忧郁的蓝。昨夜刚刚下过一场小雨，雨后的剑桥，每一株青草上都沾着晶莹的雨滴，空气轻薄欲裂，那种感觉倒更像是初秋。我身边走过几个说说笑笑的学生，他们脸上那无忧无虑的神情，让我一下子回到大学时代。好像也就是昨天的事情，秋天的下午，从学校图书馆借了书，我和几个同学就这么走在落英缤纷的小路上，空气中弥漫着桂花香，一种神秘的味道，若有若无地跟着我们。我甚至不敢深深呼吸，怕醉倒在这香气里，又怕它突然离我而去。那条小路仿佛永远也走不完似的，那时候不知我们都聊了什么，也不知哪来的那么多的话说，我们知道自己还年轻，而且好像会一直年轻下去。

在我的身边，剑河静静地流淌……

不远处的草坪上坐着一对对恋人，亲昵地依偎在一起，一边喝啤酒，一边聊天，一看就是剑桥的学生，草坪上是摊开的书本和几个空啤酒瓶。

在剑桥的这些日子，我会突然陷入这样的一种情绪：有时觉得自己还年轻，有时又觉得自己好像已经活了一辈子，日渐衰老。铺天盖地的孤独感开始越来越频繁地拜访我。整个光棒项目组没日没夜地干，结果进展还是不顺，大家都努力地撑着，没有人抱怨。作为项目负责人，我绝对不能露出任何不自信，还得经常给大家鼓劲，但是今天，我突然有了一种撑不下去的感觉。

我热爱这份工作，它充满挑战，而且这些挑战绝对没有任何重复。一个问题解决了，马上又来一个新的问题，这是一场日复一日、艰苦卓绝的战争。是的，这是一场战争，而且你看不见自己的对手，最大的对手是你自己，你的意志、你的耐心。如果这些没有了，你就可以以失败而退出这场战争。

我们在做同行没有做过的事业，当然，我们有本地的 SGC 公司配合，他们无形中已经成了我们的研发公司，我们付给他们高昂的研发费用，所有的压力都在我们这里。SGC 公司的科学家不是不努力，也不是不敬业，但是英国人自有他们做事的方式，跟他们急是急不来的。

何况，光棒技术本身就是一个研发项目，和南京公司不同，光纤和光缆已经是成熟的技术。

但是这样烧钱的日子还会有多久？没有人能回答。时间飞一样地过去，转眼又到了我要回南京的时间。

一个人走在校园里，压抑已久的眼泪终于可以尽情地流下来，我的眼前一直都是那个恐怖的良品率数字：56%。比我来的时候提高了六个百分点，可是，离我们的目标 80% 还差了一万光年那么远。

此时正是夕阳西下，天空被染上一层淡淡的玫瑰色，轮廓优美而素净，我突然觉得自己很累，一步也不想走了。我找了个僻静的角落，在草坪上坐下，草地上还有太阳留下的余热，我深深地呼吸一下空气中青草混合着夹竹桃的清香，闭上眼睛，索性就地躺了下来。

三个月以来的疲倦现在终于爆发了，我浑身的每一个关节都在隐隐作痛。不过，这会儿我可以暂时躲开实验室，暂时不想那些倒霉的数字。这段时间以来，因为工作的压力，我已经不知多久没有睡过一个完整的觉了，就在这里睡一会儿也好。

突然，一滴冰冷的水珠掉在我脸上。我猛地坐起来，四下一看，怎么旁边的人都走光了？难道我真躺在这里睡着了？此时，天边已经乌云密布，一阵冷风飕飕地吹过来，夹着雨水打在我脸上。

英国的天气我这些日子算是领教了，像孩子的脸，说变就变，刚刚还是万里无云，风情万种的，这会儿就风雨交加了。我抹了一把脸上的雨水，四下里张望着。真该死，这会儿天色已晚，剑桥的校园又是这么大，糟糕！我好像迷路了！

远远地，我看见一个有点儿像古堡似的房子里透出点点灯光，不管是什么了，先躲躲雨是真的。我拔腿就往那个亮灯的方向跑。

我一边跌跌撞撞地跑着，一边诅咒着该死的天气，还有我那倒霉的运气。这是我来剑桥以来最放松的一个下午，都不让我好好过完。

还没走进那个古堡，我就听见里面传来隐隐的音乐声，看来还真是个餐厅！我这才感到饥寒交加，我的身上已经湿透，去吃饭实在有点不雅，但是此刻哪里管得了这么多！我加快脚步，深一脚浅一脚地穿过那似乎永远走不到头的草坪，终于走到了古堡的门口。

雨越下越大，我用力推开那扇看上去足有一百年的黑漆漆的大门。大概是我用力过猛，加上脚下打滑，我的身体突然像刹车失灵一样，一头栽到了地上。

周围顿时一片惊呼，我只听见各种杯子掉在地上的声音。真该死，我今天怎么这么倒霉？我狼狈不堪地试图爬起来。突然，我的右手被一双温暖的大手稳稳地扶住。这时，我的心突然开始莫名其妙地跳起来，周围的一切都似乎一下安静下来。这一刻，好像在很久以前发生过。

就是这一刻，如同电影定格一般，我好像是在什么时候经历过一样。

我抬起头，昏暗的灯光下，我看见一双深蓝色的眼睛，就像下午我躺在草地上看见的剑桥天空那样深邃的蓝色。这是一个欧洲男人的面孔，他很高大，一米八几的样子，我只有仰视的份儿。这人还真是挺帅的，高挺的鼻子，棱角分明的嘴唇，他的手很大、很温暖，我的手被他轻轻握着，感到从未有过的安全。

我迅速判断了一下他的年龄，大概快 40 岁的样子。

奇怪，我为什么要猜他的年龄？

我挣扎着站起来，脸上滚烫，一面整理衣服，一面结结巴巴地道歉：

“外面下雨，不好意思，刚才是我把你的酒杯碰碎了吗？”这会儿我好像变成了一个做错事的小学生。

陌生人笑起来，露出洁白的牙齿：“准确地说，不是一杯，你看看地下，是一整瓶，整个剑桥最好的西班牙红酒，也许我们可以讨论一下赔偿条款！”

我看见服务生正蹲在地上收拾破碎的酒瓶，地上红了一大片，像出了人命案一般，旁边几个正在喝酒的老外冲我挤眉弄眼。

我趁机环视了一下四周，到现在为止我都没有搞清楚我身在何方。这个餐厅大概是有些年头了，墙上挂着不少“甲壳虫”“Eagles”，还有“滚石”等 20 世纪 60 年代欧洲红极一时的乐队的旧照片，以及精心镶嵌的各种吉他的琴弦。空气中弥漫着一股雪茄、杜松子酒、扎啤、香水和炸薯条混合起来的味道。

我瞬间就感到饿了，这一天我都不记得吃过什么东西没有。

“对不起，刚才你说什么？”

平时我也是口齿伶俐的。这些年我在欧洲跑来跑去，什么人没有见过？只是我还从来没有像今天这么狼狈过。

陌生人冲我眨眨眼睛，在那一瞬间，我看见他脸上掠过一丝男孩子调皮的神情，他似乎对我很好奇，专注地看着我。

“刚才说到你打翻了我的红酒，这么快就忘了？”陌生人好脾气地笑着。

我笑起来：“没问题，就是刚才你说的那个什么西班牙红酒，我赔你钱可以吧？”

我终于放松下来，恢复成平常的自己。

“那好，既然你这么慷慨大方，我也就不客气了。”

“你看到那边离壁炉近一些那张桌子了吗？现在这桌人正在离开，你真幸运，我在吧台等这张桌子等了快一个小时，你一来他们就撤了。我建议咱们坐那里，暖和一些，你可以烤烤火，这件衣服都湿透了，你看怎么样？”

陌生人开心地说。

我犹豫了一下，这个人脑子还转得挺快！在国外这些年，我也不是第一次碰见来搭讪的男士了，知道怎么得体地应付一下就离开。大家出门在外，基本的礼貌是要有的。但是此刻好像比较难，是这个人把我从地上扶起来的，我还欠着他的酒钱。他说得也不错，我不能浑身湿透地离开，而且，我实在也是饿了。

事实上，从我一头栽进这个酒吧那一刻起，一切就发生得太快，但是此刻我已经管不了这么多了，于是我点点头。

陌生人立刻转身冲服务生做了个手势，很纯熟的样子，他的一招一式都很有风度，并不咄咄逼人，但是令你很难对他说“不”。

一个服务生迅速走到他身边，他们轻声说了几句什么，服务生便冲我微笑了一下，然后彬彬有礼地把我们引到壁炉旁边的另一张桌子旁，上面垂着一盏古老的深绿色吊灯，服务生又把桌上的蜡烛点好，橘黄色的火苗轻轻晃动了一下，然后开始安静地燃烧起来。

我就这么和一个陌生人面对面坐到了一起，好像完全是身不由己，一切都发生在几分钟之内，有种被催眠的感觉。我简直不敢相信这是我了，平时我是个相当刻板的人，在外面一个人吃饭的时候，我总是摆出一副拒人千里之外的冷面孔。我的生活够忙乱的了，没有闲情逸致和不认识的人产生火花，有什么意思呢？每天，成千上万的男女在机场、餐厅、陌生的城市相遇，最后大家还不是各走各的？

陌生人礼貌周全地帮我脱下风衣交给服务生，又替我拉椅子，看我坐舒服了才回到自己的位子上。这些动作由他做来却是信手拈来，从容不迫。

奇怪的是今天晚上整个过程都似乎是自然而然，我并不感到拘束，好像一切都是冥冥之中早已安排好了一样。陌生人刚才说在酒吧等桌子等了一小时，在旁人看来也许就是等我，我一进来那张桌子就空出来，从头到尾，服务生都没有用怀疑的目光看过我。

我用餐巾轻轻擦一下头上的雨水。谢天谢地，幸好我穿的是Burberry的风衣，怪不得一个多世纪以来英国人都离不开它，久经考验，质量真的没得说，风衣湿透了，里面的衬衣居然没有湿，避免了很多尴尬。

陌生人终于坐定，长长舒了口气，然后微笑着对我伸出手：“我想我们应该认识一下了，我叫 Martin！”他的手很有力，还是刚才我摔倒他扶我的时候那种感觉，温暖而安全。

“Martin！”我重复了一遍，这不是典型的英国人的名字，有点拗口。

幽暗的烛光下，我悄悄地打量了一下这个叫 Martin 的人。还真是个很帅的老外呢，挺直的鼻梁，天蓝色的眼睛，相信这双眼睛有它们犀利的时候，但是此刻是温和的、收敛的。他穿件深蓝色西装夹克，颜色很配他的眼睛，烫得硬挺的白衬衫，身上散发着若有若无的古龙水香味。这是一个相当讲究的人，是那种看似不经意的，骨子里的讲究，他说一口标准的伦敦口音的英语。

“你是中国来的？”Martin 问。

我点点头：“你呢？”

“我？”他指着自己的鼻子，“我是从月亮上来的！”

我愣了一下，随即大笑起来。我被自己的笑声吓了一跳，我已经不知道有多久没有这么开心地笑过了。这么一笑，浑身都轻松下来。

“但愿我刚才打翻的不是你从月亮上带来的酒，要不我可就赔不起啦！”这时我才发现，这段时间我已经相当疲倦，也很寂寞，我需要和谁聊聊，这个人似乎是从天而降，专门为哄我开心而来。

Martin 神秘地眨了下眼睛：“这个是秘密，现在不能透露！”

这时，一个服务生拿着一摞厚厚的菜单来到我们桌前，给我们一人一份。

我一看见这么复杂的菜单就头疼，我对Martin说：“拜托，这个点菜的事情就全交给你了，我请客，谁让我撞翻你的酒呢！”

“好啊，我看你现在最需要的是先喝一杯！来，给我们年轻的中国女士上瓶Moet香槟，要粉红的那款！”Martin对服务生做了个手势。

不一会儿，一瓶粉红色的Moet香槟、两个高脚香槟杯和一个银色的冰桶放在了我们桌上。在烛光的映照下，水晶杯里那粉红色的液体流光溢彩，Martin向我举起酒杯：“来，为了今晚！”

我还是第一次喝这种香槟，它的味道有点甜，有点涩，有点酸，但是喝下去后回味无穷。我一连喝了几大口，也顾不上淑女风度了。

我感到有点晕眩，是那种很舒服的晕眩，我已经很久没有这样放松了，而且是在一个陌生的异国他乡，和一个刚刚认识几分钟的外国人！

没有几分钟，服务生就端着满满一个大盘子走到我们桌前，里面是各种小巧的碟子和一瓶红酒。

“这是香烤青口贝，这是扒生蚝配蒜蓉酱，这个是伊比利亚火腿，这个呢，是我们厨师最擅长的番茄香蒜紫苏面包，这儿还有四种不同的奶酪！”服务生一边介绍，一边像变魔术似的手脚利落地摆好那些小碟子。

我被这一连串的动作弄得眼花缭乱，这个晚上发生的一切都似乎不由我控制，我甚至没有注意Martin是什么时候点的菜。

“来，吃点东西，这些都是西班牙比较典型的TAPAS，就算是开胃菜了。我不知道你喜欢什么，就各种都点了一点，我先强烈推荐你尝尝这个伊比利亚火腿！”

Martin指着那盘粉红色的火腿肉。

西班牙火腿我并不陌生，在国内也可以买到，这个火腿在西班牙有点像中国人的咸菜，非常普遍。我挑起一块薄薄的火腿放进嘴里，怎么这个味道和以前不一样？简直像巧克力，入口即化，而且，融化之后还回味无穷！

“这绝对是全世界最好吃的火腿了！”

我惊叹不已！今天怎么搞的？怎么什么都那么好吃？难道我饿急了？我也不是什么都没见过的人，但是这个伊比利亚火腿已经把我彻底醉倒！

“这个伊比利亚火腿在西班牙可是论血统的，因为纯种的伊比利亚猪是在减产的，75%的纯正血统的比金子还贵。这个品种的猪住的环境比咱们都好，在西班牙的安达卢西亚橡树林区，阳光灿烂，空气新鲜，仙境一般的地方，你想它的味道能不好吗？”

Martin看我吃得高兴，便滔滔不绝地介绍起来。

“我能再尝一块吗？”

我问，没等他回答就干脆直接上手了，连叉子都没用，这也太好吃了吧？我把淑女风度忘得一干二净，我迅速往嘴里放了一块薄薄的、粉红色的火腿肉，然后陶醉地闭上眼睛，难道一片火腿就让这世界一下子变得这么美好？

Martin似乎一直在津津有味地欣赏我的吃相，到这会儿他自己还没有动过刀叉。

“尝吧，都是你的！感觉你好像很久没有吃饭了嘛，刚才你就是那么一副饿虎扑食的架势一头栽进这个地方来的，吓我一大跳，你的那个出场是够戏剧的！”

Martin对我比画着，学着我的动作。

我想想自己刚才的那副狼狈相，也不由得大笑起来，我笑得流出了眼泪。今天晚上我笑得比这一年还要多，奇怪，和这个Martin怎么连个熟悉的过程都没有，就可以有说有笑的？而且他毫不费力地让我平时和陌生人相处时的拘谨一扫而光，整个世界都变得温暖和明亮起来！

红酒上来的时候，Martin指着那碟精巧的奶酪盘对我说：“来，红酒配这几样奶酪特别好，你试试！”

我看看那几块不是发黄就是发绿的奶酪，摇摇头：“不好意思，我不是很爱吃奶酪！”

“你要是相信我，喝一口红酒，然后你先尝尝这种。这叫Tetilla，是一种淡奶酪，你看它很软、很清淡的。如果你不喜欢，吐出来就是，我不介意！”

Martin期待地看着我，这个人好奇怪，他一心一意地陪我吃东西，心无旁骛，而且充满热情，看得出，他对食物实在是内行。

我喝一口红酒，这大概就是刚才Martin说的那种西班牙最好的红酒了，叫Atalayas，果然如同丝绒般柔软，一口下去，我的全身都暖和起来。然后我切了一小块Tetilla奶酪尝了一下，Martin说得没错儿，这奶酪像瑞士莲巧克力一样细腻，入口即融，我连忙又切了一块放进嘴里，一股淡淡的牛奶的清香，一点儿怪味没有。

Martin专注地看着我："怎么样？不像你想的那么难吃吧？"

我又喝了一大口红酒。浓郁的酒香和奶酪的清香混在一起是那么美妙，我点点头：

"真的不错，奇怪，为什么以前我不喜欢奶酪呢？总觉得味道特别怪异！"

Martin笑笑，又指着盘子对我说："现在你走出了第一步，可以再试试这种SanSimon奶酪。别太介意这个表面灰灰的颜色，因为它是用桦木熏过的。这种奶酪下酒最合适，我想你会喜欢！"

这诱惑简直是让人难以阻挡！我又喝了一大口红酒，我想象此刻如果剑桥的同事看到我一定会吃惊得都掉下来。我，一个典型的工作狂，竟然花了一整个晚上和一个陌生的老外坐在酒馆里专心地品酒，尝奶酪。

这个晚上我已经成了奶酪狂人，最后Martin让我又尝了西班牙最出名的Cabrales奶酪，一种由三种牛奶混合制成的奶酪。据Martin说这种奶酪要在西班牙北部的石灰洞里成熟好几个月，它的味道实在是太棒了！很强烈的奶味儿，但是很刺激，吃下去余香满口，久久不散。

不知不觉，一瓶红酒已经见了底，碟子里吃的也快空了。

这时我才发现，Martin面前的盘子干干净净。难道他没有吃吗？他只是在看？

"你怎么什么都不吃？难道你不饿吗？"我惊奇地问。

Martin大笑起来："真不知怎么谢谢你！难为你还惦记着我，你看看这盘子里的吃的，被你风卷残云似的吃得一干二净，我有机会下叉子吗？”

我愣了一下，然后不好意思地说：“可以再点啊，怕什么，不是我请客吗？”

Martin做了个吃惊的表情：“我说，我也见过能吃的，但是像你这么能吃的，还是见第一次呢。你饿了好几天吗？”他揶揄地笑。

我更加难为情起来，真是糟糕透了，我今天晚上表现得简直像个没有风度的饿狼，胃口大开，甚至没有顾及别人，这和我平时的风格完全不同。也怪，在这个刚刚认识的陌生人面前，我竟然没有一点拘束。

不过，还真是被他说中了，我不只是饿了好几天，事实上，三个月以来我都是食而不知其味。此刻，我有点晕眩，不知是因为那粉红色的美妙香槟，还是这瓶醇香的红酒。或许是这静静燃烧的蜡烛，还有壁炉里的火光，以及空气中若有若无的音乐，还有这些好吃的，再加上眼前这个叫Martin的，我感觉自己好像有点醉了。

“对了，你到底是哪个国家的？你不会真是从月亮上来的吧？”

我问。怎么搞的？我竟然变得有点油嘴滑舌的，这完全不是我平时的风格，我对陌生人一向缺乏好奇心。

Martin做了一个受宠若惊的表情：“我以为你根本没兴趣知道呢，好像你对奶酪的来龙去脉更关心。我嘛，是Bergen人！”

我的脑子飞快地搜索了一圈儿，Bergen？这个名字好熟悉啊，但是一时想不起来了。

“在挪威！”Martin说。

“啊？原来你是挪威人？贵国靠着自然资源生存，老天爷对你们格外照顾，要石油有石油，要海产品有三文鱼，我一直以为挪威人坐在家里不出来也有饭吃呢。那你来这里做什么？”

我的话又多又快，话一出口连我自己都吓了一跳。我好像还是第一次有这种感觉，明明知道自己在说什么，但是却控制不住，好像刹车失灵一般。

我又喝了一口红酒，突然想起来了：“Bergen？是格里格的故乡吧？怪不得这么熟悉！”

“你怎么会知道格里格？”Martin 有些吃惊。

我笑起来，告诉他格里格的《培尔·金特》在中国虽然谈不上家喻户晓，但也绝不陌生。挪威还有作家易卜生，大多数中国人都知道。

“但是我最喜欢的挪威作家并不是易卜生，而是克努特·汉姆生！”我接着说。

Martin 怔了好一会儿，似乎更加惊奇了，又把我上上下下地打量了一遍：“看来你懂得还真不少！你居然知道 Knut Hamsun？这简直太不可思议了，现在，你必须告诉我，你到底是做什么的？”他像发现新大陆般地欣喜若狂。

我自己也没想到，毕业这么多年，我还能记住这些作家的名字，而且和一个萍水相逢的人这么随意地聊些和我的工作完全没有关系的话题，也是这些年以来的第一次。我很开心，这个人真是像他自己说的，从月亮上来的，我不想打破这份神秘感，就这样海阔天空地聊下去也不错，反正大家会各走各的。

“你去过中国吗？”我转移了话题。

“去过几次，中国发展得太快了，尤其北京，每次去，很多地方都找不到了，那些老胡同里的四合院好多也被拆掉，真是可惜！”

“是不是欧洲人都希望中国最好永远是他们梦中的东方后花园？带点落寞的神秘色彩，小脚，大辫子，大红灯笼，几个姨太太坐在一起打麻将牌？”我笑着问他。

Martin沉默了一会儿，然后说：“你知道吗？这个世界上让我感到吃惊的人可不多，但你就是其中一个。刚才还像个迷路的孩子，现在又如此伶牙俐齿！”

我哈哈大笑起来：“我，有很多面呢，假以时日，你会发现！”

说完我立刻后悔了，这话也太主动了，难道这不是意味着我们还会再见面吗？

这时，音乐的声音渐渐地低了下来，壁炉里的火也有些疲乏地摇摇晃晃，大部分的客人开始离去。我有点犹豫，老实说，我有点想和这个陌生人接着聊，看样子他也不介意和我再多待一会儿。我回想了一下我们的对话，到现在为止，几乎一句信息方面的交谈都没有，除了他的名字，但那只是个符号而已。他是做什么的，为什么在这个地方出现，都不得而知。

我看看表，惊呼一声，已经快夜里12点了，我已经在这里坐了这么长时间了？

Martin谈得兴致勃勃，没有要离开的意思。

我打算换一个话题。

“现在我终于知道你是干什么的？你是个厨师，对吧？”我肯定地说。虽然他穿得实在不像，但是我感觉他是，在欧洲，一个明星厨师是被当作艺术家来看的。我几乎可以确信他就是，他对美食那么热衷。

Martin被我说愣住了，然后又笑起来："说真的，我还真有过这种想法，找个山清水秀的地方开个像这样的酒吧，然后一边喝红酒，一边和客人聊天，一边做饭，你别说，我还真的想过！"

"听起来好诱惑，一个人能做自己喜欢的事情是最快乐的！好了，现在时间不早了，谢谢你，让我有了一个愉快的夜晚。这是我这一辈子吃得最好最开心的一顿饭，麻烦你把服务生叫来结账好吗？我明天还要赶飞机呢！"

说着，我熟练地打开皮包。

Martin冲我摆摆手："开什么玩笑？你以为我真的会让一位女士请客吗？我刚才已经结完账了！"

我的脸上热辣辣的，不知道说什么好，大吃大喝了一晚上，还是花的一个陌生人的钱，这种事对我来说还是第一次。这个晚上所发生的一切似乎都不能被我控制。

这时，整个酒吧的灯光暗下来，这意味着这个夜晚进入了尾声。我们同时站起来，这时我才发现Martin原来身材那么高大，他把我轻轻扶下台阶，如同对待一个公主般的优雅。然后，他从墙上取下我的风衣，小心翼翼地替我穿上，紧走几步，替我推开酒吧的大门。

这一连串的动作真让我眼花缭乱。长这么大，我第一次被一个男士这样体贴地服侍，问题是这些事情他做得毫不肉麻，一点儿没有令我不舒服，我整个人都是飘飘欲仙的。

Martin提出来要送我回酒店，出去走走也好，我本人的方向感等于零，现在我连自己身在何方都搞不清楚。而且，我也愿意和他再多待一会儿，奇怪，怎么这个晚上的时间过得像飞一样快？

出了大门，我深深地吸了一口夜晚冰冷而新鲜的空气。雨后的空气真凉，真刺激！我仰起头，让新鲜的空气拂过面颊。这个夜晚，突然变得如此美妙，满天的繁星，而且，我突然发现原来星星也是有颜色的，深绿色，淡蓝，玫瑰红色，如同天空上镶嵌了无数珠宝。

在剑桥的这些日子，我每天盯着眼前的数据和报表，竟然没有抬头看一眼这样的夜空。我要感谢这个陌生人，他把我从我那动荡、纷乱的生活中拉出来好几小时。

我们一时没有说话，一切仿佛在前世已经发生过。这是一种我已经久违了的感觉，有点紧张，有点兴奋，还有一种莫名其妙的熟悉和亲切，好像在这之前的一切辗转周折只是为了今晚的相见。

这完全像是一个梦，也许明天早上醒来的时候我就会知道这其实就是一场梦。

我悄悄看一眼Martin的侧影，我觉得我们仿佛已经认识很久了，我突然有种冲动，想告诉他那些埋藏在我记忆深处的小小的、琐碎的往事。大学的时候，有时大家晚上一起去城里看了电影回来，要在弯弯曲曲的小路上走一个多小时才到宿舍。我们总是一边走，一边争论着电影里的情节，到了学校，意犹未尽，再到街边的小饭馆里接着谈。寒冷的冬夜，一盏昏昏欲睡的路灯下，洒满辣椒油的云吞汤，一小口、一小口地喝着，白色的呵气和云吞汤散发的廉价香油的蒸汽混在一起，在空气中弥漫，那时只觉得这是世界上最美味的东西，生怕太快就吃完了。

那样的夜晚，我曾经无数次地希望它永远也不会结束，就像此刻，在我们的不远处，圣约翰学院那布满爬山虎的古老建筑在夜色中若隐若现；剑河水在我们身边低吟浅唱。也就是在这里，很久很久之前，一个年轻的中国诗人曾经沉醉地在斑斓的星光里放歌。

“你知道吗？我们中国有个很有名的诗人，叫徐志摩。他20世纪20年代早期在剑桥留学，他对剑桥有很特别的感情，他的眼睛是剑桥教他睁开的，他的求知欲是剑桥给拨动的。有一次，他回到剑桥故地重游，写了一首诗，叫《再别康桥》，那是我最喜欢的一首诗！”

我的声音有些发抖，夜风带来了丝丝凉意，我把风衣又扣紧了一些。

“是吗？可以读给我听吗？”Martin侧过头，他的眼睛在满天的星辰的映衬下显得格外的明亮。

“轻轻的我走了，正如我轻轻的来；
我轻轻的招手，作别西天的云彩。

那河畔的金柳，是夕阳中的新娘；
波光里的艳影，在我的心头荡漾。”

这种感觉真好，在一个陌生的地方，和一个陌生的人，事先完全没有任何计划，以后怎么样谁也说不好，也许我们所有的只有今晚。但这已经足够，这个来自挪威的陌生人，在我情绪最低落的时候让我开心了一个晚上。

“真美，我喜欢这首诗！”Martin停下脚步，轻轻地搂了我一下。

“你这么一说，让我想起一个老电影，叫《日出之前》，你看过吗？”Martin问。

我摇摇头，我不敢告诉他我已经好多年没进过电影院了。

“给我讲讲！”

“一对大学生，男的是美国来欧洲旅行的，女的是在法国度假的大学生，两个人在火车上偶然相遇。本来男的应该在维也纳下车，然后坐飞机回美国，女的在巴黎下车回学校，但是两个人谈得特别投机，结果他们一起在维也纳下车，就那么在大街小巷里走了一夜，谈了一夜！”

“他们谈了什么？”

“什么都谈了，生命，死亡，灵魂，信仰，失落，爱情反而是很少的一部分。我一般不大看这类文艺的电影，但是这部片子我一直没有忘记，只是我还没完全想明白是什么吸引了我！”Martin若有所思地说。

“后来终于到了分别的时刻，男孩子早上从维也纳飞回美国，女孩子坐下一班火车回巴黎，两个人决定互相不留电话，约好六个月后的某一天在维也纳的这个火车站见面！”Martin转过头，深深地看了我一眼。

这时，我们已经到了我住的酒店的大堂。我们停下脚步，到了告别的时候了。

“后来呢？六个月后他们见面了吗？”我紧张地问，这个电影一下就吸引了我。

我已经不知道自己有多久没有安静地读一本书，或者看一场电影了。

“这个嘛，你自己去看吧，看完后写信告诉我，如果你愿意。”说着，他从口袋里掏出一张名片，然后把我的右手拿起来，把名片放进去。

我的手握在他的大手里，很温暖，很舒服，他没有马上放开的意思。

奇怪，我怎么会有种依依不舍的感觉呢？我站在那里，我的手插在风衣口袋里，一时不知说什么好。我没有随身带名片的习惯，而且，他也没有向我要。

我紧紧握住那个名片，努力地向他微笑了一下："我郑重承诺，一回到中国就找这个片子来看，然后给你写信！"

Martin 点点头，又紧紧地握了一下我的手，然后松开。他没有再说什么，眼睛里是浓浓的笑意。

然后，他冲我挥挥手，转身消失在静静的夜色中。

第15章

那张名片，在我的办公桌上已经摆了两个星期。

名片的内容我几乎已经可以背下来。那个陌生的挪威人是一家国际知名咨询公司的高级顾问，负责海外市场，上面有他的电话、邮箱和公司地址。

然而我还是没有勇气和他联系。我答应他看的那个电影，到现在也没有时间看。回到南京，工作铺天盖地而来。而且，和他该说些什么呢？也许，他只是出于礼貌才把他的名片给我，他连我的名字都不知道。

在剑桥的最后一夜，和陌生人分手后，像往常一样，我进了酒店的房间，换了衣服，洗个澡，然后上床睡觉。我睡得很香，一整夜居然都没醒。我是被早上的一缕透进窗户的阳光唤醒的，那道阳光很微弱，我睁开眼睛，周围的一切，都和平常一样。在这里住了那么久，我熟悉这个房间的每一个角落。但是，那天早上，当我像平常一样醒来的时候，我突然有种异样的感觉，在我眼前第一个出现的竟是那个挪威人的面孔。

和他在一起的每一个镜头无数次地在我眼前重复着。

从剑桥去伦敦希斯罗机场的一路上，从伦敦到上海的飞机上，挪威人的身影还是挥之不去。回想起那个晚上的每一个细节，我总是无缘无故地微笑，对我来说，这是从来没有过的。

剑桥对我有了特殊的意义，它已经不仅仅是光棒，不仅仅是无数令人失望的失败，现在，剑桥这个词已经有了一层新的含义，它让我认识了一个人，而每当我想起这个人，即使是独自一人也会情不自禁地微笑。能够笑，是多么开心的一件事！回到南京，连我的司机都注意到了我的心情不错。

可是，理智告诉我，这只是一场萍水相逢而已。挪威，那是一个多么遥远的国家！也许我们以后都不会有再见面的机会，毕竟，我们天各一方，对彼此的情况又都不了解。

但是他的名片就在我眼前明晃晃地摆着，我不可能熟视无睹。也许，他早已把我忘了？但是为什么我不可以试试呢？如果他真的把我忘了，我也就不用再多想什么。至少，我可以写一封出于礼貌的邮件，谢谢他的那顿晚餐，毕竟那是我吃过的最愉快，也是最美味的一顿晚餐。在这之前，食物对于我，只是为了果腹而已。我对吃什么一向缺少兴趣。

我的邮件发出去了几小时，挪威时间早上七点，Martin 的回信就出现在我的邮箱。

“谢天谢地，你的邮件终于来了！整整两个星期了，我以为永远见不到你了呢！你不知道我有多后悔那天没有要你的联系方式，都是那个该死的《日出之前》的电影害的！现在我认为你可以不看那个电影了！我想说的是，除了工作，我一般很少用邮件和人联系，所以，请你收到这封邮件后马上给我打个电话，任何时间都可以！”

我的心怦怦跳了起来，短短的一封信，他用了五个惊叹号。难道世界上还真有心有灵犀一点通这样的事吗？

我拨通了那个几乎已经可以背下来的电话号码。

电话另一头传来一个陌生的声音，我有点紧张，随即，那个人开始大笑起来。这个笑声是如此的熟悉，我一下就回到在剑桥的那个夜晚，他也是这么开怀大笑，就是他，那个挪威人Martin！

Martin告诉我，他一周后要到上海出差，希望能见到我。

"上海离你远吗？我到现在都不知道你到底为什么会在剑桥出现，也不知道你住在哪个城市，中国这么大！不过，你现在不要告诉我，见面再说！还有，这次你可要做东啊，毕竟是到你的国家啦！"

他的声音里有种按捺不住的兴奋，有点语无伦次。

很长时间以来，我都在回避着与一个人建立起一种亲密无间的长久的关系，因为没有时间，也因为没有情绪。我不相信那种刻意的寻找，也不相信所谓的另外一半在什么地方等着你。大学毕业后，我的感情生活也并非一片空白，但是每次持续的时间都很短，在最初的惊奇和狂喜过后，我总是迅速发现这个人身上有让我难以接受的地方。

剑桥的那个夜晚太特别了，好像所有的一切都在为我们的相识做铺垫和背景，在那样一个浪漫的地方，一个人很容易陷入不切实际的感情幻想。如果在中国见面，一个我熟悉的地方，也许我会更加清醒一些。

见一面也好！也许我就死心了，我有过不止一次这样的经历，在一个偶然的机会喜欢上一个人，但是再次见面，时过境迁，不知是那个人变了，还是我的心情变了，好像完全没有了当时的感觉。

接下来的一个星期，每一分钟似乎都过得极其缓慢。见Martin那天我该穿什么呢？酒店的房间里已经堆了一地的衣服。我感觉哪件都不对头，直到临出发，才换上一件最简单的无袖短款白色蕾丝连衣裙，一条水晶鸡心项链，脚下是一双淡金色高跟凉鞋。

Martin真的会来吗？他能找得到这个地方吗？我还认得出他来吗？上一次见他的时候，好像从头到尾都是在一个灯光昏暗的地方，我只记得那天的烛光，我们的谈话，那美味的红酒，他的面孔我却有点模糊了。

车快到MontheBund西餐厅的时候我还在胡思乱想。

这家餐厅在黄浦江畔的一座七层楼的顶层。坐在餐厅里，可以看到整个的外滩和对岸的浦东。选择了这个上海最酷的餐厅，仅仅是在气势上，我就应该有自信，这可不是剑桥的那个西班牙餐厅，那时我浑身湿透，狼狈不堪，如同一个犯错误的小学生一样。此刻，Martin将要见到的我完全是另一个人，也许这个人反而会让他失望。一个成熟的女性有时会让男人望而却步。

我来得比我们约好的时间早了几分钟，这也是我平时的习惯，只要我是主人，就一定要提前到餐厅，检查一下细节。

旋转门滴溜溜转了一圈又一圈，终于，一个身材高大的外国人急匆匆地走了进来。他穿着米色长裤，深蓝色T恤，戴着一副深棕色飞行员墨镜，有种说不出的帅气。

我的心狂跳起来，是Martin！他真的来了！看见他的那一刻，我所有的顾虑、所有的胡思乱想都在刹那间消失得无影无踪。我按捺住心底涌上的喜悦，冲他微笑了一下，慢慢向他走了过去。

看到我走近，Martin先是怔了一下，好像有点认不出我的样子，随即，他的脸上绽开一个大大的、温暖的微笑，然后他向我张开手臂，把我拥在怀里，很自然地在我脸上吻了一下。

“真的是你，我有点儿认不出来了！”Martin把我推开一点，又把我打量了一遍。

他穿得很正式，衬衣的袖口还带着漂亮的袖扣，他身上有股我熟悉的森林里树叶上发出的清香，和那天晚上一样的古龙水味道。我偷偷地深深吸了口气，他的怀抱让我感到温暖、安全，这是属于我的地方！

就是他了！我听到一个声音悄悄对自己说。

和Martin在一起，一切都似乎是发生了很多次，一切都是那么顺理成章。Martin为我拉开椅子，点酒，点菜，我又一次地有了一种被当成公主般的感觉。

餐厅里很安静，老式的吊灯发出昏暗的灯光；若有若无的音乐在空气中缓缓飘荡；墙上挂着几幅镶嵌精致的油画，每幅油画上都有一盏小小的画灯，把画的颜色和轮廓隐隐地照亮。画中女孩子的皮肤是象牙色的，她穿一件黑裙子，旁边是一个烛台，一根暗红的蜡烛在静静地燃烧。她裙子上的波纹清晰可见，一头浓密的黑发散落到肩上，发丝在烛光里闪动着神秘的光芒。

一切都是那么和谐、安宁。

服务生把香槟从我们桌边放着的冰桶里拿出来，砰的一声打开，然后把酒倒在水晶杯里，琥珀色的香槟在幽暗的灯光下诱惑地闪动着。

“这一次不是粉红的香槟了！”我打破沉默。

“但是有一点没变，每一次都在水边，上次是剑河，这次是黄浦江！”Martin指着窗外。

我们仍然没有一句资料性的谈话，比如对方是否结了婚，在哪里工作，都没有，Martin 仿佛就是为了和我聊天而来。但是我很享受，夜色温柔，黄浦江水在窗外静静地流淌，它让我想起星光下的剑河。我突然觉得自己是如此笨嘴拙舌，我已经不太会说工作以外的话，这两年多以来，我变得越来越沉默寡言，每说一句话，都要想想后果。

我悄悄观察着 Martin。他真是个奇怪的人，从表面上看，他是个风度翩翩、沉着冷静的生意人，但他的骨子里又是如此浪漫，而这浪漫中又带着商人的迅速和果断，就像上次在剑桥，他把我"劫持"在一起和他吃饭，从头到尾就用了几分钟的时间，但是却让我措手不及。从我们认识的那一刻起，所发生的一切都像是在做梦，而且这个梦越来越离奇！

我们漫无目的地聊着，时间正悄悄从我们身边飞快地溜走，我的脑子里闪过无数的疑问。从哪里开始呢？我想问他的实在是太多，我想知道关于他的一切！

"你是在挪威上的大学吗？"我问。

"不，英国，曼彻斯特大学！世界上最好的大学！"Martin 的眼睛亮了起来。

"那是我一生中最快乐的时光，我们几个挪威的同学合租了一个公寓，安上了最好的灯光和音响，每个周末我们的派对火得能卖门票。曼彻斯特所有的出租司机都认识我们，因为一到周末我们就请他们代买啤酒，然后请他们也参加派对。连警察后来都和我们熟了，周末总有邻居报警，说这里开了个非法夜总会，警察也睁一只眼闭一只眼的！"Martin 眉飞色舞地说。

"你学的是什么专业？"

“经济，不过我头三年几乎没怎么上课，说专业也只看了一本！”Martin喝一口红酒。

“那你干什么了？”

这次的见面，他给我的印象和上次不同。这个人真有意思，第一次我见到他时，他是个成熟、冷静的商人模样，我根本没想到他还像个淘气的大男孩！这个人竟然会有这么多面！我们真是截然不同的两个人，我一向循规蹈矩，大学时连选修课都不会缺席。

“什么都干了，最荒唐和最疯狂的事情都是那四年干的！”

“比如？”我穷追不舍。

“比如，参加花花公子俱乐部啦，暑假在从挪威到俄国边境的邮轮上当导游卖沙子啦，大学的时候不折腾还等什么时候折腾呢？”

“慢着，谁这么笨买沙子？什么沙子？”我好奇地问。

“美国人呗，因为我们的邮轮到了俄罗斯边境是不允许客人下船的，可大家又想带点纪念品回去。我就卖起了沙子，50克朗一袋，很快就卖空了！”Martin笑眯眯地说。

“等等，这里有个漏洞，既然不允许大家上岸，那你卖的沙子哪里来的？”我用手指着他的鼻子问。

“我的沙子嘛，我认为是从俄国边境那边吹来的，我在挪威这边就是简单地包装了一下！”Martin冲我眨眨眼睛。

我哈哈大笑起来：“太可笑了，怎么世界上还有那么傻的人？买沙子当纪念品？”

Martin冲我眨眨眼睛："嘿，这就要看你的销售技巧了！"

这个人真有意思！他和我认识的人如此不同。他不是一个按常理出牌的人，这和他的身份也很不相符，做咨询职业的人是相当枯燥、刻板的，尤其是他那个国际知名的咨询公司。

"后来呢？大学毕业你去哪里了？'夜总会'的经历能派上用场吗？"我不动声色地问。

Martin把酒杯放在桌上：

"你别说，全用上了，我一毕业就去了高露洁在北欧的市场营销部，一做就是四年。你知道，牙膏这东西很枯燥的，你每天都得用，可是把它做得让人成打地买，那就是艺术了，对不对？"

"那牙膏卖得很好吗？我就用高露洁牙膏，很简单，我根本不知道还有什么其他牌子存在！"我说。

"看到了吧？这就是我们市场营销的魔力！我们那个时候把市场做得无比火热，以至于我们美国总部专门派人来查看是否北欧这边开始吃牙膏了！"Martin一脸的得意。

看得出来，这是Martin特别自豪的一段经历。

"当然有的时候也不是那么容易，比如有一次，我们推出一款薄荷味的牙膏，结果死活卖不动，但是你知道预算是铁打的，任务是必须完成的。我灵机一动，想起开夜总会的时候认识的一个很出名的英国歌星，他那时有首红极一时的歌叫《我想跳舞》。我让他把词给改了，名字叫《我想再次微笑》，这本来是我们那款倒霉的牙膏的宣传语，你看，多少也和牙膏挂上了钩。就这样，他很快录了盘唱片，非常畅销，最后是皆大欢喜，我们的预算任务大功告成！"

Martin 长长地舒了口气，一副心神向往的样子。

“可是那款牙膏呢？”

“牙膏纹丝不动地在库房呢，但是卖唱片得到的利润已经超额完成任务，我们老板又气又笑，警告我们高露洁公司不允许再卖唱片了！”Martin 得意扬扬地说。

眼前的这个人，让我又惊喜又困惑。我不知道该怎么去解释这一切，本来毫无关系的两个人，如果是按照正常的逻辑，我们根本不可能在一起，一定是冥冥之中的一种神秘力量在起作用。

他不属于我过去认识的人里的任何一类，按他自己说，他也不是典型的挪威人，但是，他到底是个什么人呢？

但是有一点我们是相同的，我们的思维都比较独特，都不喜欢按常理出牌。

一个周末过去，我对他的了解也越来越多，他曾经有过一次婚姻，还有个儿子，今年 5 岁。每年，他都要单独和儿子去度一次假，他会让儿子在地球仪上指出自己想去的地方。儿子 3 岁的时候，他们一起去古巴度假，他给儿子系上黑色的小领结，父子俩坐在酒吧的高凳子上看脱衣舞。

我大惑不解，这种教育方法我还是第一次听说，太奇特了！

“一个孩子从小就要有见识，非常简单！”Martin 说。

“下月他要去埃及的沙漠上骑骆驼，我已经同意了。怎么样，你和我们一起去吧？”

Martin 问我。那是在我们即将分别的时刻，我得回南京上班，而他也马上要回挪威。

看他那一本正经的样子，我不由得笑出声来。

“你只是把自己的工作时间卖给了这家公司而已，不要忘了生活里还有别的，还有比工作更重要的东西！”他说。

和Martin在上海分手后，我飞到北京出差。我一直在想他说的这句话，可是我的生活早已和工作紧紧地联系在一起，甚至连这个周末去上海和他约会，我都有种隐隐的歉意。目前我有什么资格去享受生活？剑桥的光棒项目进展得这么不顺，南京公司又面临光缆市场的挑战，我的压力已经到了极点。安特卫普的培训会上，我成了整个集团公司最受瞩目的一颗新星，我只有做得更好，不能有一丝一毫的懈怠。

但是我的身体却一天比一天差劲。事实上，这次从剑桥回来我就感觉身体不舒服，胃疼。这个毛病以前就有，我一直拿药顶着，但是这次来势汹汹，钻心的疼痛已经穿过后背，到了无法忍受的地步。我被送到了医院的急诊室，医生当场给我做了B超，然后告诉我，我得的根本不是胃病，而是胆囊炎，很严重，得立即住院。

主治医生告诉我，消炎后立即手术，切掉胆囊，刻不容缓。

我在重症监护室里昏昏沉沉不知躺了多少天，床头24四小时挂着吊瓶消炎，疼痛稍微减轻些，我就想试图说服医生采取保守治疗。因为手术后需要恢复一个多月，我根本没有这个时间，我的工作不允许我离开这么久。

主治医生不耐烦地瞪我一眼：“不开刀你会有生命危险，不是我吓唬你，你自己看看这炎症已经到了什么地步！”

事实上，我的身体异常虚弱，已经很多天不能吃任何东西，而且好几天没有看邮件了。我打开手机，几十条短信就立刻蹦了出来，几乎全是来自Martin！

“你在哪里？怎么没有消息了？我非常着急，请速联系我，我和儿子在埃及，有时信号不好，但是大部分时间是没有问题的。”

我犹豫了一下，说不说我住院的事情呢？我们的关系目前正处于一个比较敏感的阶段，我不知道以后会怎么样，毕竟我们相隔万里，再加上这场病，把我刚刚产生的一点幻想弄得烟消云散。此刻我没有丝毫的力气，连发一个短信都要出一身大汗。

何况他在埃及的沙漠里和儿子骑骆驼，他可真够浪漫的！我以后和这个人会怎么发展？我实在没有把握。

“不好意思，我病了，正在住院一段时间。我好了再联系，目前需要休息。”我把短信发了出去。

似乎Martin是在一直守着电话，没有多久，电话就打过来了，他没有责备我这么多天没有和他联系，问过我的病情后，就要我把医院的名字和地址告诉他。

这是什么意思？他人在埃及度假，即使回到挪威也要工作，那个时候我应该已经出院了，他要我的医院地址做什么呢？我有点奇怪，但是我没有多余的力气争辩什么，短短几分钟的电话，已经让我精疲力竭。

第二天早上我醒来，几乎不敢相信自己的眼睛，我病房的窗台上，枕边的小桌子上，墙角里，都摆满了铺天盖地的红玫瑰。

这是怎么回事？我揉揉眼睛，我怀疑自己是在做梦，怎么一夜之间我的病房就成了花的海洋？

"我的天，你老公可真爱你，人没到，花先到了，而且是派挪威领事馆的人送来，来头不小嘛！"给我换药的护士眉飞色舞地说。

老公？我的心狂跳起来，打开手机，Martin简短的短信立刻跳了出来。

"我会提前从埃及回挪威，然后飞北京，在此之前，希望那些玫瑰可以让你开心一些！"

原来是Martin！

这个人真是太神奇了！从头至尾，他没有一句肉麻的表白，只有行动，而且雷厉风行。我环视着病房里铺天盖地的红玫瑰，从我第一次见到这个人，他就使我眼花缭乱。剑桥的那个夜晚，从我一头栽进那个西班牙酒吧起，就身不由己地被这个人迷惑了，他有一种让人不可抗拒的力量。

鲜红欲滴的玫瑰花每天上午准时遍布我的病房，前一天的玫瑰全部被换走，我看着都心疼，这真是有点浪费呢！

护士站的小姑娘们又羡慕又嫉妒："你的神秘老公啥时候来啊？好大的手笔啊，我们还没见过这个阵势呢！"

每天都有人这样问我。我只是尴尬地笑，不知该怎么回答。

在上海分别的时候，我答应Martin，下次见面，我会给他一个惊喜。但是我万万没有想到，这个"惊喜"竟是在我的病床前。我的身上插着五六根管子，手臂上吊着输液的吊瓶，医生、护士不断穿梭在病房里，我的手术刚刚做完几天，因为几个星期的断食，我甚至连说话的力气都没有。

Martin是一下飞机就赶来的。

这个人黑了，瘦了，大约是尼罗河畔的阳光晒的，他比我记忆中的那个人还要英俊。

看到他，我的心突然平静下来，好像我们已经认识了一辈子。他穿着合身的牛仔裤，清爽的白T恤，藏蓝色西装夹克，袖口各有四个金色的小扣子。这是我们第三次见面，我注意到了他的穿着，非常讲究，但是又极为低调。

他的到来，引来很多小护士的关注。他人还没到，红玫瑰已经轰轰烈烈地燃烧了一个多星期，在此之前，这个地方还没有谁如此高调地示爱，所以这会儿，他在这家医院已经很有名了，只是他自己还不知道。

“真是不公平得很，咱们三次见面，两次都是我最狼狈的时候，而且总是上演英雄救美的场面，只是这会儿我大约是上次的95%左右，身体的一部分被切掉了！”

我躺在床上，竭力装得若无其事的样子。

Martin伏下身，在我脸上自然地吻了一下。他眼睛里布满血丝，好像很久没睡觉了，他身上还是那股犹如森林中晨露的清香，就像上次我闻到的那样。我闭上眼睛，深深地吸气。

这种感觉真好，我好像又回到第一次见面的那个夜晚了，我们走在剑河边，我给他背徐志摩的《再别康桥》，这似乎已经是前世发生的故事了。

“我的胆囊彻底坏掉了，医生说不切掉有生命危险，因为炎症已经很严重，所以我同意切除了胆囊。你看，现在我是一个没有胆子的人了。”

我的声音微弱，刚做过手术，底气不足。

“我刚才问了医生，她说手术很成功，以后你就注意不能吃太油腻的东西就可以了。你的胆囊没了不要紧，还有我的呢！”

Martin轻声安慰我。

“我跟你说，现在我知道什么叫‘叫魂儿’了。他们给我打完麻药，我可以听见手术刀划在我身体上的声音，然后就没有了知觉。手术不知做了多长时间，突然我就听见有人在喊我的名字，声音好像是从很远的地方传来，我就这么慢慢醒过来，这种感觉很奇怪，好像死了一回，在地狱里逛了一圈儿，然后又突然被召回来了。”

我絮絮叨叨地说着。一场手术之后，我变得唠叨起来。

Martin紧紧握住我的另一只没有打吊针的手，因为吊针打得太多了，我的手背上到处是针眼。他听我这么说的时候，眼睛里泪光一闪，然后转过头。

手术后，我在医院里一住就是三个多星期。慢慢地我开始下床走路了，我这才意识到这是个大手术，身体很虚弱，走一会儿就要坐轮椅。Martin每天来看我，天气好的时候就推着我到院子里走走。

初秋了，空气里已经有了微微的凉意，树叶开始变成淡淡的棕黄色，在一场雨后悄然落下，与泥土混在一起，血肉模糊。又一个秋天翩然而至！去年的这个时候我在哪里呢？我吃力地回忆着，我想起总部工厂旁边的那片树林，那片被雨水和落叶浸润的山坡。欧洲的深秋，大自然不动声色地抛过来一个个令人眼花缭乱的图案，明媚鲜艳，飘逸曼妙。那时的我，激情洋溢，热血沸腾，似乎整个世界都匍匐在我的脚下，静静地等待我去征服。

而此刻，我却被自己的身体狠狠地报复了一下，我穿着宽大的病号服，披着一条旧羊毛围巾，感觉自己已经1000岁了。我环顾四周，在旁人看来，我们是如此不配，一个那么帅的老外，推着一个半死不活、脸色蜡黄的中国女人。

“这是怎么搞的？我觉得咱们俩连过程也没有就直接变成老夫老妻了！”Martin感叹着。

那段时间我很容易累，初秋的午后，我会沉沉地睡很久，Martin管我叫“睡不醒”，好像多年以来欠的觉都要在这些日子里补回来。病房里的窗户一直打开着，从外面吹进来微风，带着阳光的暖意，病房里散发出阵阵百合的清香，让人很安心。

那当然是Martin带来的。

我的身体一天天地好起来，我急不可耐地要出院，亚历山大虽然已经在剑桥安排了顶替我的人，但是我不能再躺在这里了。南京公司虽然每天我都和秘书以及各个部门经理联系，可是我这么久不在公司，还是不放心。

Martin建议我和他一起去挪威休息一段时间。他认为我的身体长期积劳成疾，趁着这次生病，要彻底大修一下。

我摇摇头，告诉他这是不可能的。

“为什么不可能？你上一次休假是什么时候？你的身体已经给你发出了抗议，它已经支撑不下去了，长期使用而没有保养，这样下去怎么行？”Martin耐心地说。

我这个职务每年有六周的带薪假，但是我一次也没有休过。

“好了，先不说这个，来，给你看看这个是什么！”

说着，Martin像变魔术一样掏出个精致的小瓶子，透明的，里面是淡金色的液体。

“这是我在埃及一家香水店给你买的。我在那里待了半天，最后选中这款，传说这是埃及艳后用过的，只要点一滴，便已颠倒众生!”

说着，Martin 打开瓶子，然后用一根暗红色小玻璃棒蘸了一下香水，再小心地在我耳后点了一滴。刹那间，一阵醉人的清香扑面而来。

我闭上眼睛，深深地呼吸着，陶醉在这迷人的芬芳里，我想象着他坐在香水店里，专心致志挑选香水的样子。他所做的一切都令人不可思议，一个大男人怎么会懂香水呢?

我张了张嘴，还是什么也说不出来。

这些年的工作已经让我变得伶牙俐齿、雷厉风行，即使是在最大的客户面前也显得从容不迫，但是和 Martin 在一起，我却变得有点被动。

自始至终，他的气场强大，我好像只有乖乖从命。但是，服从有时也是一种享受。什么也不用管，把自己的一切交给另一个人去安排，这对我来说还是第一次，我没想到，这份感觉竟是如此的美妙。

只是这一切来得是如此猝不及防，好像冥冥之中的一切都被一股神秘的力量安排好了。茫茫人海，我们两个人的相遇连千万分之一都没有，如果那个晚上，我不去剑桥，或者没有突然下雨，我没有一头撞进那家西班牙餐馆，那么我们就根本不会相遇。

“有两样东西你是不用去追逐的，那就是——真爱和友谊。”

我不记得在哪里看到过这句话了，当时并没有理解，也不相信。但是，就是在我最不经意的时候，爱情反而飘然而至。在剑桥和 Martin 相遇的那个夜晚，我的状态是最狼狈的，也是最自然的，脸上没有任何化妆，穿得随随便便，因为心情沉重，还有些沉默寡言。

平时我在同事面前是不能这样的，我必须显得镇定、乐观、稳重。

“我当时的感觉是，你好像走了很长的一段路，一个人，显得特别孤独无助！”

我要珍惜眼前的这一切，这个人似乎是上苍送给我的一份意外的惊喜，我必须紧紧抓住，才不会让它转瞬即逝。

“好吧，那我出了院，去南京几天就和你去挪威看看！”我终于下定决心。

“我知道，我把咱们去挪威的机票都订好了！”Martin调皮地冲我眨眨眼。

第16章

秋天快要结束的时候，我和Martin一起回到了他的家乡挪威Bergen。

走出机场，扑面而来的是一股冰凉、甘甜、清爽的空气，带着海风特有的咸味，那是一种可以抚慰灵魂的气息。我把头探出车窗外，一边深深地呼吸，一边目不转睛地注视着这稍纵即逝的风景，生怕错过任何一个细节。Bergen和我去过的荷兰、剑桥的风格都不一样，在那里，天高云淡，一马平川，有时候多少会显得有些空旷和寂寥，而Bergen却如同都市里的山村，秀气玲珑，布局紧凑，但并不让人觉得拥挤。糖果色的小木屋星罗棋布，高大茂密的山毛榉，深蓝色的翠雀花和粉红色的大丽花，密密麻麻地爬满路边白色木屋的外墙。整个城市四面环山，白云的形状被山峰切割成一幅幅抽象画，似乎近在咫尺，伸手可触；云的背景是青山、绿地、蓝天，交相辉映，构成一种令人震撼的色彩。

虽然已经是晚上九点多，可依然是阳光灿烂，穿着运动短裤、紧身运动衣，戴着耳机的挪威姑娘从我们眼前轻盈地跑过，几个男孩子踩着旱冰车在路边互相追逐，牵着狗的年轻夫妇挽着手在山上散步……

Martin开着车，小心翼翼地驶过市中心被磨得光滑的鹅卵石小路。他告诉我，这个石子路是为了保持Bergen老城的风格特意留下来的。石子路有点颠簸，我的伤口刚愈合不久，每颠一下，伤口就隐隐作痛。我们一路往山上开去，一下又如同进了一个巨大的森林公园，层层叠叠，浓绿得化不开的参天云杉；开得娇艳的粉白色夹竹桃；树林中的秋千上传来孩子们的笑声；一辆漆成淡红色的缆车从山顶慢慢悠悠、轰轰隆隆地开下山来，越开越近……

这突如其来的阳光、清新的空气、色彩斑斓的大自然把我冲击得有些晕眩。我想起挪威著名画家蒙克的画——《呐喊》，最初看到这幅画的时候我被吓了一跳，画中血色的天空，蓝黑色的峡湾，一个穿着蓝色外套的人的眼睛因为恐惧而大开，发出骇人的尖叫，完全没有我印象中的挪威那种风和日丽的恬静。只有真的到了挪威，才会发现这绝对不是一个仅仅让你欣赏风景的地方。在这里，大自然的每一个细节中都蕴含着一种浑然天成的忧郁和深沉，没有一丝轻佻的东西。那是一种令人回味无穷的美，美得有些让人手足无措，甚至有些疯狂的感觉。

“到家了！”

Martin说着，一个漂亮的急转弯，在距离缆车轨道不到一米的一座两层的白色小楼前面停了车。

我已经做好了进入一个乱七八糟的单身汉家的准备。

我的眼前是一个宽敞而明快的客厅，干净的本色木地板，绛红色的百叶窗，厚实的波斯图案地毯上是深蓝色的沙发，各种强烈的色彩看似不经意地撞在一起。客厅正面是个大壁炉，壁炉上方挂着一幅东方女孩的油画。柜橱里摆着精致的小工艺品。从客厅的窗户看出去，波光熠熠的海面上，一艘白色的大游轮正缓缓开过。

我在浴缸里泡了很久。回到客厅时，Martin已经倒在沙发上沉沉睡去。他给我做的海鲜汤在锅里热着，白色的奶油汤里放了绿色的葱花和鲜红色的大虾以及金黄色的三文鱼片。这时，屋内的光线暗淡下来。我看看表，已经是半夜了，晚霞已经给峡湾铺上一条玫瑰色的缎子，整个Bergen静静地沐浴在万道霞光里，背景便是七座墨绿色远山，而此时的天空，已慢慢从蔚蓝转为淡紫色，被无数从木屋透出的灯光映得水晶般透明。

我打开阳台的门，光着脚站在那里，四周静悄悄的，对面是一栋黄色的小楼，亮着温柔的灯光。我深深呼吸了一口冰凉的空气，被眼前的这幅画面震慑住了。这客厅，缆车，窗外海面上的大船，都有一种恍如隔世的感觉。我突然明白了为什么Martin坚持让我来这里休假，这个地方实在是太适合像我这样一个长年奔波的人了。它是一个完美的栖息之地。这三年以来，我走了太多的路，说了太多的话，见了太多的人，我已经身心疲惫，现在最需要的就是这样一个地方。

躺在床上，一股淡淡的丁香花的芬芳弥漫在屋中，和雨水的清新混在一起，那是最好的安眠药。四周静悄悄的，只听见鸟儿的啼叫，仔细听去，好像是一对鸟儿在对话，一个声音温婉圆润，如同一个温柔的妻子，而另一个声音又快又粗，像个不耐烦的大丈夫。

那一夜，我就在这鸟语和花香中慢慢睡去。

我的身体在一天天地恢复。

我习惯了每天早上在听到第一班缆车开下山来时醒来，那是世界上最美妙的闹钟。我静静地躺在床上侧耳倾听，缆车由远而近，节奏轻缓，不疾不徐，像是一首欢快的舞曲；我习惯了早上起来的第一件事就是冲到阳台上，对着碧蓝如洗的天空、水波不兴的大海，淡红色的木屋顶、绵延不绝的绿色森林，深深地呼吸。这个看上去像玩偶般的城市，无论我的视线投在哪里，都是一幅不可多得的画面，这样开始新的一天，心情怎么会不好？

早晨的餐桌上永远是色彩缤纷，长方的水晶盘里放了三种折叠精致的熟肉，几片西红柿、几片黄瓜，还有几片黄色的生青椒；然后是一盘奶酪，有法国的布里奶酪、丹麦的蓝奶酪，还有一种方片的Jarle奶酪，Martin说这是挪威最著名的，也是最贵的一种奶酪，奶酪盘里点缀着几颗葡萄和几片橙子；红莓酱、蓝莓酱和草莓酱分别放在三个小水晶瓶里，里面各自插了一把小勺；另外还有两个装鱼罐头的小玻璃瓶；黄油分为两种，一种是植物黄油，另一种是高脂肪含量的；面包篮里整齐地放着刚出来的全麦谷物小方包，和我最爱吃的法国羊角包。

刚刚从烤箱里拿出来的面包香味扑鼻，几只蜜蜂大概是闻到了新鲜果酱的清香，从窗外飞了进来，在桌子上面盘旋，发出嗡嗡的声音。

真奢侈！我暗想，不是这些吃的东西，而是Martin肯花这么多时间！对于时间，我一向有一种不可救药的吝惜，每天这样大张旗鼓地做早餐，我有点犯罪感。我想起我们在剑桥相遇的那个小酒吧，Martin不厌其烦地给我介绍着一道道菜肴。他的家也被他布置得如此精心，就像他这个人，表面上看上去漫不经心，其实细节上却非常讲究，有一种低调的、骨子里的奢华。

我们两个人是如此不同，Martin是在认真地生活，而且活得津津有味、兴致盎然；而对于我来说，这一切只是生活的点缀而已，而不是生活的本质。这些年以来，只有在工作的时候我才能心安理得。休息、享受，只是我生活中短暂停留的驿站。

我瞥一眼手机，邮箱里又挤满了从公司发来的满满的几十封新邮件。我叹口气，伴随着新的一天的到来，一轮新的厮杀又即将拉开序幕。这曾经是我熟悉的生活，可是此刻，它却让我感到有些陌生，有些不耐烦。这是一种我最近才有的感觉。从前，我有过无数苦恼，焦虑，担忧，但是我不会不耐烦，即使在医院，在我临上手术台的最后一刻，我依然在处理邮件，打电话。

出院以后，我发现了自己身上的一些微妙的变化，在医院的这几个星期，我每天面对的是一面白墙，呼吸的是充满药水味的空气，身上插着各种管子，生活得既单调又无味。可是慢慢地，在这一日又一日漫长的康复中，我的头脑反而渐渐地清醒起来，许许多多的往事，平时没有时间去咀嚼的细节，突然开始慢慢浮现在眼前。而南京，却在我的记忆里开始一点点地褪色，虽然我每天和各个部门保持着密切的联系，但是那种焦灼不安、牵肠挂肚的情绪却似乎平静下来。

对于我，南京公司曾是我生命中的一切，它如同我自己的血肉，每一丝异常变化都会令我坐立不安，甚至彻夜难眠。可是对于它来说，我又是什么呢？我不在的这一段时间，公司一样在运转，当然问题永远是存在的。可是这些问题，现在却让我感到一丝淡漠，我不知道是不是因为我的身体由于一场大病而变得迟钝了，麻木了。

果然，早餐吃到一半，我接到了采购部经理的电话，ADSS 光缆的主要原材料芳纶丝突然断货。我们用的芳纶丝来自一家顶级的荷兰公司，他们是我们长期合作的唯一供应商，断货通知是他们前天发来的，而我们公司目前的库存只能维持一个多月，如果再来一个大订单就会有问题。

我的心一直沉下去，这是我最怕听到的消息，原材料中断，完不成订单，这种噩梦以前有过几次，都被这个聪明能干的采购经理解决了。他一向是让我最放心的管理人员，这次，他一定是走投无路了才打这个电话。看来问题是出在供应商那里，可是，斯蒂文呢？采购难道不是他负责的工作吗？

南京公司必须有一个负责生产的经理，这样下去我迟早会发疯。虽然我们的员工在荷兰做过生产培训，而他们中间也有比较出色的，可是还没有谁能胜任生产经理这个位置。每个月连车间盘点我都亲自上阵，光缆的原材料又多又杂，特别是盘点在车间的原料库存，要细心地去数，一点遗漏都会对成本造成影响，每个月最后一天的晚上八点，仓库、车间都停止工作，一直盘点到半夜。但这实在不是我的长项，我需要一个有管理经验、有技术背景的生产总监来帮助我。

斯蒂文就是因为这个原因被我千里迢迢地请到南京。

在荷兰开会期间，亚历山大帮我在公司内部物色了几个光缆生产经理人选，可是面试了几个人我都不满意。最后，亚历山大让司机把我送到总部下面的一个分厂，让我自己看一看那里有没有什么合适的人。

那家工厂旁边有一条小河，河水在午后的阳光下静静地流淌，上面漂着一些深褐色的树叶，如同一幅优雅的田园风景画，连车间里似乎也染上这种宁静而温暖的气息，一切都是井井有条、干干净净，我立刻对这个工厂的管理有了好印象。

我在办公室等了没多久，一个叫斯蒂文的中年人微笑着走了进来。我有点惊异，这个人风度翩翩，气质优雅，穿着得体，原来他就是这个工厂的生产经理！我还真有些吃惊，看上去他倒更像一个文质彬彬的绅士。面试过了几个嬉皮士一般的候选人，见到斯蒂文这样的实在是让人有如沐春风的感觉。

我对他的第一印象极为满意。

斯蒂文告诉我，他对去中国工作有兴趣，但是他有一大家子人，太太，两个孩子，一只猫，孩子需要找学校，猫是否能去中国？中国的动物检疫是否允许？一连串的问题弄得我有点儿晕头转向，我答应他马上打电话给我们北京办事处，把机场动物检疫的相关要求给他找来，保证他的猫进入中国。

猫的问题有了解决方案，斯蒂文似乎放松下来，问了我很多南京工厂管理方面的问题，显得很有兴趣。我俩谈了很久，我心花怒放，就是他了！他就是我想象中的那个负责生产和技术的管理人员，专业、认真，比我年长不少，而看上去又是那么有耐心，而且他说他对 ADSS 光缆生产很有经验。

可是当我欢天喜地地把我和斯蒂文的对话告诉亚历山大的时候，他的脸上却是一副奇怪的表情：

“你们如果能合作好当然最好，这个斯蒂文并不是一个特别好合作的人！”亚历山大终于说。

亚历山大的这些话我没有特别放在心上，我相信自己的直觉，只要斯蒂文能把南京公司的工作做好，什么我都可以忍。事实上，对于脾气不好的人我反而比较放松，至少不用费劲去猜他们内心的想法。可是仅仅几个月之后，我就发现斯蒂文果然不是省油的灯，我把整件事想得太简单了。首先我们就要新增加一辆车，他自己上班要车，他的太太平时进城购物、吃下午茶需要车，还有他的两个孩子去幼儿园和上学的接送。这些并不是让我最头疼的，问题是公司的行政费用在迅速增加，可是效率在下降。在南京的销售会议上，琳达告诉我斯蒂文一来就拒绝了好几个新的 ADSS 光缆订单。因为据他说工厂已经满负荷了，而且在调整工艺，生产人员也需要进一步培训，新的订单什么时候能接现在还不好说。

也许，我需要给斯蒂文一段适应的时间，毕竟一个外国人带着一家子来到一个人生地不熟的城市工作，需要一个适应的过程。问题是这个代价我们承担不起，这是公司，不是福利机构，如果长期这样下去，后果不堪设想。

今天的这个问题完全是莫名其妙，采购是斯蒂文负责的部门，我相信如果不是到了万不得已，采购经理不会给我打电话。看来斯蒂文又是束手无策，连这个问题他都解决不了吗？我们的供应商是一家荷兰公司，斯蒂文作为总公司下面一个分厂的生产经理，怎么可能连这点事情都不能沟通呢？

8月的阳光，隔着客厅里绛红色的百叶窗，慷慨地洒在淡蓝色的沙发上，洒在光洁的地板上。窗外，是高大的云杉树林，大片的绿色树枝沉沉地垂下来，粉色的蔷薇沿山一路轰轰烈烈地开下去，池塘里的几只天鹅正自由自在地嬉水，草地上坐满了晒太阳的少男少女。每个人似乎都听见了大自然的呼唤，都接受了大自然的邀请，无忧无虑地置身其中。虽然已经是深秋，挪威人还是换上了T恤和短裤，有的女孩子甚至只穿着背心，毫无顾忌地享受着每一寸阳光。可我却还穿着薄毛衣，手脚冰凉，坐在屋子里愁眉不展。

他们难道没有烦恼吗？我心想，即使有，也不会有我这样令人绝望的烦恼。对着一桌子的精美早餐，对着早上的明媚阳光，我却什么情绪也没有，一心想着怎么把在远在荷兰的某个供应商仓库里的芳纶丝弄到南京，而且要源源不断，要签长期供应合同，不能再玩儿这样的心跳了。

远处的码头上，数不清的机动船和帆船停靠在岸边。悠扬而舒缓的钟声在整个城市上空响起来，先是优美的前奏，然后是铿锵有力的十二声报时。那声音沉稳有力，仿佛在给整个城市打着拍子，从容优雅，不紧不慢。

此刻，我恐怕是这个悠闲的城市里最狼狈的人了！我瞥一眼Martin，他舒舒服服地坐在我对面的沙发上，一边晃着脚丫，一边专心致志地读一本烹调书，一副居家男人的模样。他在假期中连手机都可以不开，真让我嫉妒。

我叹口气，拨通了斯蒂文的电话，这一次，我告诫自己，要心平气和，无论如何不能发火。斯蒂文是个相当敏感的人，而且不轻易接受别人的意见，这一点是我和他接触了一段时间才发现的。

“芳纶丝？我知道这件事，供应商不是告诉我们最近断货，要等一段时间吗？”斯蒂文淡淡地说。

“可是我们和光缆客户的合同有时间要求，他们不能等。再说，芳纶丝的长期供货合同也必须谈了，斯蒂文，这件事你和供应商沟通了吗？”我尽量让自己的语气显得温和。

“刚才我已经告诉你沟通的结果了，他们说得过一段时间才可以谈！”

斯蒂文有些不耐烦起来：“我其实正想问你呢，像芳纶丝这么重要的原材料，你们以前难道和这家供应商没有长期合同吗？”

“没有，他们是总部这边推荐的，也是我们指定的唯一供应商，一直合作得很好，从来没想到会出问题！斯蒂文，以前我工作不到位的问题是要纠正，可是现在的问题是我们不能再等了，否则客户的合同就没有办法执行。你是不是可以再和荷兰那边沟通一下？毕竟我们是他们的长期客户，他们总不会对我们置之不理吧？”我耐着性子说。

“没有你想的那么容易，我试过了。不行你可以自己试试，你不是正好在欧洲吗？”斯蒂文不慌不忙地说，丝毫没有让步的意思。

斯蒂文说话的口气完全像我的上级，问题是我真正的上级亚历山大是从来不会这样对我说话的。采购明明是斯蒂文自己要求负责的，而且他又是从总部来的，供应商又是荷兰公司，为什么他不可以和供应商好好谈谈，却把这样的事情推给了我？

放下电话，我呆呆地跌坐在沙发上，然后又神经质地跳了起来。我谈就我谈，订单、客户的信誉大于一切。我拨号码的手在发抖，我需要迅速从我们的采购经理那里要到荷兰这家供应商的电话，然后和他们联系见面时间，Bergen 离阿姆斯特丹飞机也就是两个多小时，大不了我杀过去一趟，这有什么难的？可是斯蒂文是怎么回事？一个那么风度翩翩、彬彬有礼的人，我对他一见面就有好感，可是为什么到了南京，一下子他就像变了一个人？这么固执己见，这么不顾大局？

Martin 放下手里的书，冲我张了张嘴，似乎要对我说什么，我不耐烦地对他做了个手势，然后转过身打我的电话。

荷兰那家公司接电话的前台是个声音沙哑的老太太，满腹狐疑，态度并不友好，大概是因为我自己的声音也不够客气，而且我知道自己的声音听上去有些稚嫩，老太太根本不肯把电话转到负责人那里，只是让我留下联系方式，说他们会回复我。

真该死，真不顺！

我的喉咙里似乎被堵上了一大团棉花，眼泪也在不争气地涌上来。让斯蒂文说中了，我在国内和人沟通也许游刃有余，但是现在是在欧洲，一个前台老太太的关我都过不了，而且 Martin 看见我这副狼狈样子不知道会怎么想。和他认识以来，我不是生病就是生气，好像从来没有风平浪静地过上一天。

“把你的电话给我！” Martin 走到我身边，温和地拍拍我的手。

我警惕地看了他一眼，我的眼睛里似乎飞出了无数把小刀子，把 Martin 吓得倒退一步。

“喂，看清楚，我可不是你们公司那个叫什么斯蒂文的，别把我给宰了！你不是急着要见这家公司的负责人吗？我来帮你约他！”

“你？你又不认识他们，我们以前一直是在邮件来往，和他们公司的负责人还没有直接沟通过，连斯蒂文都没戏，你一个外行能做什么？”我没好气地说。

“让我来试试！相信我，刚才我一直在听着你的对话，你那点事儿我都听明白了！”

Martin说着从我手里拿走电话，然后走到窗前，开始打电话。

我闭上眼睛，有气无力地倒在沙发上，虽然Martin一片好心，可是又有什么用呢？斯蒂文都搞不定的事情肯定有他的难处。

Martin正在用他那特有的低沉嗓音和那个荷兰公司的前台老太太斡旋。他不慌不忙，娓娓道来，把事情说得清清楚楚，这小子果然把我的要求全都记住了。他不慌不忙地和老太太闲聊着，不时爆发出大笑，好像两人是多年不曾谋面的老友，相谈甚欢。没有一会儿功夫，他的声音又变得庄重而职业起来，一脸严肃的表情，看来电话的另一头已经换人了！

老太太真的把公司负责人的电话接通了！

我像被打了鸡血一样从沙发上跳了起来，正要冲过去，只见Martin冲我摆了摆手，继续和对方沟通：

“好，谢谢你们的理解，情况实在是很急，那我们就说好了下周三上午十点她到贵公司拜访！”

Martin的脸上终于浮现出一个欣慰的笑容，我目瞪口呆地看着他扬扬得意地挂了电话，冲我骄傲地扬起眉毛：

“都给你搞定了，现在你可以订机票了，小姐！”Martin说着，把手机扔给我，自己又回到了他那舒服的沙发上。

我怔了好一会儿，然后恍然大悟地跳了起来：

“唉，看来还是洋鬼子对洋鬼子好说话，你还真行啊！”

说完我才反应过来，难道斯蒂文不是洋鬼子吗？难道不就是因为这个我才花了那么大的代价请他来南京工作吗？

Martin白我一眼：“我要是你们那个斯蒂文就更容易了，不用和前台费那么多口舌，毕竟荷兰人对荷兰人会很客气！说实话，也真够为难你的，这种事情明明是他的工作，我从刚才和他们公司的对话里感觉现在确实是供不应求，可是人家对你们公司印象不深，这个时候当然不会先想着你们。再说，那个什么斯蒂文好像根本没和他们联系嘛，至少对方没有提到他！”

我沉默下来，斯蒂文在电话里的口气也让我感觉到了，可是，我宁愿这只是我的猜测而已。他为什么对这么重要的事情采取这样的态度呢？这个人到底在想什么？以后我怎么能相信他呢？

我的心头掠过一丝阴影。

“行了，别胡思乱想了，也许斯蒂文想看看你的本事有多大。毕竟他比你年龄大不少，又是荷兰人，在你的手下工作，恐怕有点难接受！”

Martin冲我眨眨眼睛。

原来是因为这个？我隐隐约约也有这样的感觉，几次生产协调会上，斯蒂文的态度都是怪怪的。

“问题是，他在我手下这个事实他来之前就知道嘛，我亲自把他请来的，这又不是什么新闻，他怎么会这样呢？”我更困惑了。

“嘿，我说，够了，烦死了，你是来度假的还是来上班的？顺带把我也搅和进去了！这样，下周我陪你杀到荷兰一趟，给你当司机，可是这个周末你得乖乖休息，最好把手机关了。我带你去一个地方，那里没有网络，你可以好好休息一下！”

Martin 挥挥手，不由分说地打断了我。

第17章

我们这是去哪儿呢？

Martin把车开得飞快，穿过Bergen著名的鱼市场，穿过古老的玛丽亚大教堂，穿过一个又一个狭长的小巷，然后出了城，上了一座令我头晕目眩的铁索桥。还没等我把两边壮丽的峡湾风光看清楚，转眼又上了一条羊肠小路，我伸长脖子，左顾右盼地看着外面千变万化的风景。这一路，下了三场阵雨，中间又晴了三次，开了已经快一个小时了，Martin还是没有停下来的意思。

后备厢里满满登登地装着各种饮料、蔬菜、酸奶、面包、奶酪、烤肉，还有我们临时收拾的行李，大有长期安营扎寨的感觉。从内心深处来说，我是哪里都不想去了，好不容易适应了靠着缆车的白房子，适应了这个叫Bergen的城市，Martin又执意把我拉到这个深山老林，让我看看他的乡村木屋。看到他那股兴致勃勃的样子，我实在不忍心拒绝。

终于到了停车场。我跳下车，雨过天晴，天空蓝得令人心醉，乡间小路的灌木丛中，深紫色的蓝莓果隐约可见。Martin推着堆得满满的独轮小推车，有点吃力地开始爬坡，完全没有了平时西装革履的那副派头；而我则是运动鞋，牛仔短裤，挪威民族风格的大毛衣，背着沉甸甸的双肩包亦步亦趋地跟在他后面。

到了挪威，我开始一点点了解了Martin的性格。骨子里，他其实是个地地道道的大男人，主意一定下来就希望别人接受，也没有耐心回答太多的问题。奇怪的是我居然毫无困难地适应了他，甚至暗自庆幸他是这样一种脾气，我自己平时在公司里发号施令惯了，和他在一起，我什么脑筋都不想动。

Martin一鼓作气把小车推上山坡，然后停下来转头对我说："你回头看看！"

我呼哧带喘地上了坡，回头望去，不禁失声叫出来，湛蓝色的大海好像突然从天而降，海上有一个如同仙境般的小岛，一群洁白的海鸥正腾空而起，发出阵阵长鸣；海边是一排排白色的小房子，房子外栈桥边停着好几条快艇，远远看去，有的人坐在海边的椅子上晒太阳，有的人开着船在海上垂钓，还有几个小伙子在玩儿帆板，周围不时掀起一阵白色的浪花。

再往前走，一座绛红色的房子映入眼帘。来之前，我还以为所谓乡村木屋只是一个简单的小房子而已，没想到光是花园就有一千多平米。本木色的天花板和地板，蓝白相间的窗帘，阳光透过客厅的玻璃窗大把泼洒进来，落地窗前是一个看上去无比舒服的大摇椅，我顺势坐了进去。窗外，一望无际的大海，如同一幅巨幅画卷，无声无息地展现在我眼前，房间里静悄悄的，这是一种我从没有体验过的、绝对的宁静，只有风轻轻吹动纱帘的声音。我坐在大摇椅里出神地看着大海，默默无语。我生怕一开口，这个神奇的画面就会瞬间消失。

不知什么时候，客厅里只剩下我一个人。院子里，Martin已经脱掉T恤，挥汗如雨地在花园里锄草。

我光着脚走出客厅，小心地踏上刚刚锄好的草地，空气中弥漫着一股浓郁的青草的芳香，太阳已经开始落山，残阳如血，泼墨一般洒在天空这张巨大的画布上。青草的温暖一阵阵从我脚下传来，带着土地的潮湿和8月的阳光，从脚心一直传遍我的全身。世界在这一刻仿佛停下了脚步，连好动的海鸥都已经栖息，只有树叶被风吹动时发出的“沙沙”的声音，那是院子里那棵枝叶繁茂的苹果树在风中自言自语。我一动不动地站在那里，所有的焦虑不安，所有烦乱的思绪在这一刻都离我远去。我是真正地生活在大自然中了，而不仅仅是一个旁观者，这草地、阳光、海风都近在咫尺。我全身每一个毛孔都悄然张开，一种倦意正慢慢向我袭来，不是心力交瘁的那种疲倦，而是一种催眠一般的，令人陶醉的奇妙感觉。

夜深人静，我依然迟迟不想上床，独自坐在窗前的大摇椅上，痴痴地看着海面上闪动的红色和绿色航标灯。它们如同一双夜的眼睛，温柔如水。一艘大船正无声地从海面上驶过，激起一道又一道泛着泡沫的青黑色涟漪。在这里，我的耳朵也突然变得灵敏起来，我就像一个聋了很久的人，一夜之间突然痊愈，哪怕是最轻微的声响也能清楚地分辨出来。我可以听见海浪在夜风中有节奏地拍打在礁石上的声音，配合着我轻轻翻动书页的声音，然后是厨房里那只老掉牙的座钟不紧不慢地滴答作响。它显示的时间完全不靠谱，而且有时候走累了还会自动停下来休息。但是这似乎也没什么，时间，在这个世外桃源已经失去了意义。

这种感觉，即使在Bergen那座安静的白房子里也不曾有过，那里虽然比大城市宁静了许多，可是还会听到缆车和邻居早出晚归时汽车发出的声音，时刻提醒我Bergen就在山下不远的地方，下山十几分钟就会进入车水马龙的市中心，即使它小如玩偶，也依然是我熟悉的那个文明世界。而在这个远离城市喧嚣的乡村木屋，没有了城市彻夜不眠的灯光，我的视线也变得格外清晰起来。在这个季节，其实天是不会完全黑下来的，即使是凌晨两点多，天空还在悄悄地研磨无数种神秘的色彩。时间一分钟一分钟地过去，然后，像魔术一般，漫不经心地给大海涂上一层柔和的玫瑰色的粉底。大海开始渐渐苏醒，海浪平静而温柔地喘息着，准备迎接一个新的黎明的到来。

我轻手轻脚地走进厨房，一盏老式的枝形吊灯安然地垂下来，小小的灯泡发出幽幽的亮光，墙上的木架子上摆着几个暗花餐盘，小小的餐桌上，铺着鹅黄色的桌布。打开抽屉，各式的桌布、餐巾、擦碗布整整齐齐地摞在那里，闻一下，还带着一股肥皂的清香。橱柜里的糖罐和盐罐，是那种古色古香的式样，旁边摆着的装鸡蛋用的小杯子，上面画着黄色小鸡的图案。

奇怪，我怎么会注意起这些琐琐碎碎的家常东西了？这些看上去毫不起眼的小物件让我有一种亲切、怀旧的感觉，在这寂静的深夜里，它们似乎在默默地陪伴着我，无声地在向我讲述着一个又一个古老的故事。

万籁俱寂，连一片树叶偶尔被风吹落的声音都可以听得清清楚楚。我端着一杯红酒走回客厅。在这样一个似曾相识、与世隔绝的木屋里，窗外是郁郁葱葱的挪威森林，波涛起伏的大海，我突然觉得自己像一个刚刚出生的婴儿，世界温柔而慈爱地向我张开手臂，一切都是那么美好、新奇。

好像刚刚合上眼睛没有多久，我就听见窗外传来清脆的鸟鸣。没有闹钟那刺耳的提醒，就这样被画眉早早叫醒，也是一种享受。我静静地躺在那里，不想睁开眼睛。按照我平时的习惯，早上第一件事就是提心吊胆地打开手机，手机里的消息决定了我这一天的情绪，可是此刻，我甚至不想知道我的手机在哪里。

Martin还在熟睡，我蹑手蹑脚地起了床，走到厨房，给自己做了一杯咖啡，烤了一片吐司面包，涂上草莓酱，然后光着脚走进花园。

眼前，是我永远看不厌的大海。风平浪静，海天一色，蓝得让人心醉。几只雪白的海鸥在海上盘旋，鸣叫，划出一个个优美的弧度。一条古老的小木船上，晃动着一个正在垂钓的身影。海鸥就围在他身边打转，它们对鱼腥的味道最敏感，只要有人钓上来了鱼，它们就会成群结队地飞过来。等船主把鱼宰好后扔出内脏，它们就会一拥而上，迅速叼走战利品，然后呼啸而去。这一切，恐怕连钓鱼人自己都不知道，俨然是一道天然美丽的风景。

我在花园的台阶上坐了下来，深深地呼吸这沁人肺腑的空气，我的脚踩在柔软的草地上，阳光的余温和土地的微凉交织在一起，让人感到一阵新鲜、刺激。我闭上眼睛，为什么不能这样从从容容地过上一天呢？不用提心吊胆地打开手机，不用费尽心思猜测斯蒂文的动机，不用担心如果下周荷兰的供应商不和我们签长期供货合同的后果。在这空无一人的天地之间，在这淡蓝色的晨光中，在散发着阵阵清香的花园里，什么都不用想，让大脑完全空白，忘记那个文明世界里的一切游戏。

“吃完早饭我带你去钓鱼，今天海里的鱼肯定少不了！”不知什么时候，Martin站到了我的身后。

这会儿，成群的海鸥正在海上翩翩起舞，上下翻飞，忙得不亦乐乎，看来它们今天的早餐格外丰盛，估计Martin就是根据这群吃货的动静做出的判断。

“我们不能就这么安安静静地待一天吗？什么节目都别安排，什么都不干？”我苦苦哀求。

“你说什么？这样的天气在家里坐着？”Martin吃惊地看了我一眼，“我告诉你，今天这个天气，Bergen凡是能动弹的都会倾巢出动，包括80岁的老人。一会儿海上的船就会多起来，你去了就知道了！”

“你是说我们要出海吗？”我吓了一跳。

“当然，要不我们从Bergen来这里做什么？等了一年了，好不容易等到今天这样的天气，一分钟都不能浪费。再说，你体验一下挪威海盗的生活，呼吸一下北欧免费的新鲜空气，保证你的身体恢复得快！”Martin摩拳擦掌地说。

“行了吧，这几天我都快醉氧了！新鲜空气呼吸得太多，回去都不能适应了！”

“告诉你，海上的空气和这里完全两回事，你今天晚上肯定会睡得特别香，再说，你在医院里住了这么久，脸色太苍白了，得好好沐浴一下挪威的阳光才会变得好看！”

Martin一脸认真地说。

我只好无可奈何地点点头，跟这个人完全没有什么道理好讲，他有他的一套逻辑，根本听不懂我的暗示。

山坡下是一排白色的小木屋，一共四个，从远处看是天衣无缝地连在一起的，进去了我才发现其实是各自独立的船房。里面很大，足有50多平方米，宽大的木地板被海水洗得已经发白，墙上挂满了各种渔网、鱼钩、鱼竿，地上整齐地放着工具箱和塑料桶，桌子上放着大大小小的刀子。Martin熟练地向给我一一介绍：哪种网是捕捞三文鱼的，哪种是网鳕鱼的，钓秋刀鱼用什么样的钩子，抓螃蟹要用一种黑色的类似大网兜似的渔网。

我飞快地扫了一眼他的那些宝贝，心不在焉地听着他如数家珍，不就是玩儿吗？怎么弄得这么认真？

Martin似乎看出我的心思：

“干什么都得认真，玩儿也要玩儿得认真！”

说完，他就自顾自地在船房里忙乎起来。他先把三文鱼网小心地放在地上，耐心地一圈圈绕好，小心翼翼地放进大塑料桶，然后拿出抓螃蟹的大网兜渔网，把钓秋刀鱼的鱼钩鱼线仔细盘好，最后，他从墙上取下一根长长的银色鱼竿。

“好了，现在我们可以出发了，今天咱们的日程是这样的，先给三文鱼下网，然后给螃蟹下套，回来的路上我用鱼竿钓银鳕鱼，你可以用鱼钩钓秋刀鱼！”

Martin干脆利索地布置着任务，一副急不可待、大干一场的样子。

我有点想笑，这个人就是这样煞有介事，钓鱼还弄个日程。他不管做什么，先把阵势搞得很大，这场面让我想起每天早上我们南京公司的车间现场协调会。

“你拿好这些坐垫，还有挂钓上那两件救生衣！”话音未落，Martin已经走出船房，大步流星地踏上了长长的栈桥。

我手里抱着靠垫和救生衣，走出船房，战战兢兢地跟在他后面，栈桥就挂在两块大岩石之间，虽然看上去很牢固，可走起来却晃晃悠悠的。

“这栈桥是我们和邻居克里斯蒂合建的，你看，多结实！”

Martin回头冲我喊了一声，故意用力踹了一脚栏杆，整个栈桥顿时晃悠起来。

我本来就有点恐高症，连头也不敢抬，一心一意地盯着脚下的路慢慢走，这会儿被他这么一摇，立刻觉得天旋地转起来，不由自主地尖叫了一声。

“哈哈，有那么可怕吗？掉下去有我呢，不要怕！”Martin看我一眼，得意扬扬地放声大笑。

我狠狠瞪了他一眼，心里有点懊恼。到了挪威，Martin 简直就是如鱼得水，而我却狼狈不堪，我此刻的样子估计就像一个颤颤巍巍、行动不便的老太太。

栈桥的尽头，一条漂亮的白色敞篷快艇正静静地停在湛蓝的海面上，Martin 已经坐在了驾驶舱里。

“上来，没事的！”他向我招招手。

我把手里的东西扔到甲板上，笨拙地爬上了船。Martin 让我坐在副手的位子上，然后变魔术般地拿出一个像小屏幕一样的东西安在挡板前。那个屏幕很快发出“嗞嗞”的声音，各种波纹飞快地上下跳动。

“这是什么？”我好奇地问。

“这叫探测器，海里有鱼它就会响。现在你扶好栏杆，我们马上要启航了！”Martin 说着，小心翼翼地把船开出停泊位，然后向大海深处驶去。出了狭窄的小码头，一到宽阔的海面，他就把速度提了上去，只见船像颗子弹般跳出海面，被浪头一下卷得老高，我整个人好像被冲到天上去了一样。

“干什么！你？我还是第一次出海，咱们好好地看风景不行吗？”我大叫起来，狼狈地擦了一把脸上的海水。

Martin 却放声大笑，拍拍我的肩膀：“别害怕，刺激吧？你要当海盗的老婆，胆子就得大些，别老那么哆哆嗦嗦的，这船一小时能跑六十海里呢，我想让你感受一下它的速度！”

Martin 这两天没有刮胡子，头发也没有好好梳理，他完全变成了另一个人。只见他右手掌舵，左手拿了杯啤酒，胡子拉碴，目光炯炯地盯着前方。海上这么凉，他只穿着一条大短裤，大红色厚 T

恤，头发被风吹得立起来，真像个传说中的海盗，和我在剑桥认识的那个文质彬彬的商人判若两人。

这时，挡板上的探测器突然发出嘟嘟的声音，屏幕上出现了游动的鱼群，我冲 Martin 叫：

“这里有鱼！”

Martin 放慢了船速，放开方向盘，让船自己轻轻地飘着，然后他从船舱里拿出那个 T 字型的木把，上面密密麻麻地缠绕着鱼线和鱼钩，每一个鱼钩的形状都像一个个发亮的小鱼，上面什么诱饵都没有。只见他小心地把结打开，然后把带着钩的鱼线甩进海里，手里剩的线拴在船的栏杆上，然后不时地拉一下，像是在放长线钓大鱼。

“你这样要是能钓上来鱼，那挪威的鱼也够傻的了！”我笑道，船速一慢下来，我浑身也放松下来。

“嘿，那你就等着瞧吧！”Martin 一手转动一下方向盘，一手不时悠闲地拉下鱼线，银色的鱼钩在清澈透明的海水中闪闪发亮。

海上风平浪静，偶尔有几条白色帆船轻盈飘过，船上的人远远地冲我们招手。Martin 告诉我这是在海上的习惯，即使是在垂钓的人，都不忘记向路过的人招手。真有意思，为什么到了海上大家突然变得友爱起来呢？平时大家在陆地上萍水相逢，就没有人这样做。也许，人到了大海上，心情一下变得愉悦起来，周围的世界也随之变得美好。我自己不也是这样吗？在大海的怀抱里，我全身的每个细胞都充满了喜悦与兴奋，这和坐在花园里静静地欣赏大自然相比，是一种完全不同的感觉。

我正想得出神，突然听见 Martin 冲我大吼：“快拿塑料桶来！”

等我摇摇晃晃地走到船头把塑料桶拿回来的时候，他已经把鱼线全部收回，几条银光闪闪的鱼在甲板上正在做垂死挣扎，Martin手脚利索地把鱼扔进塑料桶，我一数，五条全是秋刀鱼。果然，用什么钩就钓上来什么鱼。

我俩的情绪顿时高涨起来，我跃跃欲试地向Martin要求开船。Martin二话没说，就痛快地把舵交给我，自己从船舱的冰桶里取出一瓶啤酒，仰头就是一大口，那架势还真像个海盗船长。他对这片海域可真熟，从容不迫地指挥着方向，好像我们是在Bergen的小城里自由自在地穿梭一般。

阳光越来越强烈地照在我的脸上，我索性脱了运动衣，手握方向盘，任头发随风飞舞，尽情享受着海风和阳光的轻抚。在Martin的指挥下，我稳稳地开着船，小心地避开从远处开来的大帆船，躲过几个赫然矗立的礁石，穿过暗流，很快到了深海。我的心里正暗自得意，突然，从船下蹿出一条和我们的船差不多大小的一个怪物，掀起一阵大浪，差点儿把我们的船撞翻，溅了我一头一脸的水花。

“啊，完了，是大鲨鱼吧？这下我俩成它的免费午餐了！”我颤声说，不敢看那个怪物。

Martin伸长脖子朝海里瞟了一眼：“没关系，我估计这是一只公海豚，估计它以为咱们的船是条母海豚呢。别怕，不过我们可以稍微开快一点，如果它一高兴，弄不好把咱们的船给掀翻了！”

Martin放下啤酒，接过我手中的船舵，按了一下加速器，我们的小船迅速开动起来。小海豚顿时扑了个空，看来它还真喜欢我们这条船，在船身旁边上蹿下跳，一副依依不舍的样子。我们的船越开越快，洁白的浪花，如同一条长长的银链，在蔚蓝的海面上缓缓散开。在地平线的尽头，我还能隐隐约约地看见小海豚的黑色身影在蓝天、大海和阳光之间跳动，如同一个自由的精灵一般，与大自然一起嬉戏、玩耍、一切都是那么完美、和谐。

“饿了没有？我们去买点吃的！”

Martin说着，递给我一瓶矿泉水。给他这样一提醒，我还真的有点饿了。

我们把船开到一个小小的码头，在海上漂了一上午，现在能下去走走也还不错。我们的四周已经有很多船在靠岸，有巨大的游艇，也有小孩子们自己开的橡皮艇。开橡皮艇的孩子有的看上去也就七八岁，穿着救生衣，小脸晒得通红。

Martin在岸上的超市里又买了一打啤酒，几个西红柿，一袋风干火腿，两个热烘烘的汉堡包。我们回到船上，风卷残云一般吃光了。我又跑回商店买了个冰淇淋，三口两口地吞了下去。

“哎，注意吃相啊，还没到世界末日呢，你至于饿成那样吗？”Martin笑道。

我有点不好意思起来，奇怪的是平时我根本就不碰汉堡，到了这里，也许是新鲜的海风的原因，让我的胃口突然大开。

我看看表，都下午三点了！我竟然一点没觉得，在海上的时间过得真快！

“我们还要去撒网吗？”我看看塑料桶里满满登登的渔网。

“当然，你明天如果想吃新鲜三文鱼和螃蟹，那今天就别怕累！先等我把这几条秋刀鱼宰了，要不然回家就臭了！”

Martin说着，从船头的工具箱里找拿出了一把锋利的小刀，手脚利索地给鱼开了膛，然后把鱼的内脏“啪”的一下扔进海里。几乎是与此同时，一群机灵的海鸥闻声而来，只见它们一个猛子扎进海里，迅速叼起内脏，也不抢食，很有默契似的，没抢到的拍拍翅膀，跟着抢到了内脏的海鸥后面，一溜烟地飞走了，动作神速，从头到尾也就两分钟的时间。

我赶快用蘸了海水的抹布把甲板上的血迹擦干净，然后把装鱼的塑料桶放在船上背阴的角落。我似乎已经适应了船上的生活，就这样当个渔民也是挺开心的，我心想。

Martin满意地点点头，起身从船舱里取出鱼竿，告诉我把船往东开。他对我还挺放心，干脆把开船的工作完全交给我了。

我有点慌，我是个从小到大分不清东西南北的人，永远记不住路，更何况我们此刻是在茫茫大海上。

“不行，你得在旁边给我指路！”我恐惧地看了Martin一眼。

“这很简单，太阳从哪边出来你总知道吧？”Martin在我身边坐下。

“当然知道！”我瞪他一眼。

“那就好，你看看现在太阳在哪里？”他耐心地问我。

“在我头顶上呗！”我不耐烦说。

“那么东边在哪里你知道了吧？”他问。

“不知道，你没看我忙着开船吗？谁知道头顶上是东还是西？”我振振有词地说。

Martin被我弄得哭笑不得，咕哝了一句：“真不知道你这些年怎么过来的？”

“咱们现在去哪里?”

“现在我们去撒网!”Martin 坐在副驾驶的位置上，悠然自得地喝着刚买的啤酒。

“你怎么知道三文鱼在哪里呢?”我有点困惑地问。

“这就是知识产权的问题了，这里住的每个人都有自己的秘密据点，绝对是天机不可泄露。”Martin 晃晃手中的啤酒瓶。

“除了我，我反正也不认识方向，告诉了也白搭。”我笑着说。

我真佩服 Martin 的记忆力，他简直就是一张活地图。一路上，哪里有礁石，哪里有暗流，他记得清清楚楚，快到危险地带的时候就提醒我放慢速度。别看这内海表面上风平浪静，如果路不熟，还真弄不好就撞礁石上了。奇怪的是他平时西装革履，风度翩翩，对生活甚至有些挑剔，但是一到海上，他就变成一个地地道道的渔民!

我们开到了一个清幽寂静的海面，这地方真太像湖水了，平静得没有一丝风浪。可是 Martin 告诉我就这个地方的水深，暗流多。他接过我手中的方向盘，眼睛紧盯前方，慢慢地把船停在一个大礁石旁边。

“你现在可以下去了，小姐!”Martin 嬉皮笑脸地说。

我以为他在开玩笑:

“去你的，荒无人烟的，我才不下呢!”我瞪他一眼。

“我没开玩笑，你得赶快下去，这样我撒网的时候看得清楚些，船需要平衡，快跳到礁石上去!”Martin 有点不耐烦起来。

我摇摇晃晃地站起身，万一海水把Martin的船吹跑了，我可就孤家寡人地从此流落在这里了。这样想着，我还是慢慢地爬到了礁石上，老老实实地坐在那里，眼睛一眨不眨地盯着Martino。

他大笑了起来："瞧你那可怜巴巴的样儿，我不会把你扔在这儿的，放心！"

Martin熟练地转动方向盘，小船一点点离开了我。然后，Martin关了船的发动机，我眼睁睁地看着小船在海上慢慢地开始漂走，离我的大礁石越来越远。

"哎，你怎么搞的？怎么不管我了？"我恐惧地喊起来。

Martin好像没听见一样，趴在船沿上，把塑料桶里的渔网一点一点往海里放，然后自己挪到方向盘的位置，又轻轻发动了船，在海里缓缓兜着圈子。他顺着船的方向把撒下去的渔网拉直，不一会儿，大海中间就出现了一道薄薄的绿色屏障，Martin却还是一动不动地坐在船头，眉头紧皱，似乎在紧张地思考着什么。最后，他似乎打定了主意，手脚麻利地把塑料桶里的大石头，连着渔网上最后的一段绳子抛下海里，绳子上还系了个粉色的漂浮球。

我在一旁目瞪口呆地看着他这一串令人眼花缭乱的动作，突然恍然大悟，渔网很大，如果乱了一点就会纠缠在一起，而且拉渔网的时候要顺着船移动的方向，手要快，心要定，还得眼观六路。怪不得他让我上岸，船上如果有人他操作起来就会碍手碍脚。

Martin撒完网，立刻开着船向我坐着的大礁石方向开过来，凯旋一般挥舞着手里的啤酒瓶，一副扬扬得意的样子。

"怎么样啊？你看我当个渔民还行吧？"他大声冲我喊。

"还行还行，你真够专业的，我们赶快回家吧，这渔民还真不是好当的!”

我惊魂未定地上了船，这会儿天色慢慢暗了下来，阳光已经不像中午时候那么强烈了。

“别急，我们把螃蟹套下了就回家!”Martin像个大男孩似的意犹未尽。

我差点儿忘了船上那几个黑乎乎的抓螃蟹的笼子，海上吹来的风渐渐凉了起来，我不由自主地哆嗦了一下。

“我不想吃螃蟹了，你难道还让我去跳礁石吗？我都怕了!”

“这回没有那么复杂，你负责开船，我跳礁石行吧?”说着，他轻轻一推驾驶盘的前挡，我们的船一下子跳出海面。

我随着船身晃动了一下，这个人，他怎么就这么大的瘾呢？海上的风大，我穿得很厚，一身运动衣，还套了件厚厚的外套，还是冻得瑟瑟发抖。可是Martin只穿着条大短裤，上身什么也没穿，那件红色的套头衫也被他扔在了船舱，他哼着小曲，喝着冰冷的啤酒，一副怡然自得的样子。

抓螃蟹有抓螃蟹的据点，真奇怪，这茫茫大海，Martin为什么就记得住某个犄角旮旯里一个给螃蟹下套的地方。他让我坐在船上，他自己先把那个黑色的抓螃蟹的大网兜扔到礁石上，然后敏捷地跳了上去。他犹豫了一下，然后果断地把我们钓上来的五条秋刀鱼全部塞进了大网兜，再小心放入水底。

“哎，这鱼不是我们晚上要吃的吗？你怎么喂螃蟹了?”我急了。

“算了，螃蟹喜欢新鲜鱼，我们今天就牺牲这几条，绝对能招来一堆螃蟹，再说，还有那个三文鱼网呢，明天保证你吃鱼吃个够!”

Martin上了船，擦把汗，回头向海里看了一眼，然后冲我挥挥手："好了，咱们现在可以回家吧！"

终于可以回家了，我开心起来。

Martin指了指前方："看见那排白船房了吗？咱们到家门口了！"

我抬头一看，原来绕了一大圈，我们已经快到船房了，远远地，我看见几个邻居坐在船房前面的白椅子上聊天、晒太阳。

Martin小心翼翼地把船徐徐开进我们停船的位置，我趴在船沿上，把沉沉的坠球放进水里，然后又把四个角落的绳子分别系在栈桥上面，这样就彻底把船固定住了。

"不错嘛，你学得还挺快，当海盗老婆够格啦！"Martin满意地说。

"哼，没吃过猪肉还没看过猪跑？这种雕虫小技还不好学？"我活动一下发麻的四肢，一步跨上了岸。

我在岸上的长椅上坐下。我已经不知道有多少年没有运动过了，身上的每一个关节都疼得似乎要断开。我看看表，已经是下午六点了，时间过得真快！阳光变得柔和起来，照在身上很舒服，海水是如此湛蓝透明，我可以清楚地看见水下绿色的海藻和游动的小鱼，可以清晰地闻到海水的腥味。经过了海上的这一天，我已经很熟悉而且喜欢这个味道了。远远看去，大海深处漂浮着几条白色的帆船，其中有一条是全木的老帆船，船身已经有了斑驳的痕迹，一看就知道经历了无数的风雨。开船的是个皮肤黑亮的中年人，像Martin一样，只穿条大短裤，露出结实的身体，他向我们挥挥手，然后慢慢地消失在海上。

我爬上一个小山坡，路边是深深的灌木丛，我深一脚浅一脚地踩着大石头向山上的木屋走去。奇怪的是，不知是从哪里来的力气，我一口气爬到了山顶。我停下脚步，仰起头，尽情地享受着舒缓轻柔的海风。回头望去，夕阳正慢慢下沉，大海就静静地安卧在我的脚下，深绿色的海水清澈见底，浪花轻轻拍打着褐色的大礁石。此刻的大海，在我眼里已经不再神秘莫测，它的面纱正一点一点地被我揭开。一天过去，我知道了海鸥和大海之间的秘密，越过了无数暗礁险滩，找到了抓鱼和螃蟹的据点；我也清楚了海里哪块礁石最结实，哪里的潜流最危险。

在大自然里的这一天，我过得如此简单，却又如此丰盈。不过，好像缺了点什么，我的电话整整一天都没有响，我居然忘了带手机！这是从来没有发生过的事，除了我在手术台上的那几小时。我心头掠过一丝隐隐的不安，今天是周末，对于我来说，周末和平时并没有区别，南京的工厂是三班倒，随时都会有新的情况发生，可是我这一天把南京忘得一干二净，我忘记了自己在文明世界里的那个角色，那份沉甸甸的责任。

一直到洗完澡，我还是没有打开手机。中国此刻已经是黎明时分，而这里的太阳还没有落山，我为什么要着急呢？花园里，几只不知疲倦的画眉鸟正浅吟低唱。我侧耳倾听，黄昏时分，它们的音色不像早上那么声调高昂，不过听起来倒别有一番温婉的韵致。

我把捂在大毛巾里的长发散开，一下又一下地擦着，头发上的水珠落在草地上，如同清晨的露珠。洗头是每天的例行公事，可是，在这弥漫着青草芳香的花园里，对着寂静的大海，让阳光和海风把头发自然风干，连这么一件平平淡淡的事情也有了一种不寻常的感觉。

凉爽的海风送来一阵烤肉的香味，我不由得咽了一口唾沫，奇怪，我又饿了。花园的长桌上，Martin已经把烤肉端上了桌，一个白色的大玻璃盘摆着烤得外焦里嫩的香肠、猪肉和五颜六色的青椒、蘑菇，旁边是一盘希腊沙拉，里面有生菜、樱桃小番茄、洋葱、羊奶酪、腌橄榄、酸黄瓜，用橄榄油拌在一起。Martin又从花园里揪了一小把罗丝玛丽，撕碎了撒在沙拉上。我尝了一口，果然余香满口。这时我真的感觉饿了，烤肉也格外美味。已经是晚上将近九点，夕阳把最靓丽的余晖，透过花园里的树叶洒在我们的餐桌上。

Martin还戴着墨镜，刚才在海上他还像一个地道的挪威海盗，这么一会儿又变成一个手法纯熟的大厨。这些天，他让我领略了我从来不曾见过的一面，眼前这个男人，就像一个五光十色的宝石，每一次的转动都发出令我惊叹不已的异样光彩，让我应接不暇。

“嗯，趁着天气好，这两天得砍树了！”Martin说，他专业的眼神环视着四周，任何不完美的蛛丝马迹都逃不过他的法眼。

“这树枝垂下来多好看，砍了它干吗？”我不解地问。

“这树挡住了咱们的视线，等我给砍了你就明白了！”Martin细细地打量那棵大树，琢磨着怎么下手。

“这里的树太多了，长得又快，家家都得砍树，要不就什么都看不见了！”Martin说。

“砍下来的树放哪儿？”我傻傻地问。

Martin笑起来：“放哪儿？劈成木柴烧啊，放壁炉里。”

我吐吐舌头，看样子我真要变成一个挪威人了，打鱼，砍树，劈柴。可是，这样的生活又有什么不好呢？我的日子过得简单而宁静，经过了这些天北欧阳光和海风的洗礼，我的气色也显得红润、健康，身体一天比一天强壮。

Martin正仰着头，脸像向日葵似的对着太阳，仿佛要汲取它的最后一丝光芒。挪威人这种对太阳的狂爱，是我到了这里才发现的。

“Bergen 的天气，说变脸就变脸，所以我们得珍惜有太阳的日子。明天咱们一大早就得起来去海里收渔网，事儿多着呢！”

Martin 的口气活像个地地道道的渔民。

第18章

一阵强劲的冷风肆无忌惮地吹进卧室敞开的窗户，发出啪啪的声响，薄薄的窗帘被吹得鼓了起来，拂过我露在外面的胳膊。

我本能地往鸭绒被里缩了缩，凭着这些天的经验，我可以感觉到外面的温度骤然下降。虽然空气还是那么新鲜，我可以清楚地闻到大海、树木和土地散发出的气息，可是窗帘的缝隙中没有透出我熟悉的那道明亮的阳光。我的心头一惊，下意识地一骨碌坐了起来。现在几点了？我已经24小时没有和南京那边联系了，昨天晚上本来还想打开手机看一眼，可是晚饭后，我的眼皮越来越沉，一头倒在床上就睡到了这会儿。

我小心翼翼地起了床，走进客厅。果然，窗外的天空是青灰的，大海的颜色也显得幽深、灰暗，不时掀起一阵黑沉沉的海浪；天边的云团似乎凝固了，一动不动，大朵大朵地互相挤压在一起。

一股寒意向我袭来，我赶快打开客厅角落里的暖气。等我再抬起头的时候，一道刺眼的闪电正从天空划过，整个房间的光线瞬间暗淡下来。随后，一阵狂风铺天盖地而来，雨水惊天动地地敲打着窗户，树叶被风吹得在空中狂舞起来，在花园的餐桌上打着转，草地上也落满了粉红色的小花。

大概我们可以在家里安安静静地休息一天了，外面风雨大作，出海肯定是不可能了。我看看窗外，狂风正摇动着那棵Martin想砍的大树，一根长长的树枝折断在草地上。我慢慢啜饮着手中的咖啡，瞥了一眼茶几上的手机，现在我没有借口了，今天是周一，中国时间下午一点，应该是公司最忙的一天，也是最容易出问题的时候，再不打开电话就说不过去了。

我不由自主地叹了口气，想起拿破仑曾经对他的手下说过一句话："如果有坏消息，你们即使是在半夜也要叫醒我；好消息就不必了，那个可以等。"没有消息其实就是好消息，拿破仑深谙此道。

我屏住呼吸，打开手机，屏幕慢慢亮了起来，我的心跳开始加快。真可笑，我是怎么了？这么多年都过来了，这种感觉还是第一次。果然，仅仅是隔了24小时，而且是周末，十几个未接电话，几十条短信，这个地方没有网络，邮件恐怕不知道还有多少。手机刚一打开，人事部威妮的电话就打了过来，我一把抓起睡袍，站起身，三步并作两步走进花园。客厅和卧室之间隔音不太好，Martin还没有起床，我不能吵醒他。

昨天还是风平浪静、阳光明媚的大海，此刻却是阴云密布、灰暗沉寂，海上连一条船也没有，那群海鸥也不知躲到了哪里。我穿着睡袍，光着脚，低着头，在草地上神经质地、一圈又一圈地走着。雨已经小了很多，迎面吹来的风却还是冷飕飕的，夹着零零星星的雨丝，没头没脑地打在我的脸上、身上，也好，可以让我睡得昏昏沉沉的头脑迅速清醒过来。

威妮的声音像是从另一个世界传来的，陌生、遥远。她告诉我，一夜之间，斯蒂文更换了研发部、生产部和物流部的经理，完全没有经过人事部正式审核，威妮也没有看到我的批文，几个部门原来的经理就一下被免了职。

"最不可思议的是销售部说他还是不同意接订单，说是要调整工艺，可是销售部的合同都和客户签了，这个琳达可能已经向您汇报了，现在车间整个处于半瘫痪状态，再这样下去，我们会失去很多客户！”威妮的声音里充满了焦虑。

又是斯蒂文！我深深吸了一口气，然后迅速扫了一眼琳达的短信，果然，斯蒂文再次拒绝了一个小订单。这是我无论如何也没有想到的，在他来之前，像这么小的订单，车间拿到工艺包后一天就能生产完。

不行，我不能在这里待下去了，公司乱成这样，我得赶快回国！斯蒂文完全目空一切，把工厂变成了研发机构，不紧不慢地做技术改造。问题是我开始怀疑他真实的动机，他自己是工厂经理出身，非常清楚一个工厂机器不转的后果。

昨天在海上的情景，现在想起来就如同一场梦，我在大自然的怀抱里无忧无虑地嬉戏了整整一天，忘记了自己在文明世界里的角色，忘记了这个角色的一切烦恼。终于，我听见了自己有些颤抖的声音，我在安慰威妮，但是我的声音听上去让自己都感到有些陌生。虽然我尽量压低嗓音，可在这黎明时分，在这寂静的花园里，对着远处的大海，起伏的海浪，树上坠落的雨滴，我说话的声音显得很大，和周围的一切是那么的不协调。

我冲回客厅，脑子里开始紧张地计划下一步的行动。糟糕，我差点儿忘了，下周三我还得去荷兰的芳纶丝供应商那里谈合同，做的还是斯蒂文的工作，暂时我还不能离开欧洲！

我沉重地叹了口气，为什么当初我那么急着把斯蒂文给请来，对亚历山大的委婉忠告听而不闻？内心深处，我对总部的工厂有一种本能的崇拜，我总觉得南京公司需要在管理上做得更好。但是，事实证明，在很多方面，特别是在成本控制和订单处理的速度方面，南京公司已经超过了荷兰母公司。我们的员工没有像欧洲人一样对私人时间那么在意，为了赶订单，大家不惜牺牲周末和假日，我们对这些已经习以为常。我对自己和我们的员工太不自信了！我习惯了每天苦苦地埋头耕耘，但是不习惯抬起头看到已经取得的成绩，我永远觉得我们不够完美，还有改进的余地。

现在我该怎么办？我在看人方面是太幼稚了，第一印象当然非常重要，可是我忘了，有些人是会表演的。斯蒂文如此固执、自私，完全漠视公司的利益，可是对自己的家人照顾得无微不至，向公司提起要求来振振有词，这些都是在他来之后才一天天暴露出来的。

我甚至不能给亚历山大打电话诉苦，即使到了荷兰，我也没有勇气告诉他我后悔把斯蒂文千里迢迢地请到南京。就算亚历山大不计较我在用人问题上的失误，难道我需要麻烦总部的董事长来解决我们日常工作的纠纷？从前我一个人单打独斗的时候，不知克服过多少难以想象的困难，现在如果开了这个头，必须由亚历山大出面搞定斯蒂文，那么以后的日子将会更加难过，斯蒂文也会更加放肆。

我只有自己默默地把这个苦果吞下去。眼下的订单生产的问题我还得解决，这是最急的，我站在客厅的落地窗前，冥思苦想。斯蒂文目前是肯定不会同意在我们的工厂生产了，当然，我可以给他打电话，就像上一次，他会怎么回答，我大概也可以猜到，如果我此刻在南京，情况又会不一样。

我需要找一个可靠的公司，我们的竞争对手，请他们代加工。我捏紧拳头，手里已经是汗津津的，我尽量让自己的呼吸平静下来，冷静地分析着这样做的后果。代加工，打我们的牌子，这样做我们会失去一些利润，而且有一定的风险，如果让客户知道了麻烦就大了，而且，我们的产品标准和技术秘密也会不好控制。

可是，失去客户，失去我们这些年辛辛苦苦拿下的市场，不是更可怕吗？

“怎么了？后院儿又起火了？”不知什么时候，Martin坐到了我的对面，关切地看着我。

我抬起头，勉强笑了一下，我不敢告诉他，此刻，我的心已经飞回了南京，如果不是下周要去荷兰谈判，我现在恐怕已经开始收拾行李了。这个世外桃源，注定不是属于我的地方。我上有董事会，下有几百名员工要吃饭，我的日子本来就每天如履薄冰，现在又横空杀出个斯蒂文，一心一意和我对着干，到现在我还弄不明白其中的原因，以后的日子该怎么过呢？

“我问你一个问题，假如是你，一个外国人，到中国工作，在我这么一个人的手下，你会怎么样？”我眼睛紧紧盯着Martin。

他沉思了一会儿：“我要说真话吗？”

“那当然！”我不假思索地说。

“嗯，在你手下，比我年轻好多，而且还是个女士，一个中国女士，这个嘛，确实有点儿难受，但是我既然拿了工资，就肯定会把自己的工作做好。如果最后实在忍无可忍，我可以辞职，即使心里不舒服，我肯定凭着职业经理人的良心把工作做好。”

Martin抓着头发，慢吞吞地说。

我的眼睛一亮，什么叫“有点儿难受”？斯蒂文真的是因为在我手下工作不开心才这样的吗？

“如果你再胖上十几公斤，长相凶悍一点儿，说话别那么细声细气，手腕再狠一点，心眼儿多一点儿，最好再是荷兰人，那么这些问题就都好办了！”Martin笑着说。

我再烦恼也笑出声来：“可那就不是我了，再说，如果我是荷兰人，总部根本不会把这个工作给我，就是因为我是中国人才会有今天，这个难道斯蒂文不知道吗？他来之前就非常清楚这些！”

“我估计你那个斯蒂文是比较传统的那种，不习惯你们这种分工，这一点恐怕他自己来之前也没想到！你们见了面好好沟通一下，对这种人是要有些策略的，别忘了你们毕竟是荷兰公司，他可能会觉得自己是真正的老板呢！”Martin拍拍我的手。

我的心里舒服了很多，看来我的猜疑是有道理的。我和斯蒂文相处时间太短了，他来了不久我就住院了，我们之间没有太多私人的交流。我应该让他明白我本人对权力没有任何欲望，一切为了工作。

可是，离回国还有一段时间，眼下最急的是解决订单问题，已经没有时间做斯蒂文的工作了。

也许，我可以试试师哥那里，他是我可以信任的人。对，就是师哥了！我开心地跳了起来。

师哥没有马上接电话，我耐心地等着，这是他一贯的作风，不紧不慢的。时间过得真快，第一次给师哥打电话那种战战兢兢的情景还历历在目，我误打误撞地进了这个行业，谁会想到三年的时间，一切都有了这么大的变化。

“哎哟，我还说是谁呢，原来是师妹啊！真是，士别三日，当刮目相看，真是谢谢你这个大老板还记得我！”

电话里传来久违的师哥的声音，慢慢吞吞的，带点讽刺的味道，还是我熟悉的那个师哥，话永远说得不好听，但是心地却无比善良，和他打交道，我不用心存戒备。

“是吗？你们公司的生意已经好到这种地步？自己那么大的工厂都做不完，还要外加工了？”

师哥听完我的恳求，大吃一惊。

我苦笑着，我该怎么对他解释我们公司发生的一切呢？说出来谁又会相信，我们的生产经理不同意接订单，而我这个总经理又无能为力！

“你先说你做不做吧，师哥，我现在心里烦着呢！”我半开玩笑地说。

“我说不做了吗？说真的，师妹，你们公司的ADSS全国有名，这次的这个小订单我会认真对待，你先让人把工艺包给传过来，我研究一下，生产的时候恐怕还需要你派个人来指导一下。”

师哥说起技术，马上变得严肃起来。

我的心里一热，感动得差点流下眼泪。师哥还是如此的谦虚、大度，同时行动迅速，绝不拖泥带水。对我们公司在ADSS这个产品上的绝对权威，连他这么骄傲的一个人都表示了认可。如果斯蒂文有师哥的一点影子也是好的！我后悔莫及，如果我当初稍微耐心一点，在国内的光缆公司物色一个像师哥这样的人就好了。

“师哥，工艺包是我们的技术秘密，我明天会派人来当面沟通，电子版是不能给的。而且，我们还需要指定原材料，完全按照我们公司的标准生产。跟你说，我们比国标还要严格呢。还有，你们公司的代加工费可不能要得太过分，要不我这没法和上面交代！”

我在师哥面前得寸进尺，我知道作为一个工厂的总经理，他当然不会拒绝订单，而且，他永远是这么好的脾气，让人忍不住“欺负”他一下。

“行了，听你的就是啦！”师哥笑嘻嘻地说。

我心里非常明白：不管师哥有多么热情、真诚，这一个订单做下来，我们的ADSS生产技术他们也会掌握一些，幸好设计软件是我们自己的。斯蒂文居然把我逼了这一步，要冒着我们知识产权被侵害的风险来做一个订单。

几个电话下来，订单问题迎刃而解，我们的销售部马上派人到师哥那里谈代加工合同，同时在技术保密的情况下做工艺设计具体要求。我长长松了一口气，好了，这把火现在是扑灭了，但是我知道等我回去，和斯蒂文之间少不了一场恶战：连做订单还这么偷偷摸摸的，放着我们自己的设备和车间不用，却把订单送给竞争对手。

“好了，雨过天晴，我们现在可以出海了吧？”Martin笑着冲我眨眨眼睛。

我被他说得愣了一下，外面依然是乌云密布，风好像小了一些，雨还是没有停。

“我是说你，你的脸上这会儿终于有了笑容，刚才你那样子真够恐怖的，好像天要塌下来似的。咱们赶快吃早餐，吃完了就去海上收渔网和螃蟹套！”Martin说着，长长地伸了个懒腰。

“可雨下得这么大，出海会不会很危险？明天再去不行吗？”我看了一眼窗外风雨交加的天气。

“你别开玩笑了！网只要放到了海里，每天都得去把鱼拿出来，要不鱼就会死掉。再说，有我在，你怕什么？下雨才好玩儿呢，别有一番滋味儿，保证你去了不后悔！”Martin摩拳擦掌，兴致勃勃地鼓动着我。

吃完早餐，Martin给我找出他妈妈的雨衣和雨靴。他自己还是穿着大短裤，套头衫，一件防水外套，我踉踉跄跄地跟在他后面，踏上了下山的泥泞小路，雨点溅起的水花打在我的眼睛上，我一面揉着眼睛，一面深一脚浅一脚地往前走。这和昨天的感觉完全不同，一夜之间，不仅仅是温度降了下来，好像整个季节都变了，谁能想到昨天这里还是阳光普照、鲜花盛开的夏天呢？

到了船房，Martin 找出一个大白色塑料盆，一个塑料桶，一个铁叉子，一把宰鱼的刀，又把救生衣给我穿上。我有点哭笑不得地听他摆布，我们这副架势还真像专业渔民了。不过，我还是暗暗佩服 Martin 的认真，哪怕是在这样一件小事上他也绝不将就。

只见他往船房外的一条橘色的小机动船走去。

“咦，这不是我们昨天的船啊？”我大声在他背后喊。

“收鱼的时候用这条船，好操作，来，快上来！”说着，他三步并作两步地跨上船。

真够讲究的！听 Martin 说，他的爷爷一家是渔民出身，连业余打鱼就弄得这么专业！

我在风雨中战战兢兢地上了小船，Martin 使劲一拽，发动机立刻轰鸣起来，小船像箭似的飞了出去。Martin 坐在船头，风把他的外衣吹起来，他连扣子也不系，一手紧握发动机的手柄，两眼紧盯着远方，这副模样更像海盗船长了。按照他的指令，我坐在船尾保持小船的平衡。我们是汪洋中唯一一条船，苍茫的大海上空无一人，连贪吃的海鸥也没了踪影，估计是因为今天没人出海给它们送吃的，它们也就放假了。

小船完全是敞开的，连避风的地方都没有。船速很快，我的脸被交织在一起的风雨打得生疼，头也跟着疼起来了，好像风直接吹进了脑袋。船似乎开了很久，也没有到我们昨天撒网的地方，我记得昨天我们很快就到了，不会是 Martin 自己也迷路了吧？要是万一出了什么事，我们不但抓不到鱼，没准儿反倒喂鱼了呢。

正在胡思乱想，Martin突然放缓了船速，我把头上的雨帽打开，果然看见一个粉红色的漂浮球在水里晃来晃去的。

“是这儿吗?”我昨天一路看见到处有这种颜色的漂浮球!

“就是这儿，喂，这次得你控制船了，我得把网提上来，然后把鱼一条一条取出来，腾不出手!”Martin冲我喊道。

“你说什么？这船我还是头回见呢，我不会操作怎么办?”我绝望地叫起来。

“昨天那条船你不是一学就会了吗？过来，我教你，很容易的，你听我的命令就行了，我让你往哪边转你就往哪边转，千万别搞反了，你得顺着渔网，明白吗?”

Martin擦一把脸上的雨水。

“不明白！我现在什么都学不会！烦死了，我不想打鱼了，我要回家!”我突然爆发了，我们这是在干吗？在玩儿命吗？就为了这几条鱼？我如果开不好掉下去怎么办？这个Martin的玩心也太大了，一点也不体谅别人。

“行了，你！在海上最忌讳吵架，你就按我说的做，现在我把船交给你了，这样左右拧就行了，动作不要太大，这个舵特别敏感，但是你的手要有力度，要不发动机就会停下来!”

Martin凶巴巴地冲我喊，认识他这么长时间，这还是我第一次看见他发火。

我冻得浑身发抖，真后悔跟他出来！我俩这还是第一次吵架，而且是在风雨交加的大海上。他简直疯了，这个可恨的海盗，难道到了挪威他就变得如此不体谅人了？他的绅士风度呢？看来全是装的！可这雨越下越大，已经进入船舱了，这条小船不像昨天的大船有自动下水出口，要是老停在这里，水就会越积越多，那样船没准就真的沉了。

我只好接过Martin手中的船舵，发动机突突地发出响声，震动着我的手臂，我可以感觉到我的手心在出汗，船舵开始打滑了，我只有死死抓住它。

Martin伏在船沿上，开始用手把渔网一点点往船上提。

我伸长了脖子往海里张望着，渔网已经被他拉上来了一些，可里面什么都没有。这时，我突然看见一条银色的大鱼晃晃悠悠地被Martin连网一起拽上了船，这条鱼足有十斤！头那么大，一定是银鳕鱼了。我终于明白了为什么Martin的瘾这么大，为什么他必须当机立断，原来就是为了这个结果！当一条条活蹦乱跳的鱼被你亲手抓住放进船舱，那种喜悦和满足是没有任何语言可以形容的。

这时，又一个渔网被Martin抛了上来。鱼在网里面活蹦乱跳的，溅起的海水打了我一脸，我不知道这都是什么鱼，只听Martin在喊：

“哎，这是三文鱼，足足有三条大的，太难得了，咱们运气真不错！”

我撒开手里的船舵，站起身，想到船尾看个仔细，这就是三文鱼吗？银光闪闪的，好漂亮！我以前只在商店里见过切好的鱼片，这还是我第一次见到活三文鱼，而且个头这么大。

Martin冲我大喊：“你怎么搞的，这船都要沉了，往左拧，快点！”

我光顾着看鱼，差点儿把开船的事儿给忘了，这个该死的舵怎么这么沉，我拼命地往左拧，它一点儿也不听我的。

我俩又是拖又是喊的，终于Martin把整个网都提上了船，网上粘了很多海藻，他先把海藻甩了出去，然后开始迅速地把鱼一个个从网眼里掏出来，渔网放进塑料盆，鱼放进塑料桶，只听见鱼在桶里面垂死挣扎的声音。

他每拿出一条，我都大声地帮他计数，就像中了彩票似的兴奋，寂静的海面上回荡着我的声音。我早已经忘了寒冷和恐惧，手里的舵也开始听话了。原来做渔民，也可以是这样的自由自在，乐趣无穷。

不知什么时候，雨已经停了，一角晶莹的蓝天从厚厚的云层中一点点挣扎出来，精明的海鸥成群地飞到我们的船上方盘旋。这帮家伙在我们在大雨里捞鱼的时候一点踪影不见，现在雨过天晴，鱼就在船舱的塑料桶，它们闻着味儿就来了，胆大的竟然还想往渔网里扑。我警惕地看着这群吃货，不时用手赶走飞得太近的几只海鸥，心中是满满的喜悦。

Martin接过我手中的舵："好了，现在咱们去取螃蟹！"话音未落，船就已经跳出海面，调转了方向，向大海的另一端疾驶而去。

还有螃蟹套，在这儿忙了半天，我早把螃蟹的事情忘了。取螃蟹比捞渔网容易很多，毕竟螃蟹套小很多，我伸长脖子看着Martin一点点把黑色大网捞上来的时候，紧张得屏住了呼吸。怎么这么多海藻，把大网兜都堵住了，什么都看不见，我们今天捞了这么多的鱼，老天不可能再给我们螃蟹，还是不要太贪心才好。

突然，Martin叫起来："看，大螃蟹！"

我睁大眼睛，果然这螃蟹好大，一个足有四斤，深棕色，张牙舞爪地，拼命地在网里挣扎。我发现，昨天Martin放进去的几条活鱼已经被这几只大螃蟹吃了个精光，只剩点碎骨头。怪不得Martin说挪威的螃蟹嘴很刁呢，只吃活鱼，放死鱼它们是不上当钻进来的。

我开心地帮Martin数，我们居然逮住了五只肥大的大螃蟹。我从来没见过这么大的螃蟹，而且个个活得很精神，估计肚子里的活鱼还没消化。

“你可真有运气，我们以前还真没有一次捞过这么多的螃蟹！”Martin兴高采烈地说。

我小心地躲着张牙舞爪的大螃蟹，太刺激了，这么大的收获，辛苦这一趟也值了。我摸了摸雨衣里的衣服，已经全部湿透，紧紧贴在我的皮肤上。

“走吧，赶快回去，今天咱们好好大吃一顿，把几个邻居也叫上。然后再存一些给我爸妈。”Martin开动了小船，向不远处的船房驶去。

船还没到栈桥，Martin已经把我的任务布置好了：到海边把塑料盆灌满海水，他宰鱼后需要清洗用；然后我再到船房找那个煮螃蟹的大锅，同样注满海水，他要用海水煮螃蟹；他洗鱼和煮螃蟹的时候，我得把渔网晒在栈桥上，顺便把上面的海藻和小贝壳给摘出去然后等我弄完了就回家一趟把他洗好的鱼放进冰箱，顺便带几瓶啤酒下来，再叫一下邻居，他要把螃蟹煮好等着我们来吃。

“哎，你怎么这么会指挥人啊？你看我像干粗活的吗？我还得清理渔网？你以为我真是渔民了吗？”一听到有这么多的活儿等着我，我又有点不耐烦了。

“那咱们换一下，我干你的活儿也行，可是你敢宰十斤的活鱼吗？你愿意清理鱼内脏吗？还有，你敢把螃蟹放进开水里，煮熟了大卸八块吗？”Martin笑嘻嘻地说。

我有点气馁，他的活儿一点不轻，而且这一早上的奔波，他比我累得多。

说也奇怪，真的干起活儿来也是挺快的，我蹲在地上，把绿色的渔网上的海藻和小贝壳摘得干干净净，然后把渔网一层层地叠好，整整齐齐地摆在栈桥上晒太阳。

这时，风渐渐地平息了，雨也停了，大海，又恢复了那种令人心醉的、透明的蓝色。我站起身，默默地看着风平浪静的大海，这两天，我已经欣赏过了它的千娇百媚，也领教了它的疾风暴雨。我们做了什么呢？我们只是开着船，撒了张网，里面塞了几条死鱼，可是大海却慷慨地回赠了我们这么丰盈的一船山珍海味。

在这个远离城市的乡村木屋，每一天，我都在发现大自然的秘密，感受着和大自然相处的温馨，和它带给我的灵魂深处的宁静。有太阳的日子里，我会在草地上的苹果树下，铺一张羊羔皮，拿一本书，静静地读下去，累了，就抬头看一眼远处安详而沉静的大海，再纷乱的心情也会慢慢平静下来。风雨交加的夜晚，我从地下室取出Marlin劈好的木头，放进壁炉，划着一根火柴，壁炉里蹿起暖暖的火苗，潮湿的木头在寂静的夜里噼啪作响。我坐在壁炉前，不时用铁棍拨一下木头，让火烧得更旺。这个时候，端一杯红酒坐在壁炉前，即使互相不说一句话，心中也是溢满了幸福。语言，有的时候不是用来和人交流的，哪怕是你最亲近的人，每个人都会需要一个自己的空间，享受一点奢侈的寂寞。

在这个遥远的挪威的小木屋中，我终于读完了梭罗的《瓦尔登湖》，听懂了一颗热爱大自然的心灵的呼唤。梭罗的一生，简单而馥郁，孤独而芬芳，他写的，是一个孤独者在大自然中的日记。一个人，只有在完全平静下来的时候，才会回过头去看看自己走过的路，平时那些一闪而过的思绪也会慢慢浮上脑海：我是谁？我会往哪里去？

这样的夜晚，听着风在窗外吹动树叶发出沙沙的声响，如同时间轻盈的脚步，大自然正用最温柔的音乐来提醒我岁月的流淌。我就像一个不小心折断了翅膀的小鸟，在这里被大自然滋养着，吸足了清爽的海风，吃尽了美味的海鲜，我的皮肤被北欧的阳光雕琢成了巧克力色，显得健康而有活力，身体一天比一天强壮起来。

每天，我都会在窗前久久地凝望眼前的大海，窗外的每一朵云彩、每一次落日、每一艘缓缓在窗前行驶而过的大船、每一群不甘寂寞的海鸥、每一次海中鱼儿的跳跃，都让我感到自然的无比奇妙。

终于到了告别的日子，我绕着木屋走来走去，依依不舍。

人和人可以恋爱，人也可以爱上一个房子吗？我会记得这里的一切，花园里的灌木丛里，有着采不完的蓝莓；厨房里架子上挂的老式餐盘被我擦洗过无数次了；房间里的那个Martin从中国带回来的古玩钟，永远迈着不紧不慢的步子，但上面的时间却最不靠谱，因为它的节拍不属于我那熟悉的文明世界。

从这里走出去，我还是要回到从前的生活，我不知道，那样的日子我还能过多久。但是，内心深处，我已经跃跃欲试地想飞回去，虽然这意味着和Martin的暂时分离，意味着我会失去刚刚找到感觉的家，但是外面的世界也自有它的精彩，那里有我经过千辛万苦打出来的一片天地，我在那里曾经如鱼得水。但是，有些东西却永远地改变了，我的心中开始涌动一种陌生而又熟悉的旋律，某种沉睡已久的东西在慢慢苏醒，虽然，我还不愿去仔细聆听它，分析它。

第19章

我走进了一个陌生的世界。

南京的金陵饭店还和从前一样，古色古香，富丽堂皇。断断续续的江南丝竹乐从二楼的咖啡厅里传来。酒店大堂里，青灰色大理石地面被天花板上那盏巨大的水晶灯照得光洁、明亮，空气中弥漫着薰衣草的浓郁的香味。往常，这种香气能迅速让我的神经镇定下来，可是此刻，这被空调过滤过的空气却让我有些呼吸困难。

我的房间还和从前一样，打开窗帘，就可以俯瞰整个南京市中心，房间的玻璃写字台擦得雪亮，角落的花瓶里放着一株小小的雏菊。床垫也是特意加了双层的，雪白的床单上散发着浆洗过的香气。旁边小小的床头柜上整整齐齐地摆着电视遥控器和房间送餐单，我可以背得出来上面的很多道菜，下班回来，精疲力竭的时候往往随便点一个菜，边吃边看电视。我的生活精致、单调，但外表光鲜亮丽。不管有过多么难熬的不眠之夜，每天早上起来梳洗打扮完毕，走出去又是一条好汉。

我听见自己的高跟鞋踏在光滑的大理石上发出清脆的声响，像从前一样，走过人声鼎沸的大堂，走出旋转门，“轰”的一下，无数辆汽车，无数块林立的广告牌，无数座高耸的大楼铺天盖地地向我涌来。我的眼前阵阵晕眩，南京变得越来越像一个面目模糊的庞然大物了，车水马龙，喧嚣躁动，但是缺乏个性。

我那辆专用奥迪A6已经悄无声息地开到了门口，司机敏捷地跳下车，礼貌地帮我打开车门。每天早上，当这辆车缓缓开进公司大门的时候，门卫都会向我敬礼，不知是谁安排的；走进公司的办公楼，所有见到我的员工都会停下来向我微笑；走进办公室，秘书会即刻捧上热气腾腾的新鲜咖啡。

这一切并不难适应。即使再尖刻、再挑剔的人也会接受这样的生活吧？这是我亲手创造的世界，从一片废墟上建立起来的世界。从我第一次跟着亚历山大和托尼来到这里，已经好几年过去了，我还记得我坐在颜总的车里，隔着车窗，第一次看到南京长江大桥，看到桥上的车流，如同一条缓缓移动的黑色蟒蛇。我那时没有想到，蟒蛇的另一头，就是我今后的全部生活。

是的，生活，这些年我被这双大手推着，身不由已地往前走，像所有的人一样，挣扎着往前走。至于快乐，那是太奢侈的一件事，我没有时间去想。无论如何，生活对我似乎特别宠爱，好几次我都看到它把手中的鞭子高高举起，但是最后还是没有落到我的头上。无疑，我是幸运的，遇到了鲍德温，然后是亚历山大，给了我一个可以尽情发挥的舞台。然而，当我用一个局外人的眼光审视自己过去的时候，好像缺少了什么。这看似完美的生活，缺少了一个人在我身边来分享这一切。

在挪威的每一天，现在看起来都像一个梦。木屋，大海，落日，墨绿色的渔网如同一道轻纱飘荡在薄雾笼罩的海面，无数条银色的鱼在水里跳上跳下，洁白的海鸥拍打着翅膀划过玫瑰色的天空。那个世外桃源，和眼前的一切没有任何相似的地方，唯一的联系是我手中的电话，每天听到Martin从大洋的另一头传出来的声音，提醒我另一个世界的存在。

但是我非常清楚，如果我真的进入那个世界，是要付出代价的。

我静静地环视着自己的办公室，用一个局外人的眼光，一切如故。我从北京运来的那个仿古条案，在清晨的阳光下发出柔和细滑的光泽；墙壁上挂着我在夫子庙挑选的油画，那是一个年轻的画家的系列作品——“布达拉宫”，画面是阴郁的深蓝色调，一种无比神秘的色彩；房间的角落里摆着一盆吊兰，绿色的藤蔓间永远萦绕着一股淡淡的幽香。

我从前的许多时间都是在这里度过的。只要有空，我就会让人事部邀请一个员工上来喝一杯茶，大家每天轮流。这样一年过去，正好完成和三百多名员工的私人谈话。我怀念那些下午，有时谈话的时间会很长，完全没有目的，对方一开始总会比较拘束，然后慢慢地放松，我的目的并不是探听某个部门的什么秘密，而是亲身感受一下那种不分等级的交流。在我身上，有一种情结，我一直试图在周围制造一种唯美的气氛，我当然还没有天真到认为这个世界没有丑恶的人和事，但是一旦我把它们清理干净，我就不再多想了。

办公室的门倏然被推开，一下打断了我的思绪，我猛地抬起头，只见久违的格拉德大步走了进来。离我们约好的时间还差半小时，他连门都不敲就长驱直入，脸上却没有一点歉意。

我压住火气，礼貌地站起来和他握手。格拉德的那张脸，比我记忆中的还要令人生厌。

从第一次在公司的北京办事处和他认识开始，这是我们的第四次见面。那时，作为总部财务总监助理，他是第一次来到中国，我们几乎从一见面开始就话不投机。后面两次，有一次是在安特卫普的培训上，一次是他陪亚历山大来南京出席我们的开业仪式。我几乎不能相信这个人和我在北京见的是同一个人，在众人面前，他显得彬彬有礼，甚至有些亲热，好像我们根本就是老朋友。我一度以为我们初次的争执只是性格的不合，大家都会忘记前嫌，重新开始。

可是我注意到：即使他脸上带着笑意，眼睛里仍然是冷冰冰的，令人不寒而栗。

格拉德坐在我对面的椅子上，懒洋洋地往椅背上一靠，跷着腿，眼睛飞快地在屋子里扫了一圈儿。他的眼神和我们第一次见面时一样，傲慢、冷漠，带着一种居高临下的不屑。

“好久不见了，你这次的假期很长啊！”他似笑非笑地看了我一眼。

他的口气完全是上级对下级，他非常清楚我住院动了手术，然后三年以来第一次休了三周的假，中间还飞到荷兰谈成了芳纶丝的长年供货合同。而且无论我在哪里，都一样在工作。事实上，即使对此有什么疑问，也轮不到他来插手，我们之间的级别差了不少，他只是总部的一个财务助理。

“是啊，如果我高兴，明天可以接着休，我和你一样，每年六周带薪假，反正攒着也没用！”我冲他甜甜地微笑了一下。

格拉德愣了一下，表情立刻黯淡下来。

几次和他见面，旁边都有荷兰或者外国同事，他对那些人的脸色和谈话的态度非常亲切。但是到了南京，对中国的员工，特别是直接和他沟通的财务人员，他立刻变得傲慢甚至蛮横，脸上永远是阴沉沉的。那种架势，如同主子来视察他的殖民地。

只有对一个人例外，那就是梅丽。早在我们刚刚到南京的时候，我就注意到梅丽这种特殊的本领，对中国人是一种表情，一转身对荷兰人就换上另一种脸色，低眉顺眼，谦和有礼，这恰恰是格拉德需要的，他要在中国人这里得到一种对他的敬畏，甚至是顺从。这一点，从他第一次来北京办事处就已经清楚地表现出来。

“我来是跟你宣布一件事，南京的财务经理我马上要调走，总部正在做一个并购调研工作，需要一个财务主管马上接手业务，他得尽快离开这里！”格拉德终于说明了他的来意，但是口气是命令式的，不容商量。

屋子里出现了几秒钟的沉默。

格拉德要挖走的是我最欣赏的一个人，我们两个同甘共苦多年，配合默契。他业务熟练，沟通能力极强，英语也非常流利，英文财务报表做得无可挑剔，成本核算也越来越精准，每次都让亚历山大和财务总监，也就是格拉德的上级赞不绝口。财务部，是除了销售之外我下功夫最大的一个部门，安排了专门的收款人员，我们的应收款没有任何延迟，在这个竞争激烈的行业里是不多见的。

“总部需要财务人员我们可以配合，可是既然那边也是新业务，你们是不是可以考虑重新招一个人？我们的财务经理好不容易让南京的财务工作走上了正轨，这样一下子离开，我们会有困难。”

我尽量用平和的口吻对格拉德说。

格拉德的脸上浮现出一丝不屑的笑容：“这是总部的意思，我们需要可靠又懂英语的财务人员。你们现在的财务经理非常合适，他走了，你们可以重新再招一个！”

格拉德非常清楚，我不可能去调查这件事是否真的是总部的意思，他巧妙地“代表”了总部，他需要财务人员不假，但是是否一定要南京的财务经理，我就不得而知了。

“我这边可以灵活，但是财务经理本人的意见你有没有征求过？毕竟调离南京是件大事，他的夫人和孩子都在这里！”

我冷冷地看了格拉德一眼。

格拉德耸耸肩膀："这个你们和他谈，告诉他如果不同意公司的决定就马上走人！"

格拉德的脸上一点表情都没有，好像我们讨论的对象不是一个活生生的人，而是在处死一只老鼠，他的口气没有一丝内疚，完全是一副理所当然的样子。

我一下子被激怒了，本来一直在尽量温和地和他谈话，不想挑起争端，但是这个格拉德恶习不改，反而更变本加厉了。

"如果我不肯和他谈呢？"我平静地看着格拉德的眼睛。

格拉德怔了一下，躲开我的目光："那我直接找他谈。你别忘了，总部可以直接干预子公司的财务人员的人事问题，这一点如果你有疑问，可以问问你的好朋友鲍德温！"

格拉德的脸上突然浮现出一种意味深长的笑容，好像已经胸有成竹。我们两个就像刚刚上场的角斗士，拉开了架势，只不过他已经谋划已久。总部可以干预财务这件事的确是真的，但是我们在讨论的是一个人，而不是挪动一个家具，何况这个财务经理有太太，有女儿，这件事是要和本人商量的。

"我需要和人事部讨论一下，也需要征求他本人的意见，如果他有困难，我们可以协助总部立刻开始招聘新人去新的工作岗位，这个不用花多长时间。如果你没有别的事情，就请离开，我还有很多事情要处理！"

我站起来，毫不客气地下了逐客令。

格拉德的脸色变得铁青。这种脸色我很熟悉，想当初，工程总监艾瑞克在听到我开除那个翻译时就是这副面孔。他也只好站起来："我就在隔壁的会议室，请你通知人事部把财务经理叫过来，我和他谈！”

我把办公室的门关上，我的手在发抖，格拉德竟然丝毫不把中国员工放在眼里，而且用的全是名正言顺的理由。这和我本人的管理风格完全不同，从创立北京办事处开始，我的原则就已经非常清楚：我们的公司必须是人性化的管理，尊重每一个员工是头等大事。这也是我们这个年轻的公司能在拼得你死我活的市场上，迅速站稳脚跟的原因——我们的员工就是我的秘密武器。

格拉德在有意挑衅，这是显而易见的。南京的情况，他回到总部怎么和亚历山大汇报，我永远不会知道，如果他打定主意和我们作对，那么即使南京公司成绩再好，他也能挑出毛病。

我是不是就这么一味地忍下去，对他言听计从？我想这就是格拉德要的结果，虽然我职位比他高，但是他代表总部对各个分公司进行每个季度的财务审计，他非常善于运用手中的这点权力。或者，如果我动动脑筋，和他斗智斗勇，可是，这又有什么意义呢？我碰上了一个政治动物，而搞政治绝不是我的强项，更不是我的兴趣所在。何况我也根本没有时间，我其实连生病的时间都没有。

刚刚回来的好心情，就这样被格拉德破坏得荡然无存。我非常清楚，和斯蒂文之间还有一场较量，但是此刻我实在不想马上进入另一场冲突。我站起来，推开椅子，走出了办公室。

这是一个晴朗的早晨，阳光透过玻璃窗洒在公司培训中心的舞台上。当初我特意让装修公司把它设计成和总部的风格非常相似，木地板，白色的窗帘，浅灰色系的桌椅，墙壁的一面则是鲜红亮丽的，中间是一个椭圆形的小舞台。推门进去，马上听见一阵欢声笑语，这里的气氛与刚才在办公室和格拉德的唇枪舌战完全不同。

此刻，北京办事处和南京公司销售部的人正在里面做培训。培训的内容是我安排的，平时大家在外面接受了很多沟通和交流方面的培训，这一次，是我们自己内部的一次模拟实战的培训，琳达正站在椭圆形的舞台上用PTT做演讲。

我坐在台下，聚精会神地听着。舞台上的琳达，衣着得体，从容不迫，娓娓道来，把自己做了几年的销售经验一点点传授给南京的员工。这个三年前还有些羞涩的女孩子如今已经是我们的销售总监了，我是多么幸运，有这样的一个得力助手和这么优秀的团队。

每个人用PPT交流之后，大家开始演起了情景剧。全是即兴的自编自演，两个人上台，一个扮演客户，一个扮演销售人员，虽然事先没有指定和谁配戏，但是大家居然演得特别投入，到底是销售人员，脑子转得飞快。培训中心里，笑声不断，连我自己也上台客串了一把，又过了一把当年做销售的瘾。

时间过得真快，当年我们几个坐在北京办事处的小会议室里，围着一张中国地图瓜分战场的情景还历历在目，现在回头看过去，那样的日子充满无穷的乐趣。我们有明确的目标，有总部的支持，没有钩心斗角。虽然开拓一个新市场是那么艰难，可我们还是挺过来了。那时候的我，虽然每天累得精疲力竭，但内心是充实而快乐的。而现在，为什么一切都变得复杂起来了？回到南京上班的第一天，我就有一种山雨欲来的感觉，一场巨大的风暴正在酝酿中。我不在公司的这段期间，到底发生了什么？这个我一手创立的公司正在悄悄地发生着某种变化。

不知什么时候，琳达悄悄走过来坐到了我身边。她欲言又止，眉宇间有一丝愁容。不用说，又是斯蒂文。我们即将迎来公司自成立以来最大的ADSS光缆订单，客户很快就要来公司考察，这个项目如果拿下来，公司的报表马上会好看起来，斯蒂文前一段时间调整工艺参数造成的损失也会补回来，但是斯蒂文到现在还没确认这个订单工厂是否能接。

我理解琳达此时的心情，自己虽然表面上保持着镇定，心里也是一样的不安，我刚刚和格拉德有过不愉快的谈话，马上就要进入下一场厮杀。但是这些内幕，我不可能和任何人透露，在员工看来，总经理拥有至高无上的权力，特别像接订单这种最基本的维持公司生存的工作。

“别着急，客户那边的接待工作我们一会儿商量，斯蒂文的工作我来做，不会有问题！”我拍拍琳达的手。

“为什么斯蒂文会这样？他为什么不接订单呢？没有他的时候咱们不也做得好好的？”琳达疑惑地看着我。

这也是我的问题，斯蒂文所谓的调整工艺到现在也没有个结果，他真实的动机到底是什么？我不想把自己的猜疑告诉琳达。斯蒂文是我们请来的专家，但是他越来越像一个神，从他第一天到中国，我就有这种感觉。

几个月前，斯蒂文一家人浩浩荡荡降落在北京机场，通关的时候他家的猫因为检疫手续不全被海关扣留，需要补齐一些文件才能放行。文件要在荷兰那边办，猫必须暂时由海关监管。斯蒂文心急如焚，我只好要求琳达放下手里的一切工作，把猫尽快解救出来。接下来的日子里，这只猫在北京机场开始变得赫赫有名，据说它长着一双绿眼睛，全身雪白，对人爱理不理，高傲得如同一个公主，一般东西都不吃，宁可饿着。琳达只好按照斯蒂文夫人的要求，从进口食品商店买了它平时吃过的一种名牌猫粮。琳达拿出一个优秀的销售人员的全部功夫，感动了机场负责免疫的工作人员，答应她先把猫领走，文件后补。三天之后，这只大名鼎鼎的猫终于上了去南京的飞机。

斯蒂文需要找房子，孩子要上学，夫人要学中文，每天要购物，所有麻烦我都默默承受了，但是我无论如何没想到，现在连他的本职工作都成了问题。

斯蒂文正在他的办公室等我。见我进来，连忙站起来，脸上露出微笑，走过来和我握手。

他的风度无懈可击，就像我当初见他时的样子，气色也非常好，似乎已经完全适应了南京的生活。

尽管我在电话里已经和斯蒂文有过几次不愉快的交锋，可是真正见了面，我还是很难相信这就是那个一再拒绝订单，甚至不肯和荷兰芳纶丝供应商沟通的生产经理。他关切地问到我的身体，我在挪威的假期。如果不是有工作，我们大概会一直这样愉快地聊下去。

我稍稍松了口气，表面上来看，斯蒂文没有什么不正常的地方，也许我们之间确实有什么误会，说清楚了就会好的。

“斯蒂文，我休假的时候，人事部经理威妮告诉我，你擅自更换了几个部门的经理，这件事恐怕不能就这样了结，我们公司有正常的人事变更手续，而且你也没有事先和我商量过这件事。”

斯蒂文的表情开始发生变化，脸上红一阵、白一阵的。我的口气非常温和，生怕伤害他的自尊心，也许他真的对我们公司的一些制度不熟悉，我得耐下心来和他解释。

“可是，我为什么要和你商量呢？你分管的是人事、销售、财务这些部门，生产由我负责，我当然应该有人事调配权。”斯蒂文的脸色变得严肃起来。

斯蒂文不是在开玩笑吧？我愣在那里，一时不知道怎么来澄清这么简单的一个事实，难道我需要给他解释总经理和生产经理之间的区别吗？斯蒂文的表情一本正经，并没有开玩笑的意思。我盯着斯蒂文的脸，那是一张无辜的，看上去无比坦诚的面孔，如果他是在演戏，我只能说，从一开始到现在，他的演技实在出色。

“斯蒂文，你的职务和工作范围是不是需要我重复一遍？我记得咱们第一次见面的时候，我就说得清清楚楚了。还有，我的身份，是不是也需要我再重新自我介绍一下？”我忍住笑对他说。

斯蒂文的脸立刻涨红了，不自然地笑了一下。

“我在总公司工作了快二十年，一开始是在亚历山大的父亲手下工作，亚历山大当了总裁后，我一直是向他汇报工作的。现在我被派到中国工作，但是南京是我们的全资子公司，我还是应该和以前一样，向亚历山大汇报工作，我来了这里不代表我的职务被降低了！”

我目瞪口呆地听着他振振有词的辩解，斯蒂文的口才居然不错，他有他的一套逻辑，听上去也不是完全没有道理，原来他是如此重视权力！说来说去，一切还是围着他个人的利益、他的权力、他的势力范围，其他的都不重要。这一点和格拉德不谋而合，格拉德在我面前耀武扬威，也是要我知道他的厉害，知道他手中的权力，虽然非常小，但是如果他愿意，是有足够的杀伤力的，这一点他自己非常清楚，也毫不掩饰。

“斯蒂文，我们暂且把这个问题放一放，我对权力没有什么兴趣，工作第一，我们面临的问题是：公司的业务在不断扩大，无论从规模上还是产品类型上，剑桥的那批博士生马上要回来进行光棒的中试，新的车间还在建设，而且光纤的生产也是刚刚开始，技术参数还有很多问题。本来我是希望你能帮我分担一下这些工作的，我必须把工作重心放到市场上，这是我长期以来的苦恼。”

我一口气说下去，斯蒂文似乎也在用心听，他的眼睛盯着地面，好一会儿才抬起头，然后说道：“你说的也是，南京发展得太快了，压力也太大了。你想想，一个新公司，连光缆生产都是刚刚开始，一下子连光棒都敢上，全世界除了康宁和日本公司就是这里了。我早就和亚历山大说过，如果他真的上光棒，完全可以放在荷兰总部，何必全放在这里？真不知道他是怎么想的！”

我的头隐隐地疼起来，看来，我得给斯蒂文做思想工作，这是我最不擅长的，特别是给一个从总公司来的荷兰人。看来斯蒂文对亚历山大的思路并不了解，也不赞成，亚历山大是出手大胆、行动迅速的企业家，而斯蒂文则是保守谨慎的传统派。

“斯蒂文，其实压力没有什么不好，从来公司的第一天起我们就面临着难以想象的压力，技术、市场都有，但正是压力才让我们发展得这么快，每天都在创造奇迹、超越自己，不是很刺激、很过瘾的一件事吗？”

我使出了浑身的解数，口干舌燥地说着。

斯蒂文的脸上一直保持着礼貌的微笑，但是他的眼睛告诉我，其实他没有听进去，他的心思已经飘到了别处。

他轻轻咳嗽了一声，换了个话题。

“我有个要求，我希望让梅丽做我的助理。她的英语非常好，人也聪明，你同意吗？”

梅丽？我心里一动。真巧，今天和格拉德在一起的时候，我就想到梅丽。我已经为她的工作安排发愁很久了，自从工程结束，我就开始让梅丽在各个部门实习，目的是让她找到一个适应自己的位置。可是销售她不喜欢，生产又缺乏经验，而且好像大家有默契似的，所有部门的人都恨不得躲她远远的，没有人愿意接受她。我一直在吃力地给梅丽找一个合适的位置，她的能力是显而易见的，而且，无论如何，梅丽在公司成立初期做出了重要贡献，我要对她的前途负责。

“没有问题，斯蒂文，我非常高兴你愿意接受梅丽，我让人事部马上和她本人沟通!”我真心实意地说。

斯蒂文的脸上也露出如释重负的笑容。看得出他很喜欢梅丽，这是我俩一上午第一次在一个问题上有了共识，我大大松了口气，也许梅丽可以在中间协调一下，做做斯蒂文的工作。

整整一个下午都耗在了斯蒂文那里，和他谈完，我已经是筋疲力尽。我一个人走出冷冷清清的办公楼，长长地透了口气。抬头看去，两个二十五米高的白色的拉丝塔静静地矗立在暗淡的暮色中，光缆车间的灯光隐隐约约地亮着，什么动静也没有。

斯蒂文来之前，每天车间都是灯火通明，设备的使用率达到了90%，每个人都是脚步匆匆，精神抖擞。而现在，我已经感觉出大家的倦怠。但愿今天这场谈话之后，斯蒂文会有所转变，至少他答应我马上把生产时间表排出来。

人事部经理威妮正站在我的办公室外面等我。

威妮的神情中似乎有一丝隐隐的不安。私下里，她和琳达是我最器重和喜欢的同事，即使在我生病期间，我们每天也保持电话沟通。威妮虽然年龄比我小，但是却有一种让我佩服的沉稳气质，再大的烦恼，看见她就先化掉了一半。

“梅丽给斯蒂文当助理?”威妮听完我的叙述，显得有些吃惊。

“你觉得不行吗?看来这是梅丽最适合的岗位了!”

威妮和我几乎是同时来南京公司的，那时候我们每天讨论的是公司的核心文化，员工的激励政策，培训课程的安排。而现在，我们却要在这种复杂的人事关系上动很多脑筋。

“梅丽每隔一段时间换一个部门，而且大家一听她要来就避之不及，还有的人干脆来找我，说是梅丽来他们就要求换工作。如果她给斯蒂文当助理，虽然表面上没有直接的下级，但是以她的本事，很快就会架空斯蒂文，不知道工厂那边会怎么想。”

威妮一口气说下去，看来这些事情她已经憋了很久了。

我看了一眼她手里打开的笔记本，上面满满的都是我们要谈的内容，别人都下班回家了，而我们的一天才刚刚开始。

我揉揉太阳穴，浑身的每一根神经都在隐隐作痛，分析梅丽，分析斯蒂文，如何平衡公司内部的各种关系，这实在不是我的长项。

“据我所知，斯蒂文把几个部门经理换掉，就是梅丽的主意，新上来的这几个人跟她的关系很密切，都是以前她做总经理助理的时候招来的。”威妮接着说。

我吃了一惊。威妮绝不是一个爱在背后议论别人的人，对于梅丽的评价，从我第一天来公司，就已经听了太多，我曾经猜测过，会不会大家对梅丽有一点嫉妒，毕竟她曾经担任过几个总经理的助理职务。那时候，她是一人之下、万人之上，难免会得罪一些人。但现在连威妮都开始对她有看法了，事情好像没有那么简单，我得马上和梅丽谈谈。

我厌恶一切错综复杂的人事关系，可我自己却深陷其中。

眼看这一天又要过去了。

回酒店的车上，我回忆着一天里的种种经历。我得尽快找到对付格拉德的办法，不能让财务部的工作突然中断；我要替斯蒂文物色一个助手，既能对付他的怪脾气，还要正直、能干；光纤厂的技术参数有比较严重的问题，明天需要和负责人开会；回了酒店，我还要和剑桥实验室那边开电话会议，做出下一步的中试计划，还有他们回南京后的各种具体工作安排；然后，日本的光棒供应商马上要来拜访我，他们的消息很灵通，对于我们正在研发的光棒，他们一直高度关注，对付日本人需要特别谨慎，你说的每一个字他们都会反复分析、琢磨。

这就是我的生活，忙乱不堪，毫无头绪，或者头绪太多。我被包围在中间，我是这一切的中心，所有的压力都集中在我这里。

外面好像在下雨，深秋的一场阵雨，雨丝缓缓地从车窗上滴落下来，窗外的一切变得模糊起来，无数大大小小的车辆发出刺耳的尖叫声，从我身边呼啸而过，整个城市像喝醉了一般摇摇晃晃。城市的夜晚，即使灯火通明，也带着一股狰狞、一种挑衅般的敌意，而且越是白天热闹的地方，夜幕降临后就越让人感到不舒服。这大概就是为什么一到了晚上，每个人都急不可耐地匆匆逃离，去寻找属于自己的那个温暖的角落。

但乡村的夜晚却如同一个安全的摇篮，亲切，友好，宁静。此刻，在这个令我感到陌生的城市，隔着铺天盖地的滚滚红尘，隔着望不到头的茫茫人海，我突然想起了那个遥远的挪威小木屋，在那里，无论是什么样的天气，我都不曾感到恐惧或者寂寞。在我的记忆里，那里的天空永远是碧蓝如洗；那林中的小路，清明的山峦，深沉的大海，是一幅永远不会让人生厌的画面。

我的鼻子一阵发酸，眼前突然变得有些模糊不清，我赶快深吸一口气。无论如何，我不能在车里流泪，我警惕地瞥了一眼司机，还好，他在专心致志地开车，我悄悄抹去眼角的泪水。这样一个小细节，明天传到公司就是大新闻。在这里，我要时时刻刻记住我的角色，这个在别人眼里光鲜亮丽的形象，不管内心有着怎样的挣扎，绝不能有任何软弱的迹象暴露出来。

记忆的手指就这样在无意间碰触了我心中最柔软的角落。挪威的小木屋，木屋里那一个个温馨的夜晚，夜风在窗外游走，树叶发出沙沙的声响，雨滴不慌不忙地坠落，一下又一下地打在花园的岩石上，暖洋洋的壁炉里，木头发出吱吱的声音，我手中的书又被轻轻地翻动了一页。

而这一切，似乎已经成了前尘往事。

第20章

我的办公室就如同一个大舞台，每天，各种各样的人在这里轮番表演。此刻是梅丽，她正安静地坐在我对面的转椅上，面带微笑地等着我开口。

揣摩人的心思，研究对付他们的策略，然后绞尽脑汁地说服他们接受……我非常清楚，这是我工作中很重要的一部分内容，也是我最不擅长的一面，特别是对像梅丽这样深藏不露的人。

看着梅丽脸上真诚的笑容，我突然想起很久之前，我在中欧商学院的同学辛西娅说过的话："你要赶快除掉她，这个人很危险！"

然后就是一向谨言慎行的威妮，也毫不掩饰地向我表示了对梅加的看法。

眼前的梅丽，穿着一身干干净净的工作服，一头利落的短发，显得娇小、伶俐、诚实。这样一个女孩子能对谁产生任何威胁呢？我心里有点愧疚，梅丽虽然年轻，却是公司的元老，我本来有义务帮助她找到适合自己发展的职业方向，可是她走马灯似的换了几个部门后，我还一直没有过问其中的原因和她今后的打算，今天我要来还这笔债，好好和她谈一谈。

“梅丽，我一直觉得你是个能力很强的人，但是这个能力好像一直没有完全施展出来。你知道，公司的发展方向是生产高附加值的产品，慢慢淘汰低端业务，我们的光棒、光纤和光缆都会发展成国内甚至国际上领先的技术，我相信一定会有你施展才华的空间。只是，你个人的兴趣和职业规划是什么呢?”

我直截了当地问。

梅丽低下头，沉默了一会儿：“谢谢您对我的关心，这个问题我也想了很久，我觉得自己最擅长的，还是管理!”梅丽的脸有点不自然地红了一下。

我强忍住笑，聚精会神地听她说下去。

管理，梅丽把问题想得太天真了。管理什么呢? 一个技术成熟、生产上了正轨的公司并不需要那种家长式的管理，不断创新、提高产品的核心竞争力才是最重要的。只有那些劳动力密集型的企业才会把所谓的管理天天挂在嘴上。一个高科技的企业，它的管理也是高层次的，人性化的，合作式的。而且，在一个高科技企业里，一个管理者自己必须首先喜欢研究技术，懂得技术，才能得到员工的尊重。

就像我们在剑桥的光棒实验基地，SGC总部的那座白色的英式老房子里，我们这些从中国来的员工和SGC的一个个老工程师一起，每天苦苦研究技术。在那里，所有人都穿着白大褂，白天泡在试验室，为了技术问题争得面红耳赤，晚上回到宿舍，大家一起买菜、做饭，接着探讨技术。没有人会在意谁是领导，更谈不上传统意义上的那种管理，每个人既能把自己的潜力发挥到极致，又能和其他有才华的同事合作。同时，我必须密切关注技术瓶颈和与剑桥的专家之间的合作，这是不是叫作管理，我根本没兴趣，总部要的是结果，我们的实验最后终于成功了，这就足够了。

一想到剑桥的成功和今后的挑战，我就热血沸腾起来。我要感谢亚历山大当初给我的机会，让我这样一个完全不懂技术的人深入到技术最核心的领域，学到了那么多东西。也许，斯蒂文让梅丽去做助手，对她也是一个好机会，梅丽可以转换一下思路，她对权力这种东西实在看得太重了。

我眉飞色舞地谈着公司的远景和技术上的优势，梅丽一直在恭恭敬敬地听着，时而点点头。

“梅丽，斯蒂文希望你做他的助理，你觉得怎么样?”我问。

梅丽似乎并没有对这个消息感到意外:“我非常愿意，我也可以好好学习一下技术，其实我一直想有这样一个机会，以前事务性的工作太多了!”

我又有点想笑，还是拼命忍住了。梅丽说话的风格一直让我觉得她似乎生错了年代，显得很老成，甚至有一点居高临下的感觉，但不管怎么说，有了她，我和斯蒂文的沟通也许会容易很多。

送走了梅丽，我站起身，走道窗前，长长地吐了一口气。

下午是每周一次的生产协调会，我得好好准备一下。

斯蒂文没来之前，只要我在，就会亲自主持这个会，我们的效率很高，二十几分钟就可以散会。现在就不同了，斯蒂文听不懂中文，如果翻译一句一句地翻，非常耗时间，于是为了尊重斯蒂文，大家只好全体改说英语。可是这样一来，会议的效率却大大降低，中国人彼此之间的交流也要说英语，真是要多别扭有多别扭，毕竟我们不是在大学上口语课，很多实际问题需要当场解决，把英语不好的部门经理弄得特别紧张。

斯蒂文擅自更换部门经理的事情还是悬而未决，无论怎么处理，这件事都会造成不好的影响，斯蒂文到底在想什么呢？他是真的不懂一个公司基本的原则，还是有什么别的打算？

威妮走进了我的办公室。

“有些话，我不知道该不该对您说，但是如果不说，我怕会有什么后果！”

威妮忧心忡忡地说。

我的头又开始隐隐作痛，什么时候我才能摆脱这没完没了的猜测和担心呢？威妮这些天似乎有心事，总是欲言又止的样子，我再烦、再累，在她面前也要打起精神来。

“我知道您把全部精力都放在了工作上，但是我觉得您还是防着一点，公司里有些人已经开始散布一些非常奇怪的言论。”

威妮终于说出了她的担心。

“什么言论？”我听得一头雾水。

“您不在公司的这段时间，斯蒂文提上来的那几个经理，包括梅丽，都在不同的场合跟员工说起，这个公司是荷兰人的，应该由荷兰人做总经理，现在这样是不会长久的。”

威妮小心地看了我一眼，她的话说得很轻，好像怕我难以承受。

“荷兰人做总经理？谁？斯蒂文？”我睁大眼睛，然后笑了起来。

“威妮，不要着急，斯蒂文连生产都问题成堆呢，再说，总经理的任命是总部的决定，这样议论有什么用呢？”我拍拍威妮的肩膀。

"不知道他们怎么想的，所以我才担心如果梅丽当了斯蒂文的助理，和这几个部门经理关系会更加密切。这种问题相当敏感，这样议论下去，我觉得对公司非常不好！"威妮叹口气。

我一时没有完全反应过来。

"本来我不想跟您说这种事情，您的身体刚刚好，而且我自己也讨厌这种是非，但是谣言如果重复无数次……"

"威妮，谢谢你，说老实话，我并不在乎权力，假如有人认为权力只是头上的光环，那就大错特错了。对于我来说，它更是压力和责任！"

开会的时间快到了，我匆匆忙忙结束了和威妮的谈话，就往楼下的大会议室走去。

会议室里已经黑压压坐满了人，生产部、销售部、质管部、工程部、物流部，还有各个车间的领班。往常这个会是一周当中最活跃、最开心的，大家虽然在一个公司，平时却很难得有这样一起交流的机会，特别是在会前，老远就能听到屋子里传来的欢声笑语。这是我一直试图在公司打造的一种工作氛围，人只有在心情愉快的时候才最有创造力。

可是今天，会议室里静悄悄的，有的人在低头看手机，有的若有所思地看着窗外，气氛显得有些不自然。斯蒂文和梅丽坐在一起，两个人在低声交谈着什么，斯蒂文不时微笑着点点头。梅丽也显得很开心，看见我进来，她立刻停止了和斯蒂文的交谈，一本正经地摊开面前的笔记本。

我一时没有说话，我在观察斯蒂文。我第一次发现，斯蒂文穿得实在不像一个生产经理，他的西装永远烫得笔挺，里面的衬衫永远整整齐齐，他的手也是干干净净，无论什么时候看见他，他都在办公室，而不是车间。工厂处于半瘫痪状态这么久，我已经心急如焚，可是为什么他却如此平静？

而我却一直在耐心等待，一直在给他时间，我主动承担了一切工作，甚至不顾一切，像做贼一般地把订单交给师哥做，难道我们的工艺真的要调整这么久吗？从我回来到现在，斯蒂文还是迟迟拿不出下一步的生产安排，现在想想，这一切和威妮说的那些谣言突然吻合起来——斯蒂文是故意的，这是我怀疑了很长时间但又不想承认的事实，他要故意把公司弄得不死不活，造成一种瘫痪的状态，这样下去，总部就会来过问。甚至，我怀疑格拉德的频频挑衅，也和这个密切相关。

怪不得大家这么沉默！此时此刻，我可能是这个屋子里唯一蒙在鼓里的人，我再这样忍下去，就不是软弱和无能的问题，而是纵容斯蒂文为所欲为，眼看着我们辛辛苦苦打造的公司一步步走向衰退。

“大家知道，光缆车间前一段时间在调整工艺，我现在正式宣布：这个工作今天到此结束，马上进入正规生产。我们东北的客户明天就到公司，明天晚上，我们应该会把一个大合同签下来，这将是我们公司成立以来拿到的最大一笔订单，意义重大。今天我来把合同的具体内容先和各位沟通一下，做一些准备工作。原则只有一个，我要求各部门无条件服从客户对于订单的时间和质量要求，凡是不配合的，一律开除！今天的会议记录要特别转发人事部一份备案。”

我说得很慢，声音很轻，而且特别用中文重复了一遍。斯蒂文的脸色越来越阴沉，他和梅丽默契地对视了一眼，然后两个人又迅速调转眼神。

会议室里突然有了生气，大家开始交头接耳起来，很多人露出惊讶的表情。我微笑着看着他们，故意停了一会儿。这是我第一次把“开除”两个字在这种场合，用这种轻描淡写的语气说出来，但是我相信大家从我的脸色可以看出，我没有开玩笑。

我乘胜追击，迅速和各个部门当场确认了合同的内容和时间，在短短的二十分钟里，我们又恢复了公司从前的工作风格，沟通、透明、高效。

斯蒂文终于坐不住了，他好几次想打断我的说话，我都装作没看见。我们两个人都非常清楚，我已经在公开挑战他的权威，直接进入他的领地，这一点，各个部门负责人当然也很清楚，但是我不给大家任何时间多想，一切决定当场拍板。

我已经受够了，从我生病的那一天开始，斯蒂文就没有给我一天的平静，而我居然为了尊重他，等了这么久才行动。对这个我花了如此高的代价请来的所谓专家，我只有一个选择，尽快和亚历山大沟通，承认我用人的错误，把斯蒂文请回荷兰。

当然，请神容易送神难，我非常明白这一点。

“这个订单我们做不了，时间太紧，不能因为赶时间影响了质量，客户明天就到了，可是我们的设备还在检修，根本不能开机，他们来有什么意义？”

斯蒂文提高了声音，他的脸色变得铁青，会议室里一下变得鸦雀无声。

我把目光转向他，现在这个彬彬有礼的绅士终于按捺不住了，他气成这样，不是因为工作本身，而是他的权威受到了我的挑战和漠视。

“很好，斯蒂文，我给你的时间已经很多了，如果你觉得不能胜任工作，那么我建议你可以回家休息，我们自己来，生产由我亲自指挥。没有你的时候，我们公司从来没有不接订单的历史，现在我倒要看看这个工厂的问题是出在哪里，这个合同我回来的第一天就和你说过，况且，我已经耐心地等你好几个月了，这个你自己很清楚！”

斯蒂文无论如何也没有想到，我会毫不留情地对他发起公开的反攻，而且当着这么多部门经理的面，公然把他晾在一边。不是我不懂这种简单的人情世故，但是面子是互相给的，与其在背后嘀嘀咕咕搞阴谋，不如公开亮剑，坦坦荡荡地做人。

斯蒂文愣住了，似乎不相信我说的话，他的脸涨得通红，然后又变得死白。

“刚才你说的话请你收回，我不会离开我的岗位。如果你坚持，我会向亚历山大汇报！”

斯蒂文说完，就站起来，转身往会议室门口走去，大概是走得太急了，他的脚步踉跄了一下。

斯蒂文的背影显得有些孤独，有些落寞，我的心被深深地刺痛了一下。我是不是做得太鲁莽了？太不给他和我自己留后路了？

可是，我还有什么选择呢？客户明天就到公司，参观完毕马上就要谈合同，斯蒂文直到现在还不同意生产，我如果再像以往那样慢慢做他的思想工作，后果是什么呢？问题是，我们已经没有时间了。

下一步斯蒂文会做什么？向亚历山大汇报？汇报他拒绝接受订单？那最好，我就不用费心写报告了，这个可能性好像不大。但是，他会不会为了阻止订单的生产，破坏工厂的设备呢？

不，这怎么可能？我被自己这个突如其来的念头吓了一跳，斯蒂文固然现在恨我，但是破坏设备这样的事情他怎么会干得出来？

晚上，我把自己关在酒店的房间里，烦躁地走来走去。

几小时之后，我还是没有办法把这个阴影驱散出去，斯蒂文也许不会直接破坏设备，但是他提拔的几个部门经理呢？如果这件事是他们早已商量好的，那么什么事情都可以发生。

宁可把事情往最坏的程度想，也不能掉以轻心。

我拿起电话。

“威妮，请你通知被斯蒂文撤下来的几个部门经理，随时准备重新回到岗位。另外，派一个人事部的人随时在工厂观察动静，从今天起，晚上要加强保安，对车间和所有公用设施加强巡视，不能出任何意外！”

放下电话，我的心情稍微松快了一点，现在，我得给亚历山大写报告了。这么长、这么曲折的故事，从哪里写起呢？而且有些东西，包括对斯蒂文的怀疑，是威妮的汇报，加上我自己的判断，我没有证据，但是我的直觉很少出错。一场阴谋正在公司内部悄悄地酝酿，而且已经有了一段时间。也许，我再等一等，经过了今天这场戏剧性的会议，也许斯蒂文会有些改变？

不知过了多久，一丝若隐若现的晨曦穿过厚厚的窗帘悄悄透了进来，乳白色的光线慢慢照亮了整个房间。从我躺着的床上看过去，这个房间里的一切都像是一个没有完成的电影布景，凌乱的写字台上放着一摞报告，吃了两口的披萨，半杯剩下的红酒，沙发上东倒西歪的公文包，地板上是一个打开的小旅行箱。

又是新的一天，太阳照常升起，一场没有硝烟的战斗又要拉开帷幕。此刻，在这寂静的黎明时分，躺在酒店松软的大床上，我突然不想起来，不想穿衣服，不想走出这个房间。

就在不久之前，我还在那个遥远的挪威小木屋里，每天早上醒来，都是一次新的诞生。窗外的树木郁郁葱葱，绿叶被风吹得飒飒作响，早起的画眉低吟浅唱，青草和土地的芳香一阵阵涌进房间，整个世界似乎都在向我招手，向我发出邀请。在那里，身边永远会有一双温暖的臂膀保护着我，我可以静静地躺在那里，安心地感觉自己的呼吸，自己的生命。

而眼前，这刚刚到来的一天，有什么是值得我期待的呢？要是以前，一个大客户马上要来访，一个大合同就要签订，这本身就是最大的动力，我会急不可耐地爬起来投入工作。可是现在，我得小心翼翼，我要防着斯蒂文一夜之间又想出什么给我捣乱的新主意，我要考虑昨天那场公开的冲突对员工造成什么影响，我得给亚历山大写信，这不是一件容易的事情。亚历山大已经习惯从南京公司传来喜讯，我们一向是总部所有子公司里最让他放心的那一个。

这七零八碎的生活，生活里时时刻刻必须提防的钩心斗角、你死我活，还有这一个又一个孤独的漫漫长夜，这一切，到底有什么意义呢？

手机的铃声打破了早晨难得的一会儿沉寂，我从床上一跃而起，抓起电话。

原来是琳达，她已经到了机场，等着接客户。

“您看是否可以让斯蒂文见一下客户？他们知道咱们公司的生产经理是外方，觉得很放心，如果斯蒂文肯出来见见客户就好了！”琳达小心翼翼地说。

我苦笑，客户和我从前一样天真，我们都想相信只要公司有老外，一切就有了保障。

客户需要看到一个蒸蒸日上的工厂，而不是一潭冷冷清清的死水，客户需要看到一个合作团结的团队，可是这些我都没有办法保证。

斯蒂文的面孔又出现在我眼前，那张气得发白的、若有所失的脸。他到底在想什么？假如他真的想做这个公司的总经理，那么为什么要用这种低级的手段？在内心深处，我还是希望威妮的提醒是传言，也许这只是中西文化上的分歧，也许我应该和他再好好谈谈？

我的思绪被琳达一个接一个的短信打断，她已经陪着客户出了机场，马上要上车了，他们到酒店办理入住了，他们现在已经上了大桥……

我的车慢慢驶向工厂的门口，公司外墙上的红色标志越来越清晰，银灰色的自动门缓缓上升，身穿制服的门卫在晨光中向我敬礼。这个公司，这个大门背后的工厂，就是我的生活和全部世界。但是今天，我却有一种难以名状的厌恶。这是我亲手为自己打造的一座辉煌的监狱，它把我牢牢地束缚起来，我的手脚、心灵，我的过去、现在和未来似乎都属于这里。假如这一切就是斯蒂文他们要的，那么就拿去好了！在这个闪闪发光的、令人羡慕的光环下，他们如果愿意承担我所经历过的种种磨难，为什么我还抓住不放呢？不，磨难现在的含义又加上了新内容——恐惧，我活在一种时时刻刻都会出现的恐惧中，我不知道下一分钟斯蒂文又会玩什么手段，他在暗中，我在明处，我永远是处于被动的、防守的状态。

然而，今天的太阳似乎从西边出来了。几个小时之后，光缆车间里，我陪着客户进入车间参观，斯蒂文破天荒地在那里等着，旁边站着梅丽，工厂是一番忙碌的景象，斯蒂文笑容满面地和客户握手，然后由梅丽翻译，向客户介绍着设备情况，他显得风度翩翩，彬彬有礼，专业而谦虚。谁都没有注意到我们之间的冷战，虽然我和他的眼神没有任何交流。但是对于客户来说，这就是他们想象中的外企，一切井井有条，管理严谨，外国人管生产，中国人跑市场，这是一幅多么和谐的图画！

几个月前，在荷兰总部的那个干净整洁的光缆分厂，眼前的这个人也是这样迷住了我。当时看见斯蒂文，似乎像找到了救星，他来管理生产，让公司的管理更加严谨，我可以一心一意开拓更大的市场。谁能想到我们会走到今天这一步？

但是他为什么又突然转变态度，难道他同意接这个订单了？我注视着斯蒂文的表情，他似乎很享受这一刻的感觉，被众人簇拥着。也许这就是他真正的兴趣所在，他和我刚好相反，他喜欢聚光灯下的生活。在这一刻，他又变成了在荷兰时的那个斯蒂文，胸有成竹，掌控--切。

也许，就是因为这个，他才做了今天的这个秀？他要让所有的人都看见，谁是这个荷兰公司真正的主人，而这个主人，是不会因为我在会上的一声令下就轻易离开的。

琳达悄悄走到我们身边，轻声对我耳语："客户是带着公章来的，晚上咱们吃完饭就谈合同，谢天谢地，斯蒂文今天还算配合！"

我叹口气，斯蒂文他到底是个什么上帝？我们累死累活拿下合同，求他生产，好像成了他给我们赐的隆恩了。

我和斯蒂文如同一对互相仇恨的夫妻，在外人面前迫不得已地表演了一会儿。琳达陪着客人回了酒店休息，离晚上和他们见面还有三小时，我现在可以再做一次努力，看看我们之间的关系是否真的已经不可救药。

"客户对我们的工厂很满意，看样子签合同应该没有什么问题！"我走到斯蒂文的身边。

"如果交货期还是那么紧，这个合同你还是不能签，他们现在要求的交货期我们无法满足！"

斯蒂文用毫无商量的口气说。他脸上毫无表情，他真是个表演天才，刚才客户参观的时候，有一刹那我还天真地以为他一夜之间终于想通了，我们之间的问题烟消云散了。然而这只是一场表演，斯蒂文在全公司的人面前把自己的面子挣了回来，仅此而已。

看来，一切已经无法挽回。

“合同我会签的，明天上午我亲自指挥生产，你什么都不用管，今天晚上我会给亚历山大写信，要求他调你回去，就这样吧，斯蒂文！”我平心静气地说。

我说完，最后看了他一眼，然后加快脚步走出了厂房。

晚上，我们终于和客户签订了合同，这真是从天而降的礼物，它挽救了我这半年以来因为斯蒂文拒绝生产大订单而造成的损失。这也意味着，我和斯蒂文的冲突会传遍整个公司。

早上八点，光缆车间里已经热火朝天，我刚刚给大家开完现场会。没有斯蒂文，一切又回到了从前，研发部的工程师已经连夜做好了工艺包；采购部经理按照前天我在会上布置的任务，已经按订单的要求备好了所有的原材料；蓝色的诺基亚光缆设备在欢快地转动着，整个车间是机器轰鸣的声音。

对我来说，这就是最悦耳的音乐。

车间里没有斯蒂文的影子。我和威妮在车间里巡视着，我的司机像保镖似的跟在我们后面。空气中弥漫着我熟悉的塑料和橡胶的气味，那是我第一次在总部的工厂实习的时候每天会闻到的气味，一开始不习惯，可是现在，我会渴望这个味道，有了它，我们的工厂才是活的。

我和威妮都穿着军大衣，车间里的温度很低，现在又是冬天，呵气成霜。这是一幅奇怪的画面，本来我是不应该出现在这个画面中，可是现在怎么样？最后还是得我自己亲自上阵。我所做的一切努力，为了斯蒂文能好好地把技术和管理带给我们这个年轻的公司，全都付之东流。

回到办公室，我开始给亚历山大写信。从哪里说起呢？亚历山大早已提醒我斯蒂文不好相处，但是我那时根本听不进去，现在我只能老老实实地承认自己的错误。但是斯蒂文怎么办？他一家人兴师动众地来了，现在又马上面临打道回府，这些损失，最后还是要公司来承担。

我叹一口气，我要是早点向亚历山大汇报就好了，事情不至于会发展到今天这样的地步。

这时，我的手机突然响起，看到号码，我的心突然一动，是亚历山大打来的！真奇怪，我正在给他写邮件，他的电话就打了过来，我有些意外，亚历山大和我已经很久没有在电话里沟通了，公司走入正轨后，我每周会有正式的报告发过去。但是和他的关系，反而不像以前那样密切。

“你收到那些信了吗？”亚历山大没有和我寒暄，上来就直奔主题。

“什么信？”我被他问得莫名其妙，摸不着头脑。

亚历山大沉吟片刻：“我估计你也没有收到，你们公司内部出了一件大事，我希望你先镇定，我们正在调查。是这样，你们公司的几个部门经理，分别写了对你的告状信，直接发给了监理委员会的主席那里，罗列了一些你的罪名，要求董事会撤销你的职务，换成斯蒂文当总经理，里面特别提到你和斯蒂文之间的冲突！”

亚历山大尽量用他一贯平和的语气对我说，但我可以听出来，他在极力压抑着自己的愤怒和惊讶。

我全身的血液似乎在刹那间凝固住，亚历山大说的每个字都像一把利剑一般刺入我的心脏，我一时无言以对。

“你还在吗?”亚历山大在电话的另一头问。

“亚历山大，这几个人里面有斯蒂文吗?”我的手在微微发抖，机械地问了一句。

“没有，这就是问题了，说的全是他的问题，可是他本人没有参与。”

没有斯蒂文?我的脑子飞快地转动着，他真狡猾，斯蒂文非常清楚这种越级汇报完全违背公司的纪律，他自己安全地回避了。

我用冰冷的手撑着沉甸甸的、快要炸开的头，是的，我不懂这样的游戏，这绝对不是我的长项。我只是做梦也没有想到，我花了那么多心血请来的斯蒂文，居然是一个玩弄政治的高手，而不是一个我想象中的技术专家。

“我会马上把信转发给你！这几个人怎么连公司的正常汇报程序都不懂？不但直接跳了好几级汇报，而且信没有抄送当事人。监理委员会主席你在汉诺威见过他的，老人现在有点担心，怕公司出了什么大事。”

亚历山大的声音带着明显的关切和不安。

这几封信最可怕的不是对我的伤害，而是对亚历山大。他的老板莫名其妙地接到这样的信后，首先会对亚历山大有看法。

我的脑子突然间变得一片空白，完完全全的空白，好像一下失去了听力，亚历山大的声音像从很远的地方传来的回音。

“亚历山大，真对不起，其实我正在给您写汇报，没想到，斯蒂文走在我前面了，让您和主席受了这么大惊扰……”我的声音变得沙哑起来。

“你要冷静，不要做任何过激的事情，也不要开除任何人，我三天后就来南京，把情况了解清楚。我需要和斯蒂文谈谈，我也有不可推脱的责任，这段时间在忙几个公司收购的事情，对南京的工作没有仔细过问，不要太自责，正常工作！”

亚历山大镇定地说。

我机械地回答着他，然后挂了电话。

我看一眼电脑，亚历山大的秘书已经把那几封“告状”邮件发了过来，写信的正是斯蒂文新提拔起来的那几个部门经理，包括梅丽。梅丽的信写得最长，有点像自传，从她进入公司起的每一个功劳都写了进去，她不明白为什么总部决定让我当了总经理，虽然全力配合，但是由于我的武断、独裁的工作作风（和所有的荷兰人都关系不好，包括格拉德，还有以前的工程监理艾瑞克、斯蒂文）使得她很难开展工作。她强烈要求由斯蒂文接替我的工作，而且特别指出：作为一家荷兰的100%控股公司，总经理应该由荷兰人担任。

几封告状信，有些只有几句话，明显看得出是在应付。只有梅丽写得最为认真和“真诚”，看上去完全是在为公司着想，对我的“攻击”也没有其他人那样直截了当，而是“真诚”地认为：这个位置不适合一个中国人担任。这话由她这样一个女孩子说出，没有任何背景和资历，似乎显得有些可笑，但是，梅丽很清楚，这是一种看似好意的提醒，不管怎么说，会引起收信人的注意。

有人敲门，我抬起头，有点不相信自己的眼睛，走进来的是梅丽，她满脸笑容，脚步轻盈，用唱歌一样甜美的声音对我宣布：

“我来和您汇报一下，上午设备又出了故障，诺基亚上海公司的人已经修好了设备，可是他们刚刚走没有多久，设备又坏了，现在应该怎么办?”

设备，果然是设备，早不坏，晚不坏，偏偏在这个关键的时候坏了，我昨晚的担心得到了证实，斯蒂文已经不择手段地在报复了。

梅丽的脸上带着胜利者的笑容，看上去完全不像是在宣布一个坏消息。

我抬起头，看着梅丽，她神态自若，好像什么也没有发生一样。我想象着梅丽在写信的情景，想象着她、斯蒂文绞尽脑汁地把几个部门经理聚集到一起，然后在同一时间，不同的地点，向同一个人发出这些信，这样就会产生爆炸式的反应。不用说，主席的联系方式是斯蒂文提供的，而几个中国人的工作，则是梅丽的“功劳”。

怪不得斯蒂文要梅丽当他的助理，如此天衣无缝的安排，如此冷静周到的计划，斯蒂文和梅丽可以说是配合默契。只是，几个英勇献身的人里，唯独没有斯蒂文自己。这个明显的漏洞，梅丽似乎没有看出来里面藏着的心虚和恐惧。

“那就不生产了，让大家回家!”我轻描淡写地说。

梅丽一愣：“不生产了？您是说订单不做了?”

我看着梅丽的眼睛，梅丽突然微笑了一下，她的表情非常怪异，笑容似乎也扭曲了，好像我在说一个什么天大的笑话。

我瞟了她一眼，往椅背上一靠，似笑非笑地说：

“是啊，不做了，设备也不用修了，你让大家回去休息。这样，某些人也不用费心破坏设备了！”

梅丽脸上的笑容在慢慢消失：

“谁破坏设备了？您怎么知道有人破坏设备？”

“我知道的还不止这些，梅丽，亚历山大转来了你们几个的信，我都看了！”

我的声音出乎意料地平静。

梅丽猛地抬起头，眼睛里闪过一丝不安和恐惧，但是很快就恢复了镇定。

“梅丽，我好奇地问一下，连我都不知道监理委员会主席的邮箱，你们怎么知道的？斯蒂文告诉你们的？”

我双手托腮，显得饶有兴趣的样子。这个时候，我突然平静下来。

梅丽的嘴唇颤抖了一下，脸涨得通红，沉默了一会儿：

“这个我不能告诉您，我们也是没有办法，我们写的是大家对您真实的看法！”

我点点头。

“你们完全可以和我本人交流，甚至可以汇报到亚历山大那里，只要抄送我即可，这是公司正常的汇报渠道，你们都非常清楚。这件事的后果你们知道吗？我指的是你们几个人的后果，不是我！”

梅丽似乎吃了一惊，但是她立即控制住自己的情绪，这个女孩还比我小几岁，可是她的手腕和胆量的确惊人，如果把这些能力用一点在销售或者技术上，那她一定是个有成就的人。我突然明白了为什么当初我千方百计地给她在各个部门寻找机会的时候，没有一个部门肯收留她。她的阴险，恐怕大家比我要了解。

“你能把我们怎么样？你难道还敢开除我们？”梅丽的声音显得镇定而冷漠。

我睁大眼睛，眼前这个女孩真不能小瞧，她让我想起那些怀揣炸药包的恐怖分子，一副义无反顾的样子。

“我为什么不敢开除你们？”我惊异地看着她。

梅丽转过头，沉默了一会儿，然后说：“你真的以为这个公司是你的吗？你忘了我们是一家荷兰公司？不是什么事都是你一个人说了算的！”

我看着梅丽，不是她疯了就是我疯了。这一刹那，真相大白，这是一个蓄谋已久的计划，把我从总经理的位置上拿掉，然后由梅丽辅佐斯蒂文控制公司，还像以前一样，那时梅丽是一人之下、万人之上。因为我的出现，她的身份才变成今天这样。

但是梅丽和斯蒂文却忘记算计一样，即使把我除掉，总经理的位置也不会是斯蒂文，这个计划有明显的漏洞。我突然想大笑，在这个火烧眉毛的时候，我还在帮助他们分析这个阴谋的不完美之处。而就在几天前，我还在和梅丽讨论她的前途，给她讲公司的远景，设计她今后的发展方向。但是，梅丽要的，是我此刻的位置，或者说，哪怕这个位置今天还不适合她，那么坐在这里的，也不应该是我，而是一个金发碧眼的荷兰人，不懂中文，被她操控。

“现在你可以走了！”

我冲梅丽微笑了一下。

她也冲我甜美地笑了一下："谢谢，那明天见！"

说着，她快步走了出去，随手带上了门。

我们之间居然还是如此彬彬有礼，从一开始，梅丽就对我保持着这种礼貌的关系，现在她这么猖狂是因为她终于等到了机会，斯蒂文的到来让她看到了希望。她的城府，心机，长久的算计，巧妙的伪装，到今天终于暴露无遗。

梅丽想要的，斯蒂文想要的，是我手中的权力。而权力意味什么呢？金钱？对斯蒂文来说这并不是最重要的，他的工资并不比我少。我想起斯蒂文昨天在车间被客户簇拥时那种心满愿足、得意扬扬的样子，那种掌控一切、凌驾于一切之上的感觉。还有梅丽，因为我，她失去了从前的一切，她曾经作为总经理助理，周旋于荷兰人和中国人之间，如果不是有我的存在，她今天会怎么样呢？

我从椅子上跳了起来，积蓄已久的怒火在熊熊燃烧，我不想再沉默了，也不想再等待了。

几分钟后，面色苍白的威妮在我的办公室出现，她刚刚读过这几封信。

我深深吸一口气，把思路整理了一下，然后对威妮说：

"第一，马上请诺基亚设备公司来人修理设备。第二，这几个写信的人，今天就开除，一个也不留。第三，原先被斯蒂文降级的部门经理马上恢复工作，他们要在生产第一线，保证订单的完成。"

我的手在发抖，全身都在发抖，我有一种做刽子手的快感。如果梅丽不是用那种一半嘲讽一半蔑视的目光看着我，认为我不可能开除他们，也许我会听亚历山大的建议，冷静地把问题想清楚，至少和他们谈一谈，再做最后决定，也许其中有些人有难言之隐。

屋子里静悄悄的，只有威妮在埋头做记录。

我是在滥用手中的权力吗？也许是的，从我接手这个公司的第一天起，这个权力只是一种责任，一份无法割舍的牵挂，一缕挥之不去的担忧，一把永远悬在头上的剑，随时会掉下来给我颜色看。但是今天，我打算好好享受一下这个权力带来的一点点乐趣，哪怕这样意味着严重的后果。

亚历山大特意嘱咐我不要有过激行为，不要开除任何人，如果我违背他的指示，开除了这些人，他一定会勃然大怒。我明白他的意思，我要大度，要冷静，要忍让，要以大局为重，这是一个领导的基本素质。但是亚历山大恐怕忘了，我首先是一个人，有血有肉的人，我的忍让和克制已经到了极限，我不会再对任何人妥协，即使是亚历山大。

既然这些人连和我试着沟通的机会都不给，就直接把信发到了监理委员会那里，一心一意置我于死地，甚至不惜破坏设备，那么我为什么还要客气？

不，我要在亚历山大到来之前动手，我一分钟都不想等。

窗外，已是暮色茫茫，窗外的天空永远是灰蒙蒙的，阴郁，压抑。

从办公室的窗户看出去，我的那辆奥迪车孤零零地停在楼下，我这时才感觉自己四肢酸痛，口干舌燥，呼吸困难。我做了一个危险的决定，公然违反亚历山大的指示，这是我在职业生涯中第一次不执行亚历山大的命令。

亚历山大会怎么样？暴跳如雷？把我开除？不知道！我在乎吗？我惊讶地发现，此时此刻，我并不是很在乎。我做了一件自己想做的事情，这些年来，我做的一切都是按照公司的要求，永远把自己的感情和利益放在最后一位。但是，这次，我不会再让自己委曲求全，我将服从我的感情，而不是理智。

光缆工厂门口，十几个部门经理在等着我，我们的生产协调会已经搬到了车间现场。我们一行人这样走在一起，也是威妮的主意，让员工清清楚楚地看见我们在工作，没有受到政治斗争的影响。

没有了斯蒂文，大家突然开始变得有说有笑，每个人都争先恐后地发表自己的意见，气氛显得十分融洽、热烈，就像以前一样。这是一个年轻的团队，年龄最大的也不到34岁，可是就是这个团队，支撑起了我们这个庞大的工厂。我们的技术即使在世界也是属于领先的，已经超过了我们的荷兰母公司，我应该正视这个现实。以前我为什么要那么自卑呢？我为他们感到骄傲。

我第一次发现，我们的工厂今天显得格外干净、漂亮。碧绿的草坪，整齐的停车场，灰色的厂房，高耸的白色拉丝塔，上面是我们公司巨大的LOGO。这一切是由我们亲手打造出来，这个公司的LOGO，中文名字都是我亲自选定和翻译的。我接手的时候，这里还是一片荒地，那时候的那些人，李总，颜总，还有那些前呼后拥的一群人已经不知去向，只有我还在这里。这几年来，我所有的心血、时间、自由都献给了这个公司，可是今天，我突然有了一种要和这个地方告别的感觉。也许，我已经完成了自己的使命，到了该要告别的时刻？

奇怪的是，一想到也许会离开，我突然有了一种解脱的感觉，我甚至有点盼望亚历山大赶快动手把我开掉。这是一个精致、昂贵、外表华丽的笼子，我的青春，我生命中最好的岁月是在这个公司度过的。这一切都是一个偶然，假如不是因为那一次面试，和鲍德温的一见如故，也许我不会有这样一番经历，但是，再好的戏，也会有结束的那一天。

傍晚，我们的车被堵在了长江大桥上。外面起雾了，云烟缭绕，白雾茫茫。我们前面是一排长龙一般的车队，尾灯在迷雾中隐隐约约地闪动，我们被夹在中间，进退两难。

我的车子终于开始缓缓向前移动，我让司机打开调频收音机，然后闭上眼睛。不一会儿，车厢里传来一个带着磁性的女中音：

“我永远是四处奔波，
在不同的地方流浪，
但是小河会知道它的方向，
现在，已经是十二月，
我要回到自己的家乡！”

这个声音仿佛是从一个遥远的地方传来，但是它是那么的熟悉、亲近，我的脸上感觉有些麻酥酥的，我抹了一把脸，发现手上已经沾满泪水。我知道我现在最想做的是什么，我想回到挪威，回到那个在海边的小木屋里，坐在靠窗的大摇椅上，看大海潮涨潮落，海水在夕阳中变换着奇异的色彩，银色，金色，深蓝色，航标灯在远方不停地闪动，无论多么恶劣的天气，它们都会在那里，静静地为海上的渔船指引方向。我会把自己的手放在那双熟悉、温暖的大手里，就这样，一直到地老天荒。

尾声

远古的夜，深沉的夜，如同一张无边无际的纱网，把整个沉睡中的世界温柔地揽进它的怀抱。

窗外是一片凝重的黑色，现在到底是早晨还是夜晚，我无法做出判断，我可以隐隐约约地听见上山的缆车悄无声息地穿过窗前，但这可以是清晨的第一班车，也可以是夜里的末班车。只是，在这样一个冬天，文明世界里的那些个约定，比如，时间，对我来说已经不再重要了。

冬天，时间的脚步变得缓慢而从容，大自然似乎有意让世间的万物进入一种沉睡状态。能尽情享受这样的酣睡，心安理得地坐拥大把的时间，又何尝不是一种幸福？我的身体放松、平静，但是全身每一根神经却又格外清醒。窗外的山上，是一片莽莽苍苍的挪威森林，夏天还是绿叶环绕，鸟语花香，而整个冬天却是繁华落尽，显得庄严而肃穆。在这万籁俱寂的时刻，一根松针的偶尔坠落，一节枯枝的无意折断，都会清晰地传入我的耳中。

我在一步步远离那个喧嚣纷扰的世界。

我又开始恢复了夏天在小木屋时那种奇妙的听力，我可以清晰地听到从房檐上传来水滴坠落的声音。那是正在融化的积雪，节奏分明，不紧不慢，等到天亮我再走出房间的时候，大自然就会在眼前展露出一个我永远想不到的美妙姿态，每天都不会重复。有时，一夜醒来，整个森林已经是银装素裹，林间蜿蜒的小路、高耸入云的松树，都被白雪厚厚地覆盖。过不了几天，也就是听到房檐上传来水滴坠落的声音不久，森林突然奇迹般地冰融雪化，滴着水珠的树梢在太阳下闪动着晶莹的光泽，路边的灌木丛发出一阵窸窸窣窣的响动，一只松鼠敏捷地跳上林间的一块大岩石，森林女神正缓缓揭开她那层神秘的白纱，露出淳朴的本色，阴郁的绿，浅浅的紫，还有一抹若有若无的桃红。

在这天地的一片寂静中，教堂的钟声会悄然响起，一下，两下，深沉而悠远，回荡在整个 Bergen 的上空。这钟声，与其说是报时，倒不如说是天神为尘世弹奏的一曲福音。侧耳倾听，这悠扬的钟声仿佛更为这个白雪覆盖的小城增添了一种神秘的色彩。停靠在码头的那艘大帆船，像是在配合着钟声，汽笛发出一声声长鸣。

夏天的时候，码头上停着的也是这条船。

这是挪威航海协会用来培训航海爱好者的船。每年，它带着一个航海人的梦开到南美或者更远的地方。而此刻，它返航了，就这么静静地停靠在岸边，船上的灯光隐约可见，海水轻轻拍打着船身，船帆安详地卷起，像是在悠闲地打着瞌睡。这条船，它到底经历过什么？当它鼓起风帆，全力穿过海上的惊涛骇浪和暗礁险滩时，是否有过片刻的犹疑和沮丧？当它摇摇晃晃地躲过一场又一场的暴风骤雨，无数次几乎被幽深的旋涡吞没之后，它是否有过恐惧和退缩的念头？虽然现在看来，它完好无缺，平安返航，但是，这其中的挣扎与挫折，大概就是属于它自己的秘密了。

从某种意义上来说，我和这条船有着相同的命运，在经历了千难万险之后，终于回到了属于自己的港湾，那是一个我既陌生又熟悉的字眼——家。圣诞前夕，当飞机徐徐降落在 Bergen 机场的时候，我在夏天看到的那个Bergen又以另一种曼妙的姿态出现了。从飞机上看下去，整个城市在夜幕的包围下，如同一大块光彩夺目的宝石。月光下的大海，就成了一匹如丝绸般柔软光滑的丝绒衬布。千万盏灯火齐明，无数个小木屋被这灯火温柔地包围起来。

Bergen的夜色宁静而温柔，车子开上了我熟悉的那条小路。Martin打开收音机，那首《圣诞在我心中》的音乐缓缓流出，窗外，一个个童话般的小木屋从我眼前迅速闪过，我发现几乎每一家的窗前都亮着一盏六角形状的灯，有银色的、红色的、金色的，灯下放着一盆开得热烈的“圣诞红”。一股温馨而浓烈的圣诞气氛洋溢在整个小城。我无法想象，在这个时候，在这样一个地方，一个举目无亲、形单影只的人，如何能经得住铺天盖地的孤独与寂寞，再骄傲、再坚强的人，也需要一个家，需要一盏守候的灯光。

而我似乎暂时拥有了这一切，无边的大海，寂静的黑夜，一盏为我燃起的灯光，一个向我敞开的怀抱。这，就是家的全部含义了吧？只是，为什么我需要跋涉千里，来到这个地球另一端的海边小城，在一个缆车旁边的白色木屋里找到属于自己那一份温暖？为什么我注定要和这个一半是理性的男人，一半是调皮的“海盗”的挪威人厮守在一起？

也许，这就是命运给我的安排？

在挪威的第一个圣诞节，Martin似乎有意要弥补我长期以来一个人度过的那些日子，一进家门，我就被一种浓浓的亲情紧紧包围起来。家里客厅的一角摆着一棵圣诞树，秀气玲珑，散发出淡淡的松树的清香，上面挂着一颗银色的六角星，树下已经堆满了大包小包的圣诞礼物，树枝上挂着玻璃内画球，有的画着传统的中国花鸟，有的用锡纸包裹着巧克力，圣诞树上的灯光从容不迫地缓缓闪动，壁炉上站着一排丹麦皇家玩具兵，沙发的扶手上坐穿圣诞衣服的米老鼠，地毯上，一个圣诞老人正在卖力拉着手风琴。

Martin从阳台上抱来了木柴，把壁炉前的蜡烛挪开，拿开挡板，把小根的木柴竖着放进壁炉的角落，然后再放一层报纸，报纸上横着再放几根小木柴，然后又是一层报纸。最后是两根粗木头，和小木头交叉摆放，然后扔进去一根粗火柴，打开壁炉上的阀门，很快，壁炉里的火苗就迅速被点燃。

我坐在壁炉前的沙发上，长久地凝视着这催眠一般的火苗，四周一片寂静，只有木柴不时发出噼啪的声音。Martin在厨房的炉子上用小火炖着羊肉。按照挪威的风俗，做这种羊肉的时候，需要在锅底放一些新鲜的木块，这样，羊肉和木头的两种清香混在一起，就会发出一种诱人的香味。

只是，长途跋涉的旅行之后，人的胃口会有一种奇怪的不适，饥肠辘辘，疲倦不堪，但是无论什么食物都难以下咽。Martin给我切了一片薄薄的圣诞面包，那是一种用新鲜啤酒、面粉和葡萄干做的特殊面包，只有在圣诞节的时候才会出现。面包的旁边，是几片挪威青绿色的酸黄瓜，一小勺暗红色的猪肝酱，还有一大杯红酒。我皱皱眉头，试着尝了一口，面包的甜香，猪肝酱的丝滑，酸黄瓜的微微刺激，一下子让我胃口大开。再喝一大口红酒，从头到脚都温暖起来。

夜深人静，我的眼皮越来越沉，身体却一点点放松下来，那是一种平静而超脱的感觉，我失去了时间和空间的意识，放下了自己的盔甲，那是我在这个文明世界中保护自己的唯一武器。我的头脑从来没有像这一刻这样清醒过。眼前这个客厅，这个忙忙碌碌给我做饭的人，这个燃烧着的壁炉，壁炉旁边的圣诞树，圣诞树上闪烁的灯光，还有弥漫在空气中羊肉和木头炖在一起发出的像从森林里传来的清香，是属于我的。

在这样一个寂静的冬夜，我在清醒中沉睡，又在沉睡中再次清醒。睁开眼睛，周围的一切都有了特别的意义，窗外的雪花正纷纷扬扬地洒在昏昏欲睡的路灯上。刹那间，整个世界变成了一个透明的玻璃球，沉醉在一片风花雪月的浪漫色彩中；门前的那棵老树上，所有的枝桠静静地伸向深不可测的天空，呈现出一种精致的美；天空是一种深沉的蓝色，把远处灰沉沉的海水也染成了幽幽的暗蓝，那是一种我从来没有见过的颜色，它既不是夜晚的墨黑，也没有黎明的任何暗示，只是一味地蓝下去一轮皎洁的明月安静地挂在天边，圆润、柔和，被青蓝色的天空衬托着，显得朦胧而缥缈。

这是冬天早上八点钟的月亮，它默默地悬挂在天空，迟迟不肯离去。它从何处来，又要到何处去？完全没有答案，一如我此时的人生，我该做出怎样的选择，哪里才是我的归宿？凭着经验，我知道，每次生活给予我馈赠之后，总会毫不留情地拿走一些其他宝贵的东西。比如，这个如同一幅油画般的北欧的早晨，这个充满东方情调的客厅，还有窗外这温柔如水的月亮——它们最终会让我付出沉重的代价。

而任何事物的代价，等于你会用多少生命去换取它。我是不是能鼓起勇气，去完成一次生命的转变？抛弃从前的一切，抛弃我用人生中最宝贵的年华所换来的一切。我已经不是那个刚刚大学毕业，赤手空拳闯荡世界的懵懂少年了，我在世界上留下过自己的脚印。割舍一切，再一次开始，而且是在一个陌生的国度，在一个我完全没有任何根基的国家开始新的生活，不是只凭简单的勇气就可以做到的。

生活，似乎自有它无法逾越的界限最后真正束缚我的，似乎是一种——怎么说呢——习惯。假如我没有在剑桥的那个夜晚遇见Martin，我的命运又会怎样？也许，我还会在这日复一日的生活轨道上独自前行。这些年来，我已经习惯了不用操心生活中的琐事，一切自然有人打理；我习惯了每天早上走进办公室，秘书送上来的那杯热气腾腾的咖啡。这咖啡已经进入我的血液，每天只要闻到它的香气，我就会本能地戴好盔甲，随时准备冲锋陷阵。不管我承不承认，我已经慢慢变得老练起来，在生活的这个大舞台上，我有自己的一个位置——而这个位置是我所习惯的，是我不想轻易失去的。

月亮渐渐下沉，天空的帷幕换上了一层淡淡的玫瑰红，海水开始不安分地悸动起来，一条白色的小帆船缓缓从窗前飘过，好像夏天一夜之间又被召回。我是怎么落到这个季节有些错乱的城市的？已经是寒冬了，山上森林中的积雪开始融化，偶尔一道小小的水流会突然从天而落；太阳大模大样地晒出来，暖暖地照在身上，可是天空却不买账，显出一种忧郁而困惑的蓝；一团灰色的云，时而羞涩、时而大胆地在上面游走。在这里，我已经开始学会看云了，当云的周围被一层深灰色笼罩时，那就意味着一场雨水的降临。

冬雨，就是这么来的。

走在雨中，走在被雨水打湿的青石板路上，整个小城顿时变成了一艘帆船，摇摇晃晃地穿过雨水织成的帘幕。而我，就是这条船上一个水手，我习惯了生活这条船上的大风大浪，风云变幻。有一天，当我真的疲倦了，靠岸了，我会不会感到厌倦呢？会不会怀念大海的风浪和颠簸？会不会留恋那种乘风破浪、扬帆远航时的豪情呢？

这个冬天，我在慢慢蜕去生命中的一层皮，但我不敢贸然相信，从这个生命里面飞出来的会是一只美丽的蝴蝶。每天早上醒来，我都希望在镜子里找到生活给我发出的某种信号、某种暗示，那种让我不顾一切、勇往直前的东西。勇气，自信，执着，创造。很久之前，我曾经从一个人身上看到过这种闪闪发光的品质，这种品质也曾一直激励着我，引导着我。

但是，这就是生活的一切吗？在这样一个下着冬雨的早晨，远山、大海、木屋深藏于薄雾中的早晨，呼吸着从山上森林中散发出的那种沁人肺腑的清香，每一棵枯萎凋零的老树，每一片被风吹雨打后落下的树叶，都似乎在对我轻言细语，诉说着它们在世间不为人知的经历和变化。活着，感受着，迷惘着，探索那层包裹灵魂的脆弱而坚强的外壳，这难道不是生活中最重要的一部分吗？

在一切风暴平息下来之后，亚历山大坐在我办公桌对面的黑色皮椅上，眉头微微蹙起，好像在思考着该怎样继续我们的谈话。冬天的阳光透过白色的窗纱照在他的脸上，四年过去了，亚历山大还是那么英俊逼人。可是我发现他眼角和眉宇间冒出了几道皱纹，他开始变老了，而且会一直在这个公司老下去，直到退休。只是即使是亚历山大，大概也有他自己的烦恼吧！这个表面看来永远斗志昂扬的大老板，是什么让他如此包容，如此克制，永远不动声色？

即使在我公然违背他的指令，开除了那几个部门经理，退回了斯蒂文之后，亚历山大还是维持着他一贯的礼貌和教养。在他的眼里，我是一个什么样的人呢？大概在见我的第一次，他就发现了我身上他所寻找的那种素质——狼性。虽然此刻的我，野性难驯，不听指挥，给他在荷兰工会那里找了不少麻烦，但是我拿出来的又是一张让他眼前一亮的报表，我们再次完成了一年的预算任务，而且是超额完成。亚历山大非常清楚，在我四面受敌的这一年，这张报表有着非同一般的意义。

像这样的谈话，亚历山大每年会进行多少次呢？对付我这样一个人，大概也不容易吧？总公司的规模在一天天扩大，几乎每个月都会传来并购新公司的信息。而一个公司最重要、最核心的人就是CEO，而每个CEO又有自己鲜明、独特的个性，把握好这些人的脉搏，调动他们的热情，就是亚历山大最艰巨的工作。

“好了，一切都过去了，该接受的教训你自己刚才已经总结了。现在有个新的任务等着你，集团公司今年收购了中国一家数据电缆公司，你恐怕要分担一部分工作。这个公司的总经理要离职，董事长也要换，我想，你应该可以把这两份工作兼任起来，以你的能力……”

太阳又一次照进了我那干净而整洁的办公室，整个房间被照得雪白发亮，墙上的布达拉宫油画，窗前绿莹莹的兰花草，那张我从北京运来的仿古条案，刹那间被涂上了一层浓浓的金色。又来了，那个我熟悉的声音！从前，这个声音如同上帝的召唤，亚历山大一声令下，我就会毫不犹豫地跳起来冲向战场。可是此刻，这个声音却突然有些模糊，有些遥远，我的野心，我的欲望，我那不顾一切的冲劲，突然像海水退潮一般平静下来。

圣诞前夜。

我随着人群走进教堂，这还是我生平第一次参加弥撒，教堂的钟声响起，乐队奏起温柔的圣诞音乐，人们安静地鱼贯而入。大家都穿得很正式，男的穿正式的西装，女的多半穿着长裙。家长都把孩子打扮得像小天使，小女孩穿着漂亮的小白裙子，小男孩带着黑色小领结，乖乖地坐在父母身边，脸上有种稚气的严肃，好像意识到这是一个不寻常的时刻，一家人坐在一起，低声交谈着，没有人大声喧哗，即使碰见熟人也只是用微笑和目光致意。

不一会儿，十几个天使般的小孩子在老师的带领下走上舞台，站成三排，两个女老师站在前面指挥，孩子们开始唱起圣诞歌曲。在这个小小的教堂里，四周是白色的蜡烛、深红色的地毯、彩色的玻璃窗、绿色的圣诞树，还有孩子们天籁一般的歌声。

孩子们唱完歌，一个身穿白色长袍的牧师走上舞台，教堂里一下安静下来。牧师先是背对大家，面朝教堂的耶稣像低声吟唱，他的声音极为优美。唱毕，他转过身，开始了长长的布道，我当然又是听不懂。环视四周，每个人都在用心聆听，周围没有人交头接耳，也没有人看手机。我偷偷看一眼 Martin，他已经脱下大衣，一改平时在挪威时的“海盗”打扮，穿着藏蓝色西装，熨得笔挺的白衬衫，袖口带着别致的袖扣，聚精会神地在聆听牧师布道。

对我来说，宗教本身并不是很重要。每一个宗教都试图用自己的解释来回答人生的种种困惑，而我，更相信用自己的心灵去解译人生的密码。但是，这并不影响我欣赏宗教仪式的美丽，这个庄严的弥撒，营造了一种奇特而神秘的气氛，牧师喃喃的布道，似乎让我的灵魂开始安静下来。我想，也许坐在这里的人都有不同的信仰，但是我相信，每个人的心目中都住着一个自己的上帝，在这一刻，我们对它悄声诉说自己的心愿。

一道明晃晃的阳光透过教堂的彩色玻璃窗照进来，整个教堂似乎突然被镀上了一层金色，显得神秘而辉煌。牧师的身上也如同披上了一件金色的长袍，海顿的管风琴曲在教堂里庄严地响起。在这洗涤灵魂的音乐声中，我把右手轻轻放进 Martin 温暖的手掌中，我们相视一笑，他把我的手紧紧握住。

就够了，有这样一刻的默契就够了。我的心突然狂跳起来，这些天，我似乎一直就在等待这样一个信号，这样一种暗示，此刻，它就这么不经意地到来了。我的手被 Martin 握着，握在他手中的，是一个新的、完整的生命。一个等待着分享、等待着见证的生命。这个生命，曾经走过一段漫长而艰难的路，今天，她终于找到了自己的归宿。